Prisonni

[redacted]

A Harold, comme toujours,
pour avoir trouvé le puits de Mimir

Titre original : *The Sea of Trolls*

Nancy Farmer

Prisonnier des Vikings

Traduit de l'anglais
par Jean Esch

GALLIMARD JEUNESSE

Tous mes remerciements à Kristin Johannsdottir,
érudite islandaise qui a lu mon manuscrit
et m'a documenté sur la langue islandaise
Merci au professeur William Ratcliff
qui m'a donné accès à la bibliothèque
de l'université de Stanford
Ma plus sincère gratitude va à mon fils, Daniel,
et à mon neveu, Nathan Stout,
qui m'ont inspiré le personnage de Olaf-N'a-Qu'un-Sourcil.
Merci enfin, comme toujours, à Richard Jackson.

1
A la recherche des agneaux

Réveillé avant l'aube, Jack écouta le vent glacé de février fouetter les murs de la maison. Il poussa un soupir. Encore une mauvaise journée en perspective. Les yeux levés vers les poutres de la charpente, il savoura les dernières minutes de chaleur. Il était recroquevillé dans un cocon de couvertures de laine, sur un lit de bruyère séchée. Le plancher avait été bâti en contrebas du sol extérieur, et le vent qui s'engouffrait sous la porte soufflait au-dessus de sa tête.

C'était une solide maison, bâtie sur des troncs de chêne, plantés racines vers le haut pour éviter que l'humidité ne remonte du sol. Jack avait sept ans quand il avait vu Père la construire. Celui-ci croyait qu'un enfant n'était pas capable de comprendre une tâche aussi complexe, mais Jack avait bien compris. Il avait été très attentif et pensait même, quatre ans plus tard, être capable de construire une maison. Jack se souvenait de tout ce qu'il voyait, ou presque.

A l'extrémité de la longue pièce, Mère attisait le feu. La lumière des flammes dansait sur le toit de la soupente. Là-haut, il faisait plus chaud, mais la pièce était enfumée. Ses parents et sa sœur y dormaient. Jack, lui, préférait respirer l'air frais près de la porte.

Mère versa des flocons d'avoine dans l'eau bouillonnante et remua vigoureusement le porridge. Elle y ajouta du miel. Jack le sentit. Un tisonnier rougeoyait dans les braises, afin de chauffer les bols de cidre que la maîtresse de maison alignait sur une étagère.

– Il fait froid, gémit Lucy dans la soupente. Je peux avoir mon petit déjeuner au lit ?

– Une princesse n'a pas peur d'une chose aussi insignifiante que le froid, répondit Père.

– Les princesses vivent dans des châteaux, fit remarquer Lucy.

– Certes, mais pas les princesses perdues.

– N'entre pas dans son jeu, dit Mère.

– Je suis vraiment perdue, Père ? demanda Lucy.

Jack savait combien sa sœur aimait cette histoire.

– Plus maintenant. Nous t'avons trouvée, répondit affectueusement Père.

– J'étais couchée sous un rosier avec une pièce d'or dans la main.

– Tu es née dans cette maison, et non pas dans je ne sais quel château imaginaire, déclara Mère d'un ton sec.

Elle plongea le tisonnier dans le premier bol de cidre et Jack sentit aussitôt l'odeur âcre des pommes. Il savait que Lucy ne prêterait pas attention aux paroles de Mère. C'était bien plus excitant d'être une princesse perdue que le rejeton d'un simple fermier. La pièce d'or existait réellement, cependant. Père l'avait découverte en creusant un trou dans le jardin. Elle représentait la tête d'un homme ; un roi romain, affirmait Père.

– Un jour, une troupe de chevaliers va venir ici, dit Lucy.

– Ils te cherchent depuis que les trolls t'ont enlevée, dit Père. Ces monstres voulaient te manger, ma chérie, mais comme c'étaient des trolls, ils ont commencé à se disputer.

– Si on la faisait rôtir avec une pomme dans la bouche ? dit Lucy en répétant cette vieille histoire. A moins qu'on en garnisse une tourte ?

– Une tourte ! Une tourte ! s'exclama la moitié des trolls, enchaîna Père. L'autre moitié réclamait du bébé rôti. Ils en vinrent aux mains et, très vite, finirent par s'assommer mutuellement. C'est à ce moment-là que je suis arrivé et que je t'ai trouvée.

– Un jour, les chevaliers frapperont à notre porte, reprit Lucy. Ils s'inclineront devant moi et diront : « Venez avec nous pour être notre reine. »

– Pourquoi lui fourres-tu ces sottises dans le crâne ? demanda Mère.

– Où est le mal ? répliqua Père.

Jack savait que Mère avait perdu deux enfants avant sa naissance et deux autres ensuite. Elle pensait qu'elle n'en aurait plus jamais d'autre mais, à la surprise générale, elle avait mis au monde ce dernier et parfait bébé.

Lucy avait des cheveux dorés qui évoquaient les rayons du soleil. Ses yeux avaient la couleur des violettes qui poussent au fond de la forêt. Elle était aussi légère qu'un duvet de chardon et gaie comme un pinson. Et comme, depuis sa naissance, cinq ans auparavant, elle avait toujours été aimée, elle aimait tout le monde en retour. Jack ne parvenait pas à la détester.

Présentement, Père la descendait par l'échelle. Mais elle était trop lourde pour lui : Jack vit une grimace de douleur passer sur le visage de son père tandis qu'il posait maladroitement les pieds sur les barreaux. Mais il y vit également de la joie, une joie bien rare quand Giles Patte Folle regardait son fils Jack.

Jack repoussa les couvertures et se leva en s'étirant pour que cette nouvelle journée puisse se répandre dans tout son corps. Comme tout le monde, il dormait avec ses vêtements ; il n'avait donc pas besoin de s'habiller.

Il ôta le tas de laine qui calfeutrait l'entrebâillement de la porte et se hissa à l'extérieur. Une lumière grise rampait à la surface de la mer, à l'est. Elle s'insinuait sur la lande et s'arrêtait brutalement à la lisière de la forêt noire, à l'ouest. Le ciel était couleur verglas. La journée promettait d'être triste.

Jack courut jusqu'aux cabinets. Il sautillait pour éviter que ses chaussures ne restent collées au sol gelé. Le barde affirmait que les géants de givre guettaient les humains imprudents, pour les étourdir de leur haleine de brume. Au cœur de l'hiver, il était impossible de s'allonger par terre au-dehors. C'était ainsi que les géants de givre attrapaient leurs proies, en leur parlant à voix basse de la chaleur du sommeil.

Jack regagna la maison à toutes jambes, en glissant sur une plaque de glace qu'il n'avait pas vue. Il entra en trombe, soufflant et tapant du pied pour faire revenir le sang dans ses mains et ses pieds.

– Il fait frisquet, hein ? dit Père.

Il était assis près du feu avec Lucy sur ses genoux.

– Aussi froid que les...

– Surveille ton langage, dit Mère d'un ton sec.

Jack sourit et se laissa tomber à côté du foyer. Mère lui donna un bol de cidre avec lequel il se réchauffa les mains.

– Les brebis vont mettre bas, fit remarquer Père.

– En effet, confirma Mère.

– J'adore les petits agneaux, gazouilla Lucy, qui serrait son bol de cidre entre ses mains.

– On voit bien que tu n'es pas obligée de sortir pour les chercher, dit Jack.

– Dieu en a décidé ainsi, déclara Père. Adam a péché et, depuis, nous devons gagner notre pain à la sueur de notre front.

– Amen, dit Mère.

Jack se demandait pourquoi un événement qui s'était produit à l'origine du monde continuait à leur empoisonner l'existence. Le châtiment allait-il durer encore longtemps ? Mille ans après, est-ce que Dieu ne pourrait pas dire « bon, ça suffit. Vous pouvez revenir au paradis » ? Mais Jack ne fit aucun commentaire. Père avait très mauvais caractère dès qu'il était question de religion.

Il aurait voulu être prêtre, mais sa famille n'avait pas les moyens de payer le droit d'entrée à l'abbaye. Il en éprouvait un chagrin quotidien, d'autant plus que, à cause de sa jambe déformée il avait du mal à effectuer les rudes tâches d'un fermier.

Le plus beau souvenir de Père était la visite de l'île Sainte quand il était jeune. On l'avait conduit là-bas dans l'espoir d'obtenir une guérison, et le spectacle de ces moines qui menaient une existence paisible l'avait impressionné. Ils n'étaient pas obligés de traîner une charrue sur un sol rocailleux. Ils n'étaient pas obligés de couper du bois dans une forêt terrifiante accompagnés par les hurlements des loups ou, pis, par les échos des lutins qui dévoraient les petits garçons.

Hélas, même les braves moines n'avaient pas réussi à guérir la blessure de Giles Patte Folle. Tout ce qu'ils avaient pu faire, c'était lui donner du pain blanc moelleux et du gigot parfumé au romarin. Ils prièrent pour lui dans une chapelle ornée d'un vitrail où brillaient les couleurs de l'arc-en-ciel quand le soleil l'éclairait par-derrière.

– J'avais prévu de réparer le toit de la grange aujourd'hui, déclara Père.

Jack fit la grimace. Cela voulait dire que la corvée de la chasse aux agneaux serait pour lui. Sec, le pain de la veille était trop dur. Il le trempa dans son porridge. Jack sentait craquer sous ses dents les grains de sable qui entraient toujours dans la composition des miches foncées et denses que faisait cuire Mère.

– Je pourrai regarder, Père ? demanda Lucy.

– Bien sûr, ma chérie. Mais ne reste pas assise sous l'échelle, surtout. Ça porte malheur.

« Ça porte malheur parce que Père risque de lui faire tomber son marteau sur la tête », pensa Jack.

Mais, là encore, il n'osa rien dire.

– C'est à nous de nourrir le barde, cette semaine, dit Mère.

– Je m'en occupe, proposa aussitôt Jack.

– Évidemment que tu vas t'en occuper, répondit Père. Mais n'espère pas te défiler pour échapper à l'agnelage.

« C'est toujours comme ça ! » pensa Jack.

Il offrait son aide et Père se sentait obligé de le dénigrer. Mais Jack était trop heureux de s'acquitter de cette nouvelle tâche pour céder à la colère.

Ayant terminé son porridge et son pain, il but d'un trait le cidre chaud et se prépara pour affronter cette longue journée. Il fourra de la laine dans ses chaussures afin d'éviter que ses orteils ne gèlent. Il enveloppa ses jambes d'une bande de tissu, enfila une chemise supplémentaire sur laquelle il jeta une cape, imperméabilisée par une bonne couche de suif. Elle était lourde, mais la chaleur faisait oublier son poids. Pour finir, Jack prit sur ses épaules un sac de victuailles.

– Surtout, n'ennuie pas le barde en restant dans ses pattes, lança Père au moment où Jack sortait.

Le vent rabattit la cape sur la tête du garçon. Il la repoussa et s'y enroula. Le givre craquait sous ses pas. Le paysage étincelait comme du cristal et Jack distinguait les montagnes à l'ouest, au-delà de la forêt et de la mer glacée. Sur une falaise surplombant le rivage se dressait la vieille maison romaine où vivait le barde. Jack voyait s'en échapper une volute de fumée déchiquetée par le vent.

Il se demandait pourquoi le vieil homme avait choisi de vivre là. La maison était dans un tel état de délabrement qu'aucune quantité de bois n'aurait suffi à en chasser l'humidité glaciale. Peut-être le barde aimait-il la proximité de la mer. C'était par là qu'il était arrivé, à bord d'un petit coracle qui ballottait sur les flots comme un jouet. C'était un miracle qu'il ait survécu, mais peut-être avait-il eu recours à la magie pour protéger son embarcation.

Jack sentit son cœur battre plus fort. Il savait, bien entendu, que sa mère pratiquait un peu la magie. Avec elle, il avait appris à parler aux abeilles et à apaiser les animaux effrayés en leur chantant une chanson. Mais le barde, lui, connaissait des secrets bien plus terribles. On racontait qu'il pouvait rendre fous des ennemis rien qu'en soufflant dans une paille. Il savait aussi faire surgir le vent du nord et parler aux corbeaux.

Le vieil homme avait débarqué dans le village deux ans auparavant et avait aussitôt commencé à donner des ordres. Très vite, il se retrouva installé dans la maison romaine avec un lit, une table, des couvertures et un joli stock de provisions. Sans que personne songe à protester.

– Je vous apporte des vivres ! cria Jack à la porte de l'antique demeure.

Il guetta les pas du vieil homme. Au bout d'un moment, il entendit un soupir et le bruit sourd d'une canne frappant le sol. Le barde ouvrit la porte et la joie illumina son visage.

– Jack ! Quel plaisir !

C'était une des raisons pour lesquelles Jack aimait bien le barde. Il ne disait pas : « Encore toi ? » Il semblait véritablement content de le voir.

– Voulez-vous que je fasse chauffer le cidre ? demanda Jack.

– Ah ! Le merveilleux travail de ta mère. Cette femme a de la sagesse dans les doigts. Tu peux me croire.

Jack enfonça un tisonnier dans les braises de la cheminée et remplit un bol de cidre.

– Je suppose que tu vas partir à la recherche des agneaux ce matin, dit le barde en s'asseyant et en approchant ses pieds osseux du feu. Si tu veux tout savoir, six brebis ont mis bas. Les petits sont dans le Westfold.

Jack ne mit pas en doute cette affirmation. Tout le monde savait que le barde possédait le don de double vue. Le vieil homme prenait-il l'apparence d'un oiseau pour survoler les champs ou interrogeait-il les renards qui passaient, nul ne le savait. Mais il avait connaissance de tout ce qui se passait autour de lui, et même beaucoup plus.

Jack attendit que le tisonnier rougeoie, puis le plongea dans le bol de cidre, ce qui produisit un sifflement.

– Dois-je ramasser du bois ? demanda-t-il.

Il voulait rester le plus longtemps possible.

– Il te faudra une demi-journée pour rassembler ces agneaux, dit le barde en savourant la vapeur parfumée qui s'échappait du bol de cidre chaud. Tu pourras revenir ici quand tu auras terminé.

Jack n'était pas certain d'avoir bien entendu. Généralement, les gens ne voulaient pas de lui quand ils n'avaient aucune tâche à lui confier.

– Vous avez besoin d'aide ? demanda-t-il poliment.

– De l'aide ? De l'aide, espèce de gland non germé ! Par les sourcils d'Odin, je t'invite à déjeuner ! Dois-je t'envoyer une invitation ? Non, non, bien sûr, ajouta le vieil homme dans un soupir. Tu ne pourrais pas la lire. Personne ne s'est donné la peine de t'apprendre. Ta mère a des excuses. Elle a fait de son mieux avec ce mari qui rêve d'être moine...

Le barde continua à palabrer dans son coin en réchauffant ses mains autour du bol de cidre. Il semblait avoir oublié la présence de Jack.

– Je viendrai avec plaisir, dit le garçon.

– Hein ? Oh, très bien, répondit le vieil homme en le congédiant d'un geste.

Jack était tellement stupéfait qu'il se retrouva en train d'escalader les collines jusqu'au Westfold, sans se souvenir comment il était arrivé jusque-là. Le vent faisait gonfler sa cape et la glace mordait les semelles de ses chaussures. Que pouvait bien lui vouloir le barde, à lui ? Une douzaine de garçons apportaient régulièrement du bois et des seaux d'eau à la maison romaine, mais jamais aucun, à sa connaissance, n'avait été invité à déjeuner.

Pourquoi avait-il été choisi ? Le fils du chef était plus grand et plus instruit. Le fils du forgeron était plus fort. Le fils du meunier apportait de délicieuses miches de pain blanc au barde. Jack, lui, pour être franc, ne possédait aucune qualité particulière.

Il trouva le premier des agneaux blotti près d'une haie. La mère le chargea mais il la chassa à coups de pied. Le mouton à tête noire était aussi sauvage qu'une chèvre des montagnes. Jack glissa l'agneau tremblant à l'intérieur de sa cape et s'empressa de redescendre de la colline, tout en repoussant la mère. Arrivé à la grange, il jeta le petit sur un tas de paille et évita le coup de cornes de la brebis en ressortant.

Il effectua ainsi plusieurs trajets jusqu'à ce qu'il ait trouvé et rapporté les six agneaux. Il était crotté de la tête aux pieds et avait mal partout. « Je hais les moutons », se dit-il en claquant la porte de la grange.

– N'oublie pas de les nourrir ! lui lança Père, perché sur le toit.

– C'est fait, répondit Jack.

Pourquoi Père ne lui disait-il pas plutôt : « Six agneaux ? Bravo ! » Pourquoi n'était-il jamais satisfait ?

Lucy était assise sous l'échelle, en dépit de la mise en garde de Père. Emmitouflée dans une peau de mouton, elle ressemblait à un gros lapin. Elle agita joyeusement la main, et Jack, malgré son agacement, lui répondit de la même manière. Difficile d'être en colère contre Lucy.

2

L'apprenti

– Entre ! cria le barde à l'adresse de Jack qui attendait, nerveux, sur le pas de la porte.

Le garçon chercha autour de lui un seau vide ou un tas de bois manquant de bûches afin de justifier sa présence. Mais tout paraissait en ordre.

– Je ne t'ai pas demandé de venir pour travailler, dit le barde.

Jack tressaillit : le vieil homme était-il aussi capable de lire dans les pensées ?

Entre les quelques bouchées de fromage et de pain, accompagnées d'un peu de cidre, qui composaient leur déjeuner, le barde interrogea Jack sur des sujets si ordinaires qu'ils lui semblaient à peine dignes d'être évoqués. Quel bruit faisait l'eau en coulant sur l'herbe ? Et en ruisselant dans une tourbière ? Comment le vent modifiait-il sa musique en passant des roseaux de la rivière aux Queues-de-renard de la prairie ? Jack savait-il faire la différence entre une alouette et une hirondelle, là-haut parmi les nuages ?

– Bien sûr que oui, répondit Jack. Tout le monde le sait, c'est à la manière dont les oiseaux battent des ailes.

– Erreur, dit le barde. Rares sont les individus qui savent voir plus loin que le bout de leur nez. Encore un morceau de fromage ?

Jack avait mangé plus que sa part et en éprouvait un sentiment de culpabilité. Il était rarement rassasié.

– A mon avis, je ne perdrai pas totalement mon temps avec toi, déclara le barde. Mais que cela ne te monte pas à la tête, mon garçon. Je pourrais me tromper. Que dirais-tu de devenir mon apprenti ?

Jack demeura bouche bée. Son cerveau ne parvenait pas à saisir le sens de ces paroles. Il n'avait jamais entendu dire que les bardes avaient des apprentis.

– Voilà la première habitude dont tu devras te débarrasser, dit le vieil homme avec un soupir. Tu dois toujours avoir l'air intelligent, même quand tu ne comprends pas. Allez, file maintenant. J'irai parler à ton père plus tard.

Ce soir-là, blotti sous ses couvertures, Jack écouta son père et le barde évoquer son avenir. Il ne croyait pas vraiment que le vieil homme viendrait, et pourtant, à la tombée de la nuit, il était apparu, vêtu d'une épaisse cape blanche, appuyé sur un bâton de frêne noirci.

Il était extrêmement impressionnant avec sa longue barbe qui flottait au vent.

Père l'avait invité à entrer et avait chassé Jack de son siège près du feu.

Mais Giles Patte Folle fut mécontent en apprenant la raison de cette visite.

– Je ne peux pas laisser partir Jack ! s'écria-t-il. Si j'avais d'autres fils ou si je n'avais pas cette jambe tordue... Au fait, vous ne pouvez rien y faire ?

– Je crains que non, répondit le barde.

– Ça ne coûte rien de demander. Telle est ma pénitence pour le péché commis par Adam.

– Amen, dit Mère.

Père, Jack et Lucy murmurèrent « Amen » eux aussi. Mais le barde resta muet.

– J'ai besoin de lui pour effectuer les réparations et pour labourer, pour conduire les moutons et ramasser du bois dans la forêt, ajouta Père. Je suis flatté que vous ayez pensé à mon fils, mais rien ne prouve qu'il soit intelligent.

– J'ai foi en lui, déclara le barde.

Jack fut envahi par une bouffée de gratitude envers le vieil homme et de ressentiment envers son père.

– Le problème ne concerne pas les qualités de Jack, répliqua Père. J'ai besoin de lui, un point c'est tout.

– Il serait bon qu'il reçoive une éducation, dit Mère d'une petite voix hésitante. Toi-même, tu as toujours rêvé d'étudier avec les moines...

– Silence, ordonna Père d'un ton qui interdisait toute protestation. Je voulais me consacrer à la religion, sur l'île Sainte, expliqua-t-il au barde. Hélas, je n'en ai pas eu la possibilité. Mais je ne rejette pas la faute sur mon père. Je le respecte et je ne commettrai pas le péché de colère envers lui. Chaque jour, j'offre mes souffrances à Dieu.

– Amen, dit Mère.

– Amen, murmurèrent Père, Jack et Lucy.

Que faisait Dieu avec toutes ces souffrances que Lui offrait Père ? se demandait Jack. Les mettait-Il dans une grande boîte avec les maux de dents et les maux de tête que les gens Lui envoyaient ?

– Mon fils ne doit pas essayer de s'élever au-dessus de sa condition, conclut Père. Au contraire, il doit apprendre que la vie regorge de déceptions. La souffrance, endurée dans la joie, est le plus sûr chemin vers le salut.

– Rassurez-vous, Jack ne risque pas de s'amuser en étant mon apprenti, répondit le barde, dont le regard pétillait. Je vous assure que je le ferai travailler comme une mule dans une mine de plomb. Il souffrira comme les meilleurs d'entre nous. Pour ce qui est de votre ferme, Giles, j'en ai discuté avec le chef. Je n'aurai plus besoin des autres garçons si j'ai Jack auprès de moi, et le chef veut bien vous les envoyer. Je crois que vous aurez plus de bras qu'il vous en faut.

Jack comprenait combien le barde avait été malin. Il avait attendu que Père présente ses objections, puis il avait bouclé la question comme un piège qui se referme sur un renard.

– Oh ! Fort bien. Dans ce cas..., bafouilla Giles Patte Folle. (Il jeta au barde un regard courroucé.) J'ose espérer que les autres garçons feront l'affaire... bien qu'il s'agisse d'une jolie bande de paresseux.

En entendant ces paroles, Jack se dit que Père n'avait jamais été aussi près de lui adresser un compliment ; il laissait entendre que lui, il n'avait pas les deux pieds dans le même sabot.

– Il travaillera dur, n'est-ce pas ? demanda Giles Patte Folle.

– Je vous garantis qu'il tombera d'épuisement sur son lit, dit le barde.

– Il rentrera quand même à la maison de temps en temps ? s'enquit Mère d'une voix douce.

Le vieil homme lui sourit.

– Il reviendra vous voir le dimanche et quand je partirai dans la forêt. Il vous donnera un coup de main pour les abeilles.

Quelque chose sembla passer entre Mère et le barde à cet instant, même si Jack n'aurait su dire de quoi il s'agissait.

– Ce serait bien, dit Mère.

– Pfft, c'est un travail de fille, grogna Père en lançant un morceau de tourbe dans le feu.

Le lendemain matin, Jack fit ses bagages. Il fourra sa chemise de rechange et ses jambières dans un sac, avec un bol et un tranchoir. Il y ajouta sa collection de trésors : des coquillages, des plumes, un nœud de bois dont la forme évoquait un écureuil et une pierre à travers laquelle on pouvait voir. Tout le reste, il le portait sur lui, y compris le couteau que Père lui avait offert à Noël.

Ça lui faisait bizarre d'emporter tout ce qu'il possédait. Il craignait que, sans ces preuves de son existence, sa famille finisse par l'oublier. Peut-être deviendrait-il comme ces pauvres âmes que l'on emportait au pays des Elfes. Elles s'en revenaient au bout d'une semaine, leur semblait-il, pour découvrir qu'elles étaient parties depuis cent ans. Lucy s'accrocha à son frère en pleurant.

– Ne pars pas ! Ne pars pas !

– Je reviendrai dimanche, promit-il.

– Allons, Lucy. Les princesses ne pleurent pas, dit Père.

– Je veux plus être une princesse si ça veut dire perdre Jack, gémit la fillette.

– Hein ? Tu ne veux pas vivre dans un palais ? Manger des sucreries dans de la vaisselle en or ?

Lucy leva la tête.

– Quelles sucreries ? demanda-t-elle.

– Du pudding à la sorbe et de la tarte aux reines-claudes, dit Père. Des pommes en beignet et de la bouillie.

– De la bouillie ?

En entendant ce mot, Lucy lâcha la cape de Jack.

– La meilleure qui soit, avec des noix de muscade et de la crème.

Jack savait que Père décrivait ce qu'il avait mangé sur l'île Sainte. Ni Lucy ni son frère n'avaient jamais goûté de bouillie, mais Jack en avait l'eau à la bouche. Ça avait l'air tellement bon !

Lucy se précipita vers Père qui la prit dans ses bras.

– Des bannocks* , de la confiture de fraise, des tartes aux cerises et du flan, récita-t-il d'une voix suave.

– Et de la bouillie, ajouta Lucy qui avait oublié le départ de Jack.

Celui-ci soupira intérieurement. C'était plutôt agréable de provoquer des pleurs, mais Lucy passait très vite d'une chose à une autre. Après tout, c'était encore presque un bébé.

Le barde partit devant, suivi de Jack, qui essayait tant bien que mal de ne pas se laisser distancer. Le garçon était chargé comme une mule : en plus de ses propres affaires, il portait de lourds sacs de victuailles. En chemin, ils croisèrent le fils du forgeron. Apparemment, il avait été le premier choisi pour soulager Giles Patte Folle dans ses tâches. Profitant de ce que le barde avait le dos tourné, le garnement décocha un coup de poing en direction du bras de Jack, qui n'eut aucun mal à l'esquiver.

– Amuse-toi bien avec les moutons ! lui lança-t-il en pressant le pas pour rattraper le vieil homme.

Jack travaillait dur, de l'aube au crépuscule, mais il trouvait cela intéressant. Certains soirs, il portait la harpe du barde quand celui-ci partait en visite. C'était une mission très agréable. Il s'installait à la place d'honneur, près du feu ; une

* Gâteaux écossais à base d'orge ou d'avoine (Note du traducteur).

place qui lui était interdite du temps où il n'était que le rejeton de Giles Patte Folle. On lui servait une boisson chaude et il n'avait rien d'autre à faire que de se prélasser en écoutant les histoires du barde.

Jack se levait avant l'aube, allumait un feu dans la cheminée et préparait le porridge. Il allait chercher de l'eau et ramassait du bois. Après quoi, le barde l'envoyait dans la nature.

– Regarde bien autour de toi, lui disait-il. Sens le vent, sens l'air. Écoute les oiseaux et observe le ciel. Et raconte-moi ensuite ce qui se passe dans le vaste monde.

Jack, ne sachant pas exactement ce qu'il était censé voir, escaladait les hautes collines jusqu'aux sommets. Quand le temps était trop mauvais, il se réfugiait dans des bergeries abandonnées. Quand il faisait beau, il s'allongeait dans les prés. Il regardait les nuages blancs cotonneux filer dans le ciel et les faucons plonger comme des flèches pour capturer de pauvres souris.

Mais Jack apprit très vite qu'une réponse simple ne suffisait pas. S'il se montrait paresseux ou peu perspicace ou, pis que tout, s'il inventait des choses, son maître lui donnait de petits coups sur la tête de son poing fermé. Il savait parfaitement quand Jack mentait.

– Ouvre les yeux ! lui disait-il. Si tu ne peux pas faire mieux que ça, autant te renvoyer d'où tu viens, comme du menu fretin !

A mesure que les semaines passaient, Jack s'aperçut qu'il voyait de plus en plus de choses, comme si le vaste monde s'était ouvert devant lui. Il apprit qu'un faucon ne volait pas au hasard dans le ciel. Il suivait des parcours bien précis. Il se reposait sur certains rochers escarpés et faisait des politesses à d'autres faucons. Jack découvrit que les créatures sauvages se comportaient entre elles comme les habitants du village. Il y avait les timides et les brutes, les vantards et les modestes qui ne désiraient qu'une chose : vivre leur vie en évitant les ennuis.

Quand il rentrait de ses excursions, Jack se dirigeait directement vers la marmite de soupe. Elle restait suspendue au-dessus du feu jour et nuit. C'était un épais potage composé de pois, d'orge, de navets et d'oignons. De temps à autre, le barde y ajoutait une poignée d'herbes qui en modifiait le goût, mais elle était toujours bonne.

Jack laissait la chaleur du feu pénétrer ses os pendant qu'il dévorait une tranche de pain. Le pain aussi était différent, en fonction de la personne qui fournissait les vivres cette semaine-là. La plupart des femmes pétrissaient les miches avec un mélange d'avoine, de blé, d'orge ou de fèves... ce qu'elles avaient sous la main. Les familles les plus pauvres ajoutaient des glands à la farine, et leur pain était si dur qu'il fallait le réduire en miettes et l'imbiber avant de pouvoir l'avaler. Mais le boulanger, lui, n'utilisait que du blé. Son pain était merveilleusement moelleux et il arrivait enveloppé d'un linge pour en préserver la chaleur.

Après le repas, Jack s'occupait du jardin situé dans le pré derrière la maison. Il ramassait des plantes destinées à enfumer la vermine nichée dans ses vêtements et ceux du barde. Il pelait des joncs dont il plongeait le cœur blanc dans de la cire d'abeille pour fabriquer des bougies destinées aux longues soirées obscures. Avec les oyats des dunes, il tressait des nattes imperméables. Et, pour finir, pendant le dîner, Jack racontait tout ce qu'il avait vu dans la journée.

– Bien, bien, disait le vieil homme. Tu as entraperçu la manière dont les choses s'agencent entre elles. Pas tout, bien sûr. Il faudrait plusieurs vies pour cela. Mais tu n'es plus totalement ignorant.

Ensuite il apprenait une chanson à Jack et écoutait attentivement le garçon chargé de la répéter.

– Tu es doué pour la musique. Tu possèdes une oreille remarquable, murmurait-il.

Entendant cela, Jack se sentait envahi de bonheur.

Pour finir, Jack nourrissait le feu et étendait sur le sol la bruyère séchée et les peaux de mouton qui leur servaient de matelas. Le barde dormait tout au fond de la maison dans un lit fait de paille tressée. Jack trouvait qu'il ressemblait à un gros panier. Lui-même dormait par terre, dans un coin, près de la porte.

La dernière chose qu'il voyait en s'endormant, c'était le rougeoiement de l'âtre sur les murs de la maison. Les anciens

Romains y avaient peint des arbres qui ne ressemblaient pas à ceux que connaissait Jack. Ils étaient chargés de fruits dorés et des oiseaux étranges y nichaient. Jack trouvait ces arbres inquiétants. Parfois, quand la lueur des braises vacillait, les oiseaux semblaient bouger. A moins que ne ce soit les branches – ce qui n'était pas plus rassurant.

3

L'ombre de l'autre côté de la mer

– Non... non...

Jack se redressa brusquement. Dehors, le vent mugissait. La maison retenait entre ses murs le froid glacial qui s'y infiltrait avant l'aube.

– Non... Je refuse... C'est mal...

Le jeune garçon repoussa ses couvertures et se précipita vers le fond de la maison. Le lit du barde tremblait. Le vieil homme tendait la main, comme pour repousser quelque chose.

– Réveillez-vous ! Tout va bien.

Il prit la main du barde.

– Je ne me plierai pas à ta volonté ! Je te défie, infâme troll !

Quelque chose – une force terrible – repoussa Jack. Sa tête heurta la pierre et ses oreilles bourdonnèrent comme si le forgeron martelait une enclume à l'intérieur de son crâne. Il sentait le goût du sang dans sa bouche.

– Oh, flûte ! Mon enfant ! J'ignorais que c'était toi.

Jack voulut parler, mais il s'étouffa avec son sang et se mit à tousser.

– Tu es vivant, bénie soit Freya ! Ne bouge pas. Je vais rallumer le feu et te préparer un remède.

Les bourdonnements s'atténuèrent dans les oreilles de Jack, remplacés par une violente nausée. Il entendait le barde se déplacer dans la pièce et, soudain, les flammes bondirent dans l'âtre. Très vite, on lui tendit un bol rempli d'un breuvage chaud. Le liquide lui brûla la bouche et Jack eut un mouvement de recul.

– Tu t'es mordu la lèvre, mon enfant. Ce n'est pas aussi grave qu'il y paraît. Ce remède va te faire du bien.

Jack parvint à l'avaler et la nausée disparut. A la place, il fut pris de tremblements. Mais peut-être tremblait-il déjà avant. Il ne s'en souvenait plus.

– C'est... c'est ainsi que vous détruisez vos ennemis ? bafouilla-t-il.

Le barde se rassit.

– C'est une des façons de le faire.

– C'était donc... de la magie ?

– Certains emploient ce terme, répondit le barde.

– Vous m'apprendrez ?

– Par la barbe touffue de Thor ! J'ai failli te tuer, et la première chose que tu veux savoir, c'est comment je m'y suis pris !

– Je suis votre apprenti, non ?

– Un apprenti sacrément effronté ! La plupart des garçons de ton âge seraient retournés en courant chez leur mère après ce qui vient de t'arriver. Mais la curiosité est une excellente chose. Je pense qu'on va bien s'entendre tous les deux.

Jack se sentait envahi par une douce torpeur. La douleur était toujours présente, mais elle n'avait plus d'importance.

– Que vous est-il arrivé ?

– J'ai fait un cauchemar, mon garçon. Prie pour que cela ne t'arrive jamais.

– Un mauvais rêve, vous voulez dire ?

– Non. Un cauchemar. C'est bien pire.

Jack aurait voulu continuer à interroger le barde, mais il se sentait trop bien. Il bâilla à s'en décrocher la mâchoire, s'étendit sur le sol et s'endormit.

Quand il se réveilla, il était couché dehors, sur un lit de bruyère. Il fit un effort pour se lever.

– Repose-toi encore un peu, mon garçon, conseilla le barde.

Ce dernier était assis sur un tabouret près de la porte. Sa barbe et sa cape blanches formaient une tache lumineuse sur les pierres patinées de la maison.

– Ah, le soleil, dit le vieil homme en soupirant d'aise. Il nous guérit des terreurs de la nuit.

– Vous voulez parler de votre cauchemar ? demanda Jack.

Sa bouche était douloureuse et, curieusement, il avait du mal à articuler.

– Entre autres choses, répondit le barde.

Jack palpa sa lèvre et découvrit avec effroi qu'elle était gonflée comme un champignon après la pluie.

– Tu ferais un troll assez convaincant, commenta le vieil homme.

Jack se souvint des paroles que le barde avait criées dans son sommeil.

– Vous en avez déjà vu un en vrai ?

– Oh, oui. Des dizaines. La plupart sont des individus assez agréables, une fois qu'on a fini par s'y habituer. Ceux dont il faut se méfier, ce sont les demi-trolls. Leur méchanceté échappe à toute description, tout comme leur fourberie. Ils savent changer d'aspect et, quand ils prennent une apparence humaine, ils sont si beaux qu'on ne peut plus réfléchir de manière sensée en leur présence.

– C'est l'un d'eux qui vous a envoyé ce cauchemar ? demanda Jack.

– C'est l'un d'eux qui le conduisait. Écoute, mon garçon... J'avais décidé de te protéger de certaines choses en attendant que tu sois plus âgé. Mais je n'en aurai peut-être pas le temps. Dernièrement, j'ai senti une obscurité au-dessus de la mer. Elle me cherche, vois-tu. Dans la journée, je peux lui échapper. Mais la nuit, je baisse ma garde et elle le sait.

– Vous pourriez vous installer chez le chef. Il vous protégerait, dit Jack.

Il commençait à s'inquiéter. Ce n'était pas une saga ni une chanson divertissante. C'était la réalité.

Le vieil homme secoua la tête.

– Votre chef est un homme courageux, mais il n'est pas de taille à lutter contre les trolls. Elle me traque, et, si elle a découvert où je me trouve, ses serviteurs sont sans doute déjà en chemin. J'ai été négligent. J'aurais dû me souvenir que nulle part dans les neuf mondes je ne suis à l'abri tant qu'elle est en voyage. Peut-être devrais-je me livrer à elle. Plutôt que de la laisser détruire ton village.

– Vous ne pouvez pas fuir ?

– Les Jotuns suivent une trace mieux que des chiens de chasse. Ses serviteurs viendront d'abord ici et, s'ils ne me trouvent pas, ils vous tueront tous.

– Les Jotuns ? demanda Jack d'une toute petite voix.

– C'est le nom que se donnent les trolls. Ils sont capables de s'introduire dans ton esprit pour découvrir ce que tu penses. Ils savent quand et où tu vas frapper, avant même que tu agisses. Seule une espèce très particulière de guerriers peut les vaincre.

– Nous devons faire quelque chose.

Jack savait que sa voix était trop aiguë, mais il n'y pouvait rien.

– Nous le ferons, déclara le barde avec fermeté. Je suis aux aguets désormais, je ne la laisserai pas me prendre par surprise. J'aurais dû faire ton éducation durant toutes ces semaines, mais la quiétude de cet endroit m'a endormi...

Le barde se tut et Jack remarqua qu'il contemplait la mer. Il suivit son regard, mais ne vit que le ciel sans nuage et les vagues gris-vert qui roulaient vers le rivage. Si l'obscurité montait quelque part, dans le lointain, il ne la voyait pas.

– Tu peux rentrer chez toi ces trois prochains jours, dit le barde. Je vais aller dans la forêt. Oh, à ta place, je ne parlerais pas de tout ça à ta famille. (Il prit son bâton noirci.) Inutile de les inquiéter tant que ce n'est pas nécessaire. Les Jotuns savent flairer la peur et suivre sa trace, comme un renard qui sent le poulailler.

– J'ai passé presque tout mon temps à courir après ces sales gamins ! maugréa Père en mangeant bruyamment la soupe aux coques préparée par Mère.

Jack avait ramassé les coques en chemin, sur les falaises, près de la maison du barde.

– Ils filent comme des anguilles dès qu'il y a du pain sur la planche !

– C'est vrai. C'est une bande de vauriens, confirma Mère.

Elle aidait Lucy à tenir son bol à deux mains.

Jack trouvait pourtant que rien n'avait changé à la ferme. Les clôtures paraissaient solides, le champ regorgeait d'avoine et d'orge. La moutarde, la lavande et la coriandre fleurissaient dans le potager, et les pommiers étaient recouverts de minuscules fruits verts.

C'était si beau qu'il sentit sa gorge se nouer. Il n'avait pas su apprécier leur petite ferme jusqu'à présent. Soudain, il voyait son père sous un jour nouveau. Il comprenait que les récriminations de Giles Patte Folle n'étaient pas plus graves que les croassements des corbeaux dans un arbre. C'était une manie qu'avaient prise les corbeaux quand les choses n'allaient pas comme ils voulaient. Père, lui aussi, grommelait pour atténuer les déceptions de son existence. Ce qui comptait, c'était son obstination, en dépit de son malheur, à faire vivre cet endroit magnifique. Jack voyait bien que la maison était aménagée avec amour et qu'il y avait toujours des provisions pour que Mère, Lucy et lui puissent se nourrir.

Mais tout cela risquait d'être balayé en un instant. Nul n'avait idée de la menace qui planait au-dessus de la mer.

– Jack pleure, dit Lucy.

– Pas du tout ! protesta-t-il.

Il détourna la tête pour cacher les larmes qui avaient coulé dans son cou. Depuis que le barde l'avait projeté au sol, il se sentait vulnérable et avait l'impression de pleurer pour un rien.

– Laisse-le tranquille, ma chérie, dit Mère de sa voix douce. Il a très mal à la bouche.

– Le barde lui a flanqué une raclée, dit Père.

– C'était un accident, déclara Jack.

– Oui, c'est ça. Tu peux nous raconter ce que tu veux, je sais reconnaître une raclée.

Jack n'insista pas. Si Père voulait croire qu'il avait été puni, pourquoi lui gâcher son plaisir ? Ça aussi, c'était nouveau. Avant, Jack aurait protesté avec vigueur. A présent, il voyait les rides de souffrance sur le visage de son père, ses épaules voûtées et ses mains couvertes de cicatrices. Une autre image lui traversa l'esprit, celle de son père enfant, avant l'accident.

Jack avait encore envie de pleurer. Tous ces sentiments inconnus étaient aussi étranges que déroutants.

Mère se pencha au-dessus de la tête blonde de Lucy.

– Finis ta soupe, lui dit-elle.

– J'aime pas le fond. Y a plein de sable, dit la fillette.

– Si on nettoie les coques, ça enlève le goût, dit Mère, mais elle termina le bol et donna à Lucy une galette d'avoine.

– Une bonne raclée, ça fait du bien aux garçons, déclara Giles Patte Folle. Moi, mon père, il me donnait une bonne fessée tous les jours, sauf le dimanche. Et ça a fait de moi l'homme que je suis devenu.

Et comme on était justement dimanche, Père leur raconta une histoire sur les saints. Il ne savait pas lire, pas plus que quiconque au village, à l'exception du barde. Pour Giles Patte Folle, l'écriture ressemblait à de la magie. Quand le barde traçait des lettres sur un morceau de parchemin, le fermier se signait pour conjurer le mauvais sort.

Mais il avait retenu des dizaines d'histoires qu'il avait entendues chez les moines de l'île Sainte. Ce soir, il avait choisi celle de saint Laurent, martyrisé par les païens.

– Ils l'ont fait rôtir à petit feu, dit Père devant une Lucy horrifiée. Ils lui ont mis des gousses d'ail entre les orteils et l'ont arrosé de graisse comme un poulet. Au moment où il allait mourir et monter au ciel, saint Laurent leur a dit : « Je crois que je suis cuit. Vous pouvez me manger quand vous voulez. » Les païens étaient tellement impressionnés qu'ils sont tombés à genoux et ont prié pour devenir chrétiens.

« Les trolls mangent les gens », pensa Jack. Ils allaient arriver par la mer et mettre des gousses d'ail entre les orteils des villageois. La tête baissée, il s'obligea à penser aux collines verdoyantes et aux nuages duveteux. Il ne devait pas avoir peur, surtout. Les Jotuns suivaient la peur à la trace.

Ensuite, Lucy voulut entendre son histoire à elle, celle qui racontait qu'elle avait vécu dans un palais.

– Ça ne servira qu'à lui causer du chagrin, dit Mère. Elle est incapable de faire la différence entre la réalité et l'imagination.

Père ignora la remarque de son épouse. Jack savait qu'il était aussi impatient de raconter cette histoire que Lucy de l'entendre. Il comprenait maintenant (comme il avait changé en l'espace de quelques semaines !) que ces contes, eux aussi, étaient un réconfort pour son père. Giles Patte Folle avait beau récriminer comme un corbeau, il se perdait tel un oiseau dans les nuages de son imaginaire. Il n'était plus obligé de poser les pieds sur terre pour savoir qu'il était condamné à y ramper.

– Un jour, dit Père, la reine laissa tomber un gâteau au miel par terre.

– Mon autre mère, s'empressa de préciser Lucy.

Mère renifla avec dédain. Il y avait bien longtemps qu'elle avait renoncé à expliquer à Lucy qu'elle ne pouvait pas avoir deux couples de parents.

– Le gâteau fit des racines et un arbre poussa, reprit Père.

– Jusqu'à devenir aussi grand que le chêne près de la cabane du forgeron, dit Lucy.

– Toutes les branches étaient couvertes de gâteaux au miel. Des serviteurs invisibles volaient dans les airs pour aller les cueillir.

– Des serviteurs invisibles ! J'aimerais bien voir ça, commenta Mère.

– Tu avais un petit chien avec un collier vert auquel étaient cousues des clochettes. Tu l'entendais courir dans la maison.

– Le château, rectifia Lucy.

– Oui, bien sûr. Le château. Et ce chien savait parler. Il te racontait tout ce qui se passait dans le royaume mais, malheureusement, il était aussi très vilain. Un jour, il s'est enfui et ta nourrice lui a couru après.

– Avec moi dans ses bras, précisa Lucy.

– Oui. Et elle s'est perdue dans la forêt. Elle s'est assise pour pleurer et s'arracher les cheveux.

– Mais d'abord, elle m'a déposée sous un rosier, dit Lucy.

– Un ours est sorti des bois et l'a dévorée. Mais toi, il ne t'a pas trouvée, ma chérie.

– Et c'est comme ça qu'on m'a perdue ! clama Lucy, indifférente au sort de la nourrice.

Ce soir-là, Jack s'endormit en écoutant le vent du nord s'en prendre au toit de chaume au-dessus de sa tête.

4

La vallée des Fous

Le barde avait le visage hâlé, comme s'il était resté longtemps au soleil. Cela intriguait Jack, mais il n'osait poser aucune question.

– Tu as l'air en forme, lui dit le vieil homme. Tout le monde se porte bien dans ta famille ?

– Oui, Maître.

– Je suis parti chercher des informations. Il semble y avoir de l'agitation de l'autre côté de la mer. On construit des bateaux, on forge des épées.

– C'est inquiétant ?

– Bien sûr. Les gens ne fabriquent pas des bateaux et des épées s'ils n'ont pas l'intention de s'en servir.

Le barde marchait devant Jack sur un sentier qui surplombait la mer. Les falaises vertes plongeaient à pic sur leur droite et Jack entendait les vagues s'écraser sur les rochers tout en bas. Des mouettes se laissaient porter par les courants ascendants ; elles virevoltaient en battant paresseusement des ailes.

– Vois-tu, mon garçon, les terres situées de l'autre côté de la mer ne sont pas aussi riches qu'ici. Les fermes sont creusées dans les montagnes. Elles sont recouvertes de neige et de glace presque toute l'année. Rares sont les personnes qui peuvent survivre dans cet environnement ; les autres sont obligées de s'exiler.

Le barde gravissait le sentier abrupt d'un pas vif, sans même paraître essoufflé. Jack, lui, devait faire un terrible effort pour le suivre.

– Les Nordiques qui peuplent cette contrée convoitent la terre des Rus à l'est et celle des Francs au sud. Ils ne regardent pas au nord car c'est là que vivent les Jotuns.

Les Jotuns. Jack frissonna.

– J'ai peur que certains regardent aussi vers l'ouest, ajouta le barde. C'est-à-dire dans notre direction.

– C'est donc ça, l'ombre que vous avez sentie ?

– Ça... et autre chose.

Le barde s'arrêta et contempla la mer, les mouettes qui glissaient dans les airs.

– Ces Nordiques, ceux qui regardent vers l'ouest, obéissent à un roi nommé Ivar le Désossé.

Ivar le Désossé ! Jack eut l'impression qu'un nuage s'était interposé entre le soleil et lui. Soudain, le fracas des vagues s'assourdit ; les cris des mouettes lui parvenaient de très loin.

– Ça ne va pas, Jack ?

– Quel nom affreux, murmura le garçon.

– Pas plus affreux que celui qui le porte, crois-moi. Il a des yeux bleu pâle comme deux petits icebergs. Sa peau est aussi blanche que le ventre d'un poisson. Il est capable de briser la jambe d'un homme à mains nues et il porte un manteau tissé avec les barbes de ses ennemis vaincus.

Jack était presque fou de terreur. Que lui arrivait-il ? Il avait pourtant entendu un grand nombre d'histoires effrayantes, de la bouche du barde ou de Père. Et il adorait ça : plus ça faisait peur, mieux c'était. Or voilà qu'il tremblait comme un agneau qui vient de naître.

– Mais Ivar le Désossé n'est rien comparé à son épouse, ajouta le barde.

Il continuait à observer la mer. On aurait dit qu'il cherchait quelque chose. Au bout d'un moment, il secoua la tête et reprit :

– La reine Frith est un demi-troll, dit-il en baissant la voix.

– C'est elle qui vous a envoyé le cauchemar ?

Jack avait l'impression qu'une main de géant lui comprimait la poitrine.

– Oui, mon garçon. Son esprit le chevauchait comme le monstre venimeux qui se cache derrière son beau visage trompeur. Savais-tu que les cauchemars avaient huit pattes ?

Mais Jack n'écoutait déjà plus. Il venait de s'évanouir sur la colline verdoyante, au-dessus des eaux écumantes de la mer du Nord.

En se réveillant, il découvrit le vieil homme assis sur une pierre grise au bord du chemin. Un corbeau quitta l'épaule du barde en battant des ailes et survola l'épais bosquet d'ajoncs et de bruyère qui s'étendait entre eux et les collines à l'ouest. Jack se massa le front. C'était comme s'il s'était fait piétiner par un troupeau de brebis à tête noire.

– Dis-moi un peu, demanda le barde en détachant son regard du corbeau. Est-ce que tu ressens des choses bizarres depuis que je t'ai assommé ?

Jack lui confia qu'il avait envie de pleurer en permanence. Il lui expliqua qu'il remarquait beaucoup plus de choses : les couleurs et les odeurs, par exemple. Et que son père lui apparaissait parfois sous les traits d'un enfant, avant de redevenir un adulte en une fraction de seconde.

– Mais je m'exprime mal, dit-il.

– Non, tu t'exprimes très bien, dit le barde. J'avoue qu'il s'agit d'un développement inattendu.

– Suis-je en train de devenir fou ?

Le barde pouffa.

– Oh, non. Tu as simplement déployé tes ailes.

Le vieil homme fouilla dans le sac qu'il emportait toujours pour les longues randonnées et il en sortit deux biffins : des rondelles de pomme séchée. Il en lança une à Jack.

– Vois-tu, mon garçon, la plupart des gens vivent comme des oiseaux en cage. Cela les rassure. Le monde est un endroit effrayant, rempli de splendeurs, de surprises et de dangers. Mieux vaut, se disent ces gens, faire comme s'il n'existait pas. Aïe !

Le barde introduisit son doigt dans sa bouche pour en extraire un pépin.

– J'aimerais que le boulanger prenne la peine d'ôter le trognon des pommes avant de les faire sécher.

Jack, pendant ce temps, essayait de comprendre ce que voulait dire le vieil homme.

– Peu de gens s'aperçoivent que la porte de la cage n'est pas fermée, reprit celui-ci. Ils poussent, ils poussent, jusqu'à ce que... brusquement !... elle s'ouvre en grand, et ils s'envolent. A l'extérieur, le monde est totalement différent. Soudain, il y a des faucons et des corbeaux, des serpents et des rats...

– Assez ! s'exclama Jack en agitant les bras.

Le barde le regarda d'un œil sévère, mais ne pipa mot. Il fouilla de nouveau dans son sac et en sortit un petit morceau de galette d'avoine qu'il tendit au bout de son bras levé. Presque aussitôt, une mouette plongea en piqué pour s'en emparer.

– C'est de la magie ? demanda Jack, fortement impressionné.

– Non, de la patience. Si tu restes assis sans bouger, la plupart des choses viendront à toi. C'est ce que j'ai essayé de t'enseigner au cours de ces dernières semaines. Reste assis tranquillement. Observe. Voilà comment on m'a formé. C'est un processus lent et long car la véritable magie est dangereuse. Tu as ouvert la porte trop tôt. Quand tu m'as touché, pendant que je combattais le cauchemar, la force vitale que je rassemblais en moi a jailli de ma main pour pénétrer en toi. Et elle t'a projeté au sol. En manquant te tuer.

Jack se mit debout. Ses jambes flageolaient de manière inquiétante.

– Tes défenses ont été arrachées, expliqua le barde. Désormais, tout ébranle ton âme fragile, qu'il s'agisse du triste sort d'un pauvre oiseau tombé du nid ou de la redoutable beauté du faucon qui fond sur lui pour le tuer. C'est regrettable. Tu n'es pas prêt à affronter autant de réalité, mais elle existe. Es-tu en état de marcher ?

– Je vais essayer, Maître.

– Tu es un brave garçon.

Le barde ouvrit la voie, en marchant plus lentement. Le sentier s'écartait des falaises pour pénétrer dans une étroite vallée au fond de laquelle se dressait un sorbier. Cet arbre offrait de l'ombre à une mare alimentée par un ruisseau. Ses branches lisses et grises étaient ponctuées de grappes de fleurs couleur crème, autour desquelles tournoyait un nuage d'abeilles. Leur bourdonnement était si intense qu'il couvrait le murmure du ruisseau. Jack se demanda si elles venaient des ruches de sa mère et, de fait, lorsqu'un des insectes se posa sur sa manche, il découvrit que c'était bien le cas. Il reconnaissait cette abeille. Il sentait son minuscule esprit qui s'affairait, excité par la découverte de ces fleurs riches en pollen; elle était impatiente de regagner le nid créé par Mère. Jack trébucha.

– Nous sommes presque arrivés, dit le barde.

Il entraîna le garçon jusqu'à une avancée rocheuse sur laquelle ils s'assirent pour se reposer. Toute la vallée semblait onduler, comme la bruyère sous la chaleur.

– Nous avons suivi un des cours de la force vitale. C'est pour cette raison que tu te sens bizarre, expliqua le barde.

Jack avait très chaud. Sa peau picotait comme si des fourmis couraient sur tout son corps. Il se donna des claques pour essayer de s'en débarrasser.

Le vieil homme continuait à parler, mais le garçon avait du mal à se concentrer. Parfois, les mots semblaient jaillir d'une source toute proche, et parfois ils flottaient jusqu'à lui, comme s'ils venaient de très loin. C'étaient des mots importants. Jack le savait. Le bruit des abeilles était important, lui aussi, de même que le bouillonnement du ruisseau et le bruissement régulier des branches de l'arbre.

– Réveille-toi!

Jack sentit qu'on le secouait. Il ouvrit les yeux et resta bouche bée devant le visage inquiet du barde.

– Sois attentif, mon garçon. Je t'expliquais que la force de vie forme des courants qui coulent sous la surface de la terre, en profondeur. C'est cela qui alimente les grandes forêts et les prairies tapissées d'herbe grasse. C'est cela qui fait naître les fleurs et les papillons, si semblables aux fleurs. Les cerfs suivent ces cours souterrains quand ils paissent. Les blaireaux et les taupes construisent leurs maisons juste au-dessus. Elle attire même les hirondelles en pleine mer. Tous les êtres vivants en dépendent, sauf les êtres humains.

Le barde se leva et fit les cent pas dans le pré, à côté de la mare. Jack se leva à son tour, juste pour bouger. Il sentait qu'il risquait de s'endormir s'il restait immobile.

– Il y a longtemps, les hommes ont décidé qu'ils ne voulaient pas ressembler aux animaux. Ils voulaient être maîtres de leur destin. Alors, ils ont fait une chose très dangereuse. Ils se sont barricadés pour échapper à la force vitale.

Le barde écarta les bras et les leva vers le ciel. On aurait dit, pensa Jack, un grand oiseau sur le point de prendre son envol. La lumière de l'étroite vallée semblait se rassembler autour de lui. Lorsqu'il baissa les bras, elle déclina.

– En faisant cela, ils ont perdu leur capacité à la comprendre. Ils ne pouvaient plus fusionner avec elle en toute insouciance, comme les animaux. Et ils se sont privés d'un grand bonheur. Leurs vies leur paraissaient désormais mornes et dénuées de sens. Quelques personnes ont bien tenté d'abattre le mur qui les entourait, mais elles n'étaient plus capables d'endurer une telle réalité. As-tu déjà entendu parler de la vallée des Fous ?

Jack se détacha du tronc du sorbier. Sans savoir comment il était arrivé là, il s'était retrouvé subitement contre l'arbre, plongé dans une douce torpeur.

– Allez, bouge ! lui lança le barde. La situation est plus grave que je ne le pensais. (Il entraîna Jack au milieu du pré et tourna autour de lui.) Saute ! Cours ! Fais le poirier ! ordonna-t-il.

Alors, Jack se mit à danser et à sautiller dans tous les sens ; il se sentait à la fois idiot et ivre de joie. Ses pensées lui paraissaient plus claires, soudain. L'air pesant de la vallée, plus frais. Finalement, il se laissa tomber dans l'herbe, en riant, le souffle coupé.

– Ah, j'aime mieux ça, commenta le barde, les poings posés sur ses hanches osseuses.

– Où est cette vallée des Fous ? demanda Jack.

– En Irlande.

Le barde s'assit dans l'herbe avec précaution. Jack entendait presque ses os craquer.

– C'est de l'autre côté de la terre, dit-il.

– Non, pas vraiment. Tu pourrais y être en quelques semaines.

– Père dit que les Irlandais marchent à l'envers et qu'ils ont des yeux dans les pieds.

– Ton père... Ne me fais pas perdre le fil, mon garçon. Les moines lui ont raconté ça pour se moquer de lui. La moitié d'entre eux sont Irlandais. La vallée des Fous existe bel et bien. (Le vieil homme s'assouplit les doigts et Jack entendit craquer ses jointures.) Mon meilleur ami et moi avons reçu notre formation de barde en Irlande. Nous avons étudié pendant des années avant qu'on nous confie le secret de la force vitale. On nous a conduits dans un endroit où elle se rassemblait, sous terre. C'est là que sa puissance est la plus forte. Des jours durant, nous sommes restés assis là, à tenter d'ouvrir nos esprits pour accueillir son pouvoir. Et nous battions en retraite immédiatement quand il s'approchait de trop près. Dès que nous le sentions s'emparer de nous, il fallait que nous nous levions pour courir en tous sens.

– C'est pour ça que vous m'avez fait faire le poirier? demanda Jack.

– Exactement. Cela permet de te faire rentrer dans ton corps, cela t'évite d'être submergé. Mon ami aimait ce sentiment de puissance.

Le barde soupira et resta muet pendant plusieurs minutes. Jack sentit qu'il recommençait à somnoler.

– Bouge, s'il le faut, lui intima le vieillard.

Jack exécuta quelques galipettes et finit par marcher sur les mains, comme il l'avait vu faire à un bouffon dans une fête de village.

– Vois-tu, reprit son maître, tout le pouvoir que possède un barde lui vient de la force vitale: sa musique, son don pour captiver un auditoire ou pour faire naître les orages.

Jack se redressa. Voilà qui devenait intéressant.

– Il faut des années pour apprendre à le maîtriser, et mon ami ne voulait pas attendre. Il a refusé de s'arrêter avant que ses expériences deviennent dangereuses. Au début, il a réussi. Il était capable de maintenir un feu dans le vide et de faire voler des oiseaux sur le dos. Mais un jour, alors qu'il essayait d'obliger une forêt à se déraciner pour marcher, quelque chose s'est brisé. Clac! Je l'ai entendu. Il s'est écroulé. Une seconde plus tard, il s'est relevé d'un bond et tout son corps s'est mis à trembler, comme si un chien géant le secouait dans sa gueule. Pour finir, il a poussé un puissant hurlement et s'est enfui à toutes jambes.

Jack était horrifié. Le barde lui avait dit que ses défenses avaient disparu. Était-il condamné à devenir fou, lui aussi ?

– Je l'ai suivi, reprit le vieil homme. Ce n'était pas facile car je devais m'arrêter à la nuit tombée et contourner les buissons de ronces et les cours d'eau. Alors que mon malheureux ami marchait droit devant lui sans se soucier des obstacles. Je retrouvais des lambeaux de ses vêtements accrochés aux épines. Finalement, j'ai atteint la vallée des Fous.

Une brume montait de la mer et l'air devenait glacial. Les abeilles avaient abandonné leur nourriture. Elles étaient de plus en plus nombreuses à filer vers la chaleur de leurs ruches.

– Je les ai entendus glousser avant même de les avoir vus, dit le barde. C'était un bruit affreux; cela ressemblait à des rires, mais totalement dépourvus de joie. Tous les bardes ratés d'Irlande avaient fini par dénicher cet endroit où la force vitale était plus puissante que partout ailleurs. Et ils y étaient restés. J'ai retrouvé mon ami, mais il n'avait plus rien de l'homme que j'avais connu. Ses yeux et ses cheveux étaient ceux d'un dément. Il était prisonnier d'un pouvoir qui le dépassait, et moi, pauvre apprenti que j'étais alors, je n'avais aucun moyen de le libérer.

Le vieil homme se releva et tendit la main.

– Mais ne nous appesantissons pas sur ce triste passé. Peut-être t'ai-je fait du mal, mais je ne suis plus un vulgaire apprenti. Je peux t'aider. Et peut-être est-ce une bonne chose, finalement. Des dangers fondent sur nous. Les nuages noirs s'amoncellent. On forge des épées…

Le barde repartit sur le sentier en marmonnant.

Jack lui emboîta le pas. Il était comme hébété. L'envie de dormir qui s'était abattue sur lui un peu plus tôt revenait à pas feutrés mais, plus ils s'éloignaient de cette petite vallée, plus il se sentait revigoré. Et quand ils atteignirent la maison romaine, au sommet de la colline balayée par les vents, il allait beaucoup mieux.

5

Le château en or de Hrothgar

Plusieurs fois, la lune s'arrondit puis s'amincit au-dessus du petit village. Les pommes sur les arbres de Père prirent une couleur dorée. Le blé se coucha par vagues sous le vent d'ouest, puis ce fut le temps des récoltes. On tondit les moutons, on préleva le miel dans les ruches, on tua les cochons en prévision de l'hiver. Jack resta dans la maison romaine. Il n'entendait pas les couinements des cochons qu'on égorgeait, mais il les sentait. Leur mort faisait vibrer l'air.

Et, pendant tout ce temps, il s'exerça à la magie avec le barde. Il apprit à faire naître le brouillard, à faire tomber des pommes d'une branche haute et à appeler les oiseaux dans le ciel. C'étaient de petites choses, mais chaque réussite le comblait de joie.

Puis vint l'hiver. La neige s'installa sur les collines les plus hautes. La mer s'assombrit et le soleil s'enfuit. Jack resta enfermé dans la maison, à apprendre des poèmes. Le barde lui avait fabriqué une petite harpe, mais le froid était si intense que les doigts gourds de Jack avaient du mal à pincer les cordes. Le vieil homme décida que le moment était venu de lui apprendre à faire naître un feu.

– Concentre-toi sur la chaleur, lui recommanda-t-il en s'asseyant en face d'un petit tas de branches et de paille.

– Je suis gelé, gémit Jack.

Le barde avait éteint le feu dès l'aube et l'air était maintenant si froid dans la maison que c'en était effrayant. Le givre recouvrait les fresques.

– Il fait froid seulement si tu le penses, répondit le barde.

« Vous en parlez à votre aise, se dit Jack avec ressentiment. Vous avez une épaisse cape en laine et des bottes fourrées. Moi, je ne porte qu'une misérable tunique ! »

– Je te l'ai déjà répété cent fois, soupira le vieil homme. Ne te sers pas de la colère pour atteindre la force vitale.

« Comment sait-il ce que je pense ? se demanda Jack. En tout cas, c'est la vérité. Ma tunique est devenue trop petite, et mes chaussures sont couvertes d'une telle épaisseur de boue qu'on pourrait les faire cuire comme une poterie. »

– La colère est jumelle de la mort, dit le barde. Elle te tombe dessus au moment où tu ne t'y attends pas.

Jack réprima un soupir en repensant au chaud soleil de l'été passé. Quelques mois avaient passé et la pluie se déversait sur la terre et dévalait les flancs des collines. La lumière restait prise au piège. Il partit à sa recherche, plongeant profondément dans le sol, au-delà des nids des souris et des campagnols, au-delà même des racines noueuses de la forêt, jusqu'à ce qu'il atteigne la roche. Et, au-delà de cette roche, il trouva la chaleur. Apercevant une faible lueur dans son esprit, il l'attira vers lui. Il l'appela et lui tendit mentalement la main.

Il avait la nausée. La magie lui faisait souvent cet effet. Le pouvoir bouillonnait au creux de son estomac et il crut qu'il allait vomir. En ouvrant les yeux, il vit un filet de fumée s'élever de la paille.

– N'abandonne pas maintenant, dit le barde. Continue à appeler la chaleur. Continue à l'appeler.

Mais la nausée fut la plus forte. Jack se précipita au-dehors et, quand il revint, l'étincelle s'était éteinte.

– Ne t'en fais pas, lui dit le barde d'un ton enjoué. Ce qu'on a fait une fois, on peut le refaire. Nous avons toute la journée devant nous.

« En effet », se dit Jack, tandis que le vent du nord se déchaînait sur les murs de la maison.

– Si tu as sommeil, va faire un tour, dit le barde.

« Je n'ai pas sommeil, j'ai froid », pensa Jack. Mais il s'aperçut que le vieil homme avait raison. Il fut tenté de se laisser aller à cette agréable sensation. Il voyait des géants de givre l'appeler : « Allonge-toi, mon garçon. La glace est un lit douillet. Et comme couverture, rien ne vaut la neige. »

Il sentit qu'on le secouait.

– Va faire un tour, je t'ai dit ! s'exclama le barde. Tu dois apprendre à reconnaître le danger.

Il obligea le garçon à avancer un pied, puis l'autre. Jack faillit tomber avant que le réflexe de la marche reprenne le dessus.

– La vie et la mort livrent un combat permanent, ajouta le barde. En hiver, la mort est la plus forte. Les géants de givre guettent les imprudents. Quand tu pratiques la magie en hiver, tu dois être particulièrement vigilant.

– V... v... vous ne re... regardez plus la mer, bafouilla Jack en claquant des dents. V... v... vous ne cr... cr... craignez p... p... plus la reine Frith ?

– Tu es très observateur.

Le barde força Jack à arpenter la maison d'un pas vif.

– Je ne suis plus inquiet car les serviteurs de la reine Frith ne peuvent pas voyager en ce moment. Jamais aucun Nordique ne sortira son bateau chéri en hiver. Ces rustres aux cervelles de bœuf adorent leurs embarcations. Ils leur chantent des chansons et leur offrent des bijoux, comme à une femme. Quand un chef de clan meurt, ils l'envoient en mer sur un bateau enflammé, avec toute sa fortune. Il a même une esclave pour s'occuper de lui.

– Une femme ? demanda Jack, stupéfait. Vous voulez dire que... Ils la... ?

– Est-ce qu'ils la tuent ? Oui. Une vieille harpie baptisée l'ange de la Mort l'étrangle. On l'allonge ensuite à côté de son seigneur et on les brûle tous les deux.

Jack frissonna de nouveau, mais ce n'était pas uniquement à cause du froid. Plus il entendait parler de ces Nordiques, plus ils lui paraissaient terrifiants.

– Essaie encore de faire du feu, dit le barde. Je te surveille pour m'assurer que tu ne vas pas trop loin.

La deuxième tentative de l'apprenti se déroula sans heurts, la troisième, la quatrième et la cinquième faillirent être couronnées de succès. Finalement, au sixième essai, des heures plus tard, il parvint à transformer le filet de fumée en flammes.

– J'ai réussi ! s'exclama-t-il.

Il se mit à danser dans la pièce. Oubliés, le froid et la rancœur de l'échec !

– Je suis un barde ! Je suis un magicien ! Je suis le garçon le plus intelligent du monde !

La chaleur jaillissait maintenant de terre. Le givre sur les murs fondit. La paille gelée se ramollit et commença à goutter. Et à fumer.

– Disparais !

Soudain, la pièce s'assombrit et l'air fut envahi de cendres et de fumée. Jack s'immobilisa, bouche bée.

Le barde se tenait debout dans la faible lueur qui venait de la porte, les bras croisés.

– Je te l'ai déjà dit : tu dois savoir à quel moment t'arrêter.

Le garçon eut l'impression de recevoir un coup sur la tête.

– Comment osez-vous éteindre mon feu ? rugit-il. Comment osez-vous détruire mon travail ?

Il sentait le pouvoir monter par la plante de ses pieds et enflammer tout son corps. Une joie sauvage l'envahissait. Il était capable de tout faire, n'importe quoi, mieux que ce vieil imbécile qui ne savait pas apprécier ses talents de grand magicien !

Le barde brandit son bâton.

– Arrête-toi maintenant, ordonna-t-il sans hausser le ton. Si je suis capable de repousser un cauchemar de l'autre côté de la mer, imagine ce que je peux faire à un novice insolent.

Le pouvoir s'évanouit. Jack tomba à genoux. Il avait soudain l'impression d'être seul sur une mer noire, entouré de vagues menaçantes. Il n'était qu'un vulgaire insecte dérivant sur un minuscule morceau d'épave. Comment avait-il pu imaginer s'en prendre à la seule personne qui avait tenté de l'aider ? Comment avait-il pu être stupide à ce point ? Il se mit à pleurer.

– Allons, allons, dit le barde. Tu n'es qu'un enfant, c'est vrai. J'ai été trop exigeant avec toi.

Il s'agenouilla et posa ses mains sur la tête du jeune garçon. Celui-ci éprouva alors une sensation indéfinissable qui l'enveloppa en douceur, comme une couverture moelleuse, lui procurant un sentiment de sécurité et de chaleur. Il avait envie de s'y blottir pour ne plus jamais en sortir.

– Écoute-moi, mon enfant, murmura le vieil homme de sa voix apaisante. Tu dois respecter les limites de ton pouvoir. Car sinon, tu peux faire énormément de mal. Je t'ai enveloppé d'un sort de protection, afin que tous les esprits errants voient ma marque et gardent leurs distances.

Jack n'entendait plus les paroles du barde, mais il percevait le souffle du vent. On aurait dit d'innombrables voix qui s'appelaient. Il entendait les crépitements du feu et sentait la chaleur, une authentique chaleur et non celle, trompeuse, de la colère.

Durant les longues soirées froides, Jack allait fréquemment puiser dans le tas de bois mort qu'il avait ramassé pendant l'été. Le barde lui contait des histoires, et il aimait le faire avec un bon feu derrière lui. « Ce sont des histoires cruelles, disait-il. Il faut les raconter avec de la lumière, de bons amis et un cœur joyeux. » Comment pouvait-on raconter une histoire cruelle le cœur joyeux, c'était un mystère pour Jack, mais il n'était pas là pour discuter.

– Si vous avez été formé en Irlande, se risqua-t-il à demander un soir, comment avez-vous pu rencontrer… ce… roi nordique ?

– Ivar le Désossé ?

– Oui.

Jack n'aimait pas prononcer ce nom. Il le trouvait horrible. On aurait dit un long ver couleur de vase qui rampe dans un marécage.

– J'étais jeune et inconscient, comme toi, répondit le barde. J'avais obtenu ma harpe au collège des bardes et remporté le Gui d'Or grâce à un lancer de sort époustouflant. Te l'ai-je déjà dit ?

– Oui, Maître.

– J'étais prêt pour l'aventure et celle-ci s'est offerte à moi, comme il arrive toujours aux inconscients. Un guerrier du nord est arrivé au collège. Il voulait qu'un barde l'accompagne jusqu'au château de son seigneur. Je trouvais cette perspective merveilleuse ! Hrothgar était un seigneur très puissant qui vivait dans un château en or. Unique au monde. Il était aussi grand que cent maisons et peuplé de valeureux guerriers et d'intrépides écuyères. L'âtre à lui seul pouvait accueillir un chêne entier. Hrothgar était également un être généreux. Il offrait des bagues en or aux membres de sa suite et organisait de somptueux festins pour ceux qui venaient chercher refuge sous son toit. La seule chose qu'il ne possédait pas, c'était un barde de premier choix. T'ai-je dit que j'avais gagné le Gui d'Or pour un lancer de sort époustouflant ?

– Oui, Maître.

– J'étais donc tout désigné pour recevoir cet honneur. Et l'idée de voyager ne me déplaisait pas. Après tout, c'est le rôle d'un barde. J'ai donc vogué vers le royaume de Hrothgar. C'était encore mieux que tout ce qu'on en disait. Son château ressemblait à une immense lumière au cœur d'un monde sauvage.

Jack l'écoutait sans oser respirer. Les murs de la maison romaine tremblaient sous les assauts d'une tempête hivernale, et sur la plage, tout en bas, les pierres s'entrechoquaient comme des guerriers s'affrontant à coups de bouclier.

Jack avait beau obstruer les fissures avec de la bruyère et de la laine, le vent réussissait quand même à s'infiltrer dans la maison. Les braises du feu rougeoyaient et les flammes dansaient sur les anciennes fresques.

– Mais dans le château de Hrothgar, l'hiver n'avait pas sa place. Il était aussi hermétique qu'une noix, aussi chaleureux et accueillant qu'un après-midi d'été. Les éclats de rire faisaient vibrer ses murs, et la joie avait redoublé à l'arrivée du barde.

... J'aurais dû le savoir, se lamenta le barde. J'aurais dû le deviner.

– Deviner quoi ? demanda Jack, incapable de se retenir.

– Comme je te le disais, la vie et la mort se livrent un combat permanent. Nulle part sur cette terre le bonheur ne peut existter seul. Ce château en or était trop beau et, comme toutes les belles choses, il attirait la destruction. Dans les profondeurs, dans les entrailles d'un marais boueux, vivait Grendel, un monstre.

– C'était un troll ? interrogea Jack, la gorge serrée.

– En partie, continua le barde. Son père était un ogre. Or les monstres détestent la lumière. Ils ne supportent pas les rires et les fêtes les font enrager. Grendel attendit que tout le monde soit endormi. Puis il s'introduisit dans le château et décapita avec ses dents dix guerriers qui dormaient près de la porte. Ne grimace pas comme ça, Jack. Quand tu raconteras cette histoire, tu devras avoir l'air sûr de toi.

– Désolé.

– Grendel emporta les corps chez lui, pour son dîner. Je peux t'assurer que cet épisode jeta un froid sur l'atmosphère joyeuse et les distractions du château. Tous les guerriers jurèrent de venger leurs camarades. Mais cette nuit-là, ils firent une terrible découverte. Leurs armes ne pouvaient rien contre Grendel ! Il était protégé par un sort. Les guerriers brisèrent les lames de leurs épées sur sa peau épaisse et rugueuse sans y faire la moindre entaille. Cela dura plusieurs semaines. Chaque fois que le monstre avait faim, il faisait un saut chez Hrothgar pour grignoter un morceau. Plus personne ne me demandait de chanter. Les gens étaient trop déprimés.

Jack pouvait se tromper, mais il avait l'impression que le barde s'était senti insulté.

– Vous n'aviez pas peur ?

– Bien sûr que si ! Mais à quoi bon céder à la panique ? C'était comme ouvrir la porte et dire : « Entrez donc, maître Grendel. Voulez-vous m'arracher un bras ou une jambe ? » Non ! Il faut combattre la mort avec la vie, ce qui veut dire conserver son courage et sa joie. Je te le dis, mon garçon, j'étais écœuré par la manière dont Hrothgar et les siens affrontaient ce problème. Ils se cachaient sous les escaliers comme des lapins. Jusqu'à ce que Beowulf fasse son apparition.

– Beowulf ? répéta Jack.

Le feu baissait. Les braises ardentes projetaient de curieuses ombres. Comme souvent dans la pénombre, les oiseaux peints sur les murs semblaient déployer leurs ailes. Leurs plumes s'agitaient dans une brise sans commune mesure avec la tempête qui faisait rage au-dehors. Jack s'empressa de se lever pour remettre du bois dans l'âtre.

– Beowulf ! Voilà un guerrier ! s'exclama le barde dont le regard pétillait. Il n'était pas du genre à se cacher sous l'escalier, lui. Hrothgar l'a serré dans ses bras. La reine lui a offert un bol d'hydromel fumant. Quand sonna minuit, tout le monde s'était tombé tant la peur avait été grande. Tout le monde sauf Beowulf… et moi.

… Beowulf était assis à côté de la porte. Quand Grendel est entré, le guerrier le saisit par le bras. Aucune arme faite d'acier ne pouvait rien contre le monstre, mais des mains humaines et honnêtes avaient le pouvoir de le détruire. Grendel prit peur et s'enfuit. Mais Beowulf le tenait si fort qu'il lui arracha le bras droit.

Cette fois, Jack parvint à s'empêcher de grimacer.

– Le monstre regagna son marais en hurlant et en titubant, et replongea dans ses profondeurs. Mais avant d'atteindre le fond, il était déjà mort.

– Hourrah ! cria Jack.

– Attends. Ce n'est pas terminé.

– Ah bon ? Vous voulez dire que tout le monde a fêté ça ?

– Évidemment qu'ils ont fêté ça, dit le barde. Mais ce qu'ils ignoraient, c'était que Grendel avait une mère. C'est là que ça devient intéressant.

« Comment est-ce que ça peut devenir plus intéressant ? » se demanda Jack. La première partie du récit était si palpitante qu'il sentait son cœur cogner dans sa poitrine.

– La mère de Grendel sortit du marais en rampant et en hurlant vengeance. Elle défonça la porte, pulvérisant les barres qui la maintenaient fermée. Les guerriers se jetèrent sur leurs lances, mais en un clin d'œil elle avait déjà traversé le château. Elle arracha du mur le bras de Grendel, accroché là par Hrothgar en guise de trophée. Je lui avais pourtant dit que ce n'était pas une bonne idée.

– Je vous en prie, continuez ! supplia Jack qui ne tenait plus en place sur son siège.

– Cette femme monstrueuse tua le meilleur ami du roi, puis retourna dans son marais. Beowulf, qui dormait dans une aile éloignée, n'avait rien entendu. Au matin, les guerriers chevauchèrent jusqu'aux montagnes solitaires où vivaient les créatures de la nuit. Là, des crapauds poussaient leurs coassements mélancoliques dans des mares boueuses. Les arbres plongeaient leurs racines tordues dans les marécages. Des stalactites de glace pendaient comme des poignards au bord des sinistres falaises. Beowulf souffla dans son cor et toutes sortes de serpents et de créatures à écailles apparurent en sifflant. Hrothgar et ses guerriers les combattirent avec leurs haches et leurs flèches jusqu'à ce qu'ils les aient tous anéantis. Une seule créature survécut.

– La mère de Grendel, murmura Jack.

– T'ai-je dit qu'elle s'appelait Frothi ? Et que c'était un demi-troll ?

6
Les hommes à la tête de loup

Jack se rapprocha du feu. Le bois flotté dégageait une fumée vert et bleu, car il était resté longtemps dans l'eau. Le barde prit une gourde en peau de chèvre suspendue à un crochet. Il avala une longue gorgée et la tendit au garçon. Le cidre, resté si près du feu, était chaud. Il évoquait dans l'esprit de Jack le soleil qui avait fait mûrir les pommes.

– Ce n'est que plus tard que j'ai appris qui était Frothi, dit le barde. Je savais seulement qu'un monstre ignoble vivait au fond du marais. Beowulf souffla dans son cor pour la provoquer en duel. « Lâche ! » cria-t-il. Mais la surface de l'eau se contenta de frémir. Rien ne bougeait, ni dans le marais, ni dans les arbres, ni dans les montagnes. « Puisqu'elle ne veut pas venir à moi, c'est moi qui irai à elle », déclara Beowulf. C'était un brave homme, mais par malchance il manquait un peu de cervelle, commenta le barde. C'est souvent le cas des grands guerriers. Ils se précipitent pour combattre un dragon dix fois plus gros qu'eux. Parfois même, ils sortent vainqueurs de l'affrontement mais, la plupart du temps, le dragon finit par se curer les dents avec leur épée. « Beowulf, lui dis-je alors, tu vas couler à pic comme une pierre avec cette armure. Et comment comptes-tu respirer une fois sous l'eau ? » « Je m'en fiche ! Ce combat m'apportera la gloire ou la mort ! » beugla-t-il. « Mon vieil ami, repris-je, ne commence pas à penser à la mort. Je crois pouvoir t'aider. » Je lui ai chanté un sort pour lui conférer la rapidité d'une truite et la souplesse d'une anguille. J'ai fait étinceler son épée pour qu'elle éclaire son chemin dans les profondeurs obscures du marais. Je lui ai donné la possibilité de respirer sous l'eau.

– Vous pouvez faire tout ça ? s'exclama Jack.

– Pendant un court instant. Je peux juste infléchir les lois de la nature, pas les modifier.

Jack était au comble de l'excitation. Jusqu'à présent, le barde s'était contenté de faire allusion à ses pouvoirs magiques. Si le vieil homme était capable d'accomplir de telles merveilles, n'était-il pas logique qu'il les enseigne à son apprenti ?

– Beowulf plongea dans le marais. L'obscurité l'enveloppa, puis ce fut le silence. Les crapauds cessèrent de coasser. Le vent mourut. Chaque chose semblait observer et attendre. « Vite, vite ! » pensai-je. Beowulf n'avait pas beaucoup de temps pour accomplir sa mission. S'il tardait trop, l'effet du sort se dissiperait et il mourrait noyé... Mais le silence durait, brisé uniquement par les vaguelettes qui venaient mourir sur les rives du marais. Hrothgar et ses hommes commencèrent à se lamenter. « Pauvre Beowulf ! Il était comme un fils pour moi, gémit le roi. Nous honorerons sa mémoire et nous chanterons ses louanges autour du feu. » Ils rassemblèrent leurs armes, remontèrent sur leurs chevaux et rentrèrent chez eux. Je n'en croyais pas mes yeux. Ils détalaient comme des chiens effrayés, la queue entre les jambes. Je n'avais jamais vu une telle bande de lâches. Je jurai alors de ne plus jamais chanter une seule chanson à la gloire de Hrothgar.

– Qu'est devenu Beowulf ?

– Ah oui, j'oubliais ! « Que faire ? Que faire ? » me demandais-je. Je n'avais pas d'épée. Je n'avais que mon cerveau, une arme redoutable, je dois le dire. Il fallait que je descende au fond de l'eau pour savoir ce qui retenait notre héros. Alors, j'ai transféré mon esprit dans le corps d'un brochet.

– Vous vous êtes transformé en poisson ?

– Non, non. J'en ai simplement « emprunté » un. Mon esprit a trouvé un vieux brochet mal embouché et a changé de place avec lui. Attention, c'est un tour dangereux, mon garçon. Plus tu restes dans le corps d'un animal, plus tu oublies que tu es un être humain. Lors de l'examen, certains apprentis n'ont jamais pu ressortir de leur animal

– Et Beowulf ? demanda Jack, impatient.

– J'ai plongé au fond du marais, et là, j'ai découvert un vaste château avec des colonnes et un toit assez résistants pour soutenir le poids de l'eau. Grâce à un sortilège, l'air restait à l'intérieur. Le sort que j'avais lancé à Beowulf s'était dissipé entre-temps, mais il n'avait plus besoin de respirer sous l'eau. Moi, en revanche, j'étais coincé dans la peau d'un poisson... Un feu flambait dans la cheminée. A la lumière des flammes j'apercevais Beowulf, debout et immobile, la bouche grande ouverte, comme si on l'avait transformé en pierre. Il avait lâché son épée. Devant lui se trouvait la plus belle femme que j'aie jamais vue.

– Frothi, murmura Jack.

– Elle l'observait comme un chat observe un pigeon bien gras. Beowulf était hypnotisé par sa beauté. Il ne pensait même pas qu'il était étrange de trouver une femme au fond d'un marais.

– Vous ne pouviez pas le mettre en garde ?

– N'oublie pas que j'étais un brochet. J'étais dans l'eau. Frothi caressait le visage de Beowulf, tel un chat jouant avec une pauvre souris. Et soudain, je compris. Ce que je voyais, ce n'était pas une femme. Aucun être humain n'aurait pu faire voler en éclats la lourde porte du château de Hrothgar. J'avais devant moi un demi-troll. Ces créatures ont un pied dans chaque monde. Elles peuvent passer d'une forme à une autre. Pour le moment, Frothi arborait une apparence humaine. Mais bientôt, elle redeviendrait un troll et ne ferait qu'une bouchée de Beowulf.

... En la voyant s'approcher de lui, je sus ce que je devais faire. D'un bond, je sautai à l'intérieur du château, je me tortillai sur le sol jusqu'aux pieds de Frothi et plantai mes dents dans sa cheville. Elle poussa un cri. Sa concentration était brisée. Elle se transforma en un troll géant, avec des bras et des jambes semblables à des troncs d'arbre. Beowulf se rejeta en arrière avec un hurlement. Il dégaina son épée et le combat commença. Je te passe les détails. Des coups d'épée, des jurons, des os qui se brisent et du sang qui gicle. Beowulf finit par porter le coup fatal, mais j'étais trop occupé à ramper jusqu'à l'eau pour y prêter attention, car le poisson qui m'avait accueilli était à deux doigts de trépasser.

... Je fonçai à la surface et récupérai mon corps. Peu de temps après, Beowulf émergea à son tour, heureux comme un roi. Bien évidemment, je lui parlai de ma ruse et, bien évidemment, il me remercia. Il avait d'excellentes manières. Mais j'aurais mieux fait de me taire.

Le barde soupira.

Le feu mourait. Jack alla chercher une bûche et la disposa soigneusement sur les braises pour que les étincelles ne s'envolent pas et n'aillent pas enflammer le toit de chaume. Il était tellement survolté qu'il avait envie de faire le tour de la maison en courant. Le barde possédait réellement des pouvoirs magiques ! Et, un jour, Jack les posséderait à son tour ! « Quel animal serai-je ? se demandait-il. Un faucon pour voir de haut les toits du village ? Ou un phoque pour attraper des poissons ? Non ! Ce qui serait excitant, ce serait de devenir un ours pour flanquer une peur bleue au fils du forgeron ! »

– Quand tu auras fini de rêvasser, je pourrai terminer mon histoire, grogna le barde.

– Pardon, balbutia Jack en reprenant sa place.

– Le récit de la victoire de Beowulf se répandit partout, aidé en cela, je dois l'avouer, par l'excellent poème que j'écrivis sur ce thème. Il finit par arriver à Jotunhein, le royaume des trolls.

– Oh, fit Jack.

– Frothi avait une sœur.

– Frith ? devina Jack.

– Je le crains. De nombreuses années s'étaient écoulées, mais Frith n'avait pas renoncé au désir de venger la mort de sa sœur. Elle envoya un dragon cracheur de feu détruire les terres de Beowulf. Les Jotuns vivent très longtemps et Frith était tout juste sortie de l'adolescence, alors que Beowulf était déjà un vieillard. Cet affrontement était au-dessus de ses forces et il succomba.

« C'est ça le problème avec les histoires qui durent trop longtemps, pensa Jack. Tôt ou tard, on en arrive à un passage triste. » Quand il serait barde, il s'arrêterait au moment où les gens jouissaient d'un bonheur bien gagné.

– A cette époque, reprit le barde, je travaillais à la cour d'Ivar le Désossé. Ne fais pas la grimace, mon garçon. Les bardes sont obligés de gagner leur vie, comme tout un chacun. Et en ce temps-là, Ivar n'était pas un mauvais bougre. Certes, il incarnait l'archétype de la brute sans cervelle, mais il avait le sens de l'honneur. Jusqu'à ce que Frith lui mette le grappin dessus, évidemment. Elle était aussi belle qu'un navire qui vogue toutes voiles dehors. C'était une illusion, tu t'en doutes. Elle l'a pris dans ses filets, l'a vidé jusqu'à la moelle et a fait de lui le tyran à moitié fou qu'il est aujourd'hui. La dernière bonne action qu'il ait accomplie, c'est de me sauver la vie.

– C'est à ce moment-là que vous êtes arrivé chez nous, hasarda Jack.

– En effet. Ivar m'a laissé dériver à bord d'un frêle coracle. Peut-être pensait-il que j'allais me noyer. C'est sans doute ce qu'il a dit à Frith. Mais j'aime croire qu'il m'a offert une chance de survivre.

– En tout cas, je suis content que vous soyez là, dit le garçon, envahi d'une bouffée de gratitude.

– Moi aussi.

Le barde prit sa harpe et joua une mélodie au son de laquelle dansaient les villageois durant les kermesses estivales. La lumière du feu, elle aussi, sautillait sur les murs de la maison romaine. Les oiseaux peints déployèrent leurs ailes et se balancèrent de droite à gauche.

La harpe avait été sculptée dans le sternum d'une baleine. Au bout d'un moment, le vieil homme joua un air plus solennel et plus triste. Jack se demanda alors si la baleine, morte depuis longtemps, se souvenait de sa vie et si cette musique émanait du barde ou de la mer.

Jack courait sur la plage. Il s'arrêta lorsqu'une vague roula sur ses pieds. Le ciel de mars était bleu, l'air envahi par les cris des oiseaux migrateurs. Il se dirigeait vers un alignement de rochers. A marée basse, il avait de fortes chances de pouvoir ramasser des bulots. Il portait son sac en bandoulière. Voilà plus d'un an maintenant qu'il était l'apprenti du barde et il se disait qu'il avait bien mérité de se distraire un peu.

Ayant atteint les rochers, il s'y assit pour reprendre son souffle.

– Quelle magnifique journée, commenta-t-il à voix haute.

Le printemps avait adouci l'air et le soleil faisait briller les algues rejetées par la mer. Adossé à une dune de sable, Jack regarda passer au-dessus de lui un vol d'oies sauvages. Il aurait pu les appeler. Il aurait même pu – mais il n'osait pas – en tuer une pour le dîner. Le barde disait que c'était mal d'utiliser la force vitale de cette façon.

L'hiver avait été si froid et le barde lui avait mené la vie si dure, que même Père s'était dit satisfait. Aujourd'hui, c'était la première fois que Jack parvenait à s'échapper. Il avait pour mission de ramasser des bulots et du varech. S'il avait le temps, il devait s'entraîner à faire apparaître du brouillard.

– Je déteste le brouillard, dit-il en contemplant le ciel.

Au bout d'un moment, il se sentit coupable et se leva, se protégeant les yeux de la main. Il avait aperçu quelque chose au large. C'était tout petit, en partie dissimulé par les flots. Jack crut d'abord qu'il s'agissait d'un oiseau mais, lorsque les vagues le rapprochèrent du rivage, il vit que c'était une boîte.

Peut-être renfermait-elle un trésor. Ou bien une bague qui lui permettrait de faire trois vœux. Ou une casquette qui rendait invisible. L'apprenti magicien ôta ses vêtements à la hâte et plongea. C'était un excellent nageur. Il sortait régulièrement la tête hors de l'eau pour ne pas perdre la boîte de vue et, quelques minutes plus tard, il put mettre la main dessus.

De retour sur la plage, il examina l'objet avec intérêt. La boîte était fermée à clé, mais on entendait de l'eau clapoter à l'intérieur quand on la remuait. Cinq côtés étaient lisses, sur le sixième, un dessin représentant un homme était gravé.

Du moins, Jack pensait que c'était un homme. La créature, trapue, avait des jambes et portait des chaussures. Et elle tenait une épée. Mais son corps était couvert de poils et la tête était celle d'un loup.

Le garçon frissonna. La boîte sentait bizarrement... pas exactement la pourriture, mais une odeur étrange. A la fois douceâtre et amère. Sa première intention avait été de l'ouvrir à l'aide d'une pierre. Maintenant, il se disait qu'il serait peut-être plus sage de consulter le barde. Il s'empressa de ramasser des bulots et rentra en courant.

Le vieil homme jeta un regard à la boîte et se précipita au-dehors, au bord de la falaise.

– C'est arrivé, murmura-t-il.

– Quoi donc ? Que se passe-t-il ? s'écria Jack.

– Je ne les vois pas, mais je sais qu'ils sont là, quelque part. Ils détruisent... ils brûlent... et ils répandent la mort comme une marée rouge.

– Je vous en supplie ! Dites-moi ce qui se passe !

Le barde renversa la boîte. L'eau s'en échappa par une mince fente.

– J'espérais ne plus jamais sentir cette odeur, dit-il.

Il appuya sur les morceaux de bois, en différents endroits, jusqu'à ce que la boîte émette un petit clac. Le couvercle sur lequel était représenté l'homme-loup coulissa, révélant un petit tapis de feuilles vert foncé. Le barde vida l'eau de mer.

– Ça, mon garçon, c'est du myrte des marais.

Jack était terriblement déçu. Il s'attendait à quelque chose de magique.

– Et ça..., ajouta le barde en tapotant le couvercle, c'est l'individu à qui il appartient.

– C'est un Jotun ?

– Les Jotuns ne sont pas notre problème dans l'immédiat. Cet individu est un berserker et, à en juger par l'état de la boîte, je dirais qu'il n'est pas très loin.

Jack suivit son maître à l'intérieur en espérant qu'il allait lui en dire plus.

– Un berserker... c'est un homme ou un loup ?

– Excellente question. La plupart du temps, ce sont des hommes mais, quand ils fabriquent une boisson à partir de cette plante, ils deviennent comme des chiens enragés. Ils font des trous dans leurs boucliers avec leurs dents. Ils courent pieds nus sur des rochers tranchants sans s'en rendre compte. Ni le feu ni l'acier ne peuvent les arrêter. Dans ces moments-là, eux-mêmes se prennent pour des loups ou des ours. Pour moi, ce sont de vulgaires brutes cruelles et demeurées. Mais très dangereuses... Quelque part, non loin d'ici, une meute vient de débarquer. Cours prévenir les gens du village. Dis-leur que j'arrive. Ordonne-leur d'envoyer leurs êtres chers dans la forêt et de rassembler les haches, les binettes, tout ce qui peut servir d'arme. Ils ne vont pas tarder à en avoir besoin.

7
La fin des temps

Mais Jack n'eut pas besoin d'annoncer quoi que ce soit aux villageois. En route, il croisa Colin, le fils du forgeron, qui gravissait le chemin en courant.

– Jack ! Jack ! Va chercher le barde. Il se passe une chose épouvantable !

Colin s'arrêta pour reprendre son souffle.

– Il arrive, répondit Jack.

– Ah, ce cher vieux barde, soupira le fils du forgeron. Papa a dit qu'il saurait quoi faire. Il va repousser ces sales pirates à la mer pour qu'ils se fassent manger par les poissons.

– Les pirates ? Déjà ? s'exclama Jack.

Colin se moucha dans sa manche de chemise avant de passer son bras autour des épaules de Jack.

– Tu le savais ? demanda-t-il. Mais oui, évidemment. Tu es son apprenti.

Colin ne paraissait pas préoccupé par l'arrivée des pirates. Jack remarqua cette marque d'amitié nouvelle et il s'en réjouit. Il n'était plus le rejeton du fermier que l'on s'amusait à persécuter. Il était apprenti barde, il en serait bientôt un à part entière et aurait alors le pouvoir de rendre fous ses ennemis.

– Ils n'ont pas encore débarqué, dit le fils du forgeron en ôtant son bras pour s'essuyer encore une fois le nez dans sa manche. (Jack en profita pour prendre ses distances.) Papa dit qu'il va y avoir une formidable bataille. C'est une sacrée chance, non ? Il ne se passait plus rien depuis des années et voilà qu'on va pouvoir guerroyer comme les héros de jadis. Peut-être que le roi viendra nous faire chevaliers.

Jack savait qu'il existait un roi quelque part vers le nord. Nul ne l'avait jamais vu.

On racontait aussi qu'il y avait un roi au sud. Lequel des deux viendrait les faire chevaliers, ce n'était pas encore très clair, mais l'apprenti magicien était aussi exalté que Colin par cette possibilité.

Les deux garçons descendirent au village à toute allure et découvrirent tous les habitants rassemblés devant la maison du chef. Les hommes brandissaient des gourdins et des binettes. Certains avaient apporté l'arc avec lequel ils chassaient le cerf, et tous portaient un couteau à la ceinture. Père, lui, était armé de sa faux. Sous les encouragements de Lucy, il s'amusait à fendre l'air avec la lame pour bien montrer que c'était une arme redoutable.

Jack sentit son sang se glacer. Cette faux n'allait pas servir à couper de l'herbe ; elle allait trancher des bras et des jambes. Ce malaise qui s'emparait de lui quand on égorgeait les cochons lui donnait le vertige. Les cris faisaient vibrer l'air. Les chevaux hennissaient. Les corbeaux se rassemblaient en croassant au-dessus du futur champ de bataille.

– Jack ? Ça ne va pas ?

C'était la voix de sa mère.

Levant les yeux, il remarqua que tout le monde le regardait. Il était agenouillé sur le sol – comment s'était-il retrouvé dans cette position ? – les mains tendues devant lui pour repousser cette vision infernale.

Il se releva prestement.

– J'essayais de voir les pirates, expliqua-t-il. Les bardes s'y prennent comme ça.

Il fut ravi de voir tout le monde sourire.

– Ils seront bientôt là ? demanda Lucy en tapant dans ses mains. J'ai envie d'en voir un !

– Indique-nous la direction, mon garçon, demanda le chef avec plus de respect qu'il en accordait à Père.

Jack avait honte de lui. Il n'avait aucune idée de l'endroit où se trouvaient les pirates. Il avait dit la première chose qui lui était passée par la tête.

– Nous devons établir un plan de bataille, déclara le chef. Sont-ils sur l'ancienne route romaine ? Ou dans les marais ?

Jack essaya de sentir où se trouvaient les ennemis, mais en vain. Il avait une chance sur deux de tomber juste. S'il faisait le bon choix, il deviendrait un héros. S'il se trompait, les villageois risquaient de se retrouver nez à nez avec les hommes à tête de loup en rentrant chez eux.

– Comment avez-vous su qu'ils arrivaient ? demanda-t-il pour gagner du temps.

– John l'armurier cherchait du bois pour fabriquer des flèches, expliqua le chef. Au moment où la nuit tombait, il a aperçu un bateau. Une longue embarcation avec un grand nombre de rames. Elle filait avec le vent tel un oiseau qui vole vers son nid, en venant par ici. Je n'ai jamais vu de bateau de pirates, mais j'ai entendu des descriptions.

– En tout cas, c'était pas un bateau de pêche, c'est certain, renchérit John l'armurier, qui était, lui aussi, armé d'un arc.

– Alors ? Où sont-ils ? demanda le chef.

Jack savait qu'il devait avouer son ignorance. Commettre une erreur serait trop dangereux. Il ouvrait la bouche pour parler lorsque...

– Je t'ai déjà dit de ne pas pratiquer la magie sans ma permission ! s'exclama le barde.

Jack se retourna vivement. Le soulagement et la gratitude le submergèrent. Le vieil homme lui avait évité de passer pour un idiot.

– Les ennemis avancent sur l'ancienne route romaine, ô chef. Mais vous ne les combattrez pas. Vous ne devez utiliser vos armes qu'en ultime recours. Rassemblez vos familles et tous les biens que vous pouvez emporter, et allez vous cacher dans la forêt.

– Je n'aime pas me cacher, déclara le chef.

– Moi non plus ! s'écria le forgeron.

– Moi non plus ! lancèrent plusieurs autres villageois.

– Nous autres, Saxons, ne fuyons pas comme des chiens

apeurés, ajouta le chef. Nous sommes les maîtres de cette côte et nous en sommes fiers.

– Vous l'étiez autrefois, rectifia le barde. Autrefois. Mais vous avez oublié vos dons de guerriers. Vous avez laissé rouiller vos épées et pourrir vos lances. Vous avez engraissé en même temps que vos moutons.

– Si vous n'étiez pas notre barde, je vous ferais couper la langue pour vous punir d'avoir prononcé ces viles paroles ! s'exclama le chef.

– Peut-être, mais je suis votre barde, répondit-il avec calme. Les hommes que vous voulez combattre ne sont pas comme vous et moi. Ce sont des berserkers...

Un murmure parcourut la foule. Apparemment, la plupart avaient déjà entendu parler des berserkers. Le barde brandit la boîte découverte par Jack. Le chef la fit passer dans l'assistance et chacun la renifla tour à tour. De toute évidence, l'odeur qui s'en dégageait ne les emplissait pas de joie.

– Est-il vrai... qu'ils... qu'ils ont des têtes de loup ? demanda le chef.

Jack voyait bien qu'il essayait de paraître courageux, mais il avait perdu toute son assurance.

– Nul ne peut l'affirmer, répondit le barde.

Jack s'aperçut alors que le doute était une chose bien plus terrible que le fait de savoir que votre ennemi était moitié homme moitié animal.

– Je sais juste une chose, reprit le barde. Les berserkers ne craignent ni le feu ni le métal. Ils ne vivent que pour mourir sur le champ de bataille. Toute autre mort représente une honte pour eux, et ils se battent jusqu'au bout, quelle que soit la gravité de leurs blessures. On dit que vous avez beau leur couper la tête, celle-ci continuera à essayer de planter ses dents dans vos chevilles. J'ignore si c'est vrai, mais cela vous donne une idée de ce qu'ils sont.

– En effet, dit le chef en blêmissant. En effet.

– Il n'y a aucune honte à battre en retraite devant pareil adversaire, dit le barde. Votre but est de protéger ces femmes et ces enfants. Un chef digne de ce nom fait confiance à la stratégie et laisse les actes de bravoure aux rustres du village voisin.

– Et des rustres, ça ne manque pas dans le village voisin, n'est-ce pas ? dit le chef.

– Leur chef doit certainement les mener au combat en ce moment même... les idiots !

– Eh bien, moi, je ne serai pas aussi stupide. Toi, le forgeron ! Va dire aux femmes de vider les maisons. On va emmener les moutons dans les collines.

– Il serait bon de faire vite, leur conseilla le barde.

– C'est juste ! Que tout le monde s'active. On va leur montrer, à ces pirates. Ils ne nous prendront pas par surprise !

Le barde fit signe à Jack de rester près de lui.

– Notre travail commence quand le leur s'achève, dit-il à voix basse.

L'apprenti regarda les femmes transporter les meubles dans des charrettes pour les cacher dans les haies qui séparaient les champs. Des jeunes filles coururent sur la plage pour y enterrer des pots et divers ustensiles. Des garçons fourrèrent des poules braillardes dans des paniers. Le grain fut versé dans de petits sacs pour être transporté, les fruits empaquetés. Le forgeron allait et venait dans le village, criant des ordres, même si femmes et enfants semblaient fort bien se débrouiller seuls.

Au milieu de toute cette agitation, Jack aperçut au loin une silhouette qui avançait sur la route en titubant. Au moment où elle franchissait une petite bosse, elle faillit tomber. Mais le voyageur parvint à retrouver son équilibre en s'appuyant sur un bâton et à poursuivre péniblement son chemin.

– Regardez, glissa Jack en montrant la route.

– Oh, bonté divine, c'est un moine, dit le barde.

Il se fraya un chemin au milieu des villageois, suivi de Jack. Personne d'autre n'avait remarqué l'arrivée du moine.

Alors qu'ils s'en approchaient, Jack constata que sa robe n'était pas noire, comme il l'avait cru, mais tachée de suie. Une désagréable odeur de brûlé flottait à leur rencontre. Le moine trébucha de nouveau et, cette fois, il chuta et ne put se relever.

Le barde se précipita.

– Courage, murmura-t-il. Les gens d'ici sont vos amis.

– Morts, ils sont tous morts, gémit l'homme de Dieu. Brûlés. Réduits en cendre.

– Va chercher de l'aide, Jack. Il ne peut plus marcher.

Très vite, le moine se retrouva allongé sur un lit de fortune fait d'herbes séchées. La mère de Jack lui faisait boire du jus de laitue pour soulager la douleur et la femme du forgeron étalait de la graisse d'oie sur ses brûlures. Le père de Jack et le chef étaient agenouillés à ses côtés.

– Je crois qu'il s'agit de frère Aiden, de l'île Sainte, murmura le chef.

– Oui! Oui! s'exclama le moine. C'est bien moi. (Il agita furieusement les jambes et renversa le pot de graisse d'oie.) Fuyez! Fuyez tous! La fin des temps est proche!

– C'est ce que nous allions faire quand vous êtes arrivé, dit le barde, assis sur une pierre non loin de là.

– Parlez-nous de l'île Sainte, demanda le chef.

– Elle n'existe plus, gémit frère Aiden.

– Comment est-ce possible? s'exclama Père, les yeux écarquillés.

– Ils sont morts. Réduits en cendre.

– C'est impossible! (Père titubait comme s'il était sur le point de s'évanouir.) Personne ne peut attaquer l'île Sainte. C'est le seul endroit sûr sur cette terre. Dieu la protège. Jamais Il ne tolérerait pareille chose!

– Du calme, Giles, dit le barde. Ce pauvre homme n'a pas la force de crier plus fort que vous.

Petit à petit, des éléments de cette terrible histoire se dégagèrent des discours incohérents du rescapé.

C'était une magnifique journée ensoleillée, les moines ramassaient de l'herbe dans les champs. Les sœurs faisaient du beurre et cousaient un nouveau drap pour l'autel. Les domestiques empilaient des pierres pour construire une nouvelle étable.

Aux alentours de midi, quelqu'un aperçut les bateaux. Ils étaient quatre, ou peut-être cinq. Ils filaient vers le rivage. « Des visiteurs, dit quelqu'un. Quelle bonne surprise. »

Frère Aiden courut prévenir le cuisinier. Il fallait préparer un repas pour ces invités inattendus. Mais lorsque les bateaux accostèrent, des hommes débarquèrent en brandissant des haches et en hurlant.

– Ils ont réduit en bouillie les moines venus les accueillir, raconta frère Aiden en pleurant. D'autres furent jetés à la mer par de sinistres brutes qui leur avaient au préalable attaché des pierres aux pieds. Ils tuèrent tout ce qui se trouvait sur leur chemin : hommes, femmes, domestiques, bétail. Après quoi ils détruisirent les constructions. Ils arrachèrent les tapisseries en soie et les piétinèrent. Ils brisèrent les vitraux.

– Non, pas les vitraux, gémit Père.

– Si, et ce n'est pas tout, dit frère Aiden. Ils ont renversé l'autel et uriné sur les livres. Ils ont fait irruption dans la bibliothèque et déchiré des manuscrits que les moines avaient mis cinquante ans à copier. C'est là que je me trouvais. Caché dans un grenier. Après avoir saccagé les manuscrits, ils y ont mis le feu. Je n'osais pas bouger. Je suis resté recroquevillé sous le toit pendant qu'une fumée épaisse s'élevait, et la chaleur a failli enflammer ma robe. Ne pouvant tenir plus longtemps, j'ai sauté au milieu des flammes et je me suis enfui.

Toute l'île était en feu : le monastère et le couvent, l'église, l'entrepôt de grain, les étables et les champs. Frère Aiden allait et venait en titubant, à la recherche d'éventuels survivants, mais il n'y en avait aucun. Les grands bateaux étaient repartis en emportant leur butin et les animaux massacrés. Il ne restait que des ruines fumantes et des cadavres.

– Horreur ! Horreur ! s'exclama Père en tombant à genoux.

Mère éclata en sanglots. La femme du forgeron courut vers les autres villageois, qui continuaient à faire leurs bagages, pour leur annoncer la terrible nouvelle. Des cris de désespoir incrédule et des torrents de larmes se propagèrent comme un feu de forêt. Jack pleurait, lui aussi. Il n'avait jamais vu l'île Sainte (peu de villageois avaient eu ce privilège) mais elle avait toujours été là, dans ses pensées, comme une lumière bienveillante à la lisière d'un monde incertain.

Soudain, Jack se souvint des paroles du barde : « Nulle part sur cette terre le bonheur ne peut exister seul. Ce château en or était trop beau et, comme toutes les belles choses, il attirait la destruction. »

– C'est comme le château de Hrothgar, dit-il à voix haute.

– Excellent, dit le barde et Jack constata que le vieil homme était le seul qui ne pleurait pas. Parfois, ton intelligence me surprend.

– J'aurais dû être là-bas, grogna Père. J'aurais dû être un moine et périr en véritable martyr. Oh, quelle horreur !

– Giles, pauvre idiot ! Si vous aviez été moine, vous n'auriez jamais eu cette brave femme ni ces beaux enfants. Et aujourd'hui, vous seriez couché au milieu des cendres.

Le barde se leva et écarta les bras en regardant le ciel. Au loin résonnaient les cris rauques d'un corbeau. Celui-ci apparut, tourna au-dessus de leurs têtes et alla se poser dans un arbre.

– Sans doute s'est-il régalé des cadavres, commenta Père.

– Allons-nous-en, déclara le barde à l'adresse du chef, en ignorant la remarque de Père.

Le chef s'arracha à sa torpeur.

– Oui, oui, dit-il d'une voix lointaine.

– Je vais demander aux garçons de fabriquer une litière pour transporter frère Aiden.

Peu de temps après, une longue file de villageois, dont beaucoup pleuraient, se dirigea vers la forêt à l'ouest. Les braillements, les caquètements, les sifflements et les bêlements des animaux s'éloignèrent. Enfin le silence s'abattit sur les champs.

Jack ressentait une vive douleur intérieure. Chaque fois qu'il repensait à l'île Sainte, les larmes lui montaient aux yeux. C'était un endroit enchanté où on mangeait de l'agneau rôti parfumé au romarin, du pudding à la sorbe et du porridge, le meilleur, avec de la muscade et de la crème. De gentils moines priaient pour les malades, sous un vitrail où brillaient les couleurs de l'arc-en-ciel quand le soleil le frappait de ses rayons.

– Les femmes ont fait du bon travail, commenta le barde, brisant les pensées de Jack. Évidemment, c'est moi qui les ai formées. Elles s'entraînent depuis des mois.

– Vous saviez ce qui allait arriver ? demanda Jack.

– Pas exactement. Je savais qu'un drame se produirait une

fois les tempêtes hivernales passées. J'ai transmis des instructions aux habitants des autres villages. J'espère qu'ils m'auront écouté.

– Et maintenant ? demanda Jack.

Il parlait pour repousser le silence angoissant qui s'était installé sur le village.

– Maintenant, nous allons faire naître le brouillard le plus dense et le plus humide que tu aies jamais vu.

8

La rune de protection

Assis devant la vieille maison romaine, le maître et son apprenti convoquèrent la force vitale. Les rivières souterraines accélérèrent leur débit. Les rivières en surface se mirent à bouillonner. Jamais Jack ne les avait senties aussi puissantes. Les larmes coulaient sur ses joues devant tant de merveilles et de beauté, mais elles s'évaporaient aussitôt de son visage sous forme de brume.

Soudain, un vol de corbeaux tomba du ciel, comme si les oiseaux noirs avaient été abattus par des flèches. Ils atterrirent maladroitement sur le toit de la maison et s'accrochèrent au chaume. Leurs becs s'ouvraient et se fermaient sans émettre le moindre son; ils étaient trop abasourdis pour croasser.

Tout en bas, au pied de la falaise, la mer grondait tel un ruban blanchâtre dans le brouillard; elle scintillait puis disparaissait. Une humidité glacée s'infiltra sous la chemise de Jack, mais c'était une bonne humidité. Il avait envie de rire. Les corbeaux lui répondirent par un grommellement étouffé.

– Reposons-nous, dit le barde.

A son réveil, Jack constata que la lumière faiblissait. Le soleil s'était couché! Une journée entière s'était écoulée! Il se leva, aussi épuisé que s'il avait lutté contre cent brebis à tête noire. Ses bras et ses jambes étaient endoloris, sa tête bourdonnait et même sa peau lui faisait mal.

Le barde marchait plié en deux, et Jack comprit que le vieil homme était à bout de forces.

– Je vais faire un feu. Et je vous apporterai à manger.

Jack prit deux morceaux de silex – il n'avait plus assez d'énergie pour faire naître un feu – et, très vite, il obtint de jolies flammes au-dessus desquelles bouillonnait un chaudron rempli de porridge. Il conduisit le barde jusqu'au foyer et coinça entre ses mains tremblantes un bol de cidre fumant. Malgré la faim qui le tenaillait, le garçon se préoccupait surtout de redonner des forces à son maître.

– Ah, que Frey et Freya te bénissent, dit le vieil homme avec un soupir.

Il but la boisson chaude et laissa Jack lui verser quelques cuillerées de porridge dans la bouche.

– C'est vraiment épuisant, dit-il.

– Doit-on encore faire du brouillard cette nuit ? demanda le garçon.

– Je ne m'en sens pas capable. Je compte sur l'obscurité pour nous protéger.

Sur ce, le vieil homme sortit d'un pas traînant pour se soulager. Jack l'accompagna avec une torche pour s'assurer qu'il ne dégringolerait pas du haut de la falaise. La nuit était aussi noire que le boyau d'une mine.

Quand ils rentrèrent, le barde se laissa tomber sur son lit et s'endormit en moins de temps qu'il n'en faut pour le dire. Après avoir alimenté le feu, Jack mit de côté le reste de porridge pour le petit déjeuner. Désormais, les gens du village ne leur apporteraient plus de provisions.

Où dormaient-ils cette nuit-là ? se demanda Jack en regardant les oiseaux s'agiter sur les branches de leurs arbres peints. Étaient-ils dehors dans l'humidité ? Lucy n'aimerait pas ça. Elle exigeait un lit douillet et de la chaleur. « Je suis une princesse perdue, dirait-elle. Les princesses perdues dorment dans un lit. » Les exigences de Lucy étaient adorables à la maison car elle était si petite et si belle. En revanche, Père et Mère apprécieraient peut-être moins, dans les bois, ses caprices enfantins.

Jack s'endormit en écoutant les pattes des corbeaux racler le toit de chaume au-dessus de sa tête.

– Réveille-toi ! s'écria le barde.

Jack se redressa. Le soleil entrait à flots par la porte ouverte et, pendant un court instant, il s'en réjouit. Puis il se souvint qu'ils avaient besoin du mauvais temps.

– Dois-je faire réchauffer le porridge, Maître ?

– Pas le temps. On le mangera froid.

Jack décolla le porridge collant et grumeleux du chaudron. Il avait pris un goût légèrement fumé, mais ce n'était pas désagréable, se dit le garçon. En tout cas, cette bouillie épaisse suffit à combler son énorme creux à l'estomac. Il fit tremper un gros morceau de pain dur dans du cidre.

– Dépêche-toi ! lui lança le barde. Les berserkers ne vont pas lambiner pendant le petit déjeuner, eux.

« Je ne lambine pas, se dit Jack avec amertume. Je suis fatigué, j'ai faim et je suis obligé de travailler alors que les villageois se prélassent dans la forêt. » Mais il avait conscience d'être injuste. Les villageois devaient être blottis les uns contre les autres comme des moutons effrayés. Il avait déjà vu cela lorsqu'un troupeau perdait sa brebis de tête loin de la ferme.

Réprimant un soupir, il alla s'installer dehors avec le barde et commença à appeler la force vitale. Cette fois, ce fut beaucoup plus facile. La terre et l'air réagirent comme s'ils n'attendaient que ça. Le brouillard se répandit avec une rapidité presque effrayante. Et si on n'arrive plus à le chasser ensuite ? pensa Jack. « Si le soleil ne brille plus jamais... si la terre est recouverte d'une obscurité permanente ? »

– Qu'est-ce qui ne va pas ? demanda le barde.

Jack rouvrit les yeux. Le brouillard s'effilochait sous les assauts d'un vent marin soudain. Des traînées azurées apparaissaient au-dessus de leurs têtes.

– A quoi pensais-tu ? demanda le vieil homme.

– Euh... Euh... Je trouvais que le brouillard était très épais, bredouilla Jack. Je craignais qu'il ne se dissipe plus jamais.

– Écoute-moi bien, mon garçon. La force vitale est toujours en mouvement ; elle change sans cesse d'apparence. Seule la mort est immuable.

– Mais... mais si elle ne bougeait plus... (Jack se sentait

envahi par une sinistre terreur dont il n'arrivait pas à déterminer l'origine.)... Il... il ferait nuit pour toujours. Comme lorsque des pécheurs sont projetés dans les ténèbres de l'enfer, dit mon père.

– Par le marteau et l'enclume de Thor ! Épargne-moi les délires de Giles !

Le barde leva les bras au ciel comme pour prendre à témoin le maître du tonnerre devant tant de sottises.

Les corbeaux perchés sur le toit (depuis combien de temps étaient-ils là ?) croassèrent bruyamment. On aurait dit des éclats de rire.

– Mais il est possible que... Oui, il se pourrait bien que..., dit le barde.

– Quoi donc ? s'exclama Jack.

– Ne parle pas si fort. Peut-être qu'elle contre-attaque. Peut-être qu'elle nous envoie ses pensées par la mer. Mais son influence est affaiblie par le passage au-dessus de l'eau. Je n'ai rien remarqué car son sort est trop faible pour m'affecter. A cette distance, elle ne peut influencer qu'un esprit faible.

– Hé ! protesta Jack.

– Mais je vais m'occuper d'elle, tu vas voir. Je vais dresser une barrière contre laquelle elle brisera ses crocs pourris, si elle recommence. Tiens...

Le barde glissa la main sous sa chemise et en sortit un pendentif au bout d'une chaîne qu'il passa autour du cou du garçon.

Jack n'avait jamais vu ce pendentif ; il vivait pourtant chez le vieil homme depuis des mois. Il s'agissait d'une plaque carrée, en or. Dessus était gravé un motif qui ressemblait à un soleil, à cette différence près que chaque rayon était orné de branches comme un arbre bourgeonnant. Soudain, sous les yeux de Jack, le pendentif disparut. Il resta hébété. Ça, c'était de la véritable magie ! Pourtant, il sentait encore le poids du bijou en or autour de son cou.

– C'est une rune de protection, expliqua le barde. Je la portais quand j'ai traversé la vallée des Fous en Irlande. Elle m'a permis de conserver ma raison alors qu'autour de moi tout le monde perdait la tête. Tu peux la garder.

– Mais...

Jack était encore une fois au bord des larmes. Personne ne l'avait jamais jugé digne d'un tel cadeau. La pièce romaine que Père avait trouvée un jour était destinée à Lucy.

– Et si Frith vous attaque ?

– Ne prononce pas son nom, malheureux ! Elle accourt dès qu'elle l'entend. Ne t'en fais pas pour moi, dit le vieil homme d'un ton bourru. J'ai dépecé plus d'un monstre dans ma vie. En attendant, continuons à créer du brouillard.

Jack n'aurait su dire si c'était la rune ou simplement la joie de constater qu'on prenait soin de lui, mais il se sentait revigoré et d'humeur joyeuse. Il fit monter les eaux de la terre et descendre les nuages dans le ciel. Il sentit l'humidité déposer des baisers mouillés sur son visage et traverser l'étoffe de ses vêtements. Ses cheveux étaient plaqués sur son crâne, son menton gouttait et un filet d'eau coulait dans ses chaussures. Mais il était aussi heureux qu'une grenouille dans une mare ensoleillée.

Soudain, il entendit une toux râpeuse. Il ouvrit immédiatement les yeux... et ne vit rien. Le monde était devenu tout noir. Pendant un instant, la panique le submergea. Puis il entendit de nouveau tousser. C'était le barde.

La nuit était tombée pendant que Jack était absorbé par sa magie. Une nuit pure, simple et innocente. Le brouillard qu'il avait créé était si dense que même la plus petite étincelle d'étoile ne pouvait atteindre la terre. Jack chercha à tâtons la porte de la maison. La toux venait de l'intérieur.

Seul une braise minuscule luisait encore dans l'âtre.

– Maître ? Est-ce que ... est-ce que tout va bien ? murmura-t-il.

Il sentait que le chuchotement s'imposait.

– Je suis couché.

Le garçon avança à l'aveuglette jusqu'au lit. Du bout des doigts, il toucha le visage du vieil homme et découvrit, avec effroi, qu'il était brûlant de fièvre.

– Je vais rallumer le feu et vous préparer un remède.

– Tu es bien brave, dit le barde d'une voix faible.

Sans perdre une seconde, Jack souffla sur le feu pour raviver les flammes. Puis il fit chauffer de l'eau, dans laquelle il ajouta de l'écorce de saule et un peu de coriandre pour en ôter l'amertume. C'était un remède que lui avait appris Mère. Père n'aimait pas qu'elle lui enseigne ce genre de choses. C'étaient des secrets de femmes, disait-il, qui ne concernaient pas les hommes et ça pouvaient même se révéler dangereux pour de bons chrétiens.

En entendant cela, Mère souriait et continuait comme si de rien n'était.

– Pouah ! fit le barde quand il eut goûté le breuvage.

– Mère affirme que ça fait baisser la fièvre.

– Je n'en doute pas. Mais ça ne m'empêche pas de trouver ça très mauvais.

Le vieil homme termina son bol malgré tout, avant d'être pris d'une violente quinte de toux qui le plia en deux et effraya Jack.

– Reprenez le pendentif ! bredouilla-t-il. Vous avez plus besoin de protection que moi.

– Impossible, dit le barde, obligé de faire un effort pour parler. Une fois qu'on l'a donné, on ne peut pas le reprendre... De toute façon, je voulais que tu l'aies.

Il se rallongea et Jack le couvrit avec une peau de mouton.

Le garçon fouilla dans les réserves stockées au fond de la maison. Il lui faudrait faire tremper des haricots. Et, demain matin, il devrait aller ramasser des coquillages. Combien de temps pourraient-ils survivre sans l'aide des villageois ? Comment sauraient-ils si les hommes à tête de loup étaient repartis ?

Jack mit à chauffer le chaudron contenant des pois secs, des oignons et des navets. Il y ajouta un morceau de bacon à peine moisi. L'odeur de la nourriture le rendait fou tellement il avait faim, mais la soupe ne serait pas prête avant plusieurs heures. Il dénicha un bout de pain, dur comme de la pierre, qu'il mit à tremper dans le cidre. Quand le pain fut réduit en bouillie, il le fit manger au barde.

La fatigue de Jack était telle qu'il ne cessait de trébucher. Sa vue était trouble, ses mains maladroites. Il trouva quand même le courage d'allumer une botte de pas-d'âne qu'il laissa se consumer sur une petite étagère de pierre à côté du lit du barde. La fumée lui dégagerait les poumons.

Jack ne se souvenait pas de s'être allongé. Il voulait d'abord aller chercher du bois. Mais sans s'en apercevoir, il s'était assis et, de là, le sol n'était plus très loin. Quoi qu'il en soit, Jack dormait à poings fermés, la tête posée sur un sac de haricots en guise d'oreiller, lorsque le cauchemar survint.

9
Le cavalier du cauchemar

La première chose qu'entendit Jack, ce fut le vent. Venant de la mer, il se mit à mugir autour de la maison, fit trembler le toit et s'insinua sous la porte. L'air froid se faufila sur le sol et raviva le feu. Le souffle s'accompagnait d'un fracas semblable au bruit des galets roulant sur une plage, qui s'amplifia jusqu'à s'abattre sur le sommeil de Jack comme un coup de tonnerre.

Il se leva d'un bond. Les bourrasques dispersaient les braises dans l'âtre. Il se précipita pour les remettre en place. Le toit gémissait; un gros morceau de chaume fut arraché. Quatre ou cinq corbeaux qui nichaient là dégringolèrent dans la pièce et s'empressèrent de trouver refuge sur le lit du barde. Au loin, un épouvantable martèlement de sabots se rapprochait, jusqu'à faire vibrer la nuit tout entière.

Par le trou du toit, Jack apercevait le ciel froid et noir, piqueté d'étoiles clignotantes et impitoyables, là où flottait auparavant un brouillard protecteur. Il savait qu'il devait faire quelque chose, mais quoi? Ce martèlement creusait un vide dans son cerveau et il se sentait incapable de réfléchir. Il n'avait qu'un désir: fuir. Il recula d'un pas et posa le pied sur une braise rougeoyante. La douleur intense lui remit les idées en place et il comprit ce qui se passait.

C'était le cauchemar! Il était revenu en profitant de l'obscurité. Ayant découvert la faiblesse du barde, il venait pour le détruire. Jack agrippa la rune de protection qui pendait à son cou. Elle était étrangement chaude... non, brûlante. Elle déversait sa chaleur dans son corps comme le soleil à son zénith.

Jack entendit le barde émettre un long soupir de terreur. Un son effroyable, semblable au cri d'un lapin prisonnier des serres d'un faucon. Le vieil homme s'agita dans son sommeil et les corbeaux s'accrochèrent à la peau de mouton qui le recouvrait.

– Allez-vous-en ! Vous lui faites peur ! cria le garçon, mais les corbeaux se contentèrent de claquer du bec, sans bouger.

Le tonnerre grondait à présent au-dessus de leur tête. Plus violent que le plus violent des orages d'hiver. Plus déchaîné que la mer qui venait s'écraser contre les falaises. Jack était abasourdi, il n'avait jamais entendu pareil fracas. Les yeux levés vers le toit éventré, il était paralysé, comme les corbeaux.

Soudain, dans le ciel noir, surgit une silhouette si immense et terrifiante, que Jack hurla ; les corbeaux poussèrent des cris d'effroi. C'était un cheval enveloppé d'une nuée de stalactites qui se brisaient et cascadaient avec fracas à l'intérieur de la maison. Son corps était gris, sa crinière hirsute et couverte de toiles d'araignée, et il avait trop de jambes ! Jack ne prit pas le temps de les compter, mais il savait qu'il y en avait trop.

Un cavalier plus noir que le ciel le chevauchait si sombre qu'il aspirait la lumière des étoiles. Ses jambes hérissées d'épines enserraient les flancs de l'animal, faisant couler le sang, un sang blanc comme du pus suintant d'une plaie. Le cheval poussa un hurlement. Jack s'écroula sur le sol, incapable de réfléchir, quasiment inconscient ; il ne sentait plus que les pulsations chaudes du pendentif qui reposait sur son cœur.

Quand il reprit conscience, l'obscurité était complète. Le feu éteint. Le trou dans le toit laissait voir les étoiles, mais plus de cauchemar, Dieu merci. Tout était calme, comme s'il n'y avait jamais eu d'orage.

Jack marcha à tâtons jusqu'au lit du barde. Celui-ci respirait paisiblement ; il semblait dormir. Le soulagement submergea Jack. En tendant la main vers la couverture en peau de mouton, il toucha un des corbeaux qui lui donna un coup de bec.

– Fiche le camp ! brailla-t-il en chassant l'oiseau d'un geste rageur.

Il entendit des grommellements dans le noir.

– Personne ne vous a demandé de venir !

Il envisagea de déloger les corbeaux à coups de balai, mais se ravisa : il était bon d'avoir de la compagnie, même celle d'une bande d'oiseaux mal lunés. Il n'était pas certain de pouvoir supporter la solitude après avoir été confronté à la créature qui chevauchait le cauchemar.

« Je ne dois plus y penser », se dit-il. Le barde répétait toujours qu'il ne fallait pas ruminer le mal ; il valait mieux penser aux bonnes choses comme le soleil et les arbres en fleur. Impossible de savoir ce qui avait fait fuir le cauchemar, mais au moins il était reparti et le vieil homme était sain et sauf. Demain, ils établiraient un plan pour le terrasser.

Jack tâtonna autour de lui dans le noir jusqu'à ce qu'il trouve des morceaux de silex. Il rassembla les braises éteintes et les ralluma. Dans le chaudron, la soupe était glacée. Soit il était resté inconscient plus longtemps qu'il le croyait, soit le cavalier du cauchemar avait aspiré toute la chaleur.

« Je ne dois pas penser à ça. Je ne dois pas penser à ça. »

Il alluma le maximum de chandelles à mèche de jonc. Voilà qui changeait tout. Leur douce lumière réussit même à égayer les corbeaux qui sautèrent du lit pour s'approcher du feu. Ils observaient le chaudron d'un œil songeur.

– Ce n'est même pas la peine d'y penser, leur lança Jack.

Les corbeaux claquèrent du bec, comme pour dire : « C'est ce qu'on verra. »

Jack demeura éveillé jusqu'à ce que le trou dans le toit vire au gris. « Il faut que je ramasse du chaume », se dit-il, ajoutant cette tâche à une liste déjà longue. Quand il leva de nouveau les yeux, le ciel était d'un bleu éclatant et il comprit qu'il avait à nouveau dormi.

– Je sais qu'on devrait faire du brouillard, lança-t-il en direction du barde, tout en frictionnant ses jambes et ses bras endoloris. Mais vous avez besoin de vous reposer et moi, il faut que je trouve à manger. Après le petit déjeuner, je descendrai sur la plage.

Il remua la soupe dans le chaudron. Les pois étaient réduits en bouillie; l'odeur des oignons et du lard fit gargouiller son estomac. Un des corbeaux, plus téméraire que ses congénères, s'approcha en sautillant.

– Va-t'en! dit Jack en agitant la cuillère. (Un peu de soupe goutta et le corbeau se jeta dessus.) Du vent! Ce n'est pas pour vous, c'est pour les êtres humains. Si vous avez faim, vous n'avez qu'à manger des bulots.

Après avoir rempli un bol de soupe, Jack déposa un lourd couvercle en fonte sur le chaudron. Il se dirigea ensuite vers le lit en décochant au passage un coup de pied aux corbeaux. Il n'avait jamais vu de créatures aussi intrépides.

Le barde était allongé, les yeux ouverts.

– Vous voulez bien vous redresser? demanda poliment le garçon. Ce sera plus facile pour vous donner à manger.

Le vieil homme battit des paupières et renifla. Un filet de bave coula dans sa barbe.

– Je vais vous aider, dit Jack.

Coinçant le bol entre ses jambes pour le protéger des corbeaux, il souleva le barde par les aisselles.

– Wud-duh, grogna le vieil homme.

– Qu'avez-vous dit? Vous voulez quelque chose?

– Wud-duh.

– Je ne comprends pas.

Jack avait peur tout à coup.

– Gaaw, fit le barde.

Seul le filet de bave dans sa barbe trahissait son intérêt pour la soupe.

– Vous êtes malade? Si vous êtes trop mal en point pour parler, hochez la tête.

– Wud-duh!

Le barde semblait en colère. Ses yeux lançaient des éclairs et sa bouche se plissa. Jack était abasourdi. Qu'était-il arrivé au vieil homme? Cette maladie dépassait ses maigres compétences. Le cauchemar avait-il dérobé l'intelligence du barde? Ou son âme?

– Vous me faites peur. Je vous en prie! Si vous essayiez de vous asseoir, je pourrais vous aider.

Mais le vieil homme continuait à émettre des bruits étranges et sa colère enfla encore, au point que son visage devint écarlate et qu'il se mit à brailler comme un bébé qui fait une colère.

Jack essaya d'introduire la cuillère dans la bouche du barde. Celui-ci détourna vivement la tête et projeta de la soupe sur le lit.

– Gaaw !

– Elle est bonne, je vous assure. Regardez, je la goûte devant vous ! dit Jack, ne sachant plus quoi faire.

La soupe était bonne, en effet. Et l'estomac du garçon en réclamait davantage. Il dut se faire violence pour ne pas vider le bol. De nouveau, il essaya de nourrir le barde et, pour toute récompense, celui-ci lui recracha la soupe au visage. Les corbeaux se livrèrent alors à un concert de croassements.

– Vous vous moquez de moi, c'est ça ? leur cria le malheureux ivre de fureur.

Il lança le bol en direction des corbeaux, qui n'attendaient que ça, évidemment. Ils se rassemblèrent autour de la flaque de soupe et l'engloutirent en un rien de temps.

– Comment ai-je pu être aussi bête ?

Jack était au bord des larmes. Ils n'avaient presque plus rien à manger et, dans un accès de rage, il avait gâché une partie de leurs provisions. Par-dessus le marché, il n'avait toujours pas réussi à arracher son maître à cet étrange envoûtement.

– Buvez au moins quelque chose !

Il trempa un en chiffon de laine dans l'eau et le fit goutter dans la bouche du vieil homme comme le faisait maman pour nourrir Lucy quand elle était bébé. Le barde serra le morceau de laine dans sa main et se mit à téter avec entrain.

– C'est déjà ça, marmonna Jack.

Il continua à le faire boire de cette façon jusqu'à ce que le barde parût désaltéré. Puis il remplit le bol de nouveau et cette fois, trempa le morceau d'étoffe dans le potage avant de le lui donner à mâchonner.

L'opération sembla durer des heures. Jack devait imbiber l'étoffe et nourrir le vieillard en lui écartant les mâchoires de force. Finalement, le barde recracha le morceau de laine et rota. Une expression de contentement apparut dans ses yeux. Jack s'assit près du chaudron et, enfin, put assouvir la faim qui le rongeait.

Que devait-il faire maintenant ? Convoquer tout seul le brouillard ? Aller chercher de l'aide dans la forêt ? Il n'était pas sûr de pouvoir abandonner le barde à lui-même.

Les corbeaux étaient repartis par le trou dans le toit, à l'exception d'un seul. Celui-ci observait Jack d'un œil perçant et semblait attendre, en se tenant hors de portée d'un coup de pied. C'était un bel oiseau au plumage noir et bien lisse. Seul défaut : il lui manquait une griffe à la patte gauche. Sans doute s'était-il approché un peu trop près d'un renard, se dit Jack.

– Bon, d'accord. Je veux bien te donner une cuillerée de soupe. Mais juste une.

Jack approcha la cuillère de son bec et le corbeau mangea délicatement, à la manière d'un chat.

– Qui t'a appris ça ? demanda le garçon, impressionné et amusé. (Il donna une autre cuillerée de soupe au corbeau.) C'est peut-être le barde. On dit qu'il parle aux oiseaux, mais il ne m'a jamais montré comment faire.

Après un moment de silence, Jack reprit :

– Si seulement tu pouvais me dire ce que je peux faire maintenant. Je dois protéger le village, et je dois aussi protéger le barde. Mais sans nourriture, je ne tiendrai pas longtemps. La magie, ça creuse sacrément.

Le corbeau agita la tête de haut en bas, comme pour dire : « Ça, c'est bien vrai. » Jack éclata de rire et lui donna encore un peu de soupe pour la peine,

– Je crois que je ferais bien de conduire le barde dans la forêt, dit-il en réfléchissant à voix haute. Comme ça, il sera à l'abri et moi, je pourrai protéger les villageois.

Quelque chose s'éveilla au plus profond de lui ; c'était comme entendre le cri d'un faucon dans une aube gelée ou voir un dauphin jaillir hors des flots. C'était inattendu – et effrayant – mais merveilleusement excitant. « Je peux remplir cette mission tout seul, se dit-il. Ainsi, je ne serai plus un apprenti. Je serai un véritable barde. »

Le corbeau sautilla jusqu'à la porte et tapota contre l'huis avec son bec.

– Tu as raison, dit Jack. Il vaut mieux ne pas tarder.

Il ouvrit la porte en grand, le soleil avait presque atteint son zénith.

Jack parvint à mettre le barde debout en le tirant et en le poussant. Maintenant, il n'y avait plus qu'à le faire avancer. Dans ce but, Jack noua une corde autour de la taille du malade et tira. Lentement, le vieil homme plaça un pied devant l'autre.

– Wud-Duh, proféra-t-il d'un ton autoritaire.

– Je suis bien d'accord, répondit Jack en l'entraînant sur le chemin, en direction des maisons.

Son objectif était de traverser le village pour conduire son maître dans la forêt. Mais le barde marchait si lentement que le garçon désespéra d'y arriver avant la nuit. Lorsqu'ils passèrent devant la ferme de Giles, le garçon eut un pincement au cœur. Quelle belle maison ! se dit-il. Chaque mur, chaque clôture, chaque champ avait été façonné par les mains de Père. Maintenant, elle semblait totalement désertée. Jack essuya ses yeux d'un revers de manche et tira d'un coup sec sur la corde nouée autour de la taille du barde.

Aucune réaction. Se retournant, il constata qu'il avait décidé de s'asseoir.

– Non, pas maintenant, lui dit Jack. Je sais que vous êtes fatigué, mais on ne peut pas s'arrêter avant d'être à l'abri.

– Gaaw, fit le barde en regardant la ferme.

Jack suivit son regard. Des volutes de fumée blanche s'échappaient du toit. La maison était-elle en feu ? Jack lâcha la corde et gravit la colline ventre à terre. Il se jeta sur la porte, découvrit qu'elle était verrouillée et tambourina avec ses deux poings.

– Ne bouge pas, Lucy, murmura une voix que Jack reconnut immédiatement.

– C'est moi, Mère ! C'est Jack ! Que se passe-t-il ? Que faites-vous ici ?

Après un bref silence, il y eut le bruit d'un loquet qu'on tire. Père risqua un œil au-dehors. Il brandissait une fourche, prêt à embrocher quiconque se tenait sur le seuil. Derrière lui, Mère tenait une marmite d'eau bouillante.

Lucy poussa un cri strident et écarta son père.

– Oh, mon chéri ! s'exclama Mère en posant sa marmite.

– Bienvenue à la maison, dit Père comme s'il était normal de brandir une fourche devant un visiteur.

– Tout va bien maintenant ! chantonna Lucy en sautillant.

Elle entraîna son frère à l'intérieur. La maison était nue ; la plupart de leurs biens étant enterrés ou cachés dans la forêt, mais des litières de bruyère étaient disposées autour de l'âtre et des sacs de provisions appuyés contre un mur.

Jack n'en revenait pas.

– Tout le monde a regagné le village ? demanda-t-il.

– Non, rien que nous, dit Père.

– C'est nous les plus intelligents, dit Lucy.

Jack se tourna vers Mère ; elle seule paraissait mal à l'aise.

– C'est à cause de Lucy, expliqua-t-elle.

– La forêt, c'était horrible, déclara la fillette. C'était tout mouillé et il faisait froid. Il y avait plein de cailloux par terre. Ce n'était pas un endroit pour une princesse !

– C'était un endroit sûr pour une princesse, répondit Jack.

Il comprit immédiatement ce qui s'était passé. Confrontée pour la première fois à l'inconfort, Lucy avait exigé de revenir à la ferme. Il savait à quel point elle pouvait se montrer pénible. Elle insistait jusqu'à ce que vous ayez envie de la gifler, mais vous ne pouviez vous résoudre à la frapper, car elle était si petite et si mignonne !

– Ce n'est pas une bonne idée de rester ici, dit Jack.

– Je sais, mais...

Mère désigna son mari. De toute évidence, Giles Patte Folle avait cédé aux supplications de Lucy ; il n'avait jamais pu lui refuser quoi que ce soit.

– Je veux pas retourner dans la forêt ! déclara la fillette. Surtout après la nuit dernière !

– C'était affreux, concéda Mère.

– On aurait cru la fin des temps, ajouta Père d'une voix blanche. Un hurlement a retenti dans le ciel. Des pics de glace tombaient comme des poignards. Les étoiles ont disparu. Les gens couraient dans tous les sens et se rentraient dedans. Le fils du forgeron s'est assommé. Les chevaux ont brisé leurs longes et se sont enfuis. Ce matin, leurs propriétaires les cherchaient encore.

– Le cauchemar, murmura Jack.

Et soudain, tout lui revint.

– Oh, nom d'un chien! J'avais complètement oublié. Le barde a été attaqué hier soir. Par une force magique, quelque chose qui me dépasse. Il semble avoir perdu la raison. Je le conduis dans la forêt.

Toute la famille redescendit jusqu'à la route. Le vieil homme s'était assis au milieu, tel un tronc d'arbre.

– Les hommes à tête de loup vont s'emparer de vous si vous restez ici, lui dit Jack.

Il prit le barde par la main et le tira.

– Wow-wow-wow-wow! brailla-t-il.

– Chut! Pas de bruit.

Jack voulut plaquer sa main sur la bouche du barde, mais celui-ci le mordit sauvagement.

– Wud-duh!

– Je vais vous en donner du Wud-duh, moi! s'écria Jack en frottant sa main. Non, non, pardonnez-moi. Ce n'est pas ce que je voulais dire. Mais vous me rendez fou, à force. Je sais que vous avez été envoûté et je ne vous en veux pas. Mais vous ne pourriez pas faire un petit effort?

– Inutile d'essayer de le raisonner. Il est comme un mouton.

Giles Patte Folle souleva le vieil homme, et le ramena à la ferme d'un pas chancelant, tandis que le barde vociférait et tentait de lui donner des coups de pied. Père avait beau être boiteux, des années de labeur avaient durci ses muscles.

– Pfft! souffla-t-il en déposant le vieil homme sur le sol sans ménagements. Je crois que tu as raison, fiston. Il a perdu la raison. Tu dis que c'est le cauchemar qui s'en est emparé?

– Je ne sais pas. Peut-être s'agit-il d'un mauvais sort.

– Ou peut-être est-ce simplement l'âge, dit Mère d'une voix douce.

Elle essuya le visage du barde avec un linge humide et glissa sous sa tête une cape roulée en guise d'oreiller.

– Avec du repos et des soins, dit-elle, peut-être que ça va s'arranger.

Assis par terre, Jack essayait de réfléchir. Ce n'était pas facile avec Lucy qui lui grimpait dessus pour lui raconter ses malheurs dans la forêt.

– Le brouillard, c'était affreux ! Il pénétrait partout et le chef voulait pas qu'on allume un feu. Il est méchant.

– Le barde a fait apparaître ce brouillard pour vous protéger, dit Jack.

– Tu parles ! répliqua Lucy. N'importe qui peut le traverser. Les monstres. Les trolls...

– Ne prononce pas ce mot.

– Je le dirai si je veux. Trolls, trolls, trolls, trolls !

L'envie de la gifler démangeait Jack.

– Laisse ton frère tranquille, ma chérie, dit Mère.

Elle occupa Lucy en lui donnant une poignée de noisettes que la fillette entreprit de casser avec une pierre pour en extraire le fruit.

– Tu veux dire que c'est le barde qui a convoqué ce brouillard ? dit Père. Ce n'est pas l'œuvre d'un homme pieux. C'est de la magie.

« J'aurais mieux fait de me taire, » pensa Jack.

Tout ce qui touchait à la magie déclenchait la fureur de Giles Patte Folle. Pour lui, elle était maléfique et sentait le feu et le soufre. Il imaginait des démons aux longues griffes prêts à vous emporter.

– J'espère qu'il ne t'a pas entraîné sur la voie des maléfices, dit-il. Les flammes de l'enfer guettent ceux qui transgressent les lois de Dieu.

– C'était un brouillard tout ce qu'il y a de plus naturel, répondit Jack. J'essayais simplement d'expliquer les choses à Lucy.

Il se sentait dépassé par la situation. Sa famille était revenue se jeter dans la gueule du loup. Le barde avait perdu la raison. Et en ce moment même, les hommes à tête de loup avançaient peut-être sur la route romaine. Il se sentait très, très fatigué.

– Peut-être voudrais-tu t'asseoir dans le jardin et manger quelque chose, lui proposa Mère.

Jack comprit alors qu'elle en savait bien plus qu'elle ne le laissait paraître. Et il prit conscience de cette connivence secrète qui existait entre elle et le barde. Elle-même était une femme sage, dotée de pouvoirs qui lui permettaient de parler aux abeilles et aux animaux sauvages. Pourquoi ne s'en était-il jamais rendu compte avant aujourd'hui ? Peut-être que son travail avec la force vitale avait aiguisé son esprit. Il reconnaissait maintenant ces sortilèges anodins tissés autour de son enfance, ces chansons qui faisaient tomber la fièvre et ce savoir-faire qui donnait du goût à la nourriture la plus fade.

– Merci, Mère, dit Jack.

Peu de temps après, il se retrouva dans le jardin d'herbes aromatiques avec une tasse de cidre chaud et une tartine de miel. Mère contemplait la route romaine au nord. Elle ne disait rien, mais elle savait. Le danger viendrait de là.

Dès qu'elle fut repartie, Jack se leva. Il était épuisé et tout son corps était douloureux. Il aurait voulu redevenir un petit enfant, sans soucis ni responsabilités. Hélas, c'était impossible. Ce temps était révolu. Lui seul se dressait entre le village et les hommes à tête de loup et il devait accomplir son devoir.

10

Olaf-N'a-Qu'un-Sourcil

Jack était tapi dans une cuvette au bord de la route romaine, entouré de fougères tel un lapin voulant échapper à un renard. Dans cette position, nul ne pouvait le voir, mais il voulait se rendre encore plus invisible. Il inspira les odeurs de la terre et de la végétation, caressa avec son esprit les racines humides des arbres. « Viens, dit-il. Viens à moi. Enveloppe l'air de ta présence grise. Rassemble la mer et le ciel. » Il sentit, plus qu'il ne vit, les volutes de brouillard. La lumière du soleil se ternit, virant au blanc nacré, puis au gris perle, avant de céder la place au crépuscule. L'humidité se déversa dans ses poumons. L'eau submergea les fougères. Des gouttes rondes se posèrent au bord des feuilles, puis tombèrent en répandant des filaments pâles sur le tapis de mousse. L'air soupirait et bruissait.

Jamais il n'avait plongé si profondément au cœur de la force vitale. Il y nageait tel un vairon, semblable à une créature des bois qui ne pensait qu'à exister. C'était suffisant. C'était plus que suffisant. Il était emporté par la splendeur et l'émerveillement de cet instant.

– Jack... Jack...

Cette voix lui parvenait de très loin. Il s'en détourna, car il ne voulait pas redevenir humain.

– Jack... Je t'en supplie, j'ai froid et j'ai peur.

Il retrouva ses esprits. Pendant quelques instants, il fut envahi par une colère irrationnelle. Comment osait-on le déranger ?

Mais soudain, il entendit des sanglots qui lui fendirent le cœur. Lucy ! Elle était tout près, mais cachée par un brouillard si dense et écrasant qu'il effrayait le garçon lui-même. Cette fois, il s'était surpassé

– Lucy, je suis là ! cria-t-il.

– Où ça là ? Il fait tout noir, c'est affreux ! Il y a des monstres, je le sais.

La fillette se remit à sangloter.

– Ne bouge pas, Lucy. Continue à parler pour que je sache où tu es.

– Quand je suis sortie, il faisait beau. Tu devais être dans le jardin, normalement. Père a dit que tu y étais, mais je ne t'ai pas trouvé.

La peur de Lucy céda en partie la place à l'indignation.

Jack trébucha sur une pierre et s'égratigna le visage avec une branche.

– Je t'ai vu au loin, reprit Lucy. Tu marchais vite. Je voulais t'appeler, mais je ne voulais pas que Mère sache que j'étais dehors. Elle a été si méchante avec moi aujourd'hui. Elle m'a interdit de jouer dehors et tout ça.

Jack se dit que leur mère devait être folle d'inquiétude. Elle connaissait le danger qui les menaçait. Père aussi, mais il avait choisi de l'ignorer.

– J'ai suivi la route romaine, mais tu n'y étais plus. Tu étais parti sans moi. Vilain Jack ! Et le brouillard est apparu brusquement. Il faisait nuit, j'avais peur. Tu as fait de la magie ? Père dit que les magiciens jettent des sorts et qu'ils vont en enfer. Tu vas aller en enfer, Jack ?

– J'aurais du mal à le trouver dans ce brouillard.

Il sentit le bord de la route sous ses pieds. Quelques secondes plus tard, il découvrit Lucy accroupie sur les pierres. Quand il lui prit le bras, elle hurla.

– C'est moi, dit-il en esquivant les coups de poing de sa sœur.

– Pourquoi tu t'es approché en douce comme ça ? gémit-elle.

– Je ne me suis pas approché en... Oh, peu importe. Écoute-moi. J'ai une tâche très importante à accomplir, tu dois rester sage.

– Je suis toujours sage. Je suis capable de me taire pendant des heures. Père dit que je suis une adorable petite souris. Il dit que j'ai été changée en souris par une vilaine fée quand je vivais au palais, mais une gentille fée m'a fait redevenir comme avant.

– Et si tu te taisais maintenant ? dit Jack.

Il avait l'impression que l'air commençait à vibrer. Peut-être un vent marin s'était-il levé.

– C'est une jolie histoire, reprit la fillette. Je sais très bien la raconter. Père dit que je connais autant de mots qu'un enfant de dix ans.

– Chut !

Jack l'obligea à se coucher au milieu des fougères.

– Je suis toute mouillée ! se plaignit Lucy.

– Tais-toi. Quelqu'un approche, murmura Jack. C'est peut-être un monstre.

Lucy s'accrocha à son frère et cessa de protester. Ils entendaient des voix sur le chemin. Elles étaient trop éloignées pour qu'ils distinguent les paroles échangées, mais l'écho était suffisant pour que Jack sente ses cheveux se hérisser sur sa nuque.

Et soudain, stupeur ! Quelqu'un souffla dans un cor. Tout près de là.

Lucy essaya de plonger sous la chemise de Jack. Il la serra contre lui et la sentit trembler comme une feuille ; lui-même frissonnait. Au loin, un autre cor répondit.

– *Hvad er Petta ?* demanda quelqu'un, si près que le garçon faillit laisser échapper un cri d'effroi.

Il entendit d'autres voix – quatre ou cinq. Le brouillard se dissipait. Il distinguait des silhouettes sur la route : des individus hirsutes marchant d'un pas lourd. Il reconnut le tintement des épées.

« Viens. Viens à moi. Enveloppe l'air de ta présence grise. » Il appelait la force vitale, mais sa concentration était brisée. La terreur menaçait de le submerger. C'étaient les hommes à tête de loup. Ils existaient réellement. Et ils marchaient vers le village.

– C'est les chevaliers ? chuchota Lucy.

– Non. Tais-toi.

Le brouillard s'était évaporé, mais Jack pensait qu'ils étaient bien cachés au milieu des fougères. Ils pouvaient s'enfuir. Mais Père ? Et Mère ? Et le barde ?

– Je crois que c'est les chevaliers, dit Lucy.

– Non, ce sont des monstres. Tais-toi.

– *Hvad ?* lança un des étrangers.

A grands pas, il marcha jusqu'au bord de la route et scruta les fossés.

– *Ekkert. Petta er bara kanina*, dit un autre.

Ces mots ressemblaient à du saxon, la langue de Jack. Il avait entendu d'autres dialectes, dans la bouche de ces hommes qui allaient de village en village à l'occasion des foires. Il avait entendu du gallois, de l'erse, du picte, et du latin évidemment, mais il ne parlait aucune de ces langues. Elles ne ressemblaient pas du tout à la sienne. Contrairement à celle-ci. Il aurait parié que le premier homme avait dit : « Quoi ? » Et l'autre avait répondu : « Rien. C'est juste un lapin. »

Il sentit Lucy s'agiter à côté de lui et resserra l'étau de son bras. Au-dessus de leurs têtes, les voix des guerriers étaient de plus en plus proches. Ils portaient des peaux de mouton et des bonnets en cuir sur leurs longs cheveux pâles. Des épées et des haches pendaient à leur ceinture. L'un d'eux n'était encore qu'un jeune garçon.

Les hommes discutèrent un long moment au milieu de la route, et soudain, ô miracle, firent demi-tour. Ils ne passeraient pas par le village ! Jack serra sa sœur dans ses bras.

– Ils s'en vont, murmura-t-elle.

– Chut.

Le tout jeune guerrier s'était retourné pour scruter de nouveau les fougères.

– *Komdu*, Thorgil ! lui lança un des hommes.

– C'est les chevaliers qui viennent pour me ramener au château ! s'exclama Lucy. Je suis là ! Je suis là !

Le jeune garçon, planté au milieu de la route, cria :

– *Parna er kaninan!*

Il bondit dans les fougères, son couteau à la main, et s'empara de Lucy. Jack essaya de l'assommer, mais le garçon souleva la fillette par les cheveux et appuya la lame de son couteau sur sa gorge. Déjà, ses compagnons accouraient.

Jack avait quelques secondes – pas plus – pour fuir, en abandonnant Lucy entre les griffes des berserkers. Il ne pouvait pas faire une chose pareille. Elle était si petite, si vulnérable. Il était son grand frère. Évidemment, il n'avait aucune chance de vaincre cette bande de barbares, mais il pouvait rester avec Lucy, même si cela ne servait pas à grand-chose. Au moins, ils mourraient ensemble.

Soudain, un colosse dont le front était barré par un unique sourcil broussailleux s'abattit sur Jack comme un arbre qui tombe et l'assomma.

Le sol remuait. D'abord, il le soulevait, puis le laissait retomber dans un mouvement de roulis qui lui donnait la nausée. Jack ouvrit la bouche pour aspirer une grande bouffée d'air mais avala à la place une eau infecte qui le fit vomir. Il était couché à plat ventre dans une grande flaque répugnante; tout son corps était trempé et transi de froid. Il se redressa à quatre pattes. Le sol se souleva de nouveau.

– *Praellinn er vaknadur*, dit quelqu'un.

Jack avait une terrible migraine. En baissant la tête, il vit une goutte de sang tomber dans l'eau. Il porta la main à son crâne. Ses cheveux étaient emmêlés et poisseux. Que lui était-il arrivé?

– *Hei Praell! Pu hefur svoltitid kettlingaklor parna.*

Un rire grossier éclata; d'autres suivirent.

Jack essayait de comprendre. Ces individus parlaient une langue proche du saxon, mais leur accent était si barbare qu'il ne comprenait qu'un mot sur trois. *Praell*... était-ce leur mot pour dire *thrall*, esclave? Dans ce cas, ça ne lui disait rien qui vaille. *Kettlingur*, un mot proche de *kettlingaklor*, signifiait chaton. Quel rapport avec lui?

Il leva les yeux. Mais il avait tellement mal à la tête qu'il craignait de faire des mouvements brusques. Le sol bougea de nouveau et Jack découvrit, au-delà d'une balustrade en bois, une immense étendue d'eau grise. Il regarda de l'autre côté. Encore de l'eau.

Il se trouvait sur un bateau ! Il était déjà monté dans un coracle, près des côtes. Il se servait de la légère embarcation pour atteindre les petites îles à marée basse, afin de ramasser des œufs de mouettes et du buccin, mais n'allait jamais très loin. Là, il n'apercevait aucune île, uniquement une mer grise et houleuse sous un ciel tout aussi gris. Il laissa échapper un gémissement et baissa la tête pour chasser cette effroyable vision.

– *Skraefan pin !*

Skrafan thin. Jack traduisit aisément ces mots dans son langage. C'était une insulte qu'aimaient échanger les garçons du village : « Trouillard ! » En effet. Qui n'aurait pas peur à sa place ? Il voguait en pleine mer, sans savoir comment il s'était retrouvé là.

Il se tourna pour regarder qui avait prononcé ces mots et il tressaillit. C'était un géant ! Peut-être pas un véritable géant, car ils étaient dotés, prétendait-on, de mains suffisamment larges pour soulever un bœuf. Mais cette créature était bien plus grande que tous les hommes que Jack avait pu voir dans sa vie. Ses tresses blondes pendaient sur ses épaules, sa barbe épaisse masquait son torse et un unique sourcil broussailleux barrait la largeur de son visage.

Jack se souvenait à présent. Durant le court laps de temps entre le moment où il avait vu Lucy avec un couteau sur la gorge et les ténèbres qui l'avaient englouti, un colosse avec un sourcil unique s'était jeté sur lui. Un berserker en chair et en os, en tout point aussi effrayant que dans les histoires que l'on racontait. Derrière lui, Jack aperçut d'autres hommes, occupés à ramer. Ils étaient plus petits que le géant, mais aussi patibulaires.

Lucy ! Qu'était-elle devenue ? L'avaient-ils... ? Non, c'était inconcevable ! Mais des individus capables de massacrer de braves moines inoffensifs n'hésiteraient pas à tuer une fillette. Jack ferma les yeux. Il n'avait pas réussi à sauver la seule personne qu'il devait protéger. Sa petite sœur si fragile avait été tuée comme une vulgaire souris sans importance.

Il se releva et tituba jusqu'au bastingage. Avoir les yeux fermés accentuait son mal de mer. Un petit effort, et il sauterait par-dessus bord. Pourquoi pas ? Quelle raison avait-il de continuer à vivre ? Lucy était morte, ses parents aussi peut-être. Il ignorait ce qui s'était passé pendant qu'il était évanoui. Son avenir s'annonçait bien sombre. Nul doute que les berserkers allaient le tuer, pour s'amuser. Peut-être même qu'ils le mangeraient.

Jack était ivre de douleur et de désespoir. Il avait trahi tout le monde, y compris le barde. Si celui-ci ne lui avait pas donné la rune de protection, peut-être aurait-il pu combattre le Cauchemar.

Jack porta sa main à son cou. Le pendentif était toujours là, invisible, mais tiède au toucher. Quelle ironie ! Il lui avait sauvé la vie, mais à quoi bon ? Il n'était qu'un misérable, un incapable qui avait laissé ces barbares tuer sa sœur. Comme il avait laissé le cauchemar s'emparer de l'esprit du barde. Le pauvre vieux errerait jusqu'à ce qu'il trouve la vallée des Fous. Là-bas au moins, il se ferait des amis.

Jack sentit ses lèvres se retrousser. Qu'est-ce qui lui prenait ? Il n'avait aucune raison de sourire. Pourtant, imaginer le barde organisant une fête dans la vallée des Fous, au milieu de tous ces individus qui répétaient « wudduh » et « gaaw » en hochant la tête d'un air sage, c'était amusant. « Non ! » se morigéna Jack.

« Si », dit sa bouche qui insistait pour sourire.

Il sentit la chaleur irradier de sa rune invisible. Elle le remplissait d'un lointain espoir. Après tout, il ignorait si ses parents étaient morts. Et le barde allait peut-être retrouver ses esprits. La vie était une chose précieuse ; il ne fallait pas la supprimer à la légère.

A cet instant, Jack porta son regard vers le fond du bateau et aperçut le jeune garçon qui avait tué Lucy. Il s'élança aussitôt, mais comprit qu'il ne pourrait pas franchir l'obstacle que formaient tous ces hommes assis au milieu, chacun maniant une paire de rames. Le géant trônait devant eux, juché sur un coffre en bois.

– *Hvert ertu ad fara ?* demanda le géant.

« Où vas-tu ? » traduisit Jack.

– Je vais tuer ce garçon, répondit-il en montrant son ennemi du doigt.

Pendant un instant, le géant donna l'impression de réfléchir. Puis ses yeux s'écarquillèrent.

– *Ad drepa petta brjostabarn.* Ha ! Ha ! Ha ! Ha !

Le jeune guerrier s'exclama d'un air outré :

– *Eg er ekki brjostabarn !*

– *Ju, pad ertu !*

Tous les hommes semblaient trouver désopilantes les propos de Jack et laissaient échapper des rugissements et des sifflements. Le garçon protesta encore, de sa voix haut perchée.

– *Pad er gott*, dit le géant en essuyant ses larmes.

Il déplaça ses jambes semblables à des troncs d'arbre sur le côté et fit signe aux autres de l'imiter.

– *Ad drepa petta brjostabarn.* Ha ! Ha ! Ha ! Ha !

Quel genre d'individus étaient-ils donc ? se demanda Jack. Ils savaient qu'il voulait tuer quelqu'un et ça les faisait rire ! Il ne comprenait pas le sens du mot *brjostabarn*, mais *drepa* signifiait très certainement « tuer ». Il se fraya un chemin au milieu des berserkers en enjambant des pieds et en passant sous des coudes levés. Sans savoir ce qu'il ferait une fois arrivé à destination.

Alors qu'il émergeait de sous le dernier bras malodorant, enveloppé de peau de mouton, il trébucha sur Lucy. Elle était accroupie dans l'eau sale, au fond du bateau.

– Ah, c'est pas trop tôt, dit-elle en reniflant. Je souffre, et toi tu ne penses qu'à dormir.

– Tu es vivante ! Oh, Dieu soit loué !

Il étreignit la fillette qui éclata en sanglots.

– J'essaie de faire comprendre à ces chevaliers qu'ils doivent me conduire au château, dit-elle.

– Ce ne sont pas des chevaliers, répondit Jack, sans trop savoir ce qu'il devait révéler.

– Ah, ça ne m'étonne pas ! Ils empestent comme des porcs et braillent comme des chiens ! Et en plus, ils se moquent de moi. Ordonne-leur de nous ramener à la maison immédiatement.

– Je ne crois pas qu'ils m'obéiront.

– *Hei praell! Dvi drepurdu ekki petta brjostabarn?*

– Il te demande pourquoi tu ne me tues pas, traduisit le jeune garçon dans un saxon parfait. Si tu essaies, je te coupe la tête.

Il continua à manier sa rame, qui était différente des autres. Elle était fixée à une sorte de charnière et plongeait directement dans l'eau.

– Tu es le *brjostabarn*? demanda Jack.

En guise de réponse, le garçon lui décocha un coup de pied dans le ventre, suivi d'un coup de poing en pleine tête.

– Tu n'es qu'un sale esclave. Je peux te tuer quand bon me semble.

Le coup avait rouvert la blessure de Jack à la tête. Il brûlait d'envie de riposter, mais il était trop faible. Il pouvait juste se tenir le ventre à deux mains pour ne pas vomir.

– Monstre! cria Lucy de sa voix aiguë. Espèce de... de... *brjostabarn*!

Elle se faufila parmi la forêt de bras et de jambes, jusqu'au géant, grimpa sur ses genoux et lui tira les nattes.

– Oh, non... non..., gémit Jack.

Il s'attendait à voir le géant jeter la pauvre Lucy à la mer.

– Vous devez faire quelque chose! criait la fillette. Vous êtes mes chevaliers, vous êtes censés me ramener à mon château. Descendez de votre caisse et allez flanquer une correction à ce *brjostabarn*!

Au lieu de se mettre en colère, le géant partit d'un énorme éclat de rire, une fois de plus. Il posa la petite fille sur le pont et se dirigea vers la poupe. Le bateau tanguait de manière inquiétante sous son poids

– *Hann er praellinn minn,* Thorgil, dit-il en giflant le garçon, si fort que sa tête fut projetée en arrière. *Pu matt ekki drepa hann.*

Et il retourna s'asseoir sur son coffre d'un pas pesant.

Thorgil serra rageusement les dents, mais ne répliqua pas. Il foudroya Jack du regard, avec une haine si intense qu'elle en était presque palpable. Entre-temps, Lucy avait rejoint son frère. Elle s'accroupit dans l'eau sale et tapota le bras de Jack.

– Je te protégerai, lui dit-elle. Après tout, je suis une princesse.

Peu à peu, le sang s'arrêta de couler et Jack reprit son souffle. Il ne voyait pas ce qu'il pouvait faire, à part rester en vie pour prendre soin de Lucy. Celle-ci n'avait pas conscience du danger extrême qui les menaçait. A ses yeux, il s'agissait d'une simple mésaventure.

Après un long moment, Thorgil se tourna de nouveau vers Jack et s'adressa à lui en saxon :

– Je ne te tuerai pas car tu appartiens à Olaf-N'a-Qu'un-Sourcil. Ce privilège lui revient. Mais la fille est mon esclave, acheva-t-il avec un sourire froid. Je l'égorgerai quand j'en aurai envie, si jamais tu me contraries.

Sur ces paroles, il se retourna et continua à ramer.

11

La guerrière

Ils voyagèrent toute la journée, en faisant des pauses pour permettre aux rameurs de se reposer. Le ciel demeura gris, mais les nuages se dissipèrent suffisamment pour permettre à Jack d'apercevoir la terre sur leur gauche, au loin. A un moment, ils longèrent une île d'où montaient des volutes de fumée. S'agissait-il de l'île Sainte ? Difficile à dire à cause du brouillard.

Au milieu du jour, les rameurs s'arrêtèrent et Olaf-N'a-Qu'un-Sourcil distribua du poisson fumé, du fromage et une sorte de pain plat que Jack n'avait jamais vu. Il le trouva délicieux, jusqu'à ce qu'il songe que ce pain avait sans doute été volé à de pauvres villageois. Olaf trouva un pot de miel dont il étala une grosse quantité sur une tranche de pain, pour Lucy. Elle seule eut droit à ce traitement de faveur.

– *Litla vakyrja*, grommela le géant en ébouriffant les cheveux de la fillette.

– Princesse, rectifia Lucy.

Ils échangèrent un sourire.

– Petite peste, cracha le garçon à la rame.

Jack l'observa. Thorgil était assez beau, dans le genre renfrogné. Il avait des yeux bleus et ses cheveux auraient été aussi blonds que ceux de Lucy s'ils n'avaient pas été aussi sales. D'ailleurs, tous les berserkers étaient sales, constata le garçon. Leurs bottes sentaient la charogne et leurs peaux de mouton empestaient la sueur. Avec sa robe bleu ciel, Lucy ressemblait à une fleur tombée au milieu d'une porcherie.

Que faire d'elle ? se demandait Jack. Il pourrait essayer de nager jusqu'au rivage, mais jamais il n'abandonnerait sa sœur sur ce bateau. Olaf-N'a-Qu'un-Sourcil se laisserait peut-être convaincre de la libérer, mais Lucy ne lui appartenait pas. Les berserkers étaient très attachés à la notion de propriété. Thorgil s'était amusé à pincer sa prisonnière pour voir la réaction de Jack, et Olaf n'avait rien dit.

Ils glissèrent sur l'océan gris, vers le nord, jusqu'à ce que le soleil fasse son apparition en fin d'après-midi. Rouge et gonflé, il flottait au-dessus de l'horizon tandis qu'ils bifurquaient vers la terre ferme. Jack aperçut une forêt touffue et des feux le long de la côte. Deux autres bateaux avaient été hissés sur le rivage. De grands cris saluèrent leur arrivée.

En tout, les guerriers comptaient une quarantaine d'hommes et sept garçons. Ceux qui se trouvaient déjà à terre brandissaient leur butin avec fierté : des châles brodés, des colliers et même une paire de fines chaussures de femme, qu'ils portaient autour du cou comme des trophées. Ils se pavanaient, s'esclaffaient et se montraient du doigt. Le reste du butin était étalé sur la plage : des objets en ferronnerie, des poteries, des cuillères, des rouleaux d'étoffe aux couleurs vives et une croix ornée de pierres précieuses qui provenait peut-être de l'île Sainte. Près de la forêt étaient rassemblés les prisonniers, les fers aux pieds.

Jack fut poussé vers ce groupe, tandis que Lucy était présentée aux guerriers comme un objet rare. Olaf la souleva à bout de bras au-dessus de sa tête et s'exclama « *Litla vakyrja !* » avant de la reposer. Tout le monde l'admirait. Lucy salua. Les guerriers répondirent de la même manière. Elle frappa dans ses mains et ils éclatèrent de rire. La fillette était totalement immergée dans son rêve de princesse, mais Jack était rongé par l'inquiétude ; il s'interrogeait sur les véritables motivations des berserkers

– Elle est adorable ! dit une femme maigre dont les yeux étaient pleins de larmes de chagrin. J'avais une fille. Elle n'était pas aussi belle que ta sœur.

Elle se tut soudainement et Jack crut deviner ce qui s'était passé. La fille de cette femme n'était pas assez jolie pour que les guerriers la gardent.

– C'est une esclave comme nous tous, dit un homme vêtu d'une robe de moine déchirée. Ils l'élèveront comme un cochon de concours et la vendront.

– Au moins, elle est vivante, répliqua Jack.

– Parfois, la mort est préférable.

– Non, jamais.

Le moine laissa échapper un ricanement sec.

– Tiens donc ! Voyez cet enfant qui prétend donner des leçons aux anciens. Écoute-moi, mon garçon. Une longue vie n'est que l'occasion de commettre davantage de péchés. Plus on vit longtemps, plus Satan peut nous murmurer à l'oreille. A force, ton âme devient si pesante qu'elle est entraînée en enfer. Mieux vaut mourir jeune, juste après le baptême de préférence, et être conduit au paradis.

– Ma fille est au paradis, dit la femme aux yeux tristes.

– Tu n'en sais rien, répondit le moine. Même les petits enfants sont capables de faire le mal.

– Je sais qu'elle est au ciel, déclara la femme avec force.

– Moi, je vous crois, dit Jack. A mon avis, tout dépend si la personne veut être bonne ou mauvaise. Ma sœur Lucy est parfois exaspérante, mais il n'y a pas un gramme de malveillance en elle.

– L'homme naît corrompu, déclara le moine d'une voix caverneuse.

Jack ne répondit pas. C'était le genre de phrases que Père prononçait en permanence.

Les guerriers s'empiffrèrent de viande rôtie jusqu'à ce que leurs ventres soient prêts à éclater et leurs barbes luisantes de graisse. Ils burent de l'hydromel à en tomber. Des bagarres éclatèrent ; plus d'un homme alla se coucher avec la lèvre fendue ou le nez en sang. Mais tout cela semblait bon enfant. Jack remarqua, cependant, que certains guerriers ne participaient pas aux festivités.

Les hommes d'Olaf-N'a-Qu'un-Sourcil campaient à l'écart. Personne ne s'amusait à leur donner des coups de poing ou à leur lancer du sable dans les cheveux. Apparemment, ils étaient gens trop importants pour se livrer à ce genre de bêtises.

Seule exception : Thorgil. Un autre garçon, aux cheveux hirsutes, passa en courant et lui lança un caillou. Le jeune guerrier se leva d'un bond en poussant un grand cri et se lança à la poursuite du coupable.

Ils tournèrent en rond jusqu'à ce que Thorgil finisse par rattraper le fuyard.

– *Haettu !* cria le garçon aux cheveux courts.

– *Aldrei ! Nei !* cria Thorgil.

Les autres dansaient autour d'eux en scandant :

– *Dreptu hann ! Dreptu hann !*

– Ils disent : « Tue-le ! Tue-le ! », traduisit le moine.

– Vous connaissez leur langue ? s'étonna Jack.

Thorgil prenait le dessus car la rage décuplait ses forces.

– Oh, oui. J'ai eu l'occasion de prêcher devant ces... bêtes sauvages.

Le garçon aux cheveux courts et hirsutes tenta de se dérober, mais Thorgil le rattrapa et le roua de coups de poing et de pied avec une insupportable brutalité. Les spectateurs crièrent alors :

– *Nog ! Haettu !*

– Ils disent : « Assez ! » Mais elle ne les écoute pas, dit le moine.

– Elle ?

Jack fut arraché à la fascination qu'exerçait sur lui ce combat dangereux et pénible. Thorgil, en effet, tirait la tête du garçon en arrière pour essayer de lui briser le cou.

– Oui, dit le moine. C'est une fille.

– *Nog*, grogna Olaf en extirpant Thorgil de la mêlée aussi aisément que s'il attrapait un chaton par la peau du cou.

L'autre garçon en profita pour décamper à quatre pattes. Les autres se dispersèrent.

– Je suis surpris, dit le moine. En temps ordinaire, Olaf laisse les combats se poursuivre jusqu'à leur terme.

Le géant marchait d'un pas lourd dans le sable, Thorgil coincé sous son bras.

– C'est une fille ? Comment est-ce possible ? demanda Jack.

Il avait connu au village quelques filles dotées d'un sale caractère, mais aucune ne se serait battue avec une telle hargne. Pas plus que les garçons, d'ailleurs.

– C'est une guerrière, expliqua le moine. Un démon qui grillera sans doute en enfer pour l'éternité. Elle essaye de se faire accepter dans la bande d'Olaf, c'est pourquoi elle est deux fois plus prompte à se battre que ses hommes. Qui ne sont pas tendres, pourtant.

Le moine regardait les guerriers d'un œil mauvais. La plupart s'étaient écroulés dans le sable, abrutis par la boisson. Seuls les hommes d'Olaf étendaient des étoffes sur le sol avant de s'allonger.

Ils formaient un carré comme si, même dans le sommeil, ils restaient en formation militaire de combat. Thorgil était couchée au milieu. Et, à côté d'elle, sur une couverture, se trouvait Lucy. Elle avait droit à un véritable oreiller et à un drap brodé, sans doute dérobé sur un autel.

– C'est quoi, un *brjostabarn* ? demanda Jack.

– Quelle étrange question, dit le moine.

– C'est comme ça qu'Olaf a appelé Thorgil.

– Ah. (Le moine hocha la tête d'un air sombre.) Ça signifie « nourrisson ». Il la surnomme ainsi pour la faire enrager. Faire enrager les autres est le passe-temps préféré des Nordiques.

– Et qu'est-ce qu'un... (Jack essaya de se rappeler le mot.)... un *kettlingaklor* ?

Cette fois, le moine laissa échapper un petit rire amer.

– Ça veut dire « griffure de chaton ». C'est comme ça que ces individus qualifient un coup qui t'expédie au tapis. Je suppose que tu en as reçu un.

– Oui.

– Tu ne t'en portes pas plus mal, on dirait. Mais, crois-moi, il vaut mieux ne pas les provoquer.

Sur ce, le moine se retira dans ses pensées et refusa de parler. Jack regarda les feux de camp chatoyants et les guerriers affalés sur le sable.

Les prisonniers étaient gardés par trois guerriers, qui n'avaient pas eu le droit de boire. Impossible de s'évader. De toute façon, se dit Jack en s'allongeant sur le sol froid et humide, il ne pouvait pas partir sans Lucy. Et il n'avait aucune chance de l'arracher à ce carré menaçant et parfait formé par les hommes d'Olaf.

Ils campèrent sur la plage pendant plusieurs jours. Des bateaux partaient et revenaient avec un nouveau butin. Enfin, lorsque les guerriers eurent amassé tout ce qu'ils pouvaient emporter, ils mirent le cap au nord.

Ce fut un voyage fort inconfortable. Jack et les autres prisonniers étaient entassés comme des poulets ficelés. Couchés sur le dos, ils ne voyaient que le ciel et sentaient les flots glacés clapoter sous eux. Les bateaux prenaient l'eau sans cesse. Les guerriers libéraient les prisonniers par roulement pour qu'ils écopent. Quand ce fut au tour de Jack, il découvrit avec horreur qu'il s'en fallait de peu que la mer ne se déverse à l'intérieur. Le bateau était si lourdement chargé qu'un simple rouleau d'étoffe de plus aurait suffi à l'envoyer par le fond.

« C'est une fille », se disait-il en observant Thorgil. Il comprenait maintenant que c'était un gouvernail, et non une rame, qu'elle maniait ainsi, afin de diriger le bateau. Ramer aurait été au-dessus de ses forces. Jack essayait de l'imaginer en robe. Impossible. Elle était par trop brutale et grossière. Quand les hommes échangeaient des insultes, elle les surpassait en méchanceté. Et quand ils s'amusaient à cracher et à péter, elle les imitait.

Bref, c'était la créature la plus répugnante qu'il ait jamais rencontrée, hommes et femmes confondus. Il devait sans cesse s'interposer entre elle et Lucy, car le plus grand plaisir de Thorgil, c'était de lui faire mal. Elle n'allait pas jusqu'à faire couler le sang (tout juste), mais Lucy avait les bras couverts de bleus et de pinçons.

Jack était surpris par la force de caractère de sa sœur. Elle devait savoir à présent qu'ils ne faisaient pas route vers le château de ses rêves. De plus, Mère et Père lui manquaient sûrement. Pourtant, chaque fois que sa geôlière l'avait traitée avec cruauté, Lucy se ressaisissait, séchait ses larmes et allait trouver Olaf. Elle lui donnait des ordres, comme à son chien favori et, même si le géant ne lui obéissait pas vraiment, elle faisait mine de ne pas s'en apercevoir. C'était à la fois étrange et déroutant.

D'autant qu'Olaf était un compagnon dangereux. Il distribuait les châtiments à tour de bras, cassant des dents ou brisant des côtes au gré de son humeur. Voir Lucy côtoyer ce monstre donnait la nausée au garçon. Mais il ne pouvait rien y faire.

Le troisième jour, un orage éclata. Le bateau tanguait de manière effrayante et d'immenses vagues s'abattaient sur le pont. Les prisonniers durent écoper frénétiquement pendant que les guerriers ramaient de toutes leurs forces pour atteindre le rivage. La femme au regard triste s'écroula. Elle n'avait pas assez de forces pour cette tâche. Olaf la releva et, d'un geste brutal qui arracha un cri à Jack, il lui trancha la gorge avec son couteau, avant de la jeter par-dessus bord.

Jack et les autres prisonniers demeurèrent pétrifiés un long moment. Puis ils redoublèrent d'efforts avant même qu'Olaf ait reporté son attention sur eux. Malgré cela, la côte demeurait lointaine. Les guerriers devaient lutter contre le vent et, quand ils donnaient trois coups de rame, ils reculaient de deux. Thorgil s'accrochait rageusement à son gouvernail. La mer déchaînée tentait de le lui arracher des mains, mais elle résistait en serrant les dents.

– Que les anges te conduisent auprès de ta fille, murmura le moine pendant qu'ils continuaient de trimer. Que ton purgatoire soit bref.

Il priait pour la pauvre femme assassinée. Les larmes qui coulaient sur le visage de Jack se mêlaient à la pluie. Il ne connaissait même pas le nom de la prisonnière et déjà son visage devenait flou dans sa mémoire. « Que la force vitale te tienne au creux de sa main, récita-t-il mentalement en répétant les paroles que lui avait apprises le barde. Puisses-tu revenir avec le soleil et ressusciter sur terre. »

Père n'aurait pas apprécié cette prière. S'il avait entendu Jack prononcer ces mots, il lui aurait flanqué une raclée. Mais l'apprenti barde jugeait légitime et plus prudent de faire appel à deux religions, au cas où.

Lucy était blottie entre des rouleaux d'étoffe et des fourrures. Jack l'entendait pleurer malgré le vacarme de l'orage, si intense maintenant qu'on n'apercevait même plus l'arrière du bateau. Il essaya de ne plus penser à la pauvre femme morte.

Son devoir était de veiller à ce que sa sœur ne subisse pas le même sort. A supposer qu'ils ne meurent pas tous noyés, évidemment. Jack n'éprouvait plus cette terreur intense qui l'habitait durant les premiers jours de leur captivité; elle avait été remplacée par une sorte de détresse sourde.

Olaf traversa le bateau en distribuant des pièces de monnaie à ses hommes.

– Nous sommes dans de sales draps, commenta le moine.

– Il les paye? demanda Jack, tellement épuisé qu'il ne sentait même plus la douleur.

– Non. Il leur donne de l'or pour qu'ils ne se présentent pas les mains vides à la porte de leur dieu de la mer. Mais Satan va leur voler cet or et les expédier en enfer à coups de pied dans les fesses, dit le moine avec un sourire sans joie.

« Même les feux de l'enfer seraient les bienvenus », se dit Jack.

Le froid engourdissait ses membres et le seau dont il se servait pour écoper ne cessait de lui échapper. Sa fatigue était telle qu'il voyait danser des points lumineux devant ses yeux. Il avait peur de s'évanouir, car il savait que cette faiblesse serait synonyme de mort.

– *Land fyir stafni!* cria une voix.

Une trouée dans le rideau de pluie montra que, en effet, ils approchaient du rivage. Quelques instants plus tard, Jack sentit le sable racler contre la quille. Les hommes sautèrent par-dessus bord, au milieu des vagues, pour hisser le bateau à l'abri.

A présent, tous gisaient sur le rivage tels des rats noyés. Personne, pas même les berserkers, n'avait la force de bouger. Après avoir traîné le bateau le plus loin possible des vagues, ils s'étaient écroulés sur la plage, épuisés. Jack parvint à atteindre Lucy et la serra dans ses bras. La mer tonnait, le vent mugissait et la pluie tombait sans discontinuer. A bord du bateau, il y avait des toiles cirées pouvant servir de tentes, mais nul ne fit le moindre geste pour les déballer.

La nuit tomba. Le soleil était déjà sur le point de se coucher quand ils avaient atteint le rivage. Jack sentit Lucy frissonner contre lui et tenta de creuser un trou dans le sable pour la protéger du froid grandissant. Soudain, il se redressa.

Quelques guerriers, parmi lesquels Olaf, avaient repris suffisamment de forces pour se lever. Ils aboyèrent des ordres, accompagnés de coups de pied. Lentement, péniblement, les prisonniers se relevèrent à leur tour. Ceux qui en étaient incapables furent traînés brutalement vers une étendue d'herbe au-dessus de la plage.

L'obscurité était presque totale. Jack sentit qu'on lui attachait les chevilles avec une corde. Il fut ligoté aux autres mais, fort heureusement, on ne lui enleva pas Lucy. Il la tint serrée contre lui et, à son grand soulagement, il sentit qu'on étendait sur eux une toile cirée. Les berserkers ne voulaient pas que la maladie les prive de leur cargaison.

– Là... là..., murmura Jack à Lucy qui continuait à grelotter.

Il avait la gorge à vif après avoir tant crié pour couvrir le fracas de l'orage.

– Pourquoi ils ne m'emmènent pas dans mon château? demanda-t-elle en claquant des dents.

Jack n'en revenait pas. Elle ne croyait quand même plus à cette histoire! Ne sachant que répondre, il resta muet.

Lucy se mit à pleurer.

– J'arrête pas de leur répéter, dit-elle, mais ils ne m'écoutent pas.

– Lucy chérie, ce ne sont pas des chevaliers.

– Si! Des méchants.

Jack se mordit la lèvre et décida de lui dire la vérité:

– Ce sont des marchands d'esclaves.

– Non, ne me dis pas ça, gémit la fillette. Je ne veux pas l'entendre!

– Il faut regarder les choses en face. Nous sommes des esclaves.

– Je ne veux pas entendre ça!

Elle sanglota jusqu'à épuisement, accrochée à Jack, en gémissant et tremblant de tous ses membres. Il ne voyait pas comment lui venir en aide. Et soudain, à son grand étonnement, Lucy dit d'une voix presque calme:

– Je sais que ce ne sont pas des chevaliers. J'ai vu... cette pauvre femme mourir. Je sais que Thorgil me hait et que... elle va probablement me tuer. J'irai au ciel, hein?

– Évidemment.

L'envie de pleurer brûlait la gorge de Jack.

– Alors, c'est bien. Mais en attendant que... ça arrive, je ne veux pas y penser. Tu comprends ? Je ne peux pas vivre en sachant ce qui va se passer.

Jack comprenait. Lucy était comme Père. Affligé par sa difformité, celui-ci devait inventer des histoires. Lucy était anéantie de se voir ainsi arrachée à tout ce qu'elle avait connu. Jack aussi, mais il était plus âgé. Il pouvait le supporter. La seule chose qui se dressait entre Lucy et la folie était le léger voile de l'imaginaire. Il prit sa décision rapidement.

– La plupart des princesses vivent des aventures avant de retrouver leur château, dit-il.

– Affreuses, parfois, dit Lucy.

Elle bâilla et se blottit contre son frère.

– Elles sont enlevées par des ogres ou même offertes en pâture à des dragons. Peux-tu imaginer une chose plus affreuse que d'être attachée à un arbre, à l'entrée d'une caverne profonde et obscure ?

– D'où s'échappe de la fumée...

La voix de Lucy faiblissait.

– Une fumée noire et malodorante, renchérit Jack.

– Mais il y a toujours un chevalier qui vient les sauver.

– Oui, toujours, dit Jack.

Il battit des paupières pour repousser ses larmes. Il sentit la main de Lucy lâcher sa tunique. Et, peu de temps après, il entendit ses ronflements enfantins.

Il ne devait pas pleurer. Il ne devait pas pleurer. Lucy n'avait que lui, il ne devait pas l'abandonner. Il porta la main à son cou. La chaleur de la rune se propagea dans sa main et dans son bras. Veiller sur Lucy n'était finalement pas mauvais. C'était mieux que de n'avoir personne. « Comme c'est curieux », pensa Jack. Il n'était pas plus maître de sa vie qu'un chien en laisse, et pourtant, le fait de s'occuper de sa petite sœur lui donnait un sentiment de... force.

« J'aimerais que le barde soit là pour m'expliquer ça. » Il soupira et se prépara à affronter une longue nuit sous la pluie battante qui martelait la toile cirée au-dessus de leur tête.

12

Le marché aux esclaves

Après une journée de repos, ils repartirent vers le nord, en longeant la côte. Le paysage devint plus sauvage. Les rares villages qu'ils apercevaient s'accrochaient au rivage rocailleux comme s'ils craignaient d'être emportés par le vent.

La mer était encore houleuse, bien que la pluie ait cédé la place au soleil. Les prisonniers trimaient par roulement pour écoper l'eau du bateau; une tâche sans fin. De temps à autre, Jack distinguait des tours rondes sur les collines lointaines. A la fois solitaires et menaçantes. Mais il ne voyait jamais personne aux alentours.

– Ce sont les forteresses des Pictes, expliqua le moine à l'air sombre.

Jack avait déjà vu des Pictes. Parfois, ils venaient dans son village, par la route, et ils troquaient des objets en ferronnerie contre de la nourriture. C'était un peuple secret; leur corps était couvert de dessins bleus, dont on disait qu'ils les gardaient toute leur vie. Cela leur donnait un aspect quasi fantomatique car ils pouvaient se fondre parmi les ombres tachetées de la forêt aussi aisément que des animaux. Jack n'en avait jamais vu plus de deux à la fois.

– Ils sont nombreux? demanda-t-il, pour passer le temps plus qu'autre chose.

– Nul ne le sait, répondit le moine. Ils sortent à l'aube et au crépuscule, et dans la journée ils se cachent. Certaines personnes affirment que la lumière du soleil les affaiblit. Mais ce sont de farouches guerriers.

Jack observait les tours avec attention, essayant d'apercevoir des volutes de fumée ou tout autre trace de vie. Mais rien ne bougeait dans ces collines à l'exception des ombres filantes des nuages.

Depuis l'orage, Jack avait le sentiment d'être libéré d'un poids. Certes, sa situation ne s'était pas améliorée et il s'éloignait de plus en plus de chez lui, mais l'air marin lui semblait plein de promesses. Il comprenait à présent le mouvement des vagues et la manière dont réagissait le bateau. Il n'avait plus peur.

A vrai dire, il commençait à s'amuser. C'était merveilleux de voyager aussi vite.

– *Pad er gott. Pu ert hrifinn af sjonum*, grommela Olaf dans son dos.

Jack tressaillit malgré lui. « C'est bien. Tu aimes la mer », disait le géant. Jack comprenait de mieux en mieux le langage des Nordiques. C'était comme regarder une rivière ondoyante : une fois que vous étiez habitué aux distorsions, l'image qui se trouvait au fond de l'eau devenait claire.

– *Mer likar hann*, répondit-il.

« Je l'aime. »

Le géant semblait ravi et il prit le temps d'enseigner d'autres mots à Jack.

– *Skip*, dit-il en montrant le bateau d'un large geste. *Vigamenn*. (Il désigna ses hommes). *Brjostabarn*. Ha ! Ha ! Ha ! Ha ! dit-il en pointant le doigt vers Thorgil.

Celle-ci serra les dents.

La jeune guerrière, elle aussi, paraissait différente depuis l'orage. Elle tourmentait moins fréquemment Lucy et passait presque tout son temps à contempler la surface de l'eau. Elle ne participait presque plus aux concours de rots et de pets si prisés des berserkers. Si Jack avait dû trouver un mot pour décrire son attitude, il aurait dit qu'elle était malheureuse.

Mais quelle raison avait-elle d'être malheureuse? se demandait-il. Elle était parmi les siens et retournait chez elle.

En toute logique, une brute comme Thorgil devenait plus gentille quand elle se sentait déprimée.

Enfin, au bout de plusieurs jours, ils contournèrent un cap et pénétrèrent dans une vaste baie. Tout au fond se trouvaient une grande ville et un joli quai. Les autres navires des berserkers, séparés durant l'orage, étaient déjà arrivés. Une clameur monta du rivage quand Olaf, debout sur le pont, souffla dans son cor. Le bateau accosta aussi doucement qu'un oiseau qui se pose dans son nid. On leur lança des cordes. Presque aussitôt, des luttes se déclenchèrent; les marins projetés par-dessus bord s'empressaient de remonter pour recommencer.

Ce rassemblement était si joyeux que Jack en oublia son statut... jusqu'à ce qu'il voie débarquer un groupe de prisonniers enchaînés. Il n'était qu'un esclave. Lucy aussi. Pour eux, pas de réjouissances. C'était sans doute ici qu'on allait les vendre. Dans cette grande ville.

Les captifs d'Olaf furent contraints de rejoindre les autres. Ils attendirent toute la journée, pendant que les guerriers festoyaient. Des badauds venaient les regarder comme des bêtes curieuses. Ils obligèrent Jack à se lever, à tourner sur lui-même. On examina ses dents, on lui souleva les paupières pour s'assurer (supposait-il) qu'il n'était pas malade. S'il n'avait pas été attaché, sans doute lui aurait-on lancé un bâton pour qu'il le rapporte.

Mais il était attaché. Ici, une évasion semblait possible, voilà pourquoi les prisonniers étaient bien gardés. Seule Lucy était tenue à l'écart du comportement insultant des acheteurs. En fin d'après-midi, un nouveau groupe fit son apparition à l'entrée de la ville.

Il était difficile de déterminer leur nombre. Les longues ombres bleutées qui s'étendaient au pied des maisons se fondaient dans l'obscurité qui régnait sous un bosquet. C'est de là qu'émergèrent peu à peu les nouveaux venus. Leurs corps semblaient recouverts de plantes grimpantes; on aurait dit que la forêt elle-même se réveillait. Jack sentit ses cheveux se hérisser sur sa nuque.

Les hommes approchaient prudemment, en silence, tel un troupeau de cerfs. Jack s'aperçut alors qu'ils étaient nus, ou presque. Leur peau, pour tous vêtements, ils ne portaient que des dessins peints en bleu sur leur peau.

– Des Pictes, murmura-t-il.

Contrairement aux marchands qui traversaient son village par deux, ceux-ci étaient nombreux et même de plus en plus nombreux à mesure que la nuit tombait. Soudain, les Pictes se précipitèrent vers les prisonniers et les pincèrent pour voir s'ils étaient bien gras.

– *Haettid!* cria un des berserkers. Arrêtez!

Pour une fois, Jack se réjouissait de leur présence. Les guerriers repoussèrent les Pictes sur le côté et Olaf-N'a-Qu'un-Sourcil s'avança d'un pas décidé pour les affronter.

– *Ekki nuna!* grogna-t-il. Pas maintenant!

« Jamais! » pensa Jack, le cœur battant.

– *Farid!* Allez-vous-en!

Les Pictes se retirèrent en émettant des sortes de sifflements. Ayant atteint l'extrémité du chemin, ils disparurent, en un éclair, dans la forêt.

Tout plutôt que d'être acheté par l'une de ces créatures, pensait Jack. Il préférait travailler comme esclave dans une mine de plomb, soulever de lourdes pierres ou ramasser du purin jusqu'à la fin de sa vie plutôt que de repartir avec les Pictes.

Olaf ordonna alors à ses hommes de laver les prisonniers. On les plongea dans l'eau glacée et on leur frotta les cheveux avec un savon malodorant. Transis et trempés, les captifs furent ensuite alignés devant le feu pour sécher. On leur distribua des tranches de pain sur lesquelles était étalé un épais ragoût.

Jack n'avait rien mangé d'aussi bon depuis des semaines. Il engloutit sa tartine et se lécha les doigts pour ne rien en perdre. Des gourdes de cidre circulèrent. Finalement, ballonné et un peu ivre, Jack s'étendit avec les autres à même le sol.

« Je ressemble à un animal, se dit-il, en sentant la riche nourriture lui soulever l'estomac. Je n'ai pas récité le bénédicité. Je n'ai pas offert une part de mon repas à la force vitale. Je me suis empiffré comme un porc qu'on engraisse avec des pommes. »

Il se leva et regarda monter dans le ciel les étincelles des feux de camp. Il tenta d'appeler la force vitale, mais il avait le ventre trop plein et il était trop fatigué. « Je suis devenu un véritable esclave », pensa-t-il avec tristesse en s'endormant.

En ville, c'était jour de marché. Les fermiers apportèrent des paniers pleins de pommes et de navets. Les boulangers disposèrent sur leurs étals des miches de pain toutes chaudes à l'odeur irrésistible. Des poules étaient enfermées dans des cages, on faisait défiler des chevaux, des chèvres et des cochons devant la clientèle. Mais le grand événement, car cela n'arrivait sans doute pas souvent, c'était la vente des esclaves.

Les prisonniers furent divisés en plusieurs groupes : les jeunes hommes et les jeunes femmes, les plus âgés, et une catégorie spéciale pour les femmes enceintes.

– *Tveir à verdi eins !* s'écriait Olaf. Deux pour le prix d'un !

La vente était assurée par un ami d'Olaf nommé Sven le Vengeur, qui parlait plusieurs langues.

Jack était le seul enfant, Lucy ayant été écartée pour une raison qu'il ignorait. « Par pitié, faites qu'on ne nous sépare pas. » Un couple d'aspect jovial semblait très intéressé par le garçon ; ils le firent tourner sur lui-même d'un air admiratif. Mais la femme fit une réflexion, le mari haussa les épaules et ils repartirent vers le groupe des adultes.

Apparemment, les enfants n'étaient pas très utiles. Jack capta plusieurs bribes de conversations. Il ne comprenait pas l'erse ni le latin, mais certains habitants de la ville parlaient le saxon. Les enfants étaient chétifs et attrapaient des maladies, disaient-ils. Acheter quelque chose qui se racornissait et mourait à peine arrivé chez vous, c'était jeter l'argent par les fenêtres.

L'un après l'autre, les prisonniers furent vendus et emmenés par leurs nouveaux propriétaires. Les plus robustes partirent les premiers, suivis des femmes enceintes. Ce furent ensuite les plus âgés et les moins bien portants. Ils compensaient ces tares par l'expérience : l'un était cordonnier, un autre savait dresser les chevaux, une vieille femme frêle savait confectionner six sortes de pudding et brasser la bière.

Mais certains ne trouvaient pas preneur. Deux hommes

avaient le dos marqué de profondes cicatrices, signe indubitable qu'il s'agissait de fauteurs de troubles. Une femme était affligée d'une jambe tordue. En la voyant, Jack pensa à son père, avec un pincement au cœur. Une autre crachait sur tous ceux qui l'approchaient. Quant au moine, personne ne fit la moindre offre pour l'acquérir. Jack entendit un homme dire que les moines portaient malheur et faisaient tourner le lait.

A la fin de la journée, il ne restait plus qu'eux. Thorgil apparut alors avec Lucy. La guerrière s'assit par terre pour se couper les ongles de pied avec un couteau à l'aspect inquiétant, tandis que Lucy vint se blottir contre son frère. Jack était heureux de revoir sa sœur, bien entendu, mais il sentait grandir l'inquiétude en lui. Le soleil touchait presque l'horizon et il savait que les Pictes allaient revenir.

Alors que la place du marché se vidait et que la plupart des gens rentraient chez eux, quelques vendeurs s'attardèrent avec leur marchandise de qualité inférieure, lorgnant le bosquet d'arbres. Soudain, les ombres semblèrent s'agiter et Jack serra plus fort la main de Lucy. Debout devant un feu de camp, Olaf attendait.

Il était évident que le géant n'aimait pas les hommes peints, mais il était là pour faire des bénéfices. Les Pictes émergèrent de la forêt, les bras chargés d'un assortiment d'armes et de sacs remplis de bibelots qui tintinnabulaient. Ils étalèrent le tout par terre, devant le feu.

– Rejetons de trolls, murmura Thorgil.

Une étrange lueur brillait dans ses yeux.

Jack dut reconnaître que les armes étaient superbes. Elles s'ornaient de motifs fantaisistes qui rappelaient les dessins peints sur la peau des Pictes. Les bijoux – broches, boucles d'oreilles et bracelets – étaient étonnamment raffinés pour des êtres qui semblaient aussi primitifs. Peut-être n'étaient-ils pas aussi mauvais qu'ils en avaient l'air, se dit Jack. Mais en regardant leurs yeux sombres, il comprit qu'il ne fallait rien en attendre de bon.

Les Pictes examinèrent les captifs qui restaient. Les cicatrices des deux hommes ou la claudication de la femme semblaient les laisser indifférents. Ils battirent en retraite quand l'autre femme les invectiva, mais revinrent aussitôt vers elle avec un sourire en coin. Quant au moine replet, ils le pincèrent de la tête aux pieds en poussant des exclamations enchantées et des sifflements. Sven le Vengeur assura la traduction et fixa un prix pour le lot.

Puis ce fut au tour de Jack et de Lucy.

Un Picte au torse puissant, avec une barbe hirsute et des paupières tombantes, les examina. De toute évidence, c'était le chef. Il caressa les cheveux blonds de la fillette, puis admira ses petites mains et ses petits pieds.

Jack serra les poings; il brûlait d'envie de lui donner un coup de tête dans le ventre.

Celui-ci sourit et sortit une épée magnifique, au manche de bois sombre, incrusté d'or: un dragon était gravé sur la lame étincelante. Thorgil ne put retenir un petit cri.

– C'est à toi de décider, lui dit Olaf.

– Oui, dit Thorgil avec toujours cette lumière étrange dans les yeux.

– Tu ferais plaisir à la reine en gardant la fille. Et à moi aussi.

– Je le sais!

Thorgil prit un air renfrogné et se saisit de la magnifique épée. Elle la tourna et la retourna à la lumière dansante du feu, caressant le dragon du doigt.

– C'est un travail délicat, commenta Olaf. Ce n'est pas une épée solide, mais elle est jolie.

– D'accord! D'accord! Je sais ce que tu veux que je fasse! s'écria Thorgil.

Elle jeta l'épée à terre et agrippa Lucy par les cheveux pour l'emmener.

Le chef des Pictes rangea l'épée dans son sac et sortit à la place un petit poignard grossièrement travaillé. Il montra Jack. Le garçon ne devait pas valoir grand-chose.

– Tu plaisantes! dit Olaf.

Le Picte sortit alors une broche de métal terne.

– C'est mieux, dit le géant.

Ils marchandèrent jusqu'à ce que le poignard, la broche et un fin anneau de cuivre se retrouvent alignés sur le sable. Olaf leva la main pour conclure l'affaire. Il regardait Jack comme s'il se demandait s'il pouvait en obtenir davantage.

« Non ! Non ! » suppliait Jack intérieurement. On allait l'arracher à Lucy. Il allait devoir partir avec eux dans leurs forêts obscures et leurs forteresses silencieuses. Tout à coup, il s'aperçut qu'il avait compris chaque mot prononcé par Olaf.

Pendant des semaines, il avait écouté et traduit mentalement ce qu'il entendait. Le langage des Nordiques n'était pas très différent du sien, mais il avait peur de le parler. Peur qu'on se moque de lui. C'était stupide !

– Ne me vendez pas, dit-il.

Olaf baissa la main.

– Quoi ?

– Ne me vendez pas.

Olaf-N'a-Qu'un-Sourcil ricana.

– Et pourquoi donc ?

Jack réfléchissait à toute vitesse. Il savait qu'il ne devait surtout pas supplier. Les berserkers détestaient les pleurnichards. Hélas, il n'avait aucun talent à offrir, à moins qu'Olaf n'aie besoin de quelqu'un qui sache rattraper les moutons. Mais si ! Il possédait un talent… Il ne savait pas si cela pouvait impressionner un berserker, mais il connaissait la musique.

Sans même réfléchir, il entonna un chant magique que lui avait enseigné le barde. Les paroles étaient en saxon, mais il n'y pouvait rien. Sven le Vengeur traduirait.

Ces chants que je connais, aucun noble seigneur,
Aucune noble dame ne les a appris.
Le premier s'appelle Aide. Il m'aide à éviter les conflits.
Il m'épargne toutes sortes de misères.
Le deuxième me permet de repousser mes ennemis.
J'émousse les lames de mes adversaires.
Le troisième est celui-ci :
Si des hommes me mettent les fers aux pieds,
Mon chant me rendra la liberté.
Les chaînes tomberont de mes bras.

Olaf semblait abasourdi.

– C'est bien ce que je crois ? demanda-t-il.

– Un chant d'envoûtement, dit Sven d'une voix étranglée.

– Je l'ai déjà entendu. Mais je ne me souviens plus où, murmura Olaf. Il peut nous faire du mal ?

– Mieux vaut ne prendre aucun risque, dit Sven.

– Tu es un barde ? demanda le géant à Jack.

En guise de réponse, celui-ci chanta les premiers vers de la Saga de Beowulf. C'était un de ses morceaux de bravoure, plein d'aventures, avec une mélodie entraînante. Il avait une jolie voix, constata-t-il avec surprise, bien plus belle que la dernière fois où il avait chanté pour le barde.

– Allez ! Reprenez vos babioles, bande de sauvages ! cria Olaf en donnant un coup de pied dans le poignard qui produisit un bruit de ferraille. Et disparaissez avant que j'aiguise ma hache sur vos crânes !

Les Pictes ramassèrent leurs affaires, sans se presser. La menace d'Olaf ne les impressionnait pas, bien qu'ils soient deux fois plus petits que lui. Le géant prit Jack sous son bras et repartit vers le campement des berserkers d'un pas décidé. La dernière image que Jack garda du moine fut celle de son visage blême et triste dans la lumière du feu.

13

Olaf explique l'au-delà

Ils levèrent l'ancre le lendemain. Une forte brise gonflait les voiles et propulsait les embarcations sur l'eau à une vitesse sidérante. Par grand vent, le bateau d'Olaf était de loin le plus rapide et il distança les autres dans la brume, au sud. La terre apparaissait sur la gauche, sous forme d'anses où se perdaient de larges cours d'eau. La mer vira au vert laiteux. Un parfum frais et sauvage flottait dans l'air. Des mouettes, des sternes et des puffins s'éparpillaient devant eux et quelques corbeaux abandonnèrent leurs perchoirs sur les îles rocailleuses pour venir tournoyer au-dessus du bateau.

– Les oiseaux d'Odin, commenta Olaf en les montrant du doigt.

Jack hocha la tête. Le barde lui en avait parlé. Le dieu borgne des Nordiques quittait rarement sa forteresse dans le Grand Nord. Ses serviteurs aux plumes noires parcouraient le monde à sa place pour lui rapporter des récits de guerre, sang et autres tragédies qui réjouissaient leur cruel seigneur.

Soudain, une énorme masse grise apparut dans l'eau sur leur droite. Éric Belle-Face, un colosse monstrueux dont le visage était balafré, s'écria :

– Baleine en vue !

– Changez de cap ! brailla Olaf.

Les guerriers se jetèrent sur les rames qu'ils avaient délaissées pour profiter du vent. Ils donnèrent la chasse au cétacé qui fuyait devant la proue du bateau avant de plonger dans les profondeurs.

– Ah, quelle course! s'exclama Olaf en revenant s'asseoir près de Jack. Si nous n'étions pas si chargés, je la traquerais jusqu'au bout.

– C'était vraiment une baleine? demanda le garçon.

Il avait entendu parler de cette créature marine, mais jamais il n'aurait pu imaginer qu'elle serait aussi énorme, vue de près.

– Parfaitement, jeune *skald*, répondit Olaf en employant le mot nordique pour désigner un garçon. Les trolls les montent comme des chevaux. Elles renferment du bel ivoire de mer et assez d'huile pour éclairer un village en hiver.

Depuis qu'il avait découvert les talents de Jack, Olaf passait beaucoup de temps à lui transmettre son savoir. Il lui enseignait également le vocabulaire de sa langue et la poésie. Le géant possédait en effet un vaste répertoire de vers, même si sa voix éraillée ne se prêtait guère à la déclamation. «Je veux que tu aies à ta disposition les mots nécessaires quand le moment viendra de chanter mes louanges», avait-il expliqué.

Jack n'était pas certain d'apprécier ce privilège, mais c'était mieux que d'être emmené par les Pictes.

Lucy et lui étaient les deux derniers esclaves. Les autres captifs aux regards tristes avaient été remplacés par des fourrures, des poteries, des outils en métal, des remèdes et des sacs de grain, en plus du butin raflé dans les villages. Tous les berserkers rentraient chez eux riches et heureux. Tous à l'exception de Thorgil. Celle-ci se morfondait du matin au soir, avachie à son poste à l'arrière du bateau. Parfois, sous l'effet d'une bouffée de colère, elle trouvait la force de tirer les cheveux de Lucy, mais Jack réussissait généralement à protéger sa petite sœur, car Olaf lui prêtait un peu plus d'attention depuis qu'il savait que son jeune prisonnier était un barde.

En sa présence, les autres berserkers se montraient prudents, eux aussi, comme s'ils craignaient que Jack fasse tomber la foudre sur leur misérable carcasse. De fait, il aurait été ravi de les faire griller d'un éclair, mais il ne savait comment s'y prendre. «Dommage que le barde ne m'ait pas appris à rendre les gens fous, se disait-il pendant qu'Olaf continuait à discourir sur les diverses utilisations de l'ivoire marin. Je les expédierais tous par-dessus bord, dans la gueule des baleines. »

– Je veux une tartine de pain avec du miel, déclara Lucy, recroquevillée près des genoux de son frère.

Elle avait appris le langage des berserkers encore plus vite que lui et se servait de cet avantage pour distribuer des ordres. Elle semblait pleine d'assurance, comme une vraie petite princesse. Seul Jack savait combien était fragile la carapace qui la protégeait de la folie. Lui seul savait repérer les signes qui trahissaient le désespoir de la fillette. Le visage de Lucy s'était creusé, il semblait avoir vieilli. Le timbre aigu de sa voix frôlait parfois l'hystérie.

– Je veux une tartine de miel immédiatement !

Olaf rit et souleva le couvercle d'un panier.

– Et que feras-tu si je ne t'en donne pas ? demanda-t-il.

– Je dirai à mon frère de faire tomber les poils de ta barbe !

– Tais-toi, lui glissa Jack.

Il était terrorisé à l'idée que quelqu'un lui demande d'accomplir une prouesse magique.

– Oh, je tremble de la tête aux pieds, ironisa Olaf en lui donnant ce qu'elle réclamait.

– Tu as intérêt, rétorqua la fillette.

Elle lécha le miel avant de s'attaquer au pain dur comme de la pierre.

– Olaf..., dit Jack d'un ton hésitant. Tu as faim, toi aussi ? Vous êtes pires qu'une meute de loups, tous les deux !

– Non, je n'ai pas faim.

Jack ne savait comment aborder ce sujet avec Olaf. La plupart du temps, le géant se montrait sympathique, mais il était capable de piquer d'effroyables colères.

– Je me disais que... Vous n'avez pas besoin de Lucy, en fait. Je veux dire... elle est toute petite. Moi, je peux faire deux fois plus de choses pour vous. Je chanterai vos louanges et tout le reste. Est-ce que vous ne pourriez pas... la relâcher ? Vous pourriez la déposer dans un monastère où on s'occuperait d'elle...

Jack parlait vite car il voyait le visage d'Olaf s'empourprer.

– Je... je vous rembourserai. Je ne sais pas comment, mais je vous paierai. Je vous en supplie...

La gifle l'envoya rouler sur le flanc, dans l'eau de cale. Jack avait les oreilles qui bourdonnaient, mais il savait qu'Olaf avait retenu son coup au tout dernier moment. C'était juste une égratignure de chaton. Un vrai coup de patte de félin l'aurait expédié dans l'autre monde.

– Arrête ! Arrête ! hurla Lucy. Espèce de sale *kindaskitur* !

Cette insulte surprit Olaf. Il s'esclaffa et, prenant la fillette par les mains, se mit à la faire tournoyer dans une sorte de danse frénétique. Le bateau tanguait dangereusement sous son poids.

– Alors, comme ça, je suis un tas de crotte de bique, petite Walkyrie ? Je parie que tu as pris des cours de langue avec Thorgil.

Le géant reposa brutalement la fillette sur un tas de fourrures, pendant que Jack se relevait tant bien que mal. Ça valait quand même le coup d'essayer, se dit-il – mais il savait maintenant que son statut de barde ne le protégeait pas de tout.

Il essuya son nez ensanglanté avec sa manche de chemise. Il n'osait pleurer. Rien ne dégoûtait plus les Nordiques que les larmes et ceux qui les versaient. Il noua ses bras autour de son torse pour s'empêcher de frissonner. S'il voulait survivre, il devait rester maître de lui-même.

Olaf se rassit pour poursuivre la leçon, comme si de rien n'était.

– Tu dois apprendre comment parler des choses importantes, dit-il. Il ne suffit pas de dire simplement « bateau », par exemple. Ce n'est pas une preuve de respect. Nous nous disons « cheval de mer » ou « chariot de l'océan ». De la même manière, une épée n'est pas seulement une épée, mais un « serpent de combat ». Cette expression rend hommage à son talent pour mordre.

– Qu'est-ce qu'elle a ? demanda Jack, désireux d'interrompre ce qui promettait d'être un long monologue.

Il observait Thorgil depuis un moment. Elle était affalée contre la coque, muette, et n'avait pas bougé depuis des heures.

Le géant mit sa main en visière pour regarder l'arrière du bateau.

– La *brjostabarn* ? Elle est malheureuse parce qu'elle n'est pas tombée au combat.

– Je ne comprends pas.

– Elle n'est pas morte. Elle n'a pas été tuée.

– Franchement, je suis perdu, avoua Jack en continuant d'observer le visage triste et crasseux de la jeune guerrière.

– Je lui ai dit d'être patiente, reprit Olaf. On ne peut pas tous mourir la première fois. Tôt ou tard, on y arrive. Mais elle ne veut pas m'écouter. Elle a toujours eu tendance à broyer du noir.

– Mais pourquoi quelqu'un aurait-il envie de mourir ?

– C'est la seule façon d'accéder au Walhalla. Tu en as certainement entendu parler ? Non, bien sûr. Tu as été élevé dans la religion chrétienne.

Olaf lui parla alors des divers paradis auxquels un Nordique pouvait prétendre. Le plus merveilleux, c'était la forteresse d'Odin, baptisée Walhalla. C'était là que les meilleurs guerriers passaient leurs journées, à livrer de féroces batailles et à s'entretuer. Le soir, les morts ressuscitaient et, durant toute la nuit, ils festoyaient et trinquaient avec leurs meurtriers. Ils ne manquaient jamais de sanglier rôti, les coupes d'hydromel étaient toujours pleines. C'était un endroit magnifique, mais seuls ceux qui avaient été tués au combat pouvaient y accéder.

– Certains guerriers, et quelques femmes mortes avec courage, sont choisis par la déesse Freya pour vivre dans son monde, expliqua Olaf. Personnellement, je m'y ennuierais. Freya s'intéresse uniquement à l'amour, figure-toi, alors pas question de se battre là-bas. Il faut cultiver la terre et dresser des chevaux. Les femmes tissent et cousent. Ça ressemble à la vie ordinaire, sauf qu'il n'y a aucune souffrance.

– Ça me conviendrait, commenta Jack.

– Si tu meurs en mer, tu es conduit dans le palais du dieu Aegir et de son épouse, Ran, ajouta Olaf. C'est un bel endroit. La bière y est bonne, la chère excellente pour qui aime le poisson. Tu navigues par n'importe quel temps, sans jamais craindre de te noyer car c'est déjà fait. Mais, pour être bien accueilli, il est bon d'apporter un cadeau à Ran.

– C'est pour cela que vous avez distribué de l'or à vos hommes au moment où on a failli couler, dit Jack.

– Excellent ! Je vois que tu étais attentif.

Le géant était aux anges.

– Mais les prisonniers, eux, n'ont rien eu, fit remarquer Jack.

– Évidemment ! Ce ne sont que des esclaves.

– Et où vont les esclaves ?

– En enfer, répondit simplement Olaf.

« Ça t'étonne ? » se dit Jack. Capturer des gens et détruire leur vie sur terre ne suffisait pas ; les berserkers voulaient en plus gâcher leur existence dans l'au-delà. Jack savait qu'il n'irait pas dans l'un des paradis d'Olaf. Le barde lui avait expliqué que les gens finissaient dans l'au-delà qu'ils espéraient ; il était donc important de bien le choisir. Son intention était de se retirer sur les îles des Saints avec les anciens rois et les anciennes reines d'Irlande.

Le géant s'était tu. Il contemplait l'océan, une lueur admirative dans ses yeux bleus. C'était une belle journée ; les vagues n'étaient ni trop hautes ni trop petites et le vent soufflait de l'arrière. La grande voile se gonflait fièrement au-dessus d'un bateau chargé de trésors jusqu'aux plats-bords.

Jack remarqua que Lucy s'était endormie, la main crispée sur un bout de pain à moitié grignoté. Il se leva et la couvrit avec une fourrure. Puis il scruta la mer profonde en proie à des pensées contraires. Il aurait aimé ne jamais rencontrer Olaf et son équipage maléfique ; en même temps, la danse des vagues attisait un sentiment niché au plus profond de son âme. Ses poumons s'emplirent d'un vent froid et revigorant. Quel bonheur d'être vivant ! Le monde était un endroit magnifique, même quand vous étiez un esclave. Le soleil était aussi chaud et l'air aussi doux pour vous que pour Thorgil. Meilleurs même, à en juger par l'expression lugubre de la jeune guerrière.

– Père parlait beaucoup de l'enfer, dit Jack au bout d'un moment. C'est un endroit pour les méchants.

– L'enfer est un monstre, pas un endroit, corrigea Olaf. C'est une créature qui s'empare des lâches, de tous ceux qui ne tiennent pas parole et des gens sans honneur. Sa forteresse, le monde de Glace, est remplie de brouillard et d'obscurité. Il y fait froid en permanence. Le silence n'est brisé que par le bruissement des serpents qui rampent sur le sol.

– Notre enfer à nous est brûlant, mais ça ne change rien, je suppose, dit Jack. C'est un endroit horrible, pour les gens qu'on n'aime pas. Je ne comprends toujours pas pourquoi Thorgil a envie de mourir.

– Tu ne m'as pas écouté, dit Olaf. Les guerriers doivent mourir au combat. S'ils meurent de maladie ou de vieillesse comme un vulgaire berger, ils passent pour des lâches et finissent dans la forteresse de l'enfer, avec les esclaves. Thorgil a décidé d'aller au Walhalla; elle ne sera heureuse que le jour où elle l'atteindra.

Sur ce, Olaf envoya Jack écoper. C'était une tâche permanente et les Nordiques devaient s'y atteler eux aussi maintenant que tous les esclaves adultes avaient été vendus. Jack peinait aux côtés d'Éric Belle-Face, dont les bras aux muscles saillants pouvaient soulever cinq fois plus d'eau que lui. Le guerrier sifflotait une mélodie entre ses dents brisées. Une de ses jambes était rongée par ce qui ressemblait à une énorme morsure.

Rassemblant son courage, car il savait que les Nordiques étaient prompts à s'emporter, Jack demanda:

– Qu'est-ce qui vous êtes arrivé?

– Quoi? fit Éric dont l'ouïe avait été endommagée par tous les coups reçus, et qui ne savait pas parler sans hurler.

– Comment avez-vous reçu cette blessure? répéta Jack en montrant la cicatrice.

Un sourire édenté éclaira le visage balafré du colosse.

– C'est une morsure de troll.

– C'est... c'est trop énorme pour une morsure.

Jack sentit son estomac se soulever en imaginant la taille de la bouche qui avait fait cette cicatrice.

– Non, c'était un tout petit! J'ai gardé sa dent...

Il tira sur la lanière de cuir qui pendait autour de son cou. Au bout se balançait un croc de la taille d'une corne de bouc.

Puis Éric, qui n'était pas du genre causant, se remit à écoper.

« Ces gens sont fous, se dit Jack en reprenant sa tâche lui aussi. Je ne pourrais pas leur faire perdre la raison, même si je savais comment m'y prendre. Ils sont déjà aussi dérangés que les habitants de la vallée des Fous. Ils méritent de passer l'éternité au Walhalla. »

Enfin les trois bateaux atteignirent une île isolée où se trouvait une petite colonie. Des maisons basses, faites de tourbe, se dressaient hors du sol ; on aurait dit de minuscules collines. « Ou des tombes », pensa Jack en frissonnant.

C'était leur dernière étape avant de mettre le cap vers l'est. A partir de maintenant, ils n'apercevraient plus la terre. Ils se retrouveraient seuls sur l'océan gris, avec pour unique compagnie les baleines ; les chevaux des trolls, comme les appelait Olaf.

Les guerriers troquèrent une partie de leur butin contre de l'eau potable et du poisson séché. Jack regarda une dernière fois la côte qui disparaissait peu à peu derrière eux. Elle était aride et balayée par les vents, mais à l'extrême ouest brillait une lumière douce. Comme si quelque chose étincelait au-delà de la limite de la mer. C'étaient les îles des Saints, là où régnaient les anciens dieux et où les héros et les héroïnes de jadis résidaient encore. Peut-être le barde était-il là-bas, assis sous un pommier.

A l'est, le ciel était chargé. Sans aucune lumière. Jack soupira et serra dans sa main la rune de protection. Jusqu'à présent, elle avait rempli son office. Lucy et lui n'avaient pas été assassinés. Et ils n'étaient pas enfermés dans une des tours obscures des Pictes. Certes, Jack se sentait rongé par le désespoir et Lucy n'était pas loin de la folie, mais la rune promettait seulement la vie sauve, pas le bonheur.

14
L'oiseau perdu

L'océan infini remplissait Jack d'effroi. Chaque jour, sa maison s'éloignait un peu plus sur cette immensité sans aucun repère. Même si, grâce à un tour de magie quelconque, il parvenait à s'assurer le contrôle du bateau, se disait-il, il ne pourrait pas actionner les rames ni prendre des ris. Jamais il ne trouverait le chemin du retour.

Il se sentait impuissant, tel un insecte emporté sur une feuille flottant sur l'eau. A tout moment, la feuille risquait d'être aspirée vers le fond. Un serpent de mer pouvait surgir et engloutir le bateau. Olaf jurait en avoir vu dans ce secteur.

Lucy regardait fixement cette étendue grise, d'un air morne.

– Je veux voir des arbres, gémit-elle. Je veux que la terre arrête de bouger.

– Moi aussi, lui avoua son frère.

Son mal de mer était revenu. Il est vrai que le roulis du bateau avaient de quoi vous soulever le cœur. Quand la coque ne heurtait pas les vagues de plein fouet, elle penchait sur le côté et l'eau de cale inondait les pieds de tous ceux qui se trouvaient à bord. Jack comprenait maintenant pourquoi les Nordiques sentaient si mauvais.

Au début, le vent était doux, mais assez soutenu pour gonfler la voile. Les guerriers se prélassaient sur le pont et jouaient à un jeu baptisé « loup et mouton », avec des sortes de chevilles en bois qu'on enfonçait dans sept rangées de trous. La cheville placée au centre représentait le loup; autour de lui était aligné un troupeau de treize moutons. Le but, pour les moutons, était d'encercler le loup, alors que celui-ci essayait de les dévorer. C'était un jeu intéressant et Jack aimait assister aux parties quand il n'avait pas envie de vomir.

Mais bientôt, le vent se renforça. De l'écume apparut sur la crête des vagues. « Oh, non ! Encore une tempête ! » se dit Jack. Le mât craquait de manière inquiétante et Olaf ordonna qu'on réduit la voilure. Les guerriers s'arc-boutèrent sur leurs rames.

– C'est le moment d'utiliser ton savoir-faire, grogna le géant par-dessus la tête de Jack.

Celui-ci savait très bien ce qu'Olaf attendait de lui. Il était censé calmer les vagues, mais ne savait pas comment s'y prendre. Car il n'était pas véritablement un barde, contrairement à ce qu'il avait laissé croire à Olaf.

Le terrifiant Nordique dominait le pont de toute sa hauteur. Tout en lui, ses bottes puantes, ses jambes épaisses comme des troncs d'arbre ou ses yeux bleus délavés et perçants, à moitié dissimulés sous un unique sourcil broussailleux, dégageait un parfum funeste. Jack savait qu'il devait agir vite.

– J'ai besoin du silence le plus complet, dit-il, tremblant de peur.

– Silence, bande de crapules ! ordonna Olaf à ses hommes. Si j'entends un seul mot, j'expédie le bavard au royaume d'Aegir ! Autre chose ? demanda-t-il à Jack.

– Je veux que Lucy aille s'asseoir à l'autre bout du bateau. Donnez-lui à manger, ou n'importe quoi, pour la faire taire. Elle est trop petite pour comprendre. Mais si je surprends Thorgil en train de lui faire mal, j'arrête aussitôt ma magie.

– Normal, grogna Olaf en se dirigeant d'un pas lourd vers la poupe pour menacer la guerrière.

Le vent avait redoublé de puissance. Des vagues commençaient à passer par-dessus bord. Deux guerriers cessèrent de ramer pour se mettre à écoper.

« Tout ce que je sais faire, c'est appeler le brouillard, se disait Jack, avec désespoir. Mais à quoi cela va-t-il me servir ? Et comment puis-je faire ça ici, loin de la terre et des arbres ? »

Soudain, comme si une voix lui parlait à l'oreille, il entendit les paroles du barde : « La force de vie forme des courants qui coulent sous la surface de la terre, en profondeur. C'est cela qui alimente les grandes forêts et les prairies tapissées d'herbe grasse. C'est cela qui fait naître les fleurs et les papillons, si semblables aux fleurs. Les cerfs suivent ses cours souterrains quand ils paissent. Les blaireaux et les taupes construisent leurs maisons juste au-dessus. Elle attire même les hirondelles en pleine mer. »

En pleine mer ! Si les oiseaux étaient capables de sentir la force de vie dans les airs, alors il pouvait certainement l'appeler d'ici. Il ferma les yeux et sonda avec son esprit l'océan qui l'entourait. Il inspira l'odeur âcre du vent. Il entendit – oui, il entendit ! – le chant des baleines qui suivaient leur chemin dans les profondeurs. Il projeta son esprit dans les bas-fonds, là où la lumière disparaissait, et il trouva, dans les abîmes, un courant de feu. « Viens à moi ! ordonna-t-il. Viens à moi. Enveloppe l'air de ta présence grise, tel un manteau. Rassemble la mer et le ciel. »

Les rayons du soleil se voilèrent. Le vent faiblit. L'humidité envahit ses poumons. L'eau imbiba ses vêtements, mais c'était une eau propre, pas comme le répugnant liquide qui clapotait dans la cale. Au bout d'un moment, il ouvrit les yeux et découvrit qu'Olaf semblait... – était-ce possible ? – effrayé !

Un épais brouillard enveloppait la mer et le bateau dansait doucement sur les vagues. Évidemment. Le brouillard et le vent ne faisaient pas bon ménage. Sans s'en rendre compte, Jack avait fait appel à la seule chose capable d'apaiser les flots déchaînés. « J'ai réussi ! se dit-il, triomphant. Je suis un vrai barde ! »

Mais il se souvint de ce qui s'était passé lorsqu'il avait cessé de convoquer le brouillard le long de la route romaine. Le vent s'était levé et avait chassé les nuages, les laissant à découvert, Lucy et lui, face aux Nordiques.

Jack ferma de nouveau les yeux. Cherchant à saisir la force de vie, il s'aperçut qu'elle était partout. Elle tourbillonnait parmi les courants des profondeurs, charriant une horde de créatures qui luisaient dans l'obscurité. Jack n'avait jamais rien vu de tel. Il ne savait pas par quel miracle il parvenait à les discerner. Il sentait les mouvements vifs d'un banc de poissons sous la surface. Il sentait un corbeau planer en altitude, au-dessus de la couche de brouillard; le soleil faisait miroiter ses plumes noires.

Un corbeau ? Que faisait donc un oiseau de terre si loin du rivage ? A sa connaissance, les corbeaux ne savaient pas nager, au contraire des mouettes. Il se souvint du jour où il en avait trouvé un noyé dans une mare. Ses congénères s'étaient regroupés dans les arbres et croassaient en faisaient claquer leurs becs comme s'ils assistaient à un enterrement. Impressionné par leur comportement, Jack avait pataugé dans la mare pour récupérer le pauvre animal. Il l'avait déposé sur une pierre pour que le soleil sèche ses plumes. Et pendant tout ce temps, les autres corbeaux étaient restés perchés dans les arbres, à croasser et à agiter la tête en se dandinant d'une patte sur l'autre.

Cet oiseau, celui qui volait au-dessus du brouillard, avait sans doute été emporté par la tempête. Jack sentait son immense fatigue : ses ailes lui faisaient mal, il avait le souffle court. Il ne pourrait pas aller beaucoup plus loin. « Pose-toi, lui dit Jack. Viens à moi. » Il ne savait pas pourquoi il faisait cela, ni même si l'oiseau pouvait l'entendre. S'il n'était pas capable de se protéger et de protéger Lucy, comment pouvait-il aider un corbeau épuisé ? Malgré tout, l'idée de laisser cette pauvre créature tomber à l'eau lui était insupportable.

« Viens à moi. Viens à moi », répétait-il mentalement. Il sentit que le corbeau hésitait et, soudain, il sembla se décrocher du ciel et dégringoler dans le brouillard. Jack sentit la panique de l'oiseau. « N'aie pas peur. Je vais te sauver ! Viens à moi. » Le corbeau perdait de l'altitude en tournoyant. Il volait à l'aveuglette. Il ouvrit son bec pour lancer un appel... et heurta la voile. Il glissa le long de la toile mouillée et atterrit sur le pont. Les guerriers les plus proches sursautèrent comme si une abeille les avait piqués.

– Ne lui faites pas de mal ! cria Jack.

D'un pas chancelant, il souleva, ramassa le corbeau et le

tint contre lui. L'animal était agité de tremblements violents, mais il n'essaya pas de s'échapper.

Jack s'aperçut que les yeux d'Olaf lui sortaient presque de la tête.

– C'est l'oiseau d'Odin, dit-il d'une voix perçante.

Si le guerrier n'avait pas été si colossal et menaçant, Jack aurait éclaté de rire.

– Il est venu jusqu'à toi, reprit Olaf. En pleine mer. Là où ne volent pas les corbeaux.

– Je l'ai appelé, dit Jack.

Il comprit immédiatement que cet exploit avait accru son prestige aux yeux du Nordique.

– Où as-tu appris cet art ? demanda Olaf.

L'oiseau fit claquer son bec et le géant tressaillit.

– Auprès de mon maître, répondit Jack pompeusement. Il m'a appris bien des choses : le langage des animaux, l'appel des vents… Et aussi comment rendre des hommes fous en soufflant dans un brin de paille. Ouille ! (Le corbeau avait planté son bec dans la main de Jack.) Cet oiseau a faim. Et moi aussi, soit dit en passant. Nous voudrions du poisson séché et du pain.

Quitte à mentir, autant dire une énormité, se disait Jack. Quelle joie de voir Olaf s'empresser de satisfaire ses exigences ! Quelques instants plus tard, Jack déchiquetait avec ses dents des morceaux de poisson qu'il donnait au corbeau. Une fois repu, après avoir bu une gorgée d'eau, l'oiseau se glissa dans un trou entre deux sacs de grain et s'endormit.

Jack retourna prendre des nouvelles de Lucy.

– Tu te crois malin, n'est-ce pas ? lui lança Thorgil en saxon.

Jack avait remarqué que la jeune guerrière utilisait cette langue quand elle voulait se montrer particulièrement agressive, car elle savait qu'Olaf n'aimait pas qu'on menace son barde.

– Je suis malin, répondit le garçon avec un grand sourire.

Il fut récompensé en voyant Thorgil pincer les lèvres. Elle était adossée au gouvernail ; on n'avait pas besoin d'elle pour le moment. Les Nordiques avaient relevé les rames et étiraient leurs membres endoloris. L'air était si calme maintenant que la surface de l'eau ondoyait à peine.

– Tu remarqueras qu'ils n'ont pas hissé la voile, dit-elle.

– Pourquoi le feraient-ils ? répondit Jack. Il n'y a pas de vent.

Lucy grimpa sur ses genoux et, en suçant son pouce, contempla d'un air absent les ténèbres grises qui enveloppaient le bateau.

– Ils ne rament pas non plus, ajouta Thorgil.

Jack éprouva une sensation étrange, une sorte de menace encore floue.

– Et alors ? dit-il. Même des berserkers sans cervelle ne sont pas à l'abri de la fatigue.

Thorgil prit un air encore plus revêche qu'à l'accoutumée. Jack savait qu'il la provoquait et s'en moquait. Qu'elle essaie un peu de lui faire du mal !

– Tu te crois à l'abri, n'est-ce pas ? ricana-t-elle. A ton avis, combien de temps va durer la bonne humeur d'Olaf si le brouillard ne se lève pas ?

– Il se lèvera quand je l'ordonnerai.

– Je suis curieuse de voir ça. Je me demande combien de tours de magie un véritable barde peut enseigner à un domestique. A moins que tu lui aies simplement volé deux ou trois tours, les plus simples ?

– Je ne suis pas un voleur ! répliqua Jack, piqué au vif.

– Tu dis que tu peux parler aux animaux et rendre des hommes fous en soufflant dans un brin de paille. Tu es bien trop jeune pour un barde, si tu veux mon avis. Le seul barde que j'aie connu avait une longue barbe blanche. Et même lui n'était pas de taille à rivaliser avec nous. Notre roi l'a envoyé dériver en pleine mer.

– Attends un peu ! dit Jack, frappé par une pensée horrible. C'était il y a longtemps ?

– Trois ans, dit Thorgil. La reine voulait qu'il soit brûlé vif, mais le roi a eu pitié de lui. Moi, je n'aurais pas eu pitié ! Le roi Ivar s'est ramolli avec l'âge.

Jack sentit son échine se glacer.

– Le roi Ivar... le Désossé ?

– Ne t'avise pas de dire cela devant lui ! dit Thorgil en riant. (Un son qui évoquait un ongle qui crisse sur un morceau d'ardoise.) Avant qu'il rencontre la reine, on le surnommait Ivar l'Intrépide. Maintenant, c'est elle la vraie guerrière. Quand je serai grande, je serai une des berserkers de la reine et je tuerai des centaines d'ennemis !

Pour la première fois, Jack vit sur le visage de Thorgil une expression qui ressemblait à de la joie. Elle en devenait presque jolie.

– Ivar le Désossé, murmura Jack en caressant les cheveux de Lucy.

– Cet homme a l'air effroyable, chuchota la fillette en se blottissant contre son frère.

Comme ses bras étaient minces, comme la peau était tendue sur ses pommettes ! Jack se rendait compte qu'elle n'avait presque rien mangé depuis qu'ils avaient quitté la côte.

– Il l'est, confirma Thorgil en se rapprochant pour savourer la terreur de Lucy. Ses yeux sont comme des œufs sans coquille avec deux points bleu très clair au milieu. Quand il se met en colère, c'est-à-dire tout le temps, on entend ses dents grincer d'un bout à l'autre de son palais.

– Je l'empêcherai de te faire du mal, Lucy, déclara Jack en essayant de ne pas laisser transparaître la peur. J'ai été formé par le barde. Ivar l'a jeté à la mer, mais il a flotté sur l'océan comme un bouchon et il est arrivé jusqu'à nous.

– Que dis-tu ? s'exclama Thorgil. Toi ? Tu as été formé par... Olaf ! Olaf !

Elle se leva d'un bond et s'écria dans sa langue :

– Cet esclave dit qu'il a été formé par Langue de Dragon !

Olaf galopa lourdement vers l'arrière du bateau, écarta Lucy d'un geste et souleva Jack en l'attrapant par le col de sa tunique. Le visage du géant était si près de celui du garçon que son unique sourcil semblait flou et son haleine, qui empestait le poisson, lui piquait les yeux. Puis Olaf laissa retomber son prisonnier dans l'eau de cale.

– Voilà qui explique pas mal de choses, grogna-t-il.

Sven le Vengeur abandonna sa rame pour se diriger, lui aussi, vers la poupe.

– La reine était certaine que ce vieil enquiquineur avait réussi à duper les poissons.

– C'est pour ça qu'elle a envoyé le cauchemar le détruire. En le voyant, j'ai pensé que...

Olaf secoua la tête.

– On a tous pensé la même chose, dit Sven.

– On avait reçu pour mission de terroriser la population locale. Pour lui faire comprendre qu'il n'était pas très malin d'héberger un ennemi de la reine. Je devais lui annoncer la mort de Langue de Dragon. Mais par paresse, je n'ai pas achevé le travail.

– Ne te sens pas coupable, Olaf, dit Sven. Qui pourrait renoncer à pareil butin ? Par les sourcils d'Odin, on s'est bien amusés !

– Oui, mais j'aurais dû chercher le corps, soupira le géant.

– J'ai vu le cauchemar ! s'exclama Lucy.

Jack plaqua sa main sur sa bouche. Il ne voulait pas qu'elle révèle que le barde était toujours vivant.

– Je dis ce que je veux ! cria-t-elle en arrachant la main de son frère. Le cauchemar hurlait dans le ciel. De la glace tombait de tous les côtés. Je voulais qu'on rentre à la maison, mais Père a dit non. Je pleurais, je pleurais !

Les sanglots l'empêchaient de parler.

– Un cauchemar, ce n'est pas rien, confirma Olaf en faisant preuve d'une gentillesse dont Jack ne l'aurait pas cru capable. Il enchaîne les esprits et fait tomber l'épée de la main du guerrier le plus fort. Si celui-là a trouvé Langue de Dragon, il n'avait guère de chances de survivre, en effet.

– Il l'a trouvé, dit Jack. « Faites que Lucy continue à pleurer, supplia-t-il intérieurement. Faites qu'elle ne gâche pas mon histoire. » J'étais là quand c'est arrivé. J'ai vu le barde s'écrouler.

Jack baissa la tête, espérant ainsi donner l'impression que l'attaque avait été fatale. D'une certaine façon, le barde était bien mort. Privé de sa raison, il n'était plus rien.

– Voilà qui est parfait, dit Olaf en retrouvant le sourire.

– Mais cet esclave est son élève, remarqua Sven. Qu'allons-nous dire à la reine ?

– Rien, répondit Olaf. On a fait notre travail. On ramène un bateau chargé de trésors. A quoi bon faire des histoires ?

– C'est lâche de cacher la vérité ! déclara Thorgil.

– Il ne serait pas prudent, répondit Olaf, de provoquer la mauvaise humeur de la reine. Ce jeune skald pourrait nous être utile. Soit dit en passant, petite *brjostabarn*, il n'est pas non plus prudent de laisser entendre que je suis un lâche.

La menace était perceptible dans le ton du géant.

Thorgil devint cramoisie, mais tint sa langue. Elle dévisagea Jack, et celui-ci devina qu'elle n'hésiterait pas à provoquer la colère de la reine si cela pouvait lui nuire.

– Crois-moi, ajouta Olaf, en contrariant la reine, tu gâcherais tes chances de faire partie de sa cour.

Thorgil fronça les sourcils.

– Tu finis toujours par avoir le dernier mot, maugréa-t-elle.

La jeune guerrière retourna au gouvernail; Olaf et Sven regagnèrent leurs postes près de la proue du bateau. Jack transporta Lucy jusqu'à son perchoir, entre les paniers et les sacs.

Le brouillard s'accrochait à la mer. Impossible de distinguer quoi que ce soit, quelle que fût direction. Les voyageurs étaient engloutis par cette humidité grise, comme s'ils étaient enfermés dans une caverne.

L'air s'assombrissait, car on approchait du coucher du soleil, bien qu'il n'y ait aucun moyen de différencier les points cardinaux. Les guerriers restaient assis devant leurs rames, inactifs. Pourtant, ils parlaient peu, comme si quelque chose les tracassait.

– C'est qui, Langue de Dragon? demanda Lucy.

– Quelqu'un que tu ne connais pas, répondit Jack.

Il montra à la fillette le corbeau niché entre les sacs de grain. Lucy avait envie de jouer avec l'oiseau, mais Jack l'occupa avec un morceau de poisson séché. Elle le suça bien gentiment mais, soudain le recracha sur le pont.

– Je veux la nourriture de maman!

– Il faut que tu essayes de manger, petite sœur. Ça ne va pas durer, il faut attendre qu'on atteigne les côtes.

– On ne les atteindra jamais, se plaignit la fillette. On va rester coincés ici, dans ce brouillard, avec ces monstres puants. Pour toujours.

Elle plaqua son fin visage contre la poitrine de son frère.

– Ce n'est pas un langage de princesse. Une vraie princesse saurait que c'est juste une aventure et que la magie viendra l'aider quand elle en aura besoin.

« Bon sang, voilà que je parle comme Père », se dit Jack.

– Elle a intérêt à venir vite, répliqua Lucy.

– Elle est déjà là. Ce corbeau est venu des îles des Saints. Il a été envoyé pour veiller sur toi.

– Est-ce qu'il va m'accorder trois vœux ? demanda la fillette en prenant une cape dans un lot de vêtements que les Nordiques avaient pillés.

Jack l'aida à draper la fourrure sur ses épaules.

– Oui, le moment venu, affirma-t-il. Pour l'instant, il est très fatigué. Il a fait un long voyage.

– Je voudrais être dans un endroit abrité, avec un bon feu et un lit moelleux. Et je voudrais être avec maman... et... papa...

Elle se remit à sangloter.

– Souviens-toi que les vœux ne sont pas toujours exaucés immédiatement.

L'odeur de poisson dut s'infiltrer dans les rêves du corbeau, car il fit claquer son bec et jouer ses griffes, en plissant les yeux.

– Regarde sa patte, murmura Lucy.

Jack se mit à frissonner. Malgré la lumière déclinante, il vit que le corbeau avait une griffe en moins à la patte gauche. Comme si un renard l'avait arrachée d'un coup de dent. Il connaissait cet animal. C'était le corbeau qui était resté dans la maison quand le barde avait perdu la raison. Celui qui lui avait soutiré un peu de soupe en employant la ruse et qui avait écouté attentivement Jack lui raconter ses soucis.

Les villageois affirmaient que le barde recevait ses messages des oiseaux, mais le vieil homme n'avait jamais montré à Jack comment il s'y prenait.

– Dommage que je ne puisse pas te comprendre, dit Jack en caressant les plumes ébouriffées du corbeau. J'aimerais savoir pourquoi tu m'as suivi jusqu'au milieu de l'océan. Mais je suis content que tu l'aies fait.

Comme s'il pouvait l'entendre dans son sommeil, l'oiseau fit gonfler ses plumes et se cala plus douillettement entre les sacs de grain.

15

Hardi le corbeau

Jack dormit à poings fermés. Il avait pris l'habitude de se coucher en chien de fusil dans le moindre recoin, et la houle était si calme qu'il la sentait à peine. Il se réveilla lorsque les premières lueurs du jour vinrent caresser le bateau.

Mais ce n'était pas une belle lumière claire. Le brouillard qui les assaillait de toutes parts enveloppait chaque chose de sa présence humide. Les cordes mouillées gouttaient. L'eau traversait les vêtements de Jack et plaquait ses cheveux sur son crâne. Autour de lui, la mer et le ciel se fondaient en une masse bleu-gris, si épaisse qu'on ne voyait pas à deux mètres. Le bateau aurait pu tout aussi bien flotter sur un nuage.

Il entendait les guerriers qui se réveillaient; ils s'étiraient, grognaient et rotaient, certains urinaient par-dessus bord. Mais ils ne parlaient pas, ce qui était inhabituel. Généralement, dès le matin ils échangeaient des insultes et des plaisanteries douteuses.

Blottie sous sa cape, Lucy remua. Jack ne la dérangea pas. Tant qu'elle dormait, elle pouvait s'échapper dans ses rêves. Le corbeau sauta sur le bastingage et se mit à claquer du bec furieusement. Jack était certain qu'il s'agissait d'un mâle, sans qu'il puisse dire pourquoi.

– Je te déconseille de t'envoler, lui dit-il.

L'animal laissa échapper un grognement rauque, si semblable

au langage humain que le garçon ne put réprimer un rire. Les mois passés à observer les créatures sauvages sous la surveillance du barde lui permettaient de deviner l'humeur et les pensées du corbeau.

– Oui, tu as raison, dit-il, on dirait un crachat de troll. Hier, j'avais hâte que le vent tombe. Aujourd'hui, j'ai hâte qu'il se lève.

– Faire souffler le vent, c'est ton boulot, déclara la voix grondante d'Olaf dans son dos.

Jack agrippa le bastingage pour s'empêcher de trembler. Pour un homme de sa corpulence, le chef des guerriers savait, quand il le voulait, se déplacer avec une légèreté étonnante.

– Je croyais que vous vouliez une mer calme, répondit-il en se préparant à recevoir un coup, car Olaf n'aimait pas qu'on lui réponde.

– C'est juste. Mais maintenant, je veux du soleil.

– Le brouillard ne dure jamais très longtemps, dit Jack prudemment. (Il ne savait pas faire souffler le vent et il cherchait à gagner du temps.) Je suis sûr que cet après-midi, il aura disparu.

Le coup redouté ne vint pas, mais la main géante qui se referma sur son épaule lui arracha une grimace de douleur.

– Écoute-moi bien, petit skald. On est coincés ici sans pouvoir différencier le nord du sud. Si on rame dans la mauvaise direction, on va se retrouver sur un océan sans fin. Au bout d'un moment, nous n'aurons plus d'eau potable et nous serons obligés de boire ton sang.

Olaf avait dit cela d'une voix calme, encore plus terrifiante que des vociférations.

– Oh, bien sûr. Vu comme ça..., bredouilla Jack.

L'énorme main quitta son épaule. Jack se rassit sur le sac de grain, le cœur battant à tout rompre. Le corbeau rejeta la tête en arrière émettant une sorte de gargouillis.

– Si tu penses pouvoir faire mieux, vas-y, essaie. Tu as ma permission, lui dit Jack.

Le corbeau sautilla sur place, comme pour dire : « Oh, non, pas moi, fiston. C'est ton boulot. »

– Exact. C'est mon boulot. C'est moi le barde ici.

Jack parlait pour apaiser sa panique grandissante. Il ne savait que faire.

– Puisque tu as l'intention de rester ici, dit-il au corbeau, je vais te donner un nom. Que dirais-tu de... Guingois ?

Le corbeau émit une succession de croassements si inquiétants que les Nordiques touchèrent furtivement les amulettes qui pendaient autour de leur cou. Ces gars-là plaisantaient avec des histoires de trolls qui vous dévoraient tout cru, mais un simple corbeau suffisait à les remplir d'effroi.

– Désolé, mais tu es de guingois, dit Jack. Un renard t'a croqué un morceau de patte et tu marches de travers.

Le corbeau protesta.

– Oh, très bien. Je suppose que tu as été courageux et que tu as riposté. Dans ce cas, je t'appellerai Hardi.

En entendant cela, le corbeau exécuta un saut périlleux et retomba sur le bastingage, les plumes ébouriffées. Il paraissait très content de son nouveau nom.

– Maintenant, si tu permets, j'ai du travail, dit Jack.

Assis sur le sac de grain, il essaya de se calmer. « Que faire ? Que faire ? » se demandait-il. Hardi avança sur le garde-fou en sautillant jusqu'à ce qu'il réapparaisse dans le champ de vision de Jack. Il leva les ailes vers le ciel et poussa des cris perçants, comme s'il avait vu un faucon. C'était extraordinaire le nombre de sons différents que pouvait produire cet animal.

– Qu'est-ce que ça veut dire ? demanda Jack. Je n'ai pas le temps de jouer. Si tu réclames à manger, tu devras attendre que j'aie terminé.

Jack ferma les yeux et s'apprêta à projeter son esprit vers la force de vie. A son grand étonnement, il ne rencontra aucune difficulté. C'était comme si, une fois qu'on le connaissait, le chemin devenait plus facile.

Il sentait la présence du feu dans les profondeurs, mais pas seulement là. La force de vie irradiait tout autour de lui, dans la mer et dans les airs. Elle se déplaçait telle une sorte de mélopée; elle remplissait tout de sa présence joyeuse. Jack se retrouva dans une douzaine d'endroits à la fois : il suivait un vol d'oies sauvages qui formaient un V dans le ciel, nageait avec un banc de harengs qui filaient bon train et qui soudain, effrayés, changeaient de direction. C'était merveilleux! Il avait l'impression d'être mille fois plus vivant!

Mais il ne devait pas oublier sa mission. Il replongea son esprit dans les profondeurs terrestres. « Reviens à moi. Sépare la mer et le ciel. Rappelle tes nuages et ton brouillard. » Jack ne savait pas d'où lui venaient ces mots, mais ils lui paraissaient appropriés. Il sentit un doigt de chaleur quitter le feu qui couvait dans les profondeurs. Il le sentit se dresser à travers l'obscurité glacée. Écarter les courants froids de l'océan et s'élever vers lui. Les harengs se dispersèrent sur son passage. La chaleur se déploya tel un gigantesque filet, ici, là, partout, pour capturer le brouillard. L'eau se rida en mille endroits. De très loin lui parvenaient les cris des guerriers.

– Jack! Jack! braillait Lucy en secouant son frère.

Ce dernier ouvrit les yeux. La pluie tombait si fort qu'il ne voyait presque rien. Les Nordiques poussaient des jurons effroyables tout en essayant de protéger les denrées périssables. L'eau grondait comme une cascade. Olaf ordonna à tout le monde d'écoper.

– Arrête ça, Jack! s'écria Lucy, les yeux écarquillés par la peur.

Le garçon la serra contre lui. Son esprit refusait de fonctionner, il ne pouvait que constater les ravages de la pluie. Hardi sauta sur ses genoux et enfouit son bec sous le bras de Lucy.

– Il m'aime bien, dit la fillette, momentanément distraite par l'oiseau.

Jack pensait que le corbeau cherchait surtout à se mettre à l'abri, mais il répondit :

– Bien sûr qu'il t'aime. Il est ici pour te protéger.

Lucy adressa à son frère un petit sourire triste. L'eau avait envahi le fond du bateau et montait presque jusqu'aux genoux de ses occupants. Si la pluie continuait, l'embarcation allait sombrer!

– Toi, le barde! Fais quelque chose! beugla Olaf.

Jack ferma de nouveau les yeux et tenta désespérément

d'atteindre la force de vie. Mais les pouvoirs qui parcouraient les profondeurs de la terre refusaient de se laisser intimider. Jack essaya et essaya encore, mais il entendait toujours la pluie battante et sentait l'eau monter lentement le long de ses jambes. Les guerriers avaient beau écoper à toute vitesse, la pluie tombait encore plus vite. Le bateau était maintenant si chargé qu'il dépassait à peine le niveau de la mer. Chaque goutte le rapprochait un peu plus de l'engloutissement.

Et soudain, alors que le navire semblait rempli à ras bord, la pluie cessa. Les Nordiques continuèrent à écoper furieusement. Bientôt, il n'y eut plus que quelques centimètres d'eau crasseuse autour de leurs bottes trempées. Ils étaient toujours entourés de nuages, mais une trouée avait fait son apparition au-dessus de leurs têtes. Une petite tache bleue montrait qu'ils n'étaient pas complètement séparés du soleil.

– Tu as failli nous noyer ! rugit Olaf en donnant un coup de pied dans un tas de vêtements trempés. Tu as gâché la moitié de notre butin !

Il allait et venait d'un pas rageur, faisant tanguer le bateau.

– Il pique une colère, commenta Lucy à voix basse.

Sa remarque était à la fois si inattendue et si juste que Jack éclata de rire. C'était plus fort que lui. Il avait peur depuis si longtemps, qu'il lui était difficile d'être terrorisé. Olaf ressemblait à un gigantesque enfant qui fulminait et poussait des jurons. Son énorme barbe détrempée pendait en queues de rat. Jack riait si fort qu'il avait du mal à respirer. Quand il reprit ses esprits, il découvrit que les autres Nordiques s'esclaffaient eux aussi, en se tapant dans le dos. Olaf paraissait abasourdi.

– Vous... vous..., bredouilla-t-il.

Puis une grimace déforma son visage et il éclata de rire à son tour. La tête rejetée en arrière, il hurlait comme une oie sauvage : honk ! honk ! honk ! Des larmes coulaient sur son visage, jusque dans sa moustache trempée. Lucy participa avec son rire cristallin à l'hilarité générale. Et Hardi lui-même, pris d'une sorte de folie, se mit à sautiller.

Cela dura plusieurs minutes. Jack sentait la force de vie scintiller autour d'eux. Ils étaient vivants ! Ils respiraient l'air doux. La mer s'étendait devant eux tel un chemin aux possibilités infinies. Puis le fou rire passa et les guerriers s'appuyèrent contre la coque, essoufflés.

– Oooh ! Tu joues un jeu dangereux, jeune skald, déclara Olaf. Mais tu as arrêté la pluie et, pour cette raison, je ne te tuerai pas.

Jack savait qu'il n'avait rien fait. Le ciel s'était entièrement vidé, voilà tout. Mais pas question de le dire à Olaf.

Toutefois, des nuages gris s'accrochaient encore à l'horizon, rendant impossible toute orientation par rapport au soleil. Olaf fouilla dans une bourse qu'il portait autour de son cou. Jack s'approcha et le géant, remarquant son intérêt, tendit la main. Le garçon y découvrit une pierre rectangulaire qui reflétait la lumière à la manière d'un morceau de glace. Elle était transparente, mais pas incolore.

– Oh, non ! s'exclama Olaf en écartant la pierre au moment où Jack voulait la toucher. C'est ma pierre de soleil.

Il la leva à bout de bras vers la trouée bleue du le ciel. La lumière la traversa jaune comme un œil de chat. Olaf tourna lentement sur lui-même. La lumière prisonnière de la pierre vira au bleu. Jack laissa échapper un petit hoquet de surprise.

– Tu vois, tu n'es pas le seul à posséder des pouvoirs, grogna le géant.

Il continua à tourner sur lui-même et la pierre retrouva sa couleur d'origine. Olaf continua ainsi jusqu'à ce qu'il obtienne ce qu'il cherchait.

– Cette pierre indique la direction du soleil, expliqua-t-il. Par là, dit-il en tendant le doigt, c'est l'est, où se couche le soleil. Tu vois, le bleu est intense.

Il pivota de nouveau et Jack vit la pierre passer du bleu au jaune, puis au gris bleuté.

– Là-bas, c'est l'ouest, dit Olaf. D'où nous venons. Allez, bande de chiens paresseux ! Remettez-vous au travail !

Les Nordiques regagnèrent aussitôt leurs places et recommencèrent à ramer.

Ils mirent le cap vers l'est. Olaf vérifiait de temps en temps qu'ils allaient dans la bonne direction. Au bout d'un moment, les nuages se dispersèrent et le guerrier put ranger sa pierre. Le soleil égayait les esprits et les guerriers se mirent à chanter en ramant :

Parfois, j'arrive trop tôt.
Parfois, j'arrive trop tard.
Soit le tonneau de bière est vidé.
Soit elle n'est pas encore brassée.
Ah, la vie est dure, mes amis.
La vie est dure.
Parfois, on m'invite à dîner,
Alors que je me suis empiffré à la maison.
A quoi bon avoir un jambon sur la table
Quand on en a déjà un dans le ventre ?
Ah, la vie est dure, mes amis.
La vie est dure.

Quand ils eurent terminé leur chanson (et elle comportait de nombreux couplets), ils enchaînèrent avec une autre. Leurs voix puissantes et claires résonnaient sur la mer.

Le bétail meurt et les parents aussi.
Les maisons brûlent.
Mais une chose ne disparaît jamais :
La gloire d'un valeureux guerrier.
Les bateaux sombrent en mer.
Les royaumes tombent en poussière.
Une seule chose vit éternellement :
La gloire d'un valeureux guerrier.
La gloire ne meurt jamais !
La gloire ne meurt jamais !
La gloire ne meurt jamais !

Ces dernières paroles furent lancées en direction du ciel bleu. Jack frissonna. Pour la première fois il comprenait ce qui motivait ces hommes violents. Leurs vies étaient brèves, mais chaque instant brûlait d'intensité. Ils se savaient condamnés. Un jour ou l'autre Odin, qui maintenant leur souriait, lancerait sur eux sa malédiction. Olaf l'avait dit : Odin était un dieu pervers. Il soutenait ses champions, mais son véritable objectif était de choisir le meilleur pour son palais. Un jour, leur épée leur tomberait des mains ; ils se retrouveraient impuissants devant l'adversaire et ils seraient appelés au Walhalla pour se battre et mourir, éternellement.

Sachant cela, les Nordiques continuaient à combattre. C'était à la fois courageux, fou et incroyablement stupide. Mais c'était aussi très noble.

Comme en réponse à cette chanson entraînante, le vent gonfla la voile rayée de rouge et de blanc. Les Nordiques poussèrent des hourras. Aegir et son épouse Ran avaient répondu à leurs appels.

Ils remercièrent bruyamment les dieux et posèrent leurs rames.

« La gloire ne meurt jamais ! » Jack se sentait galvanisé, lui aussi. Et cela le mettait en colère. Comment pouvait-il sympathiser avec ces crapules et ces meurtriers ? Il était censé les haïr, mais il n'y parvenait pas.

« Tes défenses ont été arrachées, lui avait expliqué le barde. Désormais, tout ébranle ton âme fragile, qu'il s'agisse du triste sort d'un pauvre oiseau tombé du nid ou de la redoutable beauté du faucon qui fond sur lui pour le tuer. C'est regrettable. Tu n'es pas prêt à affronter autant de réalité, mais elle existe. »

– Si c'est ça, la réalité, elle ne me plaît pas, confia Jack au corbeau.

Hardi pencha la tête sur le côté.

– Tu peux déployer tes ailes maintenant. Dommage que tout le reste ne sèche pas aussi facilement.

Son cœur se serra à la vue des sacs de grain trempés. Ils étaient protégés par une bâche huilée, mais l'eau accumulée dans les fonds les avait abîmés. Des piles de pains s'étaient désagrégées. Le poisson séché était mou et détrempé. Les haricots commençaient à gonfler. Quand Jack pensait au mal que s'étaient donné les villageois pour obtenir cette nourriture et aux meurtres commis par les Nordiques pour s'en emparer, il avait envie de briser une rame sur le crâne d'Olaf-N'a-Qu'un-Sourcil.

Tout était fichu. Toute cette cruauté pour rien !

Jack dénicha malgré tout un bout de fromage pour Lucy. Les guerriers, eux, mâchonnaient le poisson mou : sans doute voulaient-ils le consommer avant qu'il ne pourrisse. En fin d'après-midi, Éric Belle-Face, qui était de quart à la proue, cria : « Terre ! » Jack regarda vers l'est en plissant les yeux. Il vit un amas de nuages blancs s'élever au-dessus de la mer. Alors qu'ils s'en approchaient, il semblait flotter telle une rivière laiteuse au cours paresseux. Jack était fasciné. C'était le brouillard qui avalait une montagne boisée. Il entendait des vagues se briser au loin.

– Où sommes-nous ? demanda Olaf.

– A en juger par la forme de cette montagne, je dirais qu'on est à Magnus, le territoire du Mutilateur, répondit un des guerriers.

– Non, non. Les courants qui sortent de ce fjord dessinent un S, dit un autre. On est à Gizur, le royaume du Broyeur de Pouces.

– Ce sale violeur de serment ! grogna Olaf.

« Pourquoi est-ce que ces gens ne s'appellent jamais Gizur le Bon ou Magnus le Joyeux ? » se demanda Jack.

– Envoyons l'expert, déclara Sven le Vengeur.

A l'extrémité des rangées de rameurs se leva un homme que Jack avait à peine remarqué, sauf pour se demander ce qu'il faisait sur ce bateau. Il était si vieux qu'il paraissait incapable de ramer et encore moins de manier une épée lors d'un combat. Ses cheveux pendaient en mèches fines et sales sous un bonnet en cuir. Ses mains étaient tavelées par l'âge et son corps n'était pas plus épais qu'une branche morte. Arc-bouté au-dessus de la rame, il se déplia avec peine.

– Veux-tu bien nous aider, Rune ? demanda poliment Olaf.

Jack était surpris. Habituellement, le géant ne demandait pas l'aide de ses compagnons, il donnait des ordres, accompagnés de menaces la plupart du temps.

– Oui, répondit le nommé Rune d'une voix si faible que Jack dut tendre l'oreille.

Il découvrit que le vieil homme avait une horrible cicatrice dans le cou. C'était même étonnant qu'il arrive à respirer, et plus encore à parler.

Les guerriers l'aidèrent à se dévêtir. S'il faisait pitié habillé, nu c'était encore pire. Son vieux corps décharné était couturé de cicatrices anciennes. Il était fripé comme une vieille pomme, ses genoux et ses coudes étaient enflés par les rhumatismes.

Les hommes lui attachèrent une corde sous les aisselles et le descendirent par-dessus bord. Jack entendit un plouf quand il entra dans l'eau.

– Doucement ! lança Olaf. On ne pêche pas la baleine !

Jack entendit le vieux Rune gesticuler et cracher de l'eau. A bord, tout le monde demeurait silencieux et immobile. Les guerriers attendaient. Quelques mouettes curieuses volèrent au-dessus du bateau, mais il était tard et, après quelques tours, elles repartirent vers la terre.

– Alors, tu as fini, mon vieil ami ? demanda Olaf.

Rune dut répondre par la négative car les Nordiques ne réagirent pas. Finalement, le vieil homme fut remonté à bord, ruisselant et frissonnant. Olaf s'empressa de l'envelopper dans des fourrures et de lui donner une gourde de vin.

– La mer n'est plus aussi chaude que quand on était jeunes, hein ? dit-il.

– Elle a toujours été aussi froide que le cul d'un troll, répondit Rune de sa voix chuchotante.

Olaf s'esclaffa.

– Alors, que peux-tu nous dire ?

– La mer a un goût de sapin. Elle est alimentée par un torrent venu du haut des montagnes. Le courant serpente comme une vipère qui avance sur le sable. Il est noir alors que la mer est verte, et il s'enfonce dans l'eau parce qu'il est fait de neige. L'air sent la viande fumée et la tourbe fraîchement arrachée. Un vent léger souffle d'une vallée située au nord, pas très loin, et il remonte le long du torrent…

Rune continua ainsi un long moment, débitant une série de détails stupéfiants. Il conclut en disant :

– Nous sommes près des terres de Gizur le Broyeur de Pouces. Son village se trouve à une heure de route au nord.

Les guerriers se regroupèrent autour du vieillard. Le soleil s'était couché et le crépuscule gris s'étendait au-dessus de la mer, jusqu'à la nappe de brouillard qui continuait de ramper sur la montagne couverte de bois sombres. Ici et là, quelques étoiles avaient fait leur apparition.

– Qui veut se transformer en berserker ? demanda Olaf.

16

Gizur le Broyeur de Pouces

– Je veux y aller ! J'en ai le droit ! s'exclama Thorgil.

Le bateau avait accosté sur une plage. Les guerriers déballaient leurs armes et les examinaient à la lumière d'un petit feu de camp.

– Tu as surtout le droit d'obéir à mes ordres, répondit Olaf. Je veux que tu gardes le navire.

– Pourquoi moi ?

– Qui va surveiller ton esclave ?

– Je n'en veux pas ! déclara Thorgil. Elle est faible, elle ne sert à rien. J'ai voulu l'échanger contre une épée, mais tu m'en as empêchée !

– Tu abuses de mon amitié pour ton père, dit Olaf.

Il parlait d'une voix calme.

Comme chaque fois qu'il était sur le point de laisser éclater sa colère, avait remarqué Jack.

Thorgil dut le sentir car elle se ravisa :

– Je voulais juste te rendre fier.

– Je suis fier de toi, dit le géant. Mais tu dois apprendre la discipline. Éric le Fort et Éric le Boutonneux resteront avec toi. Ils ont peur du noir de toute façon, ils ne nous seraient pas très utiles. Rune restera aussi, pour s'assurer que tu ne fais aucun mal à Lucy.

– Rune, murmura Thorgil avec mépris.

– Je peux veiller sur ma sœur si vous avez besoin d'une guerrière supplémentaire, proposa Jack plein d'espoir.

Avec un peu de chance, Thorgil tomberait sur le champ de bataille.

– Oh, non. Toi, tu viens avec nous, dit Olaf.

– Moi ?

– Lui ? s'exclama Thorgil en même temps.

Olaf la suspendit la tête en bas en la tenant par les chevilles et la secoua jusqu'à ce qu'elle n'ait plus assez de souffle pour lancer des jurons.

– La discipline, grogna-t-il en la laissant tomber sur le sable.

Il entraîna Jack vers le feu et lui choisit un couteau.

– C'est uniquement pour ta protection. Tu ne dois pas participer au combat, précisa Olaf.

– Soyez tranquille.

– Je sais combien c'est excitant de piller, dit le géant d'un ton affectueux, en ébouriffant les cheveux de Jack. (Le garçon eut l'impression de recevoir un coup sur le crâne.) Mais même si tu es tenté, retiens-toi.

– Pas de pillage, d'accord. C'est noté.

Olaf s'accroupit pour se placer à la hauteur de Jack. Ses yeux brillaient dans la lumière du feu.

– Tu es un jeune skald, mais on n'a que toi depuis que Rune s'est fait trancher la gorge.

– Il a... (Jack déglutit.)... été blessé en assistant à un combat ?

– Oui. Il était censé écrire des poèmes, mais il s'est laissé emporter et s'est jeté dans la bataille. Je ne pouvais pas lui en vouloir. Jadis, c'était un de nos meilleurs guerriers, mais les rhumatismes l'ont vaincu. Un jour, je l'emmènerai se battre et je le laisserai mourir l'épée à la main.

– C'est très aimable à vous, ironisa Jack.

– N'est-ce pas ? répondit Olaf avec un large sourire. N'oublie pas de mettre ça dans ta chanson.

Jack regarda les guerriers s'armer. La plupart possédaient des épées, mais quelques-uns n'avaient que de simples poignards. En revanche, tous portaient des haches. L'un d'eux s'était muni d'un fagot de torches et d'un seau contenant des braises rougeoyantes. Chaque Nordique avait deux boucliers :

un devant et l'autre accroché dans le dos. Ils étaient en bois et ne paraissaient pas très solides.

Le plus resplendissant de tous était assurément Olaf-N'a-Qu'un-Sourcil. Alors que ses hommes n'avaient que des bonnets en cuir pour se protéger le crâne, lui était coiffé d'un casque en métal. Celui-ci était surmonté d'une crête, comme un coq, et doté de deux plaques sur le côté pour protéger ses joues.

Mais le plus inquiétant, c'était le masque en métal, semblable à une tête de faucon, fixé sur le devant. Le bec du rapace couvrait le nez d'Olaf et deux trous avaient été percés pour les yeux. L'ensemble lui conférait un aspect étrange, presque surnaturel.

Contrairement aux autres, il portait une cotte de mailles. Sa longue épée pendait à sa ceinture, avec deux haches de jet. Bref, il était effrayant. Jack se disait que n'importe qui s'évanouirait en rencontrant le berserker géant en pleine nuit.

Or la nuit était tombée. Un croissant de lune flottait dans le ciel, à l'ouest. Olaf expliqua que les sentinelles de Gizur dormaient certainement. S'ils parvenaient à éloigner les chiens grâce au sac rempli de poissons à moitié pourris que transportait Sven le Vengeur, les guerriers pourraient se déplacer à leur guise.

– Cela veut dire que vous pourrez prendre tout ce que vous voulez sans vous battre, dit Jack.

La gifle d'Olaf l'expédia au tapis.

– Tu me prends pour une brute sans honneur? Si je volais les richesses de Gizur sans livrer bataille, je ne vaudrais pas mieux qu'un vulgaire voleur. Je ne veux pas lui manquer de respect, même si cette crapule n'a pas de parole!

Jack se redressa en essayant de remettre de l'ordre dans ses pensées. Décidément, il ne comprendrait jamais ces monstres.

– Il y a encore une chose que tu dois savoir, ajouta Olaf, dont la voix lui parvenait à travers le bourdonnement qui résonnait dans son crâne. Nous allons bientôt boire le breuvage des loups.

Levant la tête, Jack vit un guerrier ôter une marmite qui se trouvait sur le feu. La vapeur s'élevait autour de son visage, tandis que l'air de la nuit charriait une odeur douce-amère jusqu'aux narines du garçon. Il connaissait cette odeur! C'était celle qui s'était échappée du coffret qu'il avait trouvé.

« Un berserker, c'est un homme ou un loup? » avait-il demandé au barde. « La plupart du temps, ce sont des hommes, mais quand ils fabriquent une boisson à partir de cette plante, ils deviennent comme des chiens enragés. Ils font des trous dans leurs boucliers avec leurs dents. Ils courent pieds nus sur des rochers tranchants sans s'en rendre compte. Ni le feu ni l'acier ne peuvent les arrêter. »

– Quand nous buvons ce breuvage, dit Olaf, nous devenons... différents.

– Des berserkers, dit Jack.

– Nous sommes toujours des berserkers, répondit Olaf. Nous sommes nés comme ça. C'est de famille. Mais nous choisissons les moments où la folie s'empare de nous... la plupart d'entre nous, du moins, ajouta-t-il en grimaçant comme s'il ressentait une douleur soudaine, se dit Jack. Le père de Thorgil était un de nos meilleurs guerriers, mais la folie s'est emparée de lui contre son gré. Avant la naissance de Thorgil, son frère, Thorir, jouait devant la maison de ses parents. Il n'avait que trois ans. Soudain, son père a été pris d'une rage destructrice et il l'a tué.

Ébranlé par cette histoire, Jack resta muet.

– Ce n'était pas sa faute, ajouta Olaf. Il ne se contrôlait plus et son fils se trouvait sur son chemin. Bref, cela doit te servir de leçon: ne te mets pas sur notre chemin. Lorsque nous aurons bu le breuvage des loups, je veux que tu te frottes le corps avec les feuilles. Cette odeur te protégera. Quand nous nous transformons en loups, notre odorat est décuplé. Quiconque ne nous ressemble pas devient notre ennemi.

Les guerriers s'accroupirent autour du feu et se passèrent la marmite de main en main; chaque homme but une lampée du breuvage qu'elle contenait. Quand vint le tour de Jack, Olaf prit quelques feuilles dans sa paume et les pressa sur les bras, les jambes et le visage du garçon. Puis il versa le fond de la marmite sur sa tunique. Le liquide était chaud, mais se refroidit vite dans la brise marine. L'odeur aiguisa les sens de

Jack et les battements de son cœur s'accélérèrent. Une multitude de sensations l'assaillirent : les bruissements d'un lièvre dans les buissons, le murmure des vagues sur le rivage et... les odeurs : de poisson mort, de feuillages, de sapin et de feu de bois. Surtout de poisson mort.

Jack avait envie de se rouler dans cette chair putride.

Il entendit un bruit étrange et constata que les guerriers s'étaient mis à haleter comme des bêtes. Leurs yeux brillaient d'une lueur jaune dans la lumière des flammes et leurs langues pendaient. Olaf émit un gémissement rauque qui glaça le sang de Jack... et l'excita en même temps. Il avait envie de courir, courir, courir. Ses mains et ses pieds vibraient de désir.

Soudain, Olaf quitta sa place d'un bond et les autres l'imitèrent. Jack n'avait aucun espoir de pouvoir les suivre, mais il les entendait détaler; il entendait le martèlement sourd de leurs pieds dans le sable. Tournant le dos à la plage, ils gravirent une colline herbeuse, franchirent un ruisseau dans des gerbes d'eau et traversèrent une étendue de fougères et de joncs. Des odeurs végétales montaient du sol. Arrivés au bord d'une falaise, ils s'arrêtèrent.

Jack les rattrapa, à bout de souffle. La course avait été longue. Les berserkers haletaient de plus belle. Ils se bousculaient tels des chiens de chasse qui attendent le signal pour aller chercher le gibier.

En contrebas, à peine visible dans l'obscurité, se dressait un groupe de maisons. Dans la vallée flottaient les odeurs du bétail, des chevaux, des chiens et des gens. La mixture sentait un peu fort après les odeurs fraîches de la forêt et de la mer. Mais Jack la trouvait appétissante, sans qu'il puisse expliquer pourquoi. En temps normal, les odeurs d'étable l'écœuraient.

Sven le Vengeur descendit la falaise avec son sac de poisson pourri. Au bout d'un moment, Jack aperçut sa silhouette qui marchait sur la plage, en contrebas des maisons. Des ombres plus petites dansaient derrière lui, gémissant et en réclamant une part du festin.

Olaf alluma des torches et les distribua à ses hommes. Son

casque jetait des reflets rouges dans la lumière des flammes. Ses orbites noires semblaient vides.

– Maintenant! rugit-il.

Les berserkers poussèrent des cris sauvages. Ils dévalèrent la falaise en glissant et en dérapant sur les pierres. Ils fondirent sur le hameau sans cesser de hurler et lancèrent leurs torches enflammées sur les toits. En plusieurs endroits, le chaume prit feu. La porte d'une maison s'ouvrit et un villageois se précipita à l'extérieur en essayant de dégainer son épée. Il fut bombardé de pierres. Les berserkers avaient ramassé des munitions en descendant la falaise. D'autres villageois firent leur apparition, mais ils furent immédiatement assommés, transpercés à coups d'épée ou décapités à coups de hache. Tout cela se déroula si vite que Jack n'eut même pas le temps de réfléchir.

Les villageois non plus. Ils étaient abasourdis par cette attaque éclair. Ils couraient dans tous les sens, criant à l'aide et en implorant la pitié. Les berserkers les jetaient à terre et les achevaient. Le sang coulait à flot, noir dans la lumière dansante des flammes.

Toutes les maisons s'étaient transformées en brasiers. Des cris retentissaient à l'intérieur; des cris de femmes et d'enfants. Ceux qui tentèrent de fuir furent traités avec la même férocité. Arrêté au bord de la falaise, Jack était incapable de bouger, incapable de détourner le regard de ce spectacle. Il vit Olaf décapiter une jeune femme et jeter son enfant dans les flammes. Il vit les toits s'effondrer en produisant des gerbes d'étincelles. Il vit les berserkers se précipiter sur le bétail. Leur rage n'étant toujours pas assouvie, ils massacrèrent également les animaux.

Il n'aurait su dire combien de temps il resta là. Quand il retrouva ses esprits, le ciel avait viré au rose avec l'apparition de l'aube. Les maisons n'étaient plus que des amas fumants. Les berserkers sondaient les ruines à la recherche de trésors ensevelis. Ils avaient fait main basse sur les sacs de grain et le poisson séché dans les remises qui n'avaient pas brûlé. Trois vaches étaient attachées à un arbre. Un magnifique cheval, tout blanc avec une longue bande noire sur l'échine, avait survécu lui aussi. Mais tous les autres étaient morts.

Jack avait écouté le récit du moine de l'île Sainte. Il avait entendu la sinistre description du carnage, mais il n'avait pas retenu la leçon ; ce n'était qu'une histoire, comme celles que Père aimait raconter. Ou le combat de Beowulf contre Grendel. Ici, ce soir, c'était réel.

Il descendit sur la plage et marcha dans l'eau. Il pourrait nager vers l'endroit où le ciel rejoignait la mer, continuer toujours plus loin jusqu'à ce qu'il n'ait plus la force de flotter. Alors, en suivant des chemins que connaissaient uniquement les âmes défuntes, peut-être parviendrait-il aux îles des Bénis. Le barde serait là, avec sa harpe. « Bonjour, mon garçon, lui dirait-il. Quelle belle journée. » Sauf qu'il dirait plutôt : « Qu'est-ce qui t'a pris d'abandonner ta sœur en difficulté ? »

– Il ne lui arrivera rien, dit Jack en s'adressant au vieil homme, tandis que l'eau glacée écumait autour de ses jambes. Elle est tellement mignonne que même les Nordiques l'aiment. Thorgil va l'offrir à la reine.

« J'ai bien entendu ? demanda le barde. On parle bien de Frith, la tante de Grendel ? »

Jack continua à avancer dans la mer. Une vague le renversa ; il coula et l'eau amère envahit ses narines. La rune de protection vint cogner contre sa bouche. Sa chaleur était aussi atroce que le froid. Il se débattit pour remonter à la surface et se mit à patauger, crachant de l'eau, tandis que la chaleur se diffusait dans tout son corps.

Un vol d'hirondelles tournoya au-dessus de sa tête, dans les nuages du petit matin. L'une d'elles plongea en piqué, rapide comme une flèche, et s'approcha tout près du visage de Jack. Puis elle agita ses ailes effilées et rejoignit ses congénères dans le ciel.

« Il faut combattre la mort par la vie ; cela veut dire conserver son courage et sa joie », avait dit le barde sous les pommiers.

– Personne ne m'a jamais dit que la vie serait plus dure que la mort, murmura Jack en se débattant pour sortir des vagues.

Assis sur la plage, il laissa la chaleur du soleil sécher ses vêtements.

– J'espère que tu réfléchis aux jolies choses que tu vas écrire sur moi, dit Olaf en se laissant tomber à côté de lui pour nettoyer avec du sable son épée ensanglantée.

17
Rune

Jack, qui avait retrouvé la sécurité relative du bateau, regardait les Nordiques fêter leur victoire sur la plage. Ils commencèrent par étaler leur butin. Une fantastique réserve de métal précieux avait été déterrée. Des sacs de haricots secs et d'orge s'alignaient sur le sable. Sven le Vengeur les disposa de différentes manières, avant de reculer pour juger de l'effet obtenu.

Finalement, il opta pour un large demi-cercle de sacs entourant le tas d'argent. Une rangée d'outres à vin était placée devant pour parachever son œuvre. Éric Le Fort, qui avait peur du noir, ne frémit pas en revanche à l'idée de sacrifier les trois vaches. Éric le Boutonneux creusa un trou profond dans le sable pour les faire rôtir.

La découverte la plus intéressante était assurément un lot de miches grisâtres dissimulées sous le toit d'un entrepôt. Au début, Jack crut qu'il s'agissait d'une sorte particulière de pain, mais l'excitation des guerriers indiquait que leur valeur était bien plus grande.

– Du sel ! s'exclama Olaf avec qui dansait, une énorme boule grise dans chaque main.

– Du sel ! Du sel ! Du sel ! reprirent les autres en chœur.

Ils se lançaient les boules comme des ballons, s'arrêtant parfois pour les lécher.

– Du sel ! s'écria à son tour Thorgil de sa voix aiguë, une boule en équilibre sur la tête.

– Pourquoi tout ce cirque pour du sel ? interrogea Lucy, qui était blottie contre son frère.

Celui-ci passa son bras autour de ses épaules.

– Ils sont fous, dit-il.

Les Nordiques grignotaient les pains et, à force, leurs moustaches étaient saupoudrées de blanc. N'importe quel individu normalement constitué aurait été malade en mangeant une telle quantité de sel et Jack espérait bien les voir vomir. Mais non. Enfin, leur folie retomba et ils rangèrent leur trésor avec respect.

Toute la nourriture avariée fut jetée par-dessus bord. Un nuage de mouettes fondit dessus en même temps qu'un groupe de corbeaux parmi lesquels figurait Hardi, rivalisant avec les plus féroces d'entre eux. Jack s'étonnait de pouvoir le repérer si aisément au milieu de cette nuée d'oiseaux noirs, mais Hardi était plus vif, plus intelligent et plus… hardi que ses semblables.

– Je suppose qu'il va repartir maintenant.

– Non, dit Lucy. Il nous a été envoyé des îles des Bénis.

Jack ne lui fit pas remarquer que seul l'épuisement avait forcé l'oiseau à atterrir sur le bateau à cause.

Les guerriers passèrent la journée à festoyer. Ils dévorèrent du bœuf rôti et burent un vin rouge sucré venant d'un endroit appelé Iberia. Ils beuglèrent des chansons dans lesquelles il était question de dieux qui semblaient apprécier la débauche autant que leurs adorateurs. Un long poème était consacré à une orgie semblable à celle qu'observaient Jack et Lucy. Aegir, le dieu de la Mer, avait brassé un chaudron de bière. Quand tous les invités furent ivres, ils se lancèrent dans un concours avec Loki, le dieu des Insultes. Loki traita Odin de menteur, et Odin le traita de pervers.

Puis Loki déclara que Freya, la déesse de l'Amour, pétait quand elle avait peur, et que Njord, le dieu des Bateaux, avait été capturé par des trolls qui se servaient de sa bouche comme pot de chambre. Chaque nouveau vers était accueilli par des hurlements de rire. Les Nordiques, hilares, se tapaient dans le dos.

– Quel genre de peuple a besoin d'un dieu des Insultes ? demanda Jack en observant le rivage alors que la nuit tombait.

– Ce genre de peuple-là, répondit Lucy en bâillant.

Pour la première fois depuis des semaines, elle avait mangé un repas complet, et maintenant elle tombait de sommeil. Hardi s'était rempli la panse, lui aussi ; il s'était perché sur le bastingage, les yeux fermés.

– Et si on s'enfuyait ? proposa Lucy.

– Pour aller où ? répondit Jack d'un ton amer.

– Je ne sais pas. (Elle bâilla de nouveau.) On pourrait se réfugier dans ce village qu'ils ont pillé.

– Les villageois se sont enfuis.

Jack ne voulait pas dire ce qui était réellement arrivé au peuple de Gizur le Broyeur de Pouces.

– Si on les retrouve, ils nous aideront.

– On ne les retrouvera jamais. Allez, dors, ma jolie.

Obéissante, Lucy se coucha en chien de fusil sur une pile de fourrures.

La nuit était tombée, mais la fête continuait à battre son plein. Les paroles des chansons étaient devenues si obscènes que Jack se réjouissait que sa petite sœur se fût endormie. La plus vulgaire était sans aucun doute Thorgil qui, se faisant passer pour Freya, criait : « Oh ! Oh ! J'ai peur ! » tout en lâchant une série de pets.

– Olaf exigera bientôt son ode, murmura une voix dans le dos de Jack.

Celui-ci se retourna vivement et découvrit Rune. Le vieil homme était si maigre qu'il semblait, dans la pénombre, ne faire qu'un avec le mât. Hardi ouvrit les yeux et fit claquer son bec.

– Pourquoi n'êtes-vous pas sur la plage avec les autres ? demanda Jack.

– Les rhumatismes, répondit simplement Rune. Et je n'apprécie plus les plaisirs du pillage. (Il s'arrêta pour inspirer bruyamment ; de toute évidence, parler lui demandait un gros effort.) C'est peut-être la faute de Langue de Dragon. Il a toujours prôné l'amour de la vie. Sans doute m'a-t-il perverti.

Jack reporta son attention sur les festivités. Olaf feignait d'être une jeune troll transie d'amour. Hardi sautilla sur le bastingage pour se retrouver à côté de Jack. Avec son bec, il le tira par la manche et hocha la tête en direction de Rune.

– C'est un sacré animal de compagnie que tu as là, murmura le vieux guerrier. Langue de Dragon parlait aux corbeaux.

– C'est lui qui m'a enseigné cet art, dit Jack.

Il ne fallait jamais perdre l'occasion de passer pour quelqu'un d'important.

– C'était un brave homme, dit Rune. Il était très différent de nous, mais c'était un véritable guerrier.

Jack ne dit rien. Ses yeux s'emplirent de larmes.

– Je sais que tu ne peux pas écrire de chanson sur Olaf, dit le vieux Nordique.

Jack se tourna vers lui, ou du moins vers ce qu'il distinguait de son visage dans l'obscurité grandissante.

– Langue de Dragon lui non plus ne pouvait pas chanter les louanges des gens qu'il détestait. Il était trop honnête.

Jack ne contredit pas le vieil homme. Lui-même avait envie de vomir chaque fois qu'il repensait au bain de sang dans le village de Gizur.

– Que va me faire Olaf ?

– Il te jettera en pâture aux poissons. De toute façon, tu ne connais pas assez bien notre langue. Tu es doué, mais tu commets des erreurs.

–Vous êtes en train de me conseiller de fuir ?

Jack n'aurait su dire pourquoi, mais il faisait confiance, d'instinct, au vieux guerrier. Il y avait quelque chose en lui – un charme presque aussi irrésistible que le pouvoir du barde.

– Tu n'as aucune chance de survivre si tu t'enfuis. Au sud, c'est le territoire de Magnus le Mutilateur. Au nord, c'est celui d'Einar le Collectionneur d'Oreilles. Il cherche à agrandir sa collection d'oreilles séchées.

– Je vois.

– Je te donnerai des chansons, dit Rune. J'ai été skald dans le temps. Je n'étais pas aussi doué que Langue de Dragon, mais je me débrouillais pas mal. Chaque jour, des poèmes naissent en moi, mais je n'ai plus de voix pour les chanter. Tu seras ma voix.

Les cris des guerriers paraissaient plus lointains. Le monde s'était rétréci jusqu'à ne plus contenir que trois personnes : Jack, sa petite sœur et ce surprenant et nouvel allié.

– Olaf saura vite qu'ils ne viennent pas de moi – mais ça lui sera bien égal, je suppose, dit le jeune garçon.

– Non ! Ne lui dis rien !

Cette exclamation du vieux guerrier déclencha une quinte de toux qui se poursuivit longtemps. Jack se balançait d'un pied sur l'autre, ne sachant que faire. Finalement, Rune se ressaisit et inspira plusieurs fois en frissonnant.

– Olaf veut avoir son propre skald. Il te veut pour lui seul. Comme il voulait le cheval de Gizur. Cela ajoute à sa gloire. S'il pense que tu n'es pas capable de chanter ses louanges, il te tuera.

Le cheval auquel faisait allusion le vieux guerrier était attaché sur la plage, à côté du butin. C'était un magnifique animal, blanc-gris comme les pains de sel avec une étonnante bande noire tout le long de l'échine. Il observait les Nordiques ivres de ses yeux sombres, brillants d'intelligence.

– Eh bien... je vous remercie, dit Jack.

Il lui était reconnaissant et, en même temps, il détestait l'idée d'appartenir à quelqu'un.

– Commençons, déclara Rune.

La leçon dura plusieurs heures. Hardi se rendormit et Jack aurait aimé en faire autant. Il ne s'était pas reposé la nuit précédente et il avait passé toute la journée à travailler. Enfin, le feu sur la plage mourut il n'en restait que des braises rougeoyantes, et les Nordiques allèrent se coucher. Jack fut parcouru d'un frisson en les voyant étendre soigneusement des étoffes sur le sol et s'allonger en bon ordre ; cela signifiait que, même ivres, ils continuaient à se comporter en guerriers.

Enfin Rune se déclara satisfait des progrès de Jack. Le garçon s'écroula sur un tas de vêtements et s'endormit presque aussitôt.

Le batau fit route vers le nord en longeant la côte. Après avoir dépassé le territoire d'Einar le Collectionneur d'Oreilles, les voyageurs campèrent sur la plage. A partir de ce moment, ils ne risquaient plus de rencontrer des ennemis trop forts pour eux.

Olaf et ses hommes ne semblaient pas pressés ; ils avaient le sentiment d'avoir mérité des vacances. Le cheval majestueux, qu'Olaf avait baptisé Crinière de Nuage, était attaché au centre du navire. Chaque jour, on le conduisait à terre pour qu'il se nourrisse d'herbe fraîche.

Les guerriers partaient chasser dans les forêts sombres qui bordaient le rivage et ramenaient des cerfs ou des sangliers. Ils pêchaient des truites dans les ruisseaux. Éric le Boutonneux utilisa l'un des pains de sel pour faire sécher la viande. A cette occasion, Jack remarqua encore une fois combien les Nordiques raffolaient du sel. Ils l'aimaient encore plus que le vin, ce qui n'était pas peu dire.

– Nous n'en avons pas chez nous, expliqua Rune.

– Nous tirons le sel de l'eau de mer, dit Jack. Pourquoi n'en faites-vous pas autant ?

– Pas assez de soleil, répondit simplement le vieux guerrier.

Il ne voulait pas gaspiller sa salive en parlant de tout et de rien et tenait à garder sa voix pour la poésie.

C'est ainsi que, chaque soir, il faisait l'éducation de Jack, à l'insu d'Olaf. Le garçon était stupéfait par la complexité des poèmes. Rien n'était appelé par son vrai nom, et plus le barde introduisait de variantes, mieux c'était. Par exemple, on parlait de « bête à proue », d'« étalon de mer » ou encore de « cygne de Njord » pour désigner un bateau. « Bataille » devenait « un affrontement de cottes de mailles et d'épées ». Tout cela était très déroutant et, de l'avis de Jack, inutile.

– Non ! protesta Rune d'une voix sifflante quand Jack dit « Le roi prit la mer pour aller combattre » au lieu de « Le donneur d'anneaux en or chevaucha le cygne de Nord sur la route des baleines pour se livrer à un affrontement de cottes de mailles et d'épées ». Non ! Non ! Non ! éructa encore Rune, plié en deux par une violente quinte de toux, et Jack eut honte d'avoir contrarié le vieil homme.

– Non, répéta Rune quand il se fut ressaisi. Tu ne te contentes pas de chanter un poème. Tu fais de la magie.

Jack dressa aussitôt l'oreille.

– De la magie ?

– Langue de Dragon te l'a certainement dit. Chaque chanson

tire son pouvoir d'Yggdrassil, le grand arbre qui traverse les neuf mondes.

– Je n'ai jamais entendu parler d'Yggdrassil.

– Langue de Dragon devait appeler ça « la force de vie ». C'est elle qui te donne le pouvoir de créer. Mais je suis épuisé; tu m'as fait perdre mon temps.

Rune se tut pour se concentrer sur sa respiration. Son souffle produisait une sorte de sifflement affreux, strident et douloureux. A chaque respiration, le vieux guerrier s'arrêtait comme s'il rassemblait ses forces pour la suivante.

– Je suis désolé, dit Jack.

Rune le congédia d'un geste.

Jack regagna le campement. Mille questions bourdonnaient dans sa tête. Les Nordiques ne pensaient donc pas qu'à massacrer et à piller, ils croyaient en cette chose baptisée Yggdrassil, autre nom de la force de vie. Cet arbre existait-il réellement ? Si oui, quel spectacle merveilleux ce devait être ! Qui pourrait lui en dire plus ?

Jack regarda Sven le Vengeur et Éric Belle-Face faire une démonstration de la meilleure façon de briser un crâne. Inspirée, Thorgil aligna plusieurs têtes de cerf qu'elle pulvérisa à coups de gourdin. Assurément, se dit Jack, ce n'était pas à eux qu'il pouvait demander des informations sur la force de vie. Il poussa un soupir et rejoignit Lucy qui était en train de jouer avec les petites figurines en bois qu'Olaf avait taillées exprès pour elle.

Il y avait une vache, un cheval, un homme et une femme. Lucy avait fabriqué une clôture avec des brindilles et tracé les contours d'une maison dans le sable. Hardi la regardait avec intérêt. Il prit la vache dans son bec et la laissa retomber. Lucy poussa un cri perçant et le corbeau tressauta comme s'il riait. Il prit le cheval.

– Dis-lui d'arrêter ! s'exclama Lucy en essayant de donner une claque à l'oiseau.

Celui-ci n'eut aucun mal à esquiver cette attaque. Jack lui arracha le cheval du bec et le planta dans le sable devant la fillette. Le corbeau lissa ses plumes, en arborant un air indifférent. Une seconde plus tard, il s'empara de la figurine de l'homme et s'envola pour aller se poser sur une pierre toute proche.

Lucy hurla. Surpris, Sven le Vengeur laissa tomber sa hache sur le pied d'Éric Belle-Face, ce qui déclencha une violente dispute.

– Arrête ! Tu ne vois pas que tu l'énerves ? s'exclama Jack « Pourquoi suis-je en train de parler à un stupide oiseau ? » pensa-t-il. Mais l'animal avait compris ! Il revint déposer le jouet devant Lucy !

– Ce n'est pas trop tôt, grommela la fillette.

Les deux guerriers cessèrent de se quereller pour porter la main aux amulettes qu'ils portaient autour du cou.

– *Seider*, murmura Sven.

Ils s'éloignèrent en jetant des regards inquiets derrière eux.

– Seider, répéta Jack, ça veut dire quoi ?

– « Sorcellerie », expliqua Thorgil en levant les yeux du crâne qu'elle était en train de fracasser. Nous n'aimons pas les sorciers. Parfois… (Elle sourit.)… nous les jetons dans les marais pour les noyer.

Hardi s'envola et rasa la tête de la jeune guerrière. Thorgil se baissa en poussant un grand cri.

– Tu vois ? C'est exactement ce que je disais ! Tu es un sorcier et cet oiseau est ton démon familier ! Ce n'est pas normal qu'un corbeau vole la nuit. Ni de leur parler. Il faudrait vous noyer dans les marais tous les deux !

Hardi revint à la charge, toutes griffes dehors, et Thorgil s'enfuit à toutes jambes, les mains plaquées sur son crâne.

Pétrifié, Jack la vit tirer Olaf par le bras. Elle se mit à vociférer. Malheureusement pour elle, elle avait interrompu le géant dans ses occupations et celui-ci l'envoya au tapis d'un revers de main.

– Laisse-moi en paix avec ces stupides histoires de sorciers !

La jeune guerrière se releva en crachant des insultes et repartit d'un pas chancelant.

Jack s'assit pour réfléchir. Il savait que Thorgil ne renoncerait pas qu'elle attendrait la première occasion pour passer de nouveau à l'attaque. Il devait trouver le moyen de se protéger.

Qu'y avait-il de mal à parler aux animaux ? Sa mère le faisait tout le temps; elle chantait pour calmer les abeilles ou pour rassurer une brebis effrayée. Elle lui avait enseigné ces rudiments de magie et Jack ne s'était jamais posé de questions. Est-ce que cela faisait de lui un sorcier ? Et Hardi, alors ? Il volait la nuit comme une chouette, en effet.

Pour l'instant, le corbeau était devant Lucy et émettait une sorte de petit rire étouffé.

– Oui, je sais bien qu'il faut des poules dans une ferme, répondit la fillette. Mais Olaf ne m'en a pas fabriqué.

L'oiseau ricana de plus belle.

– Oui, je pourrais faire comme si ces coquillages étaient des vaches. C'est une bonne idée.

Jack sentait venir la migraine. Voilà que Lucy parlait au corbeau, elle aussi ! Les guerriers allaient la prendre pour une sorcière !

– C'est l'heure d'aller au lit, déclara-t-il en ramassant les jouets.

Lucy protesta bruyamment. Jack la traîna jusqu'à un amas de peaux de bête et l'emmitoufla.

– Je vais te raconter une histoire, dit-il.

– Elle a intérêt à être intéressante.

Hardi alla se poser dans un arbre voisin, sur une branche qui surplombait la tête de Crinière de Nuage. L'animal donna des signes de nervosité. Mais le corbeau émit une sorte de ronronnement et le cheval ferma à nouveau les yeux. C'était étrange de voir comment le corbeau les avait adoptés. Chaque jour, il prenait son envol et Jack s'attendait à le voir disparaître, mais il revenait toujours.

« J'aimerais que le barde soit là, se disait Jack avec tristesse. J'espère qu'il est heureux sur les îles des Bénis. Dommage que je ne sois pas vraiment un sorcier, je transformerais tous ces Nordiques en crapauds, sauf Rune. Je transformerais Thorgil en ver de terre gluant et je la ferais manger à Olaf. »

18

La mer des Trolls

L'air devint plus froid et les nuages se firent plus nombreux dans le ciel à mesure qu'ils progressaient vers le nord. Le brouillard apparaissait plus tôt et persistait plus longtemps. Les côtes étaient abruptes. Olaf incita ses hommes à ramer plus vite.

– On est presque chez nous ! brailla-t-il. Couverts de gloire et chargés d'un somptueux butin ! Nous sommes les berserkers de la reine !

Les hommes entonnèrent la chanson qui se terminait par « La gloire ne meurt jamais. »

– Les berserkers de la reine ? s'étonna Jack. Je croyais que vous serviez le roi.

– Il n'est plus tout à fait lui-même depuis qu'il est marié, avoua Olaf.

– C'est pour cela qu'on l'appelle Ivar le Désossé, ajouta Sven.

– Mais pas devant lui, précisa le géant. J'ai hâte d'entendre la chanson que tu as écrite sur moi. Tu pourras la chanter au cours de la fête de bienvenue.

Olaf se réjouissait à l'idée d'exhiber son barde personnel devant le roi et la reine.

Jack s'efforça de paraître enthousiaste, lui aussi. Grâce à Rune, il avait un merveilleux poème à sa disposition, mais celui-ci comportait tellement de mots compliqués qu'il craignait de s'y perdre. Ce qui constituerait une grave faute, lui avait appris Rune, en insistant sur l'adjectif « grave ».

Très vite, le brouillard se referma sur eux et, s'il n'était pas très épais, il était humide et déprimant. Jack comprenait pourquoi les Nordiques ne pouvaient pas obtenir de sel à partir de l'eau de mer. De temps à autre, le brouillard s'écartait comme un rideau pour dévoiler un spectacle sinistre. Des vagues s'écrasaient contre des falaises percées d'immenses crevasses qui débouchaient sur des vallées sombres et désolées. On aurait dit un endroit fait pour les dragons.

– Ce sont des fjords, expliqua Olaf, tout sourire maintenant qu'il s'attendait à être fêté et louangé.

– Il y a des gens qui vivent là ? demanda Jack en contemplant une crique particulièrement lugubre.

– Uniquement des créatures malfaisantes, répondit le géant en riant. Nous-mêmes vivons à l'extrémité du fjord. Mais nous ne valons pas mieux !

« Ça, tu peux le dire », pensa Jack.

– C'est dans un de ces fjords que j'ai combattu mon premier Jotun, reprit Olaf. A l'époque, j'étais encore un jeune garçon imberbe et le troll avait encore ses crocs de lait. Ah, comme le temps passe...

– Vous avez gagné, je suppose.

– Bien sûr. Les guerriers qui ne battent pas leurs trolls se font manger par les autres. Je te raconterai tout ça un jour pour que tu puisses en faire un poème.

Olaf continua à évoquer sa jeunesse. Il connaissait chaque arbre, chaque rocher de cette côte. Il possédait une mémoire phénoménale et Jack regretta très vite de lui avoir posé des questions.

Le bateau atteignit un endroit où la terre prenait brutalement fin. La mer grossit et un vent se leva pour chasser le brouillard. Le paysage qui apparut alors n'avait rien de joyeux. D'énormes rouleaux venaient du nord sous un étrange ciel laiteux. L'eau était vert pâle et les bourrasques charriaient l'odeur de la glace. Le bateau gîta dangereusement lorsqu'ils virèrent de bord pour suivre la côte en direction de l'est.

– On appelle ça la mer des Trolls, dit Olaf.

– C'est là qu'ils vivent ? demanda Jack.

– C'est de là qu'ils sont venus. Maintenant, ils vivent dans les hautes montagnes, là où la neige ne fond jamais.

– J'ignorais que les Jotuns savaient fabriquer des bateaux.

Jack les imaginait gigantesques et maladroits. De plus, ils étaient censés être stupides, mais peut-être était-ce faux.

– Ils sont venus en marchant, dit Olaf.

– Sur l'eau ?

Le garçon était épouvanté. Père disait que seuls les moines les plus purs étaient capables de marcher sur l'eau. Il y en avait un sur l'île Sainte qui avait réussi cet exploit, mais il ne l'avait pas renouvelé pour ne pas succomber au péché d'orgueil. C'était choquant de penser qu'un sale troll possédait le même pouvoir.

– Non, pas sur l'eau. Sur la glace ! dit Olaf. Dans un lointain passé, cette mer était gelée. Aucun humain ne l'a jamais vue ainsi, mais les Jotuns sont ici depuis beaucoup plus longtemps. Ils vivaient dans le nord extrême, près d'une montagne qui crachait du feu.

– Vous vous moquez de moi, dit Jack.

– Ces choses-là existent. Rune en a vu une en Italie. Il nous a raconté qu'un dragon habitait à l'intérieur. Toujours est-il qu'à force de cracher du feu, la montagne des trolls s'est fendue en deux : leur terre a sombré au fond de la mer. Les Jotuns ont dû traverser la glace en courant.

– Peut-être ont-ils menti, avança Jack qui ne pouvait pas croire que cette mer infinie et agitée ait pu être figée par le gel.

– Les trolls ne mentent pas, répondit simplement Olaf.

– Ils tuent des gens et ils les mangent, mais ils sont trop vertueux pour déformer la vérité, c'est ça ?

– Ce que je veux dire, c'est qu'ils ne peuvent pas mentir. Ils ne parlent pas comme nous, même si certains ont appris notre langage. Ils parlent par la pensée.

Jack se souvint alors d'une chose que lui avait dite le barde au sujet des trolls, il y avait très longtemps : « Ils sont capables de s'introduire dans ton esprit pour découvrir ce que tu penses. Ils savent quand et où tu vas frapper, avant même que tu agisses. Seule une espèce très particulière de guerriers peut les vaincre. »

– Ils pénètrent dans votre esprit, dit-il.

– Oui, c'est ça ! s'exclama Olaf. Impossible de les prendre au piège car ils savent ce que tu manigances. Mais en même temps, ils ne peuvent pas te duper, car ils sont incapables de mentir par la pensée.

Agrippé au bastingage, Jack réfléchit à cette notion. Le bateau tanguait sur la mer vert pâle et le pauvre Crinière de Nuage, qui était attaché au mât, ne cessait de glisser. Sur leur droite, les falaises étaient coiffées d'arbres massifs. Des nuées d'oiseaux marins tournoyaient au-dessus de rivières écumantes qui dévalaient les flancs des montagnes.

– Comment peut-on combattre un ennemi qui connaît toutes vos pensées ? demanda Jack.

– Ah ! C'est là que les berserkers entrent en jeu, dit Olaf. Quand nous avons bu notre breuvage, nous ne savons pas nous-mêmes ce que nous allons faire. Et ne nous souvenons pas non plus de nos actes. Les Jotuns ne peuvent pas lire dans nos pensées car... nous n'en avons pas !

« Voilà donc l'espèce particulière de guerriers dont parlait le barde », se dit Jack. Il regarda Olaf qui se tenait près du gouvernail, immense et fier. Le vent faisait danser sa barbe blanche et ébouriffait son unique sourcil broussailleux. Le géant semblait aussi excité qu'un enfant. Son visage était rosi par le froid et ses yeux d'un bleu intense pétillaient.

Difficile de détester Olaf. Difficile de se souvenir qu'il avait tué des moines et massacré des villages entiers, jusqu'aux vaches et aux chevaux. Peut-être parce qu'en effet, il ne se souvenait pas de ce qu'il avait fait. Il y avait le bon Olaf, qui sculptait des jouets pour Lucy, et le mauvais Olaf, qui haletait comme un animal au bord de la falaise surplombant le village de Gizur.

Jack ne devait surtout pas oublier que l'un comme l'autre étaient extrêmement dangereux.

– Sans les berserkers, aucun humain n'aurait jamais survécu ici, dit le géant. Sais-tu comment nous appelaient les trolls ? « Les cerfs à deux pattes ». Ou encore « casse-croûte de Jotun ».

Les premiers humains étaient chassés comme du gibier. Les plus maigres étaient engraissés dans des enclos.

Jack frissonna.

– Les trolls font encore ça ?

– Cela ressemble plus à un sport désormais. Ils savent que nous sommes des humains et pas des animaux. Un jeune troll ne peut pas se faire tatouer le front tant qu'il n'a pas tué son premier humain. On l'autorise encore à manger son trophée. Oh, regarde ! Un des navires de notre flotte de combat !

Olaf montra une longue embarcation qui venait de surgir d'un fjord. Les trois bateaux qui formaient la flotte d'Olaf avaient été séparés au cours de ce long voyage en mer.

– Je parie qu'Egil Long Pieu croit que nous sommes des ennemis et qu'il vient se battre. Il va en faire une tête en constatant son erreur !

En effet, le dénommé Egil, le capitaine de l'autre bateau, devint blanc comme un linge lorsqu'il reconnut ses camarades berserkers. Il beugla des excuses.

– Ça te coûtera une outre de vin ! répondit Olaf.

Heureusement, c'était le bon Olaf qui contrôlait la situation à cet instant, et Egil, qui triturait l'amulette autour de son cou, promit au géant une outre bien remplie.

Les deux bateaux voguèrent côte à côte. Aucune trace du troisième élément de la flotte. Egil cria qu'à son avis il avait sombré pendant une tempête. Curieusement, nul parmi les berserkers ne semblait attristé par cette nouvelle. Thorgil dit que ces hommes avaient de la chance, car maintenant ils festoyaient dans le palais d'Aegir et de Ran.

– Mais j'aimerais mieux aller au Walhalla, ajouta-t-elle. C'est plus glorieux.

« J'aimerais que tu y sois déjà », pensa Jack. Thorgil avait l'intention d'offrir Lucy à Frith, celle qui chevauchait les cauchemars. Jack se souvint de la créature qui était passée au-dessus de la maison du barde. Elle chevauchait une monture enveloppée d'une nuée de stalactites qui se brisaient et cascadaient avec fracas à l'intérieur de la maison. Le cavalier était plus noir que le ciel, si sombre qu'il aspirait la lumière des étoiles. Ses jambes hérissées d'épines enserraient les flancs de l'animal, faisant couler le sang, un sang blanc comme du pus suintant d'une plaie.

La peur lui donnait des vertiges. Il comprenait que ce n'était pas vraiment la reine qui chevauchait le cauchemar, mais son esprit. Si cet esprit, bien qu'affaibli par cette longue traversée, était aussi terrifiant, qu'est-ce que ce serait de près ? Jack palpa la rune de protection autour de son cou. Elle irradiait la chaleur comme un petit soleil accroché à sa poitrine.

Devait-il la donner à Lucy ? Elle en aurait plus besoin que lui si elle tombait entre les mains de Frith. Mais quand on la donnait, c'était pour toujours. Il ne pourrait pas la reprendre. Jack observait sa sœur qui jouait à cache-cache avec Éric Belle-Face. Le guerrier masquait son horrible visage derrière ses mains qui ressemblaient à des tranches de bacon frit.

– Coucou ! s'écria Lucy.

– Ah ! Ah ! Ah ! éructa le bersecker.

C'était un jeu trop enfantin pour elle, mais Jack constata que le Nordique, simple d'esprit, s'amusait énormément.

Lucy était trop jeune pour comprendre l'importance de la rune. La seule chose qui l'intéresserait, ce serait son éclat doré, mais celui-ci n'apparaîtrait qu'au moment où Jack lui mettrait la rune autour du cou.

– Qu'est-ce que tu serres dans ta main comme ça ? demanda Thorgil.

Jack lâcha aussitôt la rune.

– Tu caches quelque chose. Donne-moi ça !

Elle voulut lui arracher son pendentif et Jack lui décocha un coup de pied. Aussitôt, Thorgil lui sauta dessus en hurlant et en le bourrant de coups de poing.

Jack essaya de se défendre, mais il n'était pas de taille à rivaliser avec la jeune guerrière. Non seulement elle était mieux entraînée, mais elle se jetait dans la bataille avec un abandon total. Il se retrouva couché sur le pont, avec les oreilles qui bourdonnaient et le nez en sang. Thorgil appuya son genou sur son torse et tenta à nouveau de lui arracher le pendentif.

– Aïe ! hurla-t-elle en basculant à la renverse. Il m'a brûlée ! Il m'a brûlée !

Olaf intervint. Il regarda le nez ensanglanté de Jack et le

visage déformé par la douleur de Thorgil. Celle-ci leva la main pour montrer un carré de peau carbonisée.

– Jette-le par-dessus bord! brailla-t-elle.

– J'ai l'impression qu'il t'a rendu la monnaie de ta pièce, dit Olaf.

– Il a utilisé la sorcellerie! C'est contre nature!

– Je t'ai dit cent fois de ne pas te battre avec mon esclave, répondit le géant. Pour la peine, c'est toi qui seras punie. Tu n'auras pas le droit de t'asseoir à la grande table lors du banquet de bienvenue. Tu resteras près de la porte avec les esclaves.

– Ce n'est pas juste! Je te hais! Je te tuerai! s'écria Thorgil en pleurant.

– Continue comme ça et tu mangeras avec les porcs, dit Olaf. Si ce garçon a utilisé un peu de magie pour se défendre, c'est normal de la part d'un skald. Retourne à la barre et restes-y jusqu'à ce qu'on arrive au port.

Jack tira la langue à Thorgil tandis qu'elle regagnait sa place en sanglotant et en traînant les pieds.

– Quant à toi... (L'énorme main d'Olaf souleva Jack de terre.)... arrête de la provoquer. J'exige de la discipline sur ce bateau ou, sinon, vous allez ramasser vos dents sur le pont tous les deux.

Il emporta Jack jusqu'au mât et l'y attacha par le cou, à côté de Crinière de Nuage.

Jack passa le restant de la journée à broyer du noir, assis par terre, une corde autour du cou. Il essuya son nez avec sa manche et palpa son corps endolori. L'une de ses dents bougeait. Lucy n'avait pas le droit de lui parler.

Jack avait l'habitude d'être puni. Mais pas d'être attaché comme un cheval. Il en éprouvait une honte cuisante.

– Toi, ce n'est pas grave, dit-il à Crinière de Nuage. Tu n'as pas une intelligence assez développée pour te sentir insulté. Tu trouves que tout va bien du moment que tu as ton avoine.

Crinière de Nuage fixa Jack de ses yeux sombres. Et il agita les naseaux comme s'il sentait une odeur désagréable.

– Aucun de nous ne s'est lavé depuis longtemps, alors ne t'en prends pas à moi, grogna Jack alors que le bateau poursuivait sa route vers l'est.

19

Retour au foyer

Le lendemain matin, ils rencontrèrent le premier signe indiquant qu'ils approchaient du royaume du roi Ivar. Un gros bateau à la coque rebondie les croisa et les hommes qui se trouvaient à bord saluèrent Olaf et Egil. Jack, que l'on avait détaché de son mât, se pencha par-dessus bord pour regarder. Le bateau était chargé d'une montagne de poisson séché. Les rameurs, s'ils étaient massifs, n'étaient pas aussi impressionnants que les guerriers d'Olaf.

– C'est un *knorr*, expliqua celui-ci. On lui a donné ce nom car la coque en bois ne cesse de grincer quand il est en mer – « knorr, knorr, knorr ». Il faut du temps pour s'y habituer, mais les hommes qui voyagent à bord disent que c'est comme une musique... Et là, ajouta-t-il, c'est un *tolfaeringr*, une embarcation à douze rames. Pffft !

Olaf cracha par-dessus bord en direction du bateau en question, petit certes, mais parfaitement respectable.

– Si tu veux mon avis, ajouta le géant, c'est tout juste bon pour les bébés. Celui-ci doit aller à la pêche aux harengs. Tu vois les filets ?

Jack hocha la tête et demanda :

– Comment s'appelle votre bateau ?

– C'est un *karfi*, mon garçon ! répondit Olaf d'un air ravi. (Il tapa dans le dos de Jack, ce qui réveilla les meurtrissures des coups infligés par Thorgil.) Un navire svelte et rapide. Mais surtout, il peut remonter le cours d'une rivière et être hissé sur une plage. Parfait pour les attaques.

– Et celui-là ? demanda Jack en désignant une énorme embarcation qui longeait la côte devant eux.

Le bateau en question possédait une grande voile rouge sang et les rames étaient trop nombreuses pour qu'on puisse les compter. Elles s'enfonçaient dans l'eau au même rythme, faisant jaillir des gerbes étincelantes. Les lignes épurées de l'embarcation avaient quelque chose de presque irréel dans leur perfection. En se retournant, Jack découvrit une expression de désir et de frustration sur le visage rude d'Olaf-N'a-Qu'un-Sourcil.

– C'est un drakkar, un bateau-dragon.

Jack remarqua, en effet, que la courbe gracieuse de la proue représentait une tête de dragon.

– Celui-ci s'appelle *Strider*, ce qui veut dire « Celui qui marche à grands pas ». Il appartient au roi Ivar.

Olaf avait perdu son sourire. Jack s'écarta discrètement, bien qu'il n'ait guère de place pour s'échapper. Il était confiné à l'avant du bateau, et Thorgil devait rester à l'arrière.

– Pas question d'arriver au port derrière ce drakkar ! s'exclama Olaf. Je ne veux pas que cette mauviette partie faire une petite virée me fasse de l'ombre ! C'est moi qui suis censé être couvert de gloire en arrivant. J'ai bravé le danger, moi, contrairement à ce... ce...

– Ce désossé, conclut Sven à sa place, ce qui lui valut un coup derrière la tête.

– Depuis quand n'a-t-il rien fait de dangereux, si ce n'est passer sa main dans les cheveux de Frith ?

Le géant faisait les cent pas sur le pont en décochant des coups de poing dans tous les sens. Autour de lui, ses hommes faisaient profil bas. Finalement, sa fureur retomba et il ordonna de jeter l'ancre dans une petite baie. Le bateau d'Egil Long Pieu les imita.

Olaf passa l'après-midi à broyer du noir devant le feu. Le soir venu, comme Rune insistait, Jack lui chanta le début de son ode :

Écoutez, têtes couronnées, car je vais vous parler
Des splendeurs du combat et d'Olaf le Valeureux.
Ce guerrier généreux,
Qui sème la terreur...

– Stop ! s'écria Olaf en rougissant comme un enfant. Je ne veux pas ouvrir mes cadeaux avant la fête. (Il attisa le feu avec sa lance.) Mais j'aime beaucoup le début.

Jack et le vieux Rune échangèrent un regard. Egil, qui s'était déplacé sur la pointe des pieds toute la journée pour ne pas se faire remarquer, leur sourit.

– Il y a d'autres vers ensuite, hein ? demanda le géant.

– Oh, oui, dit Jack.

– Des tas, renchérit Rune.

– Par contre, dit Olaf, je suis prêt à entendre un autre poème.

Jack lui chanta alors la légende de Beowulf et de son combat contre Grendel. Ce n'était peut-être pas le choix le plus avisé, mais cela mit Olaf en joie.

– Je l'ai traduit, confirma Jack.

– Et tu as fait du bon travail, murmura Rune. Même si tu as utilisé les mauvais mots pour « mélancolie » et « crapauds qui croassent ».

– Pauvre Langue de Dragon, dit Egil. Frith n'aurait jamais su qui avait tué sa sœur s'il ne s'en était pas vanté. Il n'a jamais pu tenir sa langue.

– Au moins, il a eu le courage de lui tenir tête, grogna Olaf.

Jack était surpris. Ces hommes avaient de la sympathie pour le barde, apparemment. En tout cas, ils ne portaient pas la reine dans leur cœur.

– Si Frith... La reine, je veux dire... est à moitié troll, est-ce que... (Jack formulait son idée à mesure qu'elle prenait naissance dans sa tête.)... Elle ne sent pas quand les gens ne l'aiment pas ?

Un froid glacial sembla s'abattre sur le campement.

– Si tu veux savoir si elle lit dans les pensées, dit Olaf, la réponse est non. Les demi-trolls sont très différents de leurs deux parents. Ce sont des... comment dire... ?

– Des abominations, dit Egil.

– Les Jotuns sont des individus honnêtes. Ils sont stupides, vulgaires et laids...

– Très laids, ajouta Egil.

–... mais à leur manière, ce sont des gens bien. Si les règles étaient fixées dès le départ, je pourrais vivre à côté d'un troll.

– Un demi-troll change sans cesse d'apparence, murmura Rune. Et il déteste tout.

– Autrement dit... Frith peut mentir? demanda Jack.

– Frith ne connaît pas la signification du mot «vérité» ni d'aucune autre vertu, répondit le géant. Mais écoute-moi, mon garçon, écoute-moi bien. On peut parler d'elle ici mais, dès qu'on sera au palais, tu as intérêt à tenir ta langue. Et cache bien le corbeau qui te sert d'animal de compagnie. Frith déteste les corbeaux. Elle pense qu'ils vont raconter des choses sur elle à Odin.

– Nous respectons Ivar pour l'homme qu'il a été, mais il laisse le royaume courir à sa perte, dit Egil.

Jack se vit réclamer une nouvelle histoire pour conclure la soirée. Comme il n'avait pas traduit d'autres poèmes, il choisit une de celles que Père racontait le soir. Le martyre de saint Laurent fit un tabac parmi les Nordiques.

– Pour finir, il fut rôti à feu doux, raconta Jack aux guerriers fascinés. Les païens lui glissèrent des gousses d'ail entre les orteils et l'arrosèrent de graisse comme un poulet.

– Un vrai travail de troll, commenta Olaf.

– Que sont les païens, de toute façon? souligna Sven le Vengeur.

Quand Jack en arriva au moment où saint Laurent déclarait: «Je crois que je suis cuit. Vous pouvez me manger quand vous voulez», son auditoire applaudit.

– Ça, c'est un guerrier! s'exclama Egil Long Pieu. Un homme de cette trempe mérite d'aller directement au Walhalla!

– Je pense qu'il est allé au paradis des chrétiens, dit Jack.

– S'il y a des gens comme ça au paradis, je pourrais bien devenir chrétien, déclara Olaf.

Dans l'ensemble, ce fut une soirée très réussie.

La journée du lendemain se déroula au campement. Chacun prit un bain et se brossa les cheveux en vue du grand retour à la maison. Jack conduisit Lucy sur une plage isolée. La robe que lui avait cousue si soigneusement Mère était en lambeaux. Olaf lui en avait donné une autre, toute neuve et joliment brodée.

Jack éprouva une étrange sensation en tenant cette robe dans ses mains, comme si la personne qui l'avait confectionnée avait laissé quelque chose d'elle dans le vêtement. L'étoffe flottait dans l'air telle une musique douce.

– Oh, comme elle est belle ! s'exclama Lucy.

Elle se débarrassa de la robe de Mère sans aucune hésitation. Elle était encore jeune, se dit Jack qui alla enterrer la vieille robe en haut de la plage, à l'abri des marées.

Thorgil se baigna derrière un rocher, en utilisant un morceau de savon qu'elle avait volé dans un village saxon. Elle fit sécher ses cheveux au soleil et Jack fut surpris par leur éclat doré. Elle était presque aussi jolie que Lucy. Malheureusement, elle lui lança un chapelet de jurons qui gâcha tout.

Assis à côté de Crinière de Nuage, Jack assista aux préparatifs. Hardi était perché sur le dos du cheval.

– Évite de te trouver sur le chemin de Frith, dit Jack au corbeau. J'aimerais être sûr que tu comprennes. Tu m'as l'air très intelligent, mais tu n'es qu'un oiseau. Une sorte de poulet tout noir, en fait.

Hardi l'ignora; il était occupé à chercher les tiques sur le dos du cheval.

L'heure avait sonné. Le moment tant redouté où ils allaient se retrouver face à Ivar le Désossé se rapprochait à chaque coup de rame. L'air morose, Jack regardait défiler la côte, tandis que les guerriers ramaient avec une énergie retrouvée. Ils s'étaient parés de leurs plus beaux atours – broches, brassards et bagues –, le plus possible, et ils avaient troqué leurs bonnets en cuir gras contre des bandeaux tressés d'or. Olaf, lui, arborait une belle cape en laine, attachée sur son épaule droite afin de dégager le bras qui maniait l'épée. Thorgil elle-même portait un collier de feuilles d'argent finement ouvragées sur sa tunique délavée. Avec ses cheveux éclatants qui flottaient au vent, elle dégageait une féminité inhabituelle.

Jack songea à le lui faire remarquer, mais il savait quel serait le châtiment s'il la provoquait.

Ils croisèrent et doublèrent des bateaux de toutes les dimensions, mais aucun n'était aussi imposant que le drakkar du roi Ivar, ni même que les embarcations d'Olaf et d'Egil. Lorsqu'ils atteignirent l'entrée du fjord, un essaim de petits bateaux de pêche s'écarta devant eux. Les pêcheurs les acclamèrent et Olaf vint se poster à la proue, immense et majestueux.

Ils suivirent le fjord qui s'enfonçait dans les terres. Le vacarme de la mer s'atténua, les vagues se calmèrent. Finalement, l'eau devint aussi calme qu'un lac. De chaque côté se dressaient des montagnes couvertes de forêts, survolées ici et là par un faucon. Au loin, vers le nord, on apercevait des monts enneigés.

– Jotunheim, commenta Olaf.

« Le pays des trolls », traduisit Jack avec un pincement au cœur.

Des fermes étaient accrochées à flanc de colline, au milieu de prairies escarpées où broutaient des moutons et du bétail. Dans un coude du fjord, là où la prairie descendait jusqu'à l'eau, se trouvaient un large quai et de nombreuses habitations. Un enfant les vit approcher et remonta une rue en criant. Aussitôt, les maisons se vidèrent. Des hommes, des femmes, des enfants et des chiens se précipitèrent vers le quai en braillant et en aboyant aussi fort qu'ils le pouvaient.

– Quelqu'un a vu Ivar ? demanda Olaf.

– Toujours pas, répondit Sven le Vengeur.

Sur le rivage, la liesse se poursuivait. Les villageois étaient extatiques, à l'exception de quelques-uns qui semblaient ne pas partager la joie générale. Les mains en visière, ils scrutaient tour à tour les deux bateaux. Jack devina qu'ils cherchaient le troisième navire, celui dont on supposait qu'il avait sombré, ou leurs proches qui avaient peut-être été sauvés.

– Voilà Ivar, annonça Sven.

Au-delà du village, la montagne formait une avancée dans le fjord; une saillie de roche bleue, presque noire, aussi sinistre et froide que du métal. Au sommet se dressait une maison tout en longueur que Jack n'avait pas encore remarquée jusqu'à présent. Quelques personnes – ils étaient encore trop loin pour bien voir – étaient rassemblées devant la porte.

– Il attendra que tu viennes à lui, dit Sven.

– Espèce de mauviette esclave des trolls, marmonna Olaf dans sa barbe.

Malgré l'absence du roi, l'accueil réservé aux guerriers fut à la hauteur de ce qu'ils attendaient. Les femmes les étreignirent et les embrassèrent. Les hommes, âgés pour la plupart, leur décochèrent des coups de poing amicaux. Les parents accueillirent leurs fils; des femmes (deux ou trois pour un même homme parfois) ouvrirent les bras à leurs maris. Les enfants couraient partout en hurlant. Ceux dont les proches n'étaient pas revenus essuyaient une larme. Peut-être étaient-ils en chemin. Peut-être pas.

Jack tenait fermement la main de Lucy dans la sienne. La foule se pressait autour d'eux en les bousculant.

– Oh, quelle charmante petite esclave! s'exclama une femme en chatouillant Lucy sous le menton.

– Bas les pattes! cria la fillette.

– Et elle a du caractère avec ça, commenta la femme d'un ton approbateur.

Jack entraîna l'enfant à l'abri de la bousculade, au milieu des maisons. Il ne savait pas quoi faire. Il se sentait seul et apeuré. Ici, personne ne se souciait de leur sort. Ils étaient comme du bétail que l'on vend ou que l'on tue. Mais il devait conserver son sang-froid pour protéger Lucy. Cherchant autour de lui de quoi oublier ses tracas, il aperçut Thorgil qui remontait lentement la rue. Elle aussi était seule. Personne n'était venu l'accueillir sur le port. Apparemment, elle n'avait même pas un seul ami.

Jack sentit son cœur se serrer. Comment pouvait-on être aussi seul? Même si Lucy et lui étaient dans une situation désespérée, au moins, ils pouvaient compter l'un sur l'autre. Et ils avaient des parents qui pleuraient sans doute leur disparition. Un village où ils seraient accueillis avec le même enthousiasme que les Nordiques. Comment pouvait-on rentrer chez soi sans retrouver rien ni personne ?

C'est alors que Jack vit une meute de chiens dévaler la rue. Ils ne ressemblaient à aucun animal qu'il connaissait et certainement pas à ces petits chiens à la queue recourbée qui folâtraient sur le quai. Ceux-là étaient énormes, presque aussi grands que lui. Ils avaient de longues gueules fines et de petites oreilles. Leur poil était gris et feutré.

Jack cacha Lucy dans son dos. Les chiens galopaient vers eux comme des chevaux. Mais, à la dernière seconde, ils s'arrêtèrent et se mirent à danser autour des enfants en aboyant et en bondissant.

– Balafre ! Crocs de Loup ! Damné ! Déchiqueteur ! cria Thorgil.

Les chiens lui sautèrent dessus pour lui faire la fête à grands coups de langue. Ils la roulèrent dans la boue, tandis qu'elle les martelait avec ses poings. Soudain, l'un d'eux quitta la mêlée pour revenir vers Lucy. Il se planta sur ses deux énormes pattes avant et agita sa croupe. Sa queue battait l'air furieusement.

– Gentil toutou, dit Lucy.

– Ça m'étonnerait, répondit Jack dont le cœur cognait à tout rompre.

– Ne touchez pas à mon chien ! brailla Thorgil en se débattant pour se libérer de la masse des animaux. Ce sont mes amis ! C'est mes chiens ! C'est pas pour les sales esclaves ! (Elle remonta la rue en courant.) Venez, mes amis ! Venez avec moi ! lança-t-elle par-dessus son épaule.

Les molosses accoururent comme des flèches.

Jack suivit Thorgil du regard, soulagé de la voir s'éloigner avec la meute.

– Gentils toutous, dit Lucy.

– Essayons de trouver Olaf, dit Jack.

Il avait remarqué qu'en criant : « Venez, mes amis ! Venez avec moi ! », Thorgil s'était exprimée en saxon.

20

La femme sage

Olaf les conduisit à sa ferme située au-dessus du village. Plusieurs de ses esclaves – qui avaient tous de gros anneaux en métal autour du cou – transportèrent des coffres remplis de butin. Jack se demandait avec effroi s'il serait obligé d'avoir un collier lui aussi. Ce serait une humiliation permanente. Quiconque le verrait connaîtrait immédiatement son statut.

Si Jack avait pu se faire des illusions sur les rapports d'amitié entre un esclave et son maître, celles-ci s'envolèrent quand il entendit leurs sobriquets : Gueule de Rat, Cul Sale, Boiteux. Il y avait également un couple dont le mari s'appelait Lourdaud et la femme Lourdaude. Ce fut cette dernière qui conduisit Crinière de Nuage à l'écurie. Même le cheval avait un plus joli nom.

Les murs de la maison d'Olaf étaient incurvés vers l'intérieur. L'arête du toit formait un arc de cercle comme la coque renversée d'un bateau. A chaque extrémité il y avait une tête de dragon sculptée. Tout autour de la maison principale, d'autres constructions étaient éparpillées : étables, remises, cuisines et chambres d'amis.

A l'intérieur, le plancher était situé en-dessous du niveau du sol, comme chez Père. Sur les côtés étaient disposés des bancs et des chaises et, tout au fond, trônait un magnifique métier à tisser. Les exemples du talent de sculpteur d'Olaf abondaient : des chevaux, des oiseaux, des poissons et des dragons décoraient les poutres de soutènement et celles de la charpente.

Un feu brûlait dans une sorte de creuset en pierre encastré au centre de la grande pièce. De ce fait, il y régnait une douce chaleur, mais l'atmosphère était enfumée. Jack et Lucy se mirent à tousser dès qu'ils franchirent la porte.

– C'est bon pour les poumons ! s'exclama Olaf en se massant le torse. Une bonne quinte de toux m'indique que je suis de retour chez moi. Approchez, femmes ! Venez voir ce que je vous ai rapporté !

Les trois épouses d'Olaf se rassemblèrent autour des nouveaux arrivants, accompagnées de leurs enfants aux cheveux filasse. Il y en avait au moins une douzaine. Tous se ruèrent sur leur père en exigeant de voir ce qu'il leur avait apporté.

– De bonnes fessées ! rugit le géant.

Nullement effrayés, les enfants continuèrent à essayer d'escalader les jambes de leur père et à s'accrocher à ses bras.

Finalement, les épouses réussirent à le libérer et la distribution des cadeaux put commencer. Il y avait des châles, des tuniques, des tissus et des ustensiles pour l'entretien de la maison. Un lot de pains de sel provoqua les cris de joie des trois épouses qui, apprit Jack, se prénommaient Dotti, Lotti et Heide. Olaf distribua des bandeaux brodés aux garçons et des écharpes aux filles. Tout le monde reçut un nouveau couteau. Il lança des colliers, des bracelets et des broches à ses épouses et rit de les voir se battre pour se les approprier.

– Pour qui sont les esclaves ? demanda Dotti.

Les trois femmes s'étaient retournées vers Jack et sa sœur.

– Ce garçon est mon skald, déclara Olaf.

– Oh ! Ton propre skald ! s'exclama Dotti.

– Tu le mérites, sincèrement, dit Lotti, enthousiaste.

Elles se ressemblaient comme deux gouttes d'eau : blondes aux yeux bleus, avec de grosses joues roses et des bras potelés.

La troisième épouse était différente. Elle avait un visage large et plat, avec des yeux qui remontaient légèrement vers les tempes. Sa peau couleur bronze faisait ressortir ses yeux bleu très clair. Mais ce n'étaient pas les seules différences. Jack sentit l'air vibrer quand elle le regarda. Une douce chaleur proche de l'engourdissement s'empara de lui, et la voix d'Olaf sembla s'éloigner. Il n'avait plus conscience de rien, excepté de cette étrange femme à la peau mate qui le regardait fixement. Puis elle éclata de rire et cette sentation envoûtante se volatilisa.

– Ce garçon me plaît, déclara-t-elle avec un très fort accent nordique.

– Je ne te le donnerai pas, Heide, dit Olaf. Regarde, je t'ai rapporté des pots de tisanes et de remèdes, comme tu me l'avais demandé.

Heide hocha la tête et accepta cette offrande.

– Et la fille ?

Elle parlait d'une voix rauque. Lucy s'accrochait à la main de Jack en suçant son pouce. Elle regardait fixement le feu qui brûlait au centre de la pièce comme si elle était à des milliers de kilomètres de là, perdue dans l'un de ses rêves éveillés.

– Elle appartient à Thorgil, dit Olaf.

– Thorgil ? s'exclamèrent en chœur Dotti et Lotti.

– C'est sa première capture. Elle était heureuse comme tout.

– Thorgil, dit Heide de sa voix enrouée, n'est jamais contente de rien.

– Je ne veux pas revenir sur ma parole et la priver de sa première capture.

Jack était fasciné de voir à quel point Olaf se montrait prudent avec Heide. Il n'hésitait pas à frapper ses hommes et sans doute distribuait-il également des gifles à Dotti et à Lotti, mais cette femme avait droit à un traitement de faveur. On aurait dit qu'Olaf... avait peur d'elle.

– Que va faire Thorgil de cette enfant ?

– Elle va l'offrir à Frith.

– Non ! s'exclamèrent les autres épouses.

Olaf prit un air contrit.

– Elle veut être admise par les berserkers de la reine, expliqua-t-il. C'est son vœu le plus cher. Je peux l'emmener avec moi pour les expéditions, mais je n'ai pas le pouvoir de la faire admettre dans ce groupe. Lucy – c'est le nom de la pauvre petite – lui servira de droit d'entrée.

– Ce n'est pas bien, déclara Heide. C'est une très grosse bêtise que tu fais là, mon Nordique sans cervelle. Ça finira mal.

Jack s'attendait à voir Olaf lui donner une taloche, mais il se contenta de grimacer.

– Épargne-moi tes trucs de sorcière, Heide. Je suis fatigué, je suis sale. Tout ce que je veux, c'est piquer une bonne suée dans le sauna et vider un seau d'hydromel.

Ce n'était pas une façon de parler. Dotti alla remplir un seau en puisant dans un tonneau qui se trouvait dans une des remises et Olaf y plongea la tête pour boire. Sa barbe dégoulinait.

– Ah, par les épaules puissantes d'Aegir, c'est bon ! De l'alcool de miel de chez soi, il n'y a rien de meilleur.

Lotti s'empressa de lui apporter du pain et du fromage.

– Tu sais ce qui irait bien avec ça ? dit Olaf. Du *graffisk*. Va donc me chercher du *graffisk* ! (Lotti sortit rapidement.) Tu vas te régaler, mon garçon, dit-il à Jack. J'ai souvent rêvé de ce plat pendant que j'étais en mer. Quand j'en mange, je sais que je suis vraiment rentré à la maison. Et, comme je t'aime bien, je vais t'en donner un peu.

– Euh... merci, fit Jack.

Il aurait volontiers mangé du pain et du fromage, mais Olaf ne lui en avait pas proposé. Soudain, une odeur pestilentielle se répandit dans la pièce. On aurait dit un mélange de pieds sales, de dents pourries et d'eau croupie. C'était indescriptible. Jack dut faire appel à tout son courage pour ne pas prendre ses jambes à son cou.

Lotti approcha d'un pas léger en tenant un grand bol.

– J'ai ouvert un nouveau tonneau, il est tout frais, gazouilla-t-elle.

« Frais ? » se dit Jack. Le bol contenait un liquide gris et visqueux dans lequel nageaient plein de petits morceaux violacés. L'aspect était aussi épouvantable que l'odeur.

– Du *graffisk* ! s'exclama Olaf.

Il en étala un peu sur une tranche de pain qu'il avala d'un seul coup. Un sourire de satisfaction apparut au milieu de sa barbe. Il tendit le bol à Jack.

– Allez, goûte !

– Je... je n'ai pas faim.

– Goûte !

Jack prit un morceau de pain et en trempa un petit coin dans la mixture. Il le mit dans sa bouche et avala rapidement, mais pas assez. Le goût infect tapissa son palais comme la boue enveloppait ses jambes quand il nettoyait l'étable. Il courut vers la sortie, pris de violents haut-le-cœur.

– Ah ! Ah ! Ah ! *Brjostabarn* ! s'esclaffa Olaf.

Ses épouses et ses enfants joignirent leurs rires au sien. Mais Heide eut pitié de Jack et lui apporta un peu d'eau dans un gobelet.

– C'est sa blague préférée quand il reçoit des étrangers, dit-elle.

Jack retourna avec elle à l'intérieur, d'un pas mal assuré. Il avait fini par comprendre ce que voulait dire *graffisk* : « grave fish » en anglais, autrement dit : « poisson enterré », donc pourri.

– Quand on n'a pas de sel, on fait du *graffisk*, expliqua Olaf en sauçant avec un morceau de pain l'infâme bouillie puante au fond du bol. (Il aimait vraiment ça !) Parfois, on tombe sur un gigantesque banc de harengs, des milliers et des milliers de harengs ! La mer en est pleine. Si on lançait une hache dans l'eau, elle ne coulerait même pas ! Alors, on les pêche et on les rapporte à la maison. Et ensuite ? On ne peut pas tout manger, évidemment. Et quand il pleut, impossible de faire sécher le reste. Alors, on met les harengs dans des tonneaux et on les enterre. On attend plusieurs mois. Les poissons mûrissent comme un bon fromage. Ils deviennent violets. Ils dégagent une odeur délicieuse. Plus on attend, meilleur c'est.

– Vous ne risquez pas d'être empoisonnés ? demanda Jack, en pensant : « Si seulement ça pouvait vous arriver ! »

Olaf se tapa sur le ventre, avec un large sourire.

– Nous autres, Nordiques, on est solides. C'est pas comme les Saxons.

Pendant ce temps, Lourdaud et Lourdaude avaient fait chauffer le sauna. Lourdaud se présenta à la porte. Le géant se leva, brossa sa barbe pour en faire tomber les miettes et suivit l'esclave à la mine renfrognée.

Jack alla s'asseoir près de Lucy sur un banc. Celle-ci continuait à regarder fixement le feu, comme hypnotisée.

– Lucy ?

Pas de réponse.

– Lucy ?

Il lui prit la main. Elle semblait bizarre : on aurait dit qu'elle était ailleurs.

– C'est beau, dit-elle sans quitter le feu des yeux.

Une des filles d'Olaf s'approcha de Lucy et la poussa hors du banc.

– Hé ! protesta Jack.

– Face de Crapaud, dit l'enfant. C'est comme ça que je vais t'appeler. Face de Crapaud. C'est à mon tour de baptiser un esclave.

– Fiche-lui la paix, ordonna Heide, qui s'était approchée aussi silencieusement qu'un loup.

La fille décampa. Jack rassit sa sœur sur le banc. Lucy se replongea dans la contemplation du feu comme s'il ne s'était rien passé.

– Qu'est-ce qui lui arrive ? Elle est malade ? s'inquiéta Jack.

Intérieurement, il se demandait : « Est-elle devenue folle ? »

– Son esprit s'est enfui, dit Heide. Il erre dans un endroit étrange... un endroit agréable, je pense.

– Père lui racontait qu'elle était une princesse perdue, dit Jack, un peu rassuré. Il disait qu'un jour des chevaliers la trouveraient et la ramèneraient dans son château. J'ai peur que Lucy l'ait cru.

– J'ai déjà vu ça, dit la femme à la peau mate, avec son accent chuintant. Dans mon pays, les hivers sont longs et sombres. Les esprits des gens s'évadent pour les empêcher de devenir fous. Au printemps, ils reviennent.

– J'espère que celui de Lucy reviendra aussi.

– C'est possible, avec ton aide. Tu n'es pas un garçon comme les autres. Je le sais. J'ai lu en toi.

– Êtes-vous une femme sage ?

Heide laissa échapper un éclat de rire aussi enroué que sa voix. Les autres personnes présentes dans la pièce interrompirent leurs tâches. Apparemment, tout le monde ménageait Heide.

– Merci de ne pas m'avoir traitée de sorcière, dit-elle. C'est ce qu'ils pensent. (Elle désigna les autres.) Mais tu as raison, je pratique le *seider*.

– N'est-ce pas… de la sorcellerie ?

– C'est de la magie de femmes. Les skalds, eux, font de la magie d'hommes. C'est de la sorcellerie seulement quand on mélange les deux.

Jack n'était pas certain de comprendre, mais ces paroles le soulageaient. Il était un skald, et donc, sa magie était autorisée. Thorgil ne pourrait pas l'accuser.

– D'où venez-vous ? demanda-t-il.

– Olaf m'a gagnée, chez moi dans le Finnmark. Mon père était le chef du village et Olaf faisait le commerce de fourrures.

« Ainsi le géant ne passe pas son temps à tuer des gens et à piller », se dit Jack.

– J'avais de nombreux prétendants. Très nombreux même. Une femme sage a énormément de valeur. Mais mon esprit a choisi Olaf. J'aurais dû épouser un autre homme, mais… (Heide haussa les épaules.) Il était si grand et si beau. Je ne suis pas comme elles… (Elle jeta un regard sombre en direction de Dotti et de Lotti qui cherchaient des poux dans les cheveux de leurs enfants.) Je reste à condition que ce gros benêt me traite correctement. S'il m'insulte, je m'en vais.

Alors, Heide retourna à ses pots de tisanes et de remèdes. Jack resta près de Lucy. La fillette semblait heureuse, elle continuait à contempler le feu. Quand Jack lui apporta les figurines qu'Olaf avait sculptées pour elle, Lucy se mit à jouer avec. Il réclama du pain et du fromage à Lotti. Il ne savait pas trop quel était son statut – peut-être que les esclaves étaient battus s'ils osaient réclamer à manger –, mais Lotti lui apporta ce qu'il réclamait, avec un peu de babeurre en plus. Jack fit boire le lait à sa sœur.

L'intérêt que Heide semblait porter au garçon avait une conséquence inattendue : on les laissait en paix, lui et Lucy. Personne ne vint la pousser du banc et personne ne menaça de le baptiser Face de Crapaud.

Plus tard dans la journée, Thorgil fit son apparition et Jack fut effrayé d'apprendre qu'elle vivait là avec Olaf et sa famille.

Elle arriva telle une tornade, le visage empourpré et en sueur après avoir chahuté avec les chiens. Heide l'envoya au sauna. Peu de temps après, Rune arriva pour le dîner et Jack comprit que lui aussi vivait sous ce toit.

– Ma femme est décédée il y a plusieurs années et tous nos enfants sont morts en bas âge, murmura le vieil homme. La maison d'Olaf est toujours aussi douce et accueillante qu'un après-midi d'été. C'est comme une immense lumière au cœur d'un monde sauvage.

Jack frissonna. Il avait déjà entendu ces paroles.

– Comme le palais d'Hrothgar avant l'arrivée de Grendel, vous voulez dire ?

– Ai-je cité ce poème sans m'en rendre compte ? Oui, sans doute. C'est la plus belle réussite de Langue de Dragon. (Rune étendit ses pieds vers le feu qui brûlait au centre de la pièce.) J'ai vécu assez longtemps pour savoir que rien ne dure éternellement. Une joie comme celle d'Olaf attirera tôt ou tard la destruction. Mais je sais aussi qu'ignorer cette joie pendant qu'elle existe, pour se lamenter sur son sort, est un crime grave.

Heide lui apporta un bol de tisane fumante pour apaiser sa gorge meurtrie. Ils échangèrent un sourire et Jack sentit l'air vibrer entre le vieux guerrier et la femme sage.

Le dîner fut spectaculaire. Les épouses et les domestiques d'Olaf avaient œuvré toute la journée pour en faire un moment mémorable. On traîna le fauteuil du géant devant le foyer. Sur les grandes tables, on disposa des assiettes en bois, des cuillères et des gobelets, alignés des deux côtés. Chaque convive devait apporter son couteau, mais on en donna un à Jack car il avait perdu le sien depuis longtemps.

Du bon pain à la farine de blé, du fromage, du saumon cuit dans du fenouil, de l'oie ruisselante de graisse, du ragoût dégageant d'irrésistibles fumets de cumin et d'ail... tout cela, et bien d'autres plats encore, fut apporté par les domestiques. Du babeurre, du cidre, de la bière et de l'hydromel étaient servis à volonté. Des coupes remplies de pommes étaient posées sur chaque table. Jack n'avait jamais vu une telle quantité de nourriture. Voilà qui faisait oublier l'infect *graffisk*.

Olaf trônait dans son énorme fauteuil devant le feu. Rune et

Jack se trouvaient d'un côté, tandis que ses fils, qui braillaient pour réclamer les meilleurs morceaux de viande, étaient assis de l'autre côté. Les épouses et les filles, quand elles n'étaient pas debout pour aller chercher des plats dans les cuisines situées à l'extérieur, dînaient de manière beaucoup plus disciplinée un peu plus loin dans la salle. Heide s'occupait de Lucy. Les esclaves avaient droit à une place près de la porte. Autant que Jack puisse en juger, ils mangeaient la même chose que tous les autres convives.

C'était un rassemblement joyeux, ponctué de chants improvisés. Une seule personne ne participait pas aux festivités. Thorgil avait été placée entre les membres masculins et les membres féminins de la famille. Olaf était finalement revenu sur sa menace de la faire manger avec les esclaves. Malgré tout, elle n'était pas assise à la place d'honneur, contrairement à Jack. Elle était seule dans son coin, petit îlot de tristesse au milieu de cette fête bruyante. « Où est sa famille ? » se demanda Jack.

– Tu peux aider à débarrasser, dit Heide à la boudeuse.

En guise de réponse, Thorgil jeta à terre son assiette en bois.

– Je fais pas le travail des femmes ! pesta-t-elle.

– Ce n'est pas une honte. Tu es une femme, que ça te plaise ou non.

Tout le monde s'était tu. Un silence haletant s'abattit sur la salle, brisé uniquement par les crépitements du feu.

– Ramasse ça ! rugit Olaf, et une onde de choc parcourut l'assistance.

– Je ne suis pas comme ces femmes ! Je suis une guerrière !

– Tu es une orpheline qui dépend de mon bon vouloir. Si l'un de mes hommes se comportait comme toi, je lui écraserais le visage dans les saletés que tu viens de faire ! Obéis !

Thorgil renversa son tabouret et quitta la salle en coup de vent. Nul n'essaya de l'arrêter. Heide secoua la tête et se baissa pour ramasser le ragoût et le pain renversés.

Jack s'enfonça au fond de son siège, le cœur battant et le ventre noué. Il était assis juste à côté du géant et ses oreilles bourdonnaient encore après l'avoir entendu hurler. Mais surtout, la fureur et la douleur qui émanaient de Thorgil lui avaient fait l'effet d'un coup de poing. Il ne comprenait pas.

On lui avait appris à servir la force de vie. Quand son esprit était calme, il sentait les courants invisibles dans l'air et à l'intérieur de la terre. Il les sentait entre Rune et Heide, mais ce n'était pas surprenant. Heide était une femme sage et Rune un skald. Il les aimait bien tous les deux.

En revanche, il détestait Thorgil. Elle était grossière et méchante. Elle trouvait du plaisir dans la mort. Il n'y avait rien d'attirant dans sa personnalité, et pourtant... Jack la revoyait marchant seule dans la rue du village, sans personne pour l'accueillir. Olaf l'avait traitée d'orpheline, ce qui signifiait qu'elle n'avait plus de famille. Il jeta un regard en biais à Rune qui trempait calmement son pain dans son ragoût.

– Où est-elle allée ? lui demanda-t-il.

– Thorgil ? Elle va dormir dans le sauna. (Le vieux guerrier ne semblait pas se faire de souci.) Et si le clair de lune le permet, elle grimpera sur la colline pour aller traîner avec les chiens du roi.

– Ses frères et sœurs, dit un des fils d'Olaf, un garçon trapu avec un début de barbe et des yeux légèrement bridés. (Jack devina que sa mère était Heide.) Il n'y a qu'eux qui peuvent la supporter.

– Assez, Skakki, dit Olaf. Ce n'est pas sa faute si elle pique des colères. Elle a hérité ça de son père. Et Odin sait qu'il n'y a jamais eu meilleur berserker.

Un murmure d'approbation parcourut l'ensemble des convives.

– Les chiens du roi sont de grosses bêtes grises ? demanda Jack.

– Ah, je vois que tu as fait leur connaissance, dit Olaf.

La rapidité avec laquelle le géant pouvait passer de la fureur à la bonne humeur était surprenante. Mais Jack savait que la métamorphose pouvait être tout aussi rapide dans l'autre sens.

– Ils se sont précipités vers Lucy et moi cet après-midi, mais ils ne nous ont fait aucun mal, dit Jack.

– Ils ne feraient jamais de mal à un enfant, dit Skakki. Tu pourrais déposer Hilda dans leur gamelle... (Il montra le bébé joufflu qui tétait bruyamment le sein de Lotti), ils ne grogneraient même pas.

– Mais attention qu'ils ne voient pas un loup, dit Olaf. Car alors, Thor lui-même ne pourrait pas les retenir.

– Raconte-lui donc l'histoire, dit Lotti en changeant de sein la petite Hilda, qui se mit à brailler durant cette interruption.

Olaf se renversa contre le dossier de son énorme fauteuil qui craqua de manière inquiétante.

– Le père de Thorgil, dit-il, était le plus grand berserker qui ait jamais existé. Il s'appelait Thorgrim. Il était toujours le premier à se lancer dans la bataille et le dernier à abandonner le combat. A seize ans, il possédait déjà un collier de dents de troll. Mais sa grande malédiction, c'était sa rage. Quand elle s'emparait de lui, il ne voyait ni n'entendait plus rien autour de lui.

– Impossible de l'arrêter, ajouta Skakki. Je m'en souviens.

– Il n'avait pas d'épouse attitrée, aucune femme ne voulait l'épouser, dit Olaf. Mais il avait une esclave. Une Saxonne dont j'ai oublié le nom.

– Elle s'appelait Allyson, mon benêt chéri, dit Heide. C'est bien ton genre d'oublier le nom d'une femme !

– Bref, cette Allyson lui a donné un fils prénommé Thorir. Je t'ai raconté ce qui lui était arrivé.

– Oui, dit Jack, qui n'avait pas oublié l'effroyable meurtre.

– A partir de ce jour-là, Allyson ne fut plus la même. C'était comme si elle n'avait plus conscience de ce qui l'entourait. Quand elle mit au monde une petite fille, elle ne prononça qu'un seul mot : « Jill. » C'était le nom de son enfant.

– Mais elle n'avait pas le droit de lui donner un nom, car c'était une esclave, précisa Skakki.

– La sage-femme a apporté l'enfant à Thorgrim, qui l'a rejeté.

– Rejeté ? s'exclama Jack.

On n'avait jamais entendu une chose pareille. Même quand un bébé était laid, c'était un cadeau de Dieu. Vous ne pouviez que l'aimer.

– C'est un droit que possède le père, dit Olaf en posant un regard sévère sur sa progéniture.

Il était évident qu'il n'avait jamais rejeté un seul de ses enfants, et ceux-ci ne semblaient nullement inquiets.

– Il voulait un garçon, murmura Rune de sa voix éraillée. (Tout le monde se tut pour qu'il puisse se faire entendre.) Il voulait remplacer Thorir et, en voyant que l'enfant était une fille, il ordonna qu'on l'abandonne dans la forêt.

Jack resta muet d'effroi.

– Alors, reprit Olaf, la sage-femme a emmené l'enfant et l'a déposé sous un arbre. Le roi Ivar avait reçu en cadeau deux lévriers d'Irlande et la chienne avait mis bas peu de temps auparavant. Partie courir dans la forêt, elle est tombée sur le bébé. Sans doute hurlait-il.

– Comme ma petite Hilda, commenta Lotti affectueusement en ôtant le bébé de son sein.

– La chienne s'est couchée par terre et a nourri le bébé, comme un chiot. Quand le garde-chasse est parti à la recherche de la chienne, il l'a trouvée roulée en boule autour du bébé pour lui tenir chaud.

– Vous dites « le bébé », fit remarquer Jack. C'était une fille, non ?

– Ce n'était rien du tout, répondit Rune. Le bébé n'avait pas été accepté.

– Mais Thorgrim était confronté à un problème, dit Olaf. D'après nos lois, un enfant qui a été allaité ne peut plus être abandonné. Qu'on le veuille ou non, la chienne du roi l'avait allaité. Thorgrim était donc obligé de reprendre le bébé... la fille. Il la baptisa Thorgil et la confia à Allyson.

– Qui ne s'est jamais occupée d'elle, ajouta Heide. Elle la nourrissait et c'était tout. Son père l'ignorait tout autant. La seule qui lui donnait de l'affection, c'était la chienne, et ses chiots par la suite.

Voilà donc l'histoire ! Ce récit était aussi extraordinaire que tous ceux que le barde avait racontés à Jack. De quoi faire un merveilleux poème, sauf que c'était très triste. Il fallait inventer une fin plus heureuse, et Jack se promit d'y travailler.

La conversation dériva ensuite vers d'autres sujets. Au bout d'un moment, sous l'effet de la chaleur et de la bonne chère, Jack commença à tomber de sommeil.

Heide le conduisit alors dans une cabane où on lui donna un tas de paille et une couverture rêche. Plusieurs jeunes esclaves ronflaient déjà. Lucy, elle, avait eu droit à un lit dans un coin de la grande salle.

La couverture était pleine de puces, Jack les sentait sauter autour de lui, mais il avait trop sommeil pour s'en préoccuper. Plus tard, il entendit vaguement Gueule de Rat, Cul Sale et Boiteux venir se coucher dans la paille, empestant la bière rance et la sueur.

21
Crin d'Or

Le lendemain, Jack apprit une chose : même s'il avait été bien traité durant la fête, c'était un esclave, il serait toujours un esclave, et apparaîtrait comme tel aux yeux de tous les gens qu'il rencontrerait. A l'aube, il fut tiré du « lit » sans ménagement par Cul Sale et conduit à la forge. Là, Cul Sale lui façonna à coups de masse un collier d'esclave. Il lui passa l'anneau autour du cou en l'écartant et le ferma solidement à l'aide d'une paire de pinces.

– Je l'ai fait plus grand exprès pour que tu puisses grandir avec, expliqua-t-il. Tu dois aller nettoyer la porcherie. C'est le grand bâtiment là-bas, près des pommiers.

Jack quitta la forge d'un pas traînant, le cœur serré par le désespoir. Cul Sale lui avait fait mal au cou en ajustant le collier, dont il sentait le contact froid contre sa peau. Impossible de le dissimuler sous sa tunique, il était trop épais.

Comme dans un sombre cauchemar, le garçon marcha vers le bâtiment que lui avait indiqué Cul Sale. La force de vie lui paraissait lointaine, et même la rune, cachée sur sa poitrine, semblait refroidie par le cercle de métal. Un vol de corbeaux s'échappa de la porcherie. Les oiseaux tournoyèrent dans le ciel, bruyamment, avant de se poser. Ils n'avaient rien à craindre, ce n'était qu'un pauvre petit esclave qui venait nettoyer la fange.

Un des oiseaux, plus fin que les autres, au plumage plus brillant, marchait au bord du toit en se pavanant.

– Hardi ! s'exclama Jack. Tu ne te souviens pas de moi ? Jack !

L'oiseau l'observait d'un œil indifférent, sans réagir.

Aucun doute, c'était bien le même corbeau. Il lui manquait une griffe à la patte gauche.

– Je sais que c'est toi, Hardi ! Je t'ai appelé quand tu volais dans le ciel, je t'ai sauvé la vie. J'ai dit à Lucy que tu venais des îles des Bénis, et peut-être que c'est vrai. Tu es terriblement intelligent.

Jack grimpa sur un seau pour essayer d'atteindre la corniche. Ses doigts frôlèrent les plumes du corbeau, mais celui-ci s'envola. Jack perdit l'équilibre et chuta lourdement. Il vit l'oiseau disparaître dans un arbre et, bien que cela n'ait guère d'importance en soi, cette fuite lui apparaissait comme une nouvelle déception, la dernière d'une longue série. Recroquevillé sur le sol, le garçon se mit à sangloter violemment.

– C'est la vérité ! C'est la vérité ! Je ne suis qu'un esclave. Même les oiseaux le savent. Je suis comme Cul Sale et les autres ! Oh, j'aurais préféré me noyer en mer ! Au moins, j'aurais pu rejoindre les îles des Bénis et retrouver le barde.

Il parlait en saxon, ce qui était devenu inhabituel. Désormais, il utilisait tout le temps le nordique, sauf avec Lucy.

Soudain, il sentit qu'on le tirait par les cheveux. Levant la tête, il vit le corbeau qui dansait devant lui. Hardi parlait à toute allure, dans son langage, en chantant et en gazouillant, puis il baissait la tête pour tirer les cheveux ou la tunique de Jack. Il fit gonfler ses plumes et se balança d'avant en arrière. Si Hardi avait été un chien, se dit Jack, il se serait roulé sur le dos dans une posture de soumission.

– C'est bon, dit le garçon en s'asseyant pour lisser les plumes de l'oiseau. Je comprends. Tu étais avec tes amis corbeaux et tu m'as oublié. Tu préfères leur compagnie à la mienne, c'est naturel.

Le corbeau sauta sur les genoux de Jack et se blottit contre sa poitrine. Ses gazouillis se transformèrent en murmures. Il frissonna.

– Je n'étais pas fâché, tu sais. J'étais triste, dit le garçon.

C'est différent. Qui ne le serait pas avec cet effroyable collier d'esclave autour du cou ? Mais je peux le supporter tant que j'ai un ami. (Hardi claqua du bec pour montrer ce qu'il pensait de ce type de colliers.) Maintenant, il faut que je travaille, dit Jack. J'ignore quel sort ils réservent aux esclaves paresseux, mais je suis sûr que ce n'est pas très agréable. Tu peux me regarder si tu veux.

Jack avisa un râteau appuyé contre le mur de la porcherie et il entra. Hardi le suivit et alla se percher sur une poutre de la charpente. Trois truies levèrent les yeux, avec l'air d'attendre quelque chose.

Comme dans le village de Jack, la plupart des bêtes broutaient dehors en été. Les cochons erraient en liberté dans la forêt pour servir de gibier aux chasseurs, mais quelques porcelets étaient capturés et apprivoisés au printemps. C'étaient des animaux intelligents. Ils vous suivaient partout et poussaient des grognements de plaisir quand vous les grattiez derrière les oreilles. Ce qui rendait les choses difficiles quand venait l'automne et qu'il fallait tuer tous les cochons, à l'exception d'une truie pleine qui donnerait des porcelets pour Noël.

Les truies se rassemblèrent derrière la barrière. C'étaient des bêtes solides, à la peau claire, hautes sur pattes, différentes des petits cochons trapus, noir et blanc auxquels était habitué Jack. Leurs oreilles se dressaient avec vivacité et leurs yeux pétillaient de curiosité, tandis qu'elles tendaient leurs longs groins vers lui. Elles semblaient capables de le renverser en l'espace d'une seconde si jamais il relâchait sa vigilance.

– Regarde-moi toute cette fange, soupira Jack.

Les truies y pataugeaient jusqu'à mi-pattes. La puanteur lui piquait les yeux et sans doute devait-elle incommoder les animaux également car Jack savait que les porcs étaient des animaux foncièrement propres. Quand ils en avaient la possibilité, ils n'oubliaient jamais de se laver. Apercevant un petit enclos propre sur le côté, il comprit qu'il était destiné à accueillir les truies pendant qu'il nettoierait la porcherie.

Jack ressortit, cherchant de quoi les inciter à obéir. Quelle ne fut pas sa surprise de découvrir Gueule de Rat, Cul Sale et Lourdaud assis sur une clôture. Assurément, ils se réjouissaient de pouvoir donner des ordres au nouveau venu. D'autant que, de toute évidence, ils n'avaient rien fait depuis un moment.

– Tu cherches du fourrage ? lui lança Lourdaud.

Jack hocha la tête. L'homme désigna un bouquet de moutarde sauvage.

– Pense à fermer la porte pour les empêcher de s'échapper quand tu les changeras d'enclos, dit Gueule de Rat.

Jack ramassa une brassée de moutarde et retourna dans la porcherie. La puanteur aurait suffi à abattre un oiseau en plein vol. Il remarqua que Hardi avait judicieusement pris position près d'un trou dans le toit.

Quand la porte était fermée, la seule source de lumière était ce trou et la pénombre rendait l'endroit encore plus sinistre. Les formes indistinctes des outils accrochés aux chevrons évoquaient dans l'esprit de Jack les lutins dont Père prétendait qu'ils se cachaient pour guetter les âmes corrompues.

– Je me laisse entraîner par mon imagination, se morigéna Jack. Ceci, ce n'est qu'une corde. Ça, une faux – je crois –, un outil coupant, en tout cas. Et ça, une scie.

Il grimpa dans l'enclos propre et déposa les branches de moutarde sur le sol. Les truies reniflèrent avec impatience.

A tâtons, il trouva la porte qui séparait les deux enclos et l'ouvrit. Les truies la franchirent en trombe, le renversant dans leur précipitation.

Cette partie du travail ne posait aucun problème.

– Profitez-en, mesdames, dit-il en s'amusant de leur voracité.

Soudain, Hardi jaillit de son perchoir et Jack se releva précipitamment, affolé. Il vit alors une créature gigantesque émerger de la fange au fond de l'enclos. La boue dégoulina de ses flancs lorsqu'elle s'élança, la gueule grande ouverte entre deux énormes défenses pointées vers lui. Jack tenta de refermer la porte, mais la créature était trop puissante. Elle s'engouffra dans l'enclos propre, fit demi-tour et revint vers lui.

Jack grimpa sur la barrière. Il n'avait qu'une seconde pour se décider. Il pouvait sauter dans la fange de l'autre côté, mais le monstre foncerait sur lui, ou bien s'accrocher à une poutre. Il choisit cette solution. Des échardes lui entrèrent dans les mains tandis qu'il effectuait un rétablissement. Il parvint à passer une jambe autour de la poutre étroite et demeura ainsi suspendu, de manière précaire, par les bras et les jambes.

Quelle était donc cette chose en bas ? Jack plissa les yeux dans la pénombre. La créature leva sa tête massive et poussa des cris aigus. C'était un sanglier géant ! Bien plus gros que tous ceux que Jack avait pu voir dans sa vie. Sous la boue, le garçon distinguait des plaques de poils dorés. Aucun doute, cet animal aurait été magnifique s'il n'avait été couvert de fange. Lorsqu'il hurla de nouveau, Jack faillit tomber de la poutre. Il ne pourrait pas tenir longtemps dans cette position. Lentement, prudemment, il se contorsionna jusqu'à ce qu'il parvienne à se mettre en position assise. Mais il était obligé d'appuyer ses mains contre le toit pour ne pas glisser. Résultat, maintenant il avait mal au dos.

Pendant ce temps, le sanglier paradait en poussant des cris assassins. Parfois, il se dressait sur ses pattes arrière en montrant les crocs. Où étaient donc les autres esclaves ? se demandait Jack. Savaient-ils qu'il était en danger ? Au moment où il ouvrait la bouche pour appeler à l'aide, il entendit un bruit venu de l'extérieur.

Des rires ! Les esclaves riaient ! Ils connaissaient l'existence de ce sanglier, évidemment, et ils ne lui avaient rien dit ! En fait, Jack le comprenait maintenant, il n'y avait aucune raison de fermer la porte de la porcherie. Les deux enclos auraient suffi à contenir les bêtes. Mais ces brutes voulaient qu'il se retrouve dans le noir car ils savaient que le sanglier se cacherait et qu'il serait quasiment invisible avec la porte fermée.

– Quel idiot je fais, gémit Jack.

Mais comment aurait-il pu imaginer pareille cruauté ? Il ne leur avait jamais fait de mal. Tous étaient des esclaves ; leur ennemi aurait dû être l'homme qui les avait réduits à cette condition.

– Vous croyez qu'il est en train de se faire croquer ? demanda Cul Sale.

– J'espère, répondit Gueule de Rat. Ça lui apprendra à manger à la grande table avec sa seigneurie, sale petite vermine.

– Peut-être qu'on devrait aller à son secours, suggéra Lourdaud. Après tout, ce n'est encore qu'un enfant.

– Non. Une fois que Crin d'Or commence quelque chose, il faut le laisser terminer, répondit Cul Sale. Et puis, on ne veut pas être témoins.

– Oui, tu as sûrement raison, dit Lourdaud.

« Crin d'Or, ce doit être le nom du sanglier », se dit Jack. C'était un joli nom mais, dans son état actuel, cet animal n'avait rien de reluisant. La boue noire qui le recouvrait était si épaisse qu'elle formait une sorte de carapace.

Hardi, qui avait repris sa place près du trou dans le toit, se mit à gazouiller.

– Je ne peux pas passer par là, dit Jack. De toute façon, je ne pourrais pas voler, comme toi, mon vieux. Je vais être obligé d' attendre que quelqu'un vienne me chercher.

En prononçant ces mots, Jack sentit son cœur se serrer. Il avait les bras en feu à force de se maintenir dans cette position. Comment pourrait-il endurer ce supplice pendant des heures ? Et qui penserait à venir le chercher ?

Hardi se remit à gazouiller. Les sons qui sortaient de son bec étaient étonnamment doux pour un corbeau. Jack n'avait jamais rien entendu de tel.

– Qu'essaies-tu de me dire ? Qu'essaies-tu de lui dire ?

Jack avait remarqué que Crin d'Or avait dressé le museau et qu'il observait attentivement l'oiseau.

– On dirait que tu aimes ça, murmura le garçon, stupéfait.

Et soudain, il comprit. Sa mère chantait pour calmer les brebis et les béliers. Elle chantait devant les abeilles avant de prendre leur miel. Elle avait enseigné cette petite magie à Jack, mais celui-ci n'y avait pas prêté attention ; il trouvait cela insignifiant comparé à tout le savoir dispensé par le barde.

Jack commença par un chant destiné à apaiser les abeilles furieuses :

Généreux esprits des airs,
Riches et pleins sont vos palais
Quand vous revenez de vos voyages lointains,
Poussés par le vent.

Il enchaîna avec une berceuse composée pour endormir les agneaux qui venaient de naître. Puis, d'on ne sait où, jaillit une nouvelle chanson pleine de joie et de vie. Elle parlait de forêts profondes, de tapis de glands sous les chênes, de lumière mouchetée et de poireaux sauvages que l'on déterre pour les déguster. Quand il eut fini sa chanson, Jack se sentait léger et heureux, comme s'il venait de courir dans les bois.

En baissant les yeux, il vit que Crin d'Or le regardait avec un air plein d'adoration en émettant de faibles grognements. Le changement était stupéfiant. Entre-temps, les truies avaient terminé les branches de moutarde et reniflaient alentour, avides d'un petit supplément. C'étaient des créatures sans âmes, se dit Jack. Contrairement à Crin d'Or qui grognait de manière charmeuse. Il était évident qu'il en redemandait.

Alors, Jack lui chanta une autre chanson, tout en progressant centimètre par centimètre sur la poutre (des échardes lui rentraient dans le dos), pour s'éloigner le plus possible. Il n'était pas encore hors d'atteinte, mais il avait une chance de courir à l'abri avant que l'énorme bête le rattrape.

Il sauta sur le sol. Hélas, il chuta de travers et son pied se déroba sous son poids. En un instant, il se releva, mais Crin d'Or fut plus rapide. L'animal fonça vers la barrière pour se dresser entre Jack et la liberté.

Le garçon et le sanglier s'observèrent. Puis Crin d'Or s'avança en haletant, la gueule ouverte... Comme un chien qui réclame de l'attention ! Prudemment, Jack tendit la main et gratta le monstre sous la mâchoire. Crin d'Or grogna de plaisir.

– Tu es un gros gentil, toi, susurra Jack comme il le faisait avec les cochons chez lui. Je parie que tu fondrais de bonheur si je faisais ça...

Il se mit à masser l'animal derrière les oreilles. Crin d'Or ferma les yeux de plaisir.

– Eh bien, dit Jack, je crois que les esclaves vont avoir une surprise.

Après avoir enfermé le sanglier avec les truies dans l'enclos propre, il escalada la barrière pour aller ouvrir la porte de la porcherie.

En le voyant, Gueule de Rat, Cul Sale et Lourdaud eurent un mouvement de recul.

– On t'a entendu chanter, dit Cul Sale. Qu'est-ce que ça veut dire ?

– Tu ne t'es pas fait dévorer ?

Gueule de Rat semblait déçu.

– Non, répondit Jack en se plantant fièrement devant eux, les poings sur les hanches.

– Pourtant, j'ai entendu Crin d'Or hurler.

Jack bouillonnait de rage, mais il refusait de le laisser voir. Il avait d'autres projets.

Les esclaves coururent jusqu'à la porcherie.

– Oh ! c'est infect ! commenta Lourdaud.

– Ce n'est pas ma faute, dit Gueule de Rat. Ce sanglier aime beaucoup trop la chair humaine. C'est un sanglier-troll. Je refuse de l'approcher.

– Tu feras ce que te dit Olaf, répondit Cul Sale.

– Le nouveau est là pour ça. Hé, petit ! Viens voir ici. Tu n'as pas fait ton travail.

Jack les rejoignit à l'intérieur et s'appuya contre la barrière de l'enclos. Crin d'Or trottina jusqu'à lui et leva sa hure pour se faire gratter.

– Oui, tu es un gentil petit sanglier, roucoula le garçon.

Les autres avaient les yeux qui leur sortaient de la tête.

– Seider, murmura Cul Sale. C'était ça les chansons qu'on a entendues.

– Voilà pourquoi Heide s'intéresse à lui, chuchota Lourdaud.

– C'est de la magie de skald, pas de la sorcellerie, répondit Jack qui n'en était pas très sûr. Je suis un skald, je ne nettoie pas les porcheries. (Il tendit le râteau à Lourdaud qui le prit par automatisme.) Si vous m'énervez, je ferai bouillonner votre sang. Si vous essayez de me faire du mal, je vous rendrai fous… ou pire !

Les esclaves paraissaient abasourdis. De toute évidence, ils essayaient de deviner ce que cachait ce pire.

– Si je raconte à Olaf ce que vous avez fait, il vous coupera en petits morceaux. (Le teint livide des trois hommes indiquait qu'ils ne doutaient pas un instant de la réalité de cette menace.) Je vais aller prendre mon petit déjeuner dans la grande maison. Je compte sur vous pour nettoyer la porcherie avant ce soir. Pendant que vous y êtes, jetez donc quelques seaux d'eau sur ce pauvre Crin d'Or. Il n'aime pas du tout être crotté.

Sur ce, Jack s'éloigna à grands pas, tel le capitaine d'un drakkar. Sans se retourner. Il n'avait pas beaucoup de satisfactions dans ce pays horrible; s'il parvenait à imposer le respect aux autres esclaves, c'était toujours ça de pris. Après tout, il ne leur devait rien.

Une fois à l'abri des regards, Jack se laissa tomber sous une haie et la terreur provoquée par ce qu'il venait de vivre le submergea. Il fut pris de frissons et les larmes ruisselèrent sur son visage. Pourquoi tous ces gens lui voulaient-ils du mal? Comment pouvait-il espérer survivre avec autant d'ennemis? En levant la tête, il découvrit Hardi, près de lui, qui ricanait discrètement.

– Au moins, j'ai un véritable ami, dit Jack en s'essuyant les yeux avec sa manche. Et peut-être deux, si on compte Crin d'Or.

Jack ôta les échardes plantées dans ses mains et se donna le temps de se calmer. Il entendit des jurons et des cris s'échapper de la porcherie. Peut-être que Crin d'Or n'était pas toujours un gentil petit sanglier, en fin de compte. Cette pensée lui mit du baume au cœur et il repartit vers la maison de meilleure humeur. Hardi ne chercha pas à rejoindre les autres corbeaux et le suivit.

22

La prophétie d'Heide

– Il ne faut pas faire ça, déclara Heide en arrangeant encore une fois la magnifique cape écarlate d'Olaf.

L'après-midi touchait à sa fin et tout le monde dans la maison se préparait pour assister à la grande fête de bienvenue donnée par le roi Ivar. Une bienvenue tardive. Malgré les cadeaux offerts par Olaf, Ivar lui avait fait l'affront d'attendre quinze jours avant d'accueillir le héros triomphant.

– Tu fais don du cochon-troll à Ivar, mais si le roi voit ce garçon, il le voudra aussi, dit Heide.

Elle rectifia un peu la barbe d'Olaf, décorée de rubans, avant de lui présenter son casque de cérémonie. Jack fut parcouru d'un frisson glacé. Doté du même masque étrange en forme de tête de faucon, ce casque-ci était couvert d'or. Les bords s'ornaient de gravures représentant une armée de soldats en marche et sur le cimier trônaient des feuilles de vigne magnifiquement sculptées.

– Le roi va chanter mes louanges, femme. A quoi bon, s'il n'y a personne pour l'écouter ?

– A ton avis..., répondit Heide en faisant traîner ce dernier mot comme un souffle de vent venu de l'océan, que va penser le roi en voyant que tu as trouvé un skald, alors que lui n'en a pas ?

– Je n'ai rien à craindre d'Ivar, répondit Olaf, visiblement mal à l'aise. Je l'ai servi toute ma vie. C'est un homme d'honneur.

– Il l'était, rectifia Heide. Avant qu'elle arrive.

– Tu peux dire ce que tu veux, ça ne changera rien. Donne-moi mon épée, mon garçon. Je serai obligé de la déposer à l'entrée, mais elle va bien avec ma cape.

En effet. Surtout avec le nouveau fourreau que Skakki avait décoré de pierres précieuses provenant d'une croix que les berseckers avaient volée. Jack arrivait à peine à la soulever, mais Olaf l'accrocha à sa ceinture comme si elle ne pesait pas plus qu'un fétu de paille. Skakki assisterait lui aussi à la réception, vêtu de ses plus beaux atours et arborant une épée qu'il avait gagnée au combat. Il ne serait jamais aussi gigantesque que son père, mais sa bravoure ne faisait aucun doute.

Jack l'aimait bien. Skakki avait hérité de l'intelligence de sa mère. Il était doux avec les jeunes enfants et d'une gentillesse inattendue avec les esclaves. Olaf regrettait qu'il n'ait pas hérité de son tempérament de berserker mais, malgré ce défaut, il se disait fier de son fils.

Dotti et Lotti étaient couvertes de bijoux: des bagues à chaque doigt, des bracelets, des colliers, des amulettes et trois grosses broches, deux pour maintenir les bretelles de leur tunique et une troisième au milieu. A ces broches étaient suspendus différents objets: au bout de chaînettes en cuivre: clés, peignes, ciseaux, couteaux et une minuscule cuillère en argent, un cure-nez, avait expliqué Dotti. C'était Heide qui le leur avait fait découvrir et elles trouvaient cet ustensile très pratique.

Le vieux Rune incarnait l'image même du skald avec sa tunique blanche et la harpe accrochée dans son dos. S'il ne pouvait plus chanter, la musique n'avait pas quitté ses doigts. Quant à Thorgil, elle s'était laissé amadouer au point de porter une tunique vert pâle. Le collier de feuilles d'argent qui lui avait plu brillait sur sa poitrine. Jack, lui, portait le collier de fer des esclaves.

Il redoutait sa rencontre avec la reine, mais après avoir chanté (sans commettre d'erreurs, lui avait maintes fois seriné Rune) il pourrait disparaître à l'arrière-plan. Le véritable problème, c'était Lucy. Elle allait être offerte à la reine, et son frère n'y pouvait rien. Olaf lui avait dit que Frith aimait les jolis petits enfants, sans doute parce qu'elle n'en avait pas. D'ailleurs, elle les traitait plutôt bien quand elle n'était pas de mauvaise humeur. Mais qu'arrivait-il aux enfants quand elle était mal lunée ? Olaf n'avait pas voulu en dire plus.

– Enfin ! Enfin je vais retrouver mon château ! s'exclama Lucy. Je vais voir mes vrais parents !

– Tes vrais parents, ce sont Mère et Père, rectifia Jack.

– Non, c'est faux !

Le garçon n'eut pas le courage de lui ôter ses illusions.

– Vous ne venez pas ? demanda-t-il à Heide qui portait une robe toute tachée.

– La reine n'apprécie guère ma présence, répondit-elle de sa voix rauque. Je la rends nerveuse.

Jack était déçu. Il aurait aimé être accompagné de quelqu'un qui avait le pouvoir de jeter le trouble dans l'esprit de la reine.

– J'ai encore une chose à te dire, mon cher benêt adoré, ajouta Heide alors qu'Olaf s'apprêtait à sortir. Si tu emmènes ce garçon et cette fille à la cour du roi Ivar, tu causeras ta perte. Je t'en ai souvent parlé, mais tu n'as jamais voulu m'écouter. Pour la dernière fois, je t'en conjure : ne les montre pas à la reine. J'ai eu une vision : tu gisais dans une forêt sombre et ton sang imbibait la terre.

Rune semblait surpris.

– Tu ne m'as jamais dit ça, Olaf.

– Ce sont des délires de femme, répondit le géant.

– A ma connaissance, personne n'a jamais accusé Heide de délirer.

– Écoute-moi bien, mon vieil ami. Ceux qui vivent à l'abri ont toujours peur du danger. Mais tu sais bien que les guerriers naissent pour braver le danger. Notre esprit nous pousse vers le large pour voguer sur l'eau salée. Nous trouvons notre bonheur en risquant notre vie pour partir à l'aventure et, si nous survivons, le retour au foyer n'en est que meilleur. Mais tous les hommes, tôt ou tard, se retrouvent face à la mort. Notre seul choix est de l'affronter avec courage. Quoi que nous fassions, elle nous guette.

– Tu mérites le plus beau poème qu'un skald puisse écrire.

– N'est-ce pas ? se rengorgea Olaf.

– Tu mérites un bon coup de pied aux fesses, oui ! s'exclama Heide. Qui donc a fourré toutes ces idioties dans la tête des hommes ? Pourquoi faut-il toujours que tu cherches les ennuis ?

Mais personne ne l'écoutait, excepté Jack.

C'était une journée douce et sans nuages. Les champs étaient couverts d'une brume d'abeilles et les chevaux folâtraient dans leurs enclos. Même Crinière de Nuage, pourtant de nature réservée, poussa un hennissement à leur passage. Olaf marchait en tête, portant Lucy dans ses bras. Dans son sillage se trouvait Skakki. Dotti, Lotti, Rune, Thorgil et Jack formaient l'arrière-garde. En queue de cortège, une charrette avançait en grinçant sous le poids de Crin d'Or, enfermé dans une sorte de cage en bois ; la charrette était tirée par des bœufs et flanquée de Boiteux, Cul Sale et Lourdaud. A défaut d'être bien habillés, les trois esclaves étaient propres au moins. Gueule de Rat était resté à la maison, victime d'une méchante morsure infligée par Crin d'Or qui lui avait arraché un morceau de mollet.

Le petit groupe gravit la colline, traversa la forêt de pins et des prés. Des lemmings bondissaient dans les buissons d'ail sauvage et des élans se cachaient derrière les bosquets couverts de baies jaunes. Jack vit un faucon planer dans le ciel puis plonger en piqué pour capturer un petit rongeur qui courait dans l'herbe. Le garçon revint sur ses pas et s'approcha de Crin d'Or.

– Ça te plaît d'être dehors, hein, mon gros ? lui dit-il à voix basse.

Le cochon répondit par des grognements.

– T'attache pas à lui, conseilla Lourdaud. Il va être sacrifié à Freya.

– Sacrifié ?

– On garde pas un monstre pareil pour sa beauté, dit Cul Sale.

Les esclaves avaient fini par sympathiser avec Jack, maintenant qu'ils avaient compris qu'il ne leur ferait pas d'ennuis.

– Je croyais qu'il servait à... faire des petits cochons.

– Oui. Et il ne s'en est pas privé, ricana Lourdaud.

– C'est pas un cochon normal, expliqua Boiteux. C'est des animaux vicieux en général, mais celui-ci est arrivé par la mer avec les Jotuns. C'est une race à lui tout seul. Quand on l'a capturé, il a tué un homme et dévoré deux garçons de ferme.

« C'est pour ça que vous m'avez enfermé avec lui », pensa Jack, mais il ne fit aucune remarque.

– Ce n'est pas plus affreux que de le tuer pour faire du jambon, j'imagine, dit-il.

– Oh, si ! Beaucoup plus, dit Cul Sale. Ils vont le balancer, avec la charrette et tout, dans le marais de Freya. Il va sombrer lentement. Parfois, ça prend des heures. Il aura le temps de comprendre ce qui lui arrive. C'est intelligent, un cochon.

– Mais... c'est affreux !

– Il aura ce qu'il mérite, ce monstre mangeur d'hommes ! dit Lourdaud. Dommage que Gueule de Rat puisse pas voir ça.

Jack marcha aux côtés de Crin d'Or en chantant à mi-voix. Il ne voulait pas attirer l'attention de Thorgil. Sa chanson parlait des îles des Bénis où il ne neigeait jamais, où l'air était doux et l'eau aussi claire que le ciel. Crin d'Or semblait comprendre le sens des paroles car il émettait de petits grognements de plaisir.

Enfin ils émergèrent de la forêt, sur une étendue déserte. Thorgil s'élança aussitôt : elle avait hâte de retrouver les chiens du roi. Le promontoire baptisé le croc de Pierre s'avançait au-dessus du fjord et la demeure d'Ivar se dressait à la pointe du rocher. Elle écrasait toutes les maisons environnantes, y compris celle d'Olaf. Son toit bossu était deux fois plus long, soutenu de chaque côté par au moins deux douzaines de piliers. C'était une construction affreuse. Jack trouvait qu'elle ressemblait à une gigantesque punaise avec des piliers en guise de pattes. De la fumée s'élevait de la dizaine de feux allumés tout autour.

D'autres invités les accueillirent par des cris de joie : Sven le Vengeur, Egil Long Pieu et un nouveau baptisé Pied de Bois, un guerrier bâti comme un fût de bière. Son large torse était recouvert d'une barbe rousse frisée, mais son trait le plus distinctif, c'était sa jambe gauche. En-dessous du genou, le membre avait été remplacé par un morceau de bois joliment sculpté, avec les mêmes motifs tarabiscotés qui ornaient les poutres de la maison d'Olaf.

– Ah! Ah! Ah! rugit Pied de Bois qui s'avança d'un pas claudiquant. Alors, vous avez fait la nique aux poissons!

Il donna une grande tape dans le dos d'Olaf.

– Comment va ta jambe? s'enquit le géant.

– Au poil! Tu es un as de la sculpture!

De toute évidence, Pied de Bois était aussi sourd qu'Éric Belle Face et, quand il s'approcha, Jack dut se boucher les oreilles.

– Qu'est-il arrivé à sa jambe? glissa-t-il à Rune lorsqu'ils se furent éloignés des deux braillards.

– C'est un troll qui l'a croquée, dit le vieil homme. Le même qui a essayé de manger la jambe d'Éric.

La foule ne cessait d'affluer. Les badauds se regroupaient autour des grands feux pour savourer l'odeur du porc rôti, du saumon, de l'oie et du gibier. Rune accorda sa harpe et certains se mirent à chanter. L'ambiance était joyeuse, mais Jack ne put s'empêcher de remarquer que personne n'entrait dans la demeure d'Ivar. Le peu qu'il en apercevait par l'énorme porte ouverte était étrangement sombre. Certes, les maisons des Nordiques n'avaient pas de fenêtres, mais elles étaient éclairées par la lueur des foyers. Certes, un grand feu de cheminée avait été allumé à l'intérieur, mais il rougeoyait faiblement, comme si les ténèbres environnantes étaient si épaisses que la lumière devait lutter pour leur échapper.

Comme on était au cœur de l'été, le soleil mit longtemps à se coucher et, quand il disparut, le crépuscule traîna en longueur. Au nord, les montagnes enneigées brillaient d'une lueur pourpre. « Jotunheim, se dit Jack. Le pays de ceux qui dévorent les jambes. » Le rougeoiement se répandit dans le ciel et donna à la terre la couleur du sang séché.

– Je crois qu'on ferait mieux d'entrer, déclara Olaf.

23

Le triomphe d'Olaf

Le soir venu, la vaste demeure d'Ivar ne paraissait plus aussi menaçante. Un grand feu brûlait à l'intérieur et des lampes en pierre remplies d'huile de poisson avaient été disposées çà et là. Hélas, elles n'amélioraient pas la qualité de l'atmosphère, où flottait une odeur âcre. Une tranchée creusée au pied des murs formait un espace exigu, mais protégé, pour dormir. Exposé comme il l'était, le croc de Pierre devait être un endroit glacial. Dormir dans une tranchée, se disait Jack, c'était un peu comme si on était couché dans une tombe.

Tout au bout de la salle se dressait une estrade encadrée de piliers sculptés. Pour le roi Ivar, un simple fauteuil disposé devant le feu ne suffisait pas, il exigeait un piédestal d'où sa reine et lui pouvaient dominer leurs hôtes.

Les piliers, ainsi que les murs, étaient ornés de sculptures, mais celles-ci ne représentaient pas des animaux espiègles, comme chez Olaf. De longs corps sans tête se contorsionnaient et s'accrochaient les uns aux autres de toutes leurs griffes. Quand une tête apparaissait, elle était énorme et pâle, avec des yeux exorbités et une bouche grimaçante.

Des tapisseries étaient suspendues aux murs. Bien que réalisées avec énormément de talent, elles ne procuraient aucun plaisir esthétique. Là encore, des créatures étranges contemplaient la pièce d'un air menaçant; même les figures humaines, affublées de curieuses cornes, dansaient en brandissant des armes. Jack ignorait à quelle activité elles se livraient, mais ce n'était pas rassurant. Par endroits, galopaient des chevaux à huit pattes.

Sur l'estrade, au fond de la pièce, deux personnes étaient assises. Jack se souvenait de la description que le barde avait faite du roi Ivar: « Il a des yeux bleu très pâle, on dirait deux petits icebergs. Sa peau est aussi blanche que le ventre d'un poisson. Il est capable de briser la jambe d'un homme à mains nues et il porte un manteau tissé avec les barbes de ses ennemis vaincus. »

Olaf et son entourage, en tant qu'invités d'honneur, furent conduits à une table située au pied de l'estrade, ce qui permit à Jack d'examiner de près manteau du roi. Le vêtement était marron et noir, blond et blanc, et semblait très sale. Mais Ivar ne donnait pas l'impression de pouvoir briser la jambe d'un homme à mains nues. Il était affalé sur son siège comme s'il n'arrivait pas à se tenir droit. Comme si, en vérité, il était... désossé.

Jack ne voulait pas regarder l'autre siège. Il sentait sa présence comme une porte ouverte sur une nuit d'hiver. Le feu répandait une douce chaleur dans la pièce, mais il ne parvenait pas à adoucir cette sensation glaciale. Jack sentait le froid aspirer la rune autour de son cou. Il leva les yeux...

Elle était belle.

Plus que belle. Jack, qui d'habitude ne faisait pas attention aux femmes, était stupéfait. Comment avait-il pu croire que la reine était un être malfaisant? Une telle beauté ne pouvait émaner que des dieux ou des anges, selon votre religion. Sa peau avait la pâleur de la crème, et ses cheveux – ah, ses cheveux! – pendaient en longues vagues roux et or, telle une cascade étincelante qui se déversait jusqu'à terre. Par comparaison, les cheveux de Lucy ressemblaient à une vieille botte de paille sèche.

Frith sourit et Jack se leva aussitôt pour la saluer. C'était plus fort que lui. Il sentit à peine la présence de Rune, qui l'obligeait à se rasseoir et à détourner le regard.

Curieusement, la sensation de froid réapparut aussitôt.

Quand il ne regardait pas la reine, Jack était parcouru d'un frisson glacé de la tête aux pieds.

– Ne fixe pas la reine, mon garçon, lui glissa le vieux guerrier. Elle t'attirera avec elle entre les mondes. Concentre-toi sur le poème. Répète tes vers.

Jack obéit, mais il n'avait qu'une envie : revoir le sourire de Frith.

Le festin débuta. On apporta des sangliers et des cerfs grillés, entiers, sur d'immenses plateaux. Des oies farcies avec des poules, elles-mêmes farcies d'alouettes, elles-mêmes farcies de coriandre, furent posées sur chaque table. L'hydromel, le vin et la bière coulaient à flots, mais Rune interdit à Jack de boire la moindre goutte d'alcool. Il devait garder l'esprit clair pour chanter l'ode dédiée à Olaf.

Alors que le garçon se disait qu'on ne pouvait pas offrir festin plus délectable, les cuisiniers du roi apportèrent des bols de porridge.

– Du porridge, dit Lucy à voix basse. (C'étaient les premières paroles qu'elle prononçait depuis le début de la soirée.) Le meilleur en plus : avec de la muscade et de la crème.

Jack dut réprimer une forte envie de pleurer.

Le roi Ivar se leva alors et le silence se fit.

– Nous sommes réunis ici pour fêter le retour de notre cher ami Olaf-N'a-Qu'un-Sourcil.

– Oyez ! Oyez ! hurla Pied de Bois de l'autre bout de la salle.

– Il est toujours le premier à livrer bataille et le dernier à abandonner le combat. C'est lui qui m'a sauvé quand la reine de la montagne m'a enfermé dans sa grotte. Et, à lui seul, il a obligé le roi des elfes à rendre le château qu'il avait volé.

Jack se tourna vers Olaf, étonné. Il n'avait jamais entendu parler de ces exploits.

– Depuis la mort de Thorgrim, c'est lui qui commande mes berserkers. (Le roi Ivar leva la corne dans laquelle il buvait.) Je lui rends honneur en lui offrant ce festin et j'ai hâte d'écouter le récit de sa victoire. A Olaf !

Le roi vida sa corne d'un trait. Un tonnerre d'applaudissements et de cris explosa dans la salle.

– A Olaf ! hurlèrent Pied de Bois et Éric Belle Face.

– Je veux l'honorer, moi aussi, dit une voix aussi légère qu'une brise d'été sur un champ de trèfles.

Malgré le brouhaha, Jack l'entendit distinctement, et tous les autres convives également car le silence revint.

– Olaf a toujours été aussi généreux que courageux, dit la voix caressante de Frith. (Jack voulut lever la tête, mais Rune l'en empêcha.) Il nous a offert des bagues en or et de belles étoffes. Il nous a apporté un splendide cochon-troll pour le sacrifice du solstice d'été. Et voilà qu'il nous amène un authentique skald. Il y a trop longtemps que cette cour est privée de musique. Trop longtemps que le roi Ivar est privé de poète.

« Hé, pas si vite ! se dit Jack. Je refuse qu'on m'offre au roi. »

Olaf se leva. Jack remarqua qu'il gardait la tête baissée lui aussi. Ses yeux étaient fixés sur les pieds de la reine, de très jolis pieds soit dit en passant. Ils dépassaient, fins et délicats, de sa longue robe.

Mais soudain, quelque chose sortit de sous la robe : un énorme chat ! Il se frotta contre les jambes de la reine en ronronnant bruyamment. D'autres chats étaient couchés dans la pénombre, derrière l'estrade. Tous avaient de longs poils blonds et roux et observaient les alentours de leurs yeux semblables à de l'or pâle.

– Ô grande reine, avant que mon skald chante son poème, j'ai une chose importante à annoncer, dit Olaf. Thorgil a participé à son premier raid et a fait sa première prise. Au lieu de la garder pour elle, elle a tenu à vous l'offrir, sachant combien vous appréciez les beaux enfants. J'ai toujours pensé que Thorgil était généreuse et courageuse. C'est pourquoi je serais heureux de l'accueillir parmi mes berserkers, avec votre gracieuse autorisation.

Thorgil se leva et salua. Son visage était empourpré par l'émotion et la joie. Elle était également un peu ébouriffée car elle avait fait la folle avec les chiens. Olaf souleva Lucy de son siège.

« Non ! » se dit Jack. Maintenant que le moment était venu, il sentait qu'il devait sauver sa sœur, quelles que soient les conséquences. Mais en levant la tête, il vit la reine.

Elle était aussi belle et innocente qu'un matin de mai. Comment aurait-elle pu faire du mal à quelqu'un ?

Thorgil prit Lucy par la main et lui fit gravir les marches conduisant à l'estrade. Les chats s'approchèrent pour les renifler et Jack crut voir la jeune guerrière tressaillir. Les félins ne l'aimaient pas ; ou peut-être sentait-elle le chien. Ils plaquèrent leurs oreilles en arrière et crachèrent. Lucy se pencha pour caresser un de ces monstres. Jack se raidit, craignant le pire, mais le chat se frotta contre elle en ronronnant.

– Ils t'aiment bien, dit la reine.

– C'est un chat qui m'a tenu chaud quand on m'a enlevée au château, expliqua Lucy.

– Ah ! Tu es donc une princesse !

– Je suis votre princesse, sotte créature, répondit Lucy. Vous ne vous souvenez pas ? Les trolls m'ont enlevée quand j'étais encore bébé.

Un hoquet de stupeur parcourut l'assemblée. Jack devinait que personne n'avait jamais insulté Frith. Mais la reine se contenta de rire.

– Maintenant que tu le dis, il est possible que je me souvienne d'avoir eu une fille, en effet. Je m'étonne que les trolls ne t'aient pas mangée.

« Tu es à moitié troll, tu devrais le savoir », pensa Jack. Et pourtant, quand il regardait Frith, il n'arrivait pas à imaginer une ascendance aussi infâme.

– Oh, ils voulaient me manger ! dit Lucy. Mais ils se sont mis à se disputer. « Si on la faisait rôtir avec une pomme dans la bouche ? » disaient-ils. « A moins qu'on en fasse une tourte ? » « Une tourte ! Une tourte ! » s'exclamait la moitié des trolls. L'autre moitié réclamait du bébé rôti. Ils en sont venus aux mains et, très vite, tous sont tombés, assommés. C'est à ce moment-là que Père est arrivé et qu'il m'a trouvée. Mon autre père. Celui qui n'est pas ici.

« Lucy n'avait pas parlé autant depuis des semaines. Elle se glissait dans son rôle de princesse avec une facilité étonnante. Il est vrai qu'elle s'entraînait depuis toute petite », se dit Jack. Lucy marcha vers Frith et noua ses bras autour des jambes de la reine en toute confiance.

Celle-ci semblait émerveillée.

– Quelle imagination ! Je suis sûre que tu vas beaucoup me distraire. Merci, Thorgil. C'est un très beau cadeau.

Thorgil murmura quelques paroles indistinctes et attendit embarrassée. Le savoir-vivre n'était pas son fort.

– Oui ? fit la reine.

– Est-ce que... euh... vous voulez bien que... je fasse partie des berserkers ?

– A ton âge ? roucoula Frith de sa voix irrésistible. Tu devrais plutôt apprendre, comme les autres jeunes filles, la couture, le tissage et la cuisine...

A croire que la reine savait exactement ce qui faisait enrager Thorgil. Celle-ci fit un tel effort pour se contrôler qu'elle devint écarlate. Jack aurait parié qu'elle allait éclater.

Olaf intervint :

– Ô grande reine, Thorgil est la fille de Thorgrim. Jamais il n'y eut meilleur berserker et elle a hérité de l'esprit de son père.

– Pourtant, rétorqua Frith d'un ton assez froid, je n'aurais jamais cru qu'une guerrière porterait un ornement aussi féminin que ce collier de feuilles.

« Voilà donc où elle voulait en venir », pensa Jack qui avait cessé de regarder la reine. Cela lui permettait de garder les idées claires. « Elle veut le collier de Thorgil. »

La jeune fille ôta son collier et le tendit à Frith. Jack vit combien ce geste lui coûtait.

– J'en veux pas, marmonna la guerrière. Il est moche, de toute façon.

– Moi, je le trouve très joli, répondit Frith. Eh bien, merci. Tu peux retourner t'asseoir maintenant. J'ai hâte d'entendre l'ode à Olaf.

Thorgil descendit de l'estrade en trébuchant et se laissa tomber sur son banc. Elle était rouge de rage, presque violette. Olaf posa une main sur son épaule.

– Plus tard, ma Walkyrie, lui murmura-t-il.

Ce compliment apaisa quelque peu la jeune guerrière, mais elle ressemblait toujours à un nuage chargé d'éclairs. Elle avait renoncé à sa première prise ainsi qu'à son beau collier en argent et elle ne faisait toujours pas partie des berserkers de la reine.

Jack balaya la salle du regard. Au moins une centaine de visages étaient tournés vers lui, des hommes du roi Ivar pour la plupart. Olaf avait fait venir Pied de Bois et Éric Belle Face à sa table et les avait menacés des pires sévices s'ils parlaient durant la chanson. Tous les guerriers avaient ôté leurs casques de cérémonie pour mieux entendre. Rune souriait, le menton appuyé sur sa harpe. Ce triomphe serait également le sien, même si personne ne le saurait. Thorgil boudait, repliée dans sa fureur, mais Jack ne chantait pas pour elle.

Il se racla la gorge. Il sentait plus qu'il ne voyait la reine derrière lui. « Je ne dois pas penser à elle », se dit-il. Un frisson glacé lui parcourut l'échine. Il se lança :

Écoutez, têtes couronnées, car je vais vous parler
Des splendeurs du combat et d'Olaf le Valeureux.
Ce guerrier généreux qui sème la terreur.
Chanceux sont ceux qui vivent dans sa maison,
Baignée de splendeur, de trésors et de gloire.
Les hommes à tête de loup l'appellent « chef »
Les briseurs de crânes d'Odin l'appellent « ami ».

Jack prit de l'assurance à mesure qu'il chantait. Il finit par oublier le public. Et même la reine. La force de vie scintillait autour de lui, malgré le thème sanglant de l'ode. Elle était attirée, se disait Jack, par la beauté de la poésie de Rune. Elle rendait chaque vers plus vivant et faisait vibrer sa voix. Il sentait vaguement la présence d'un des envoyés d'Odin, un corbeau, perché sur la charpente du toit au-dessus de sa tête. Cela le troubla l'espace d'un instant, mais il l'oublia très vite.

Quand il eut terminé (c'était un très long poème), un silence absolu régnait dans la grande salle. Même le feu avait cessé de crépiter. Et soudain, les applaudissements éclatèrent.

– Formidable ! Formidable ! brailla Pied de Bois en essuyant ses larmes avec sa barbe.

– Ça en bouche un coin, hein ? hurla Éric Belle Face.

– J'ai beaucoup aimé le passage où il parle des crânes qu'on fracasse, commenta Egil Long Pieu.

– Et le sang dans lequel on patauge jusqu'aux genoux, ajouta Sven le Vengeur.

– C'est injuste ! s'exclama Thorgil. Jack a droit à tous les honneurs alors qu'il n'a rien fait ! Il ne s'est jamais battu, il n'a jamais rien pillé !

Rune était assis dans son coin, un petit sourire aux lèvres. Les compliments coulaient autour de lui comme du miel chaud. Jack aurait aimé lui rendre hommage, mais il savait que ce serait dangereux dans ces circonstances. Peut-être un jour pourrait-il lui témoigner sa gratitude.

– Quelle charmante mélodie, dit la voix flûtée de la reine dans son dos.

Bizarrement, la façon dont elle avait dit cela semblait une critique. Jack se retourna vivement, prêt à défendre l'art du vieux guerrier. Mais il se souvint à temps du danger encouru et transforma son geste en une révérence.

– Tu ne trouves pas que c'est une jolie mélodie, Lucy ? demanda la reine.

La fillette, qui s'était assoupie sur les genoux de Frith, se redressa et hocha la tête.

– La vie était monotone depuis quelque temps, reprit la reine. Notre nouveau skald nous réserve bien des joies.

– C'est mon frère, déclara fièrement Lucy.

– Raison de plus pour qu'il vive avec nous. Tu ne crois pas, monseigneur ?

« Olaf, fais quelque chose ! » pensait Jack.

Ivar se leva. Il était d'une pâleur cadavérique et paraissait épuisé, comme si une maladie le rongeait.

– Ce skald est-il un cadeau, Olaf ?

– Non, mon vieil ami, répondit le géant avec simplicité. Je t'ai donné une grande partie de mon butin. Je l'ai fait en toute liberté et de bon cœur. J'ai capturé cet énorme cochon-troll à la frontière de Jotunheim et je te l'ai offert pour le sacrifice à Freya. Cela ne te suffit pas ?

Ivar baissa la tête.

– J'ai honte de paraître aussi cupide.

– Je n'ai jamais pensé que tu étais cupide, mon vieil ami, dit Olaf.

– Cela veut dire que moi, je le suis, je suppose, siffla la reine.

Elle se leva, faisant tomber Lucy par terre. Ses chats jaillirent de l'obscurité et vinrent tourner autour de sa longue robe telle une rivière d'or en fusion. La fillette versa quelques larmes avant de fourrer son pouce dans sa bouche.

Frith s'approcha de Jack et posa l'extrémité de son doigt sur les lèvres du garçon. Un courant glacé traversa tout son corps, livrant bataille contre la chaleur de la rune.

– Quelle jolie voix. Quel dommage de ne pas l'entendre chanter tes louanges, Ivar.

Les chats se frottaient maintenant contre les jambes de Jack. Ils étaient si grands qu'ils lui arrivaient à la taille et leurs mouvements incessants lui faisaient tourner la tête.

– Soit ! dit Frith. Je suis cupide, je l'admets. Mais c'est uniquement pour la gloire de ta cour, cher époux. Je veux ce skald.

– Ô grande reine, dit Olaf. (Jack remarqua alors qu'il disait « mon vieil ami » pour s'adresser à Ivar mais, quand il parlait à Frith, il n'y avait plus aucune chaleur dans sa voix.) Ne me demandez pas ça.

– Je te le demande quand même.

– Prends autre chose, Frith, dit le roi Ivar.

La reine lui jeta un regard qui le fit tituber et se rasseoir.

– J'ai un nouveau cheval de guerre, dit Olaf, et Jack voyait qu'il lui en coûtait de prononcer ces paroles, comme il en avait coûté à Thorgil de donner son collier. Je pense que son père venait du pays des elfes, et je comptais l'offrir à mon fils Skakki. Il est à vous, ma reine, si vous renoncez au skald.

– Je ne marchande pas, noble Olaf. Et puis quoi encore ! Je ne suis pas une poissonnière sur le marché. Ton cheval est le bienvenu, évidemment, mais ça ne règle pas la question de ce garçon.

– Si, déclara Jack.

Il était mort de peur. Il devait lutter contre la volonté de la reine et contre les chats qui ne cessaient de tourner autour de ses jambes. Par-dessus le marché, il devait combattre la beauté de Frith, mais c'était plus facile grâce à la force de vie qui continuait à flotter autour de lui. Elle rendait cette femme moins séduisante. Il entraperçut derrière la reine une ombre qui ne ressemblait en rien à sa forme humaine.

– Il y a des lois dans ce pays, reprit Jack avec peine. Ivar est le roi et il vous a ordonné de ne pas me prendre.

La peur qui lui serrait la gorge empêchait presque les mots de sortir, mais il entendit un murmure d'approbation dans la salle.

– Père dit toujours à Mère ce qu'elle doit faire, gazouilla Lucy.

Une onde de rires, vite étouffée, parcourut l'assistance.

– Je chanterai vos louanges, grande reine, promit Jack. Mais je dois également respecter la volonté du roi Ivar.

La silhouette de Frith trembla très légèrement. Les lampes à huile crachotèrent et l'âtre sembla s'assombrir. Puis tout redevint normal.

– Je vois que tu es aussi intelligent que bon musicien, dit la reine. J'accepte ce compromis... pour le moment. Offre-moi une ode, mon garçon, et je te dirai si elle me plaît.

Jack se sentait au bord de l'évanouissement. Il n'avait aucune chanson prête et son esprit était vide. Les chats continuaient à tourner autour de lui, mais maintenant ils lui donnaient des coups de tête et lui marchaient sur les pieds de manière agressive.

– Pourriez-vous... rappeler vos chats ? demanda-t-il d'une toute petite voix.

– Ce ne sont pas les miens, répondit Frith. Ils appartiennent à Freya. Ils tirent son char sacrificiel et obéissent à ses désirs. Ce n'est pas moi qui vais dire à une déesse ce qu'elle doit faire. Ses animaux ont décidé qu'ils t'aimaient, c'est comme ça.

Jack n'était pas certain que le verbe « aimer » soit approprié. Les chats se cognaient brutalement contre lui. Il avait déjà joué avec des chats, dans le temps, à la ferme. Parfois, on ne savait pas ce qui leur passait par la tête; alors qu'ils paraissaient heureux, ils décidaient soudain de vous attaquer.

Mais il n'avait pas le choix. « Que puis-je dire ? Que puis-je dire ? » se répétait-il. Toutes les louanges qu'il connaissait parlaient d'actes de bravoure ou de prouesses, comme jouer de la harpe et nager. Elles pouvaient s'appliquer aux hommes aussi bien qu'aux femmes. Mais aucun poème n'était adapté à Frith.

Pouvait-il mentir ? Non, se dit-il. Le talent d'un barde lui venait de la force de vie et il était impossible de lui mentir.

Alors, que restait-il ? La beauté. Dans les poèmes de louanges, la beauté d'une femme était mentionnée en termes vagues. C'était une qualité, sans plus. L'important, c'était son caractère, mais Frith n'en avait aucun, si ce n'était la cupidité et l'envie. Il faudrait donc se contenter de la beauté.

Jack commença. Il devait inventer au fur et à mesure. Levant la tête, il aperçut le corbeau caché au milieu des poutres de la charpente. Hardi ! Ce ne pouvait être que lui. Sans doute l'avait-il suivi depuis la maison d'Olaf. L'animal sautillait sur place, visiblement nerveux. A cause des chats, sans doute. Ces monstres n'en feraient qu'une bouchée et en réclameraient davantage.

– Eh bien, pourquoi t'arrêtes-tu ? demanda la reine.

Jack tourna la tête et vit que Lucy était revenue s'asseoir sur les genoux de la reine pour se faire câliner. En réalité, c'était elle qui faisait les câlins car Frith semblait incapable d'un geste d'affection. Il savait que la vie de sa sœur était désormais entre ses mains. Il devait satisfaire la reine s'il ne voulait pas découvrir ce qui arrivait aux enfants quand elle se mettait en colère.

Il la regarda droit dans les yeux et sa beauté le stupéfia une fois de plus. Il se remit à chanter, évoquant tout d'abord ses bras à la peau blanche, puis son visage parfait. Sauf qu'il n'était pas parfait. La chose que mentionnaient immanquablement les poètes quand ils parlaient des femmes, c'étaient leurs yeux. Mais ceux de Frith ressemblaient à des portes qui s'ouvraient sur le néant.

Ses cheveux ! Voilà un motif de poème. Ils méritaient des louanges, assurément. Sa chevelure était une rivière rousse aux reflets d'or qui se répandait autour d'elle, telle une cape fabriquée par des elfes ; ils cascadaient jusqu'au sol en se déversant de son front blanc comme des rayons de soleil. Même le pelage des chats de Freya n'était pas plus éclatant, chanta-t-il.

En entendant prononcer le mot « chat », un des félins tourna la tête et planta ses dents dans la cuisse de Jack. Ce dernier poussa un cri de surprise. L'enchantement était rompu, car il s'agissait bien d'un enchantement. Jack ressentait au plus profond de lui la force de vie, comme le brouillard surgissait à son appel. L'or des cheveux de Frith était devenu plus intense. Ils tombaient sur ses épaules avec grâce. Ils tombaient... vraiment!

L'enchantement étant rompu, les cheveux de Frith se détachèrent de son crâne et tombèrent sur le sol dans un petit soupir.

Tous les invités retinrent leur souffle. Frith, elle, semblait hésiter, comme si elle n'avait pas encore compris ce qui venait de se passer.

– Seider! hurla Thorgil en brisant le silence. Regardez! Son démon familier est là-haut, sous le toit!

Hardi poussa un croassement sinistre et s'enfuit par la porte.

–Un corbeau? demanda Frith, dubitative.

Elle porta ses mains à son crâne chauve. Et poussa un hurlement, un terrible cri qui n'avait rien d'humain. Son corps enfla en différents endroits, ses traits se ridèrent et se contorsionnèrent comme les créatures sculptées sur les murs. Son visage blêmit, ses yeux jaillirent de leurs orbites et sa bouche se crispa. Elle ne cessait de hurler. La salle se vida en un instant; tous les guerriers se précipitèrent vers la porte en se piétinant et en gémissant de manière peu héroïque.

Jack essaya d'atteindre Lucy, mais Olaf le tira en arrière. Le géant ouvrit un chemin pour ses femmes et ses amis, tandis que Skakki fermait la marche. Pied de Bois et Éric Belle Face encadrèrent le vieux Rune, trop faible pour se frayer un passage au milieu de cette cohue. Quand ils débouchèrent à l'air libre, Olaf les conduisit jusqu'à l'orée de la forêt. Là, ils regardèrent les invités se rassembler à bonne distance de la maison.

Les hurlements avaient cessé. La nuit était étoilée et la pleine lune flottait à son zénith. A l'horizon, une faible lueur indiquait que le soleil du solstice d'été n'était pas très loin. Nul ne parlait et Jack avait peur de poser des questions. Qu'allait-il se passer maintenant? Quel sort attendait la pauvre Lucy?

Rune murmura :

– Je n'ai jamais vu pareille colère.

Cette remarque brisa la tension. Olaf émit un petit ricanement désabusé.

– Heide avait raison. Comme toujours. Je n'aurais pas dû emmener les enfants à cette fête.

– C'était écrit, dit Rune.

– Je suis désolé, dit Jack en se préparant à recevoir un coup, mais Olaf était trop préoccupé pour le frapper.

Il gardait les yeux fixés sur la porte de la demeure d'Ivar.

– Dois-je aller chercher les esclaves, père ? demanda Skakki.

– Oui, répondit le géant. Prends Jack avec toi. Il pourra calmer le cochon-troll pendant que tu détaches les bœufs.

Ils rejoignirent la foule des invités et Jack demanda alentour ce qu'il était advenu de sa petite sœur. Personne ne put le renseigner et nul n'osait retourner à l'intérieur pour la chercher. Jack essuya ses larmes en suivant Skakki. Boiteux, Cul Sale et Lourdaud étaient cachés sous la charrette de Crin d'Or.

– C'était quoi, ce bruit ? interrogea ce dernier d'une voix geignarde.

– La reine s'est mise très en colère. Vous pouvez sortir maintenant, dit Skakki. Détachez les bœufs. On file.

Les hommes s'affairèrent autour des bêtes pendant que Jack chantait à mi-voix une chanson à Crin d'Or. Tout en sciant avec son couteau les courroies en cuir qui fermaient la cage. Skakki l'appela.

– Au revoir, mon gros, murmura Jack. Et bonne chance.

Ils traversèrent la forêt en silence. La pleine lune éclairait le sentier et les ombres se massaient sous les arbres de chaque côté. Mais c'était une obscurité saine, rien à voir avec les ténèbres sinistres de la demeure du roi Ivar. Jack vit un corbeau couper en deux le visage rond de la lune. Il suivait Olaf et son groupe.

24

La quête

Le lendemain matin, Olaf envoya Crinière de Nuage au roi.

– Peut-être que apaisera-t-il sa colère. Il n'y a aucun espoir de calmer la fureur de Frith.

– On devrait sauter dans un bateau et fuir dans le Finnmark, proposa Heide. Mes frères nous protégeront.

– Sans vouloir t'offenser, ma chère, je n'ai pas envie de vivre dans une tente malodorante avec tes frères. Et je ne veux pas passer pour un couard.

– La fuite est la seule solution sensée, reprit Heide en insistant sur le dernier mot.

– C'est honteux, oui! Je suis le guerrier du roi Ivar, je respecte ma parole.

– Tu préfères nous laisser massacrer plutôt que de nuire à ta précieuse réputation.

Heide savait tenir tête à Olaf comme personne.

– La réputation est l'unique chose que possède un homme. Mais rassure-toi, tu ne mourras pas. Je connais Ivar. Peut-être qu'il me punira, et sans doute qu'il punira aussi Jack, mais ça n'ira pas plus loin.

Jack aurait aimé profiter de l'occasion de prendre un bateau pour se rendre dans le Finnmark, quel que soit cet endroit. Passer sa vie dans une tente malodorante ne l'aurait pas gêné, mais il n'avait pas le choix. Il était enfermé dans la grande maison d'Olaf; son collier d'esclave était relié à une lourde table par une laisse. « Comme un chien », se disait-il.

Thorgil était consignée, elle aussi, mais elle n'était pas attachée, on lui faisait confiance. Olaf n'avait pas apprécié son éclat de colère chez Ivar.

« Comme si la situation n'était pas assez tendue, il a fallu que tu accuses Jack de seider devant tout le monde! » avait-il grommelé. « Il parle aux corbeaux! » avait répliqué Thorgil.

Soudain, Skakki fit irruption dans la pièce.

– Vous ne devinerez jamais ce qui s'est passé! Crin d'Or a ouvert sa cage et il s'est enfui! La reine est furieuse.

– De pire en pire, commenta Olaf. On dit que lorsque le destin d'un homme le conduit vers sa mort, tout ce qu'il entreprend échoue.

– Le roi te demande, ajouta Skakki. Il veut voir Jack et Rune également.

– Rune?

– En tant que maître du savoir et expert en magie de skald. Et il convoque Thorgil aussi, pour l'accusation qu'elle a portée.

– Moi? s'exclama Thorgil, outrée.

– Tu n'as jamais su tenir ta langue, dit Heide.

Tout s'habillèrent en hâte. Rune enfila sa tunique blanche, car on le consultait pour une question de magie. Ils traversèrent la forêt, traînant les pieds; Olaf tenait la laisse de Jack. « Comme un chien », pensa à nouveau le garçon. Il se demandait quel châtiment lui réservait la reine. Peut-être lui volerait-elle son esprit, comme elle l'avait fait au barde. Ou bien elle le jetterait dans le marais de Freya pour qu'il s'y enfonce lentement. Ou alors, elle le ferait rôtir à petit feu. Jack n'avait aucun mal à imaginer une douzaine de destins possibles, tous aussi affreux.

Au moins, Crin d'Or avait réussi à s'échapper. Certes, c'était un animal retors et il ne méritait sans doute pas sa pitié, mais Jack l'aimait bien. C'était plutôt flatteur de voir qu'un porc appréciait votre poésie.

Le roi et la reine étaient assis sur l'estrade. Leurs guerriers étaient alignés sur les côtés et devant se tenaient les prêtres d'Odin et de Freya.

– Les prêtres n'ont pas réussi à briser le sort, déclara le roi.

Jack fut soulagé de voir Lucy assise aux pieds de la reine. Mais quand la fillette leva la tête, il s'aperçut que son esprit s'était enfui ; son regard était vide, elle ne le reconnaissait pas. Où était donc passé son esprit ? Il ne se trouvait pas dans le château, assurément, ni dans un cauchemar où Frith demi-troll tenait le rôle de sa mère.

Jack reporta son attention sur la reine. Aussitôt, elle capta son regard et le garda prisonnier. Il ne pouvait plus détourner les yeux. Elle avait repris forme humaine, mais il ne restait rien de sa beauté lumineuse. Elle paraissait rugueuse et grumeleuse, comme une pâte à pain mal pétrie. Ses cheveux reposaient dans un panier posé par terre et elle portait un châle sur la tête.

– Je veux qu'il soit puni, déclara la reine d'une voix sifflante. (Derrière elle, l'air s'agita et Jack constata qu'elle n'avait pas perdu son redoutable pouvoir.) Je veux qu'il souffre comme personne n'a jamais souffert. Je veux que son supplice dure des jours et des jours. Je veux qu'il connaisse le désespoir, puis l'espoir, et de nouveau le désespoir.

– Si vous faites cela, vous ne retrouverez jamais votre beauté, dit Rune.

– Et pourquoi donc ? Une fois qu'il sera mort, le sort prendra fin de lui-même.

– J'ai peur que non, dit le vieux guerrier. Il ne s'agit pas de n'importe quel tour de magie. Jack a été formé par Langue de Dragon.

– Langue de Dragon ! s'écria Frith d'une voix stridente.

Les guerriers baissèrent la tête en se bouchant les oreilles. Le roi Ivar blêmit.

– Il est mort ! Il est mort ! Il est mort ! hurla-t-elle.

– Son savoir lui a survécu, dit Rune. C'était le skald le plus puissant de la terre du Milieu, et Jack est son héritier.

– Maintenant, je suis certaine de vouloir sa mort !

– Ô grande reine, dit le prêtre d'Odin, si c'est là l'œuvre de Langue de Dragon, seule la personne qui a jeté le sort peut le faire disparaître.

– C'est exact, confirma le prêtre de Freya.

Frith semblait rassembler ses forces. Dans son dos, les ombres s'immobilisèrent.

– Eh bien, mon garçon, dit-elle d'une voix presque douce, qu'attends-tu ?

Olaf le poussa vers l'estrade. Jack fut submergé par des vagues glacées.

– Je… euh… je…

– Vas-y ! Annule le sort !

– Je ne sais pas comment faire, murmura le jeune skald.

– Quoi ?

Jack déglutit.

– Je ne sais pas comment faire.

La reine hurla de plus belle et tout le monde, y compris Olaf, tomba à genoux.

– Et voilà, l'affaire est entendue, dit le prêtre d'Odin.

– Désolé, mon garçon, grogna Olaf. Je pensais qu'on avait encore une chance.

– Tout n'est pas perdu, déclara Rune. (Thorgil l'aida à se relever et à épousseter sa tunique car la paille qui recouvrait le sol de la demeure d'Ivar était jonchée d'os et de morceaux de viande, sans parler des puces.) Jack ne connaît pas la formule magique, mais il peut l'apprendre dans le puits de Mimir.

– Le puits de Mimir ? s'exclama le prêtre d'Odin, abasourdi. C'est à Jotunheim !

– Je n'ai pas dit que ce serait facile.

– Vous ne pouvez imaginer combien il est dangereux de se rendre à Jotunheim, intervint le roi Ivar. Je sais de quoi je parle, j'y suis allé.

– Moi aussi, dit Olaf.

– Si quelqu'un assure votre protection, c'est possible, affirma Rune.

Tous les yeux se tournèrent vers Frith qui foudroya l'assistance du regard.

– Je n'ai aucune affection pour Jotunheim. Ma propre mère m'en a chassée.

– Elle ne t'a pas chassée, rectifia le roi Ivar, elle t'a mariée à moi.

– C'est pareil, répondit Frith avec mépris. Je rêvais d'un bel ogre ou d'un lutin, mais non! Ma mère a insisté pour que j'épouse un humain chétif.

Le roi Ivar passa sa main sur son visage comme si cette discussion avait déjà eu lieu un millier de fois.

– Il semblerait que...

Jack se racla la gorge en voyant Frith reporter son attention sur lui. Bien que diminuée, elle parvenait encore à paralyser son esprit.

– Il semblerait, reprit-il, que votre seule chance d'être guérie soit que je trouve ce puits de Mimir et que... que suis-je censé faire ensuite, Rune?

– Tu boiras l'hydromel des chants qu'il contient, dit le vieux guerrier à voix basse. C'est le rêve de tous les skalds. Toute ma vie, j'y ai pensé... Bah, inutile de regretter ce qui ne peut être. L'hydromel des chants irrigue les racines d'Yggdrassil, l'arbre qui traverse les neuf mondes. C'est de la force de vie pure, aurait dit Langue de Dragon.

Alors que Rune parlait, Jack fut envahi par une étrange sensation. C'était comme le vent sur la mer, les faucons qui plongeaient avec leurs ailes repliées et des collines lointaines enveloppées de brouillard. Il se voyait marchant dans une forêt de sapins géants. Dans l'air flottait l'odeur vive d'un glacier. « Bon sang, je crois que cette aventure me plaît! » se dit-il. C'était une sensation si inhabituelle qu'il se demanda s'il n'était pas malade.

En ouvrant les yeux, il vit que Thorgil paraissait très excitée par cette perspective.

– Trouver le puits de Mimir! s'exclama-t-elle. Quelle quête!

Olaf lui-même avait un air rêveur.

– Oui, cela semble merveilleux, soupira le roi Ivar. Hélas, ce n'est plus pour moi. Eh bien, ma petite fleur troll, veux-tu bien accorder ta protection à Jack afin que tes parents sachent qu'il est un invité et non un cerf à deux pattes?

Frith fronça les sourcils et fit la moue. Ils durent la flatter et la supplier. Ivar lui promit de nombreux cadeaux, et elle finit par accepter. Elle sortit de sa manche une pièce de jeu d'échecs.

– Je l'ai volée à ma mère, dit-elle. C'est la reine. J'espère que je l'ai empêchée de jouer. Bref, elle la reconnaîtra. Mais je veux être certaine que vous reviendrez au lieu de fuir comme une bande de traîtres sans parole.

– Nous ne trahissons pas notre parole ! s'insurgea Olaf, vexé.

– Le cochon-troll s'est échappé cette nuit, dit Frith. Sans doute est-il déjà à mi-chemin de Jotunheim à l'heure qu'il est. Cela signifie que je n'ai plus rien à offrir en sacrifice à Freya.

« Pas de chance », se dit Jack.

– Je pensais utiliser Crinière de Nuage, continua-t-elle, en souriant de la mine consterné d'Olaf. Mais j'ai eu une meilleure idée. Ton cadeau, Thorgil, est devenu maussade. Elle ne parle plus, elle m'ennuie. Alors, je me suis dit : « Pourquoi ne pas offrir Lucy en sacrifice à Freya ? »

– Non ! cria Jack.

– Cela fait des années que je n'ai pas offert un être humain à la déesse. Lucy est une jolie petite fille et, même si elle est à-demi idiote, Freya s'en moque.

– Vous ne pouvez pas faire ça ! Je vous en empêcherai !

Jack voulut se précipiter vers l'estrade. Il fut retenu par la puissance maléfique de la reine et suffoqua, entouré par une obscurité fétide et glaciale. Seule la rune lui évitait de mourir gelé.

– Si vous le tuez, c'en est fini de la quête, dit Rune.

L'obscurité mortifère s'évanouit. En ouvrant les yeux, Jack constata que son corps était couvert de cristaux de glace qui fondaient rapidement.

– J'attendrai jusqu'au rituel des offrandes après les récoltes, déclara Frith. Cela vous laisse le temps d'atteindre Jotunheim, de trouver le puits de Mimir et de revenir. Si vous êtes en retard, ou si vous avez décampé, je ferai monter Lucy dans le char sacré et je la jetterai moi-même dans le marais de Freya.

« C'est ma faute. Tout est ma faute, se disait Jack, alors qu'ils revenaient par la forêt. Le barde a perdu l'esprit parce qu'il m'a donné la rune de protection. J'ai laissé Lucy se faire enlever par des Nordiques et ma magie n'a pas opéré correctement. Si je n'avais pas libéré Crin d'Or, Lucy ne risquerait pas d'être sacrifiée. A cause de moi, tout le monde va entreprendre cette quête stupide dans un royaume dont les habitants vous dévorent les jambes. Je ne trouverai jamais ce fichu puits. Ou bien je tomberai dedans et je m'y noierai. »

Une ombre se dressa devant Jack et se posa sur son épaule. Les griffes de Hardi étaient acérées.

– Aïe ! Arrête ! s'écria le garçon.

Le corbeau alla se poser dans un bosquet tout proche. Olaf, Rune et Thorgil s'arrêtèrent.

– Peut-être qu'il pratique le seider, commenta le géant.

– Qu'est-ce que je disais ! s'écria Thorgil.

– Balivernes, murmura Rune. Il connaît le langage des animaux, voilà tout.

Le vieux guerrier avait beaucoup parlé à la cour du roi Ivar et sa voix était presque éteinte. Il avait réclamé des récompenses au cas où ils reviendraient triomphants de Jotunheim. La loi était de son côté et il bénéficiait du soutien des prêtres d'Odin et de Freya. Le roi avait pour devoir de récompenser les actes héroïques.

Si Jack réussissait sa mission, avait plaidé Rune, Lucy et lui devraient être libérés. Et ramenés chez eux. « Si vous voulez que Jack revienne, il doit espérer autre chose qu'une vie d'esclave », avait-il dit. La reine n'était pas contente, mais elle n'imaginait pas, en effet, que quelqu'un puisse risquer sa vie pour quelqu'un d'autre. Cette idée de récompense lui semblait logique.

– J'ai entendu dire que le sang de dragon vous donnait la possibilité de parler aux oiseaux, expliqua Rune.

– Oui, il paraît, confirma Olaf. Langue de Dragon évoquait un nommé Sigurd qui avait tué un dragon. En rangeant son épée, il s'est piqué le doigt par mégarde et en a aspiré le sang. Il avait encore du sang de dragon sur sa peau. Dans l'instant, Sigurd a compris ce que se disaient deux alouettes.

– Je me souviens de cette histoire, dit Rune. Personne n'a jamais accusé Sigurd de pratiquer le seider.

– Aucun esclave n'a jamais tué de dragon, marmonna Thorgil tandis qu'ils reprenaient leur chemin.

Dotti et Lotti étaient soulagées de revoir Olaf. Elles lui sautèrent au cou et l'étreignirent en pleurant. Heide elle-même lui donna un baiser.

– Mon benêt chéri ! Tu as échappé aux loups !

Mais, quand Olaf parla de la quête, le sourire s'effaça du visage des femmes.

– Tu viens à peine de rentrer, se lamenta Lotti. Pourquoi faut-il que tu partes à la chasse aux trolls ?

– Ordre du roi, dit Olaf en asseyant Lotti sur un genou et Dotti sur l'autre. Nous devons trouver le puits de Mimir pour que Jack puisse guérir la reine.

– Qui a envie de la guérir ? demanda Dotti.

– Excellente question, dit Heide.

– Dans le cas contraire, la petite Lucy sera offerte en sacrifice à Freya.

Olaf faisait sauter ses deux jeunes épouses sur ses genoux comme des enfants. Elles poussaient de petits cris de joie et en redemandaient.

– Ce sera une grande quête, dit Thorgil, les yeux brillants d'excitation. On va rencontrer des trolls, des lutins et des ogres ! On pillera les forges des nains pour voler leur or ! Peut-être que je mourrai glorieusement sur le champ de bataille.

– Tu es une idiote, lui assena Heide.

– Jack boira l'hydromel du puits de Mimir, chuchota Rune. C'est une chose dont j'ai toujours rêvé.

– Je ne pensais pas que tu étais aussi bête que les autres, soupira la femme sage.

Elle leva les bras au ciel et retourna vers son métier à tisser. Celui-ci était fixé au mur dans un angle de la pièce. Les fils de la chaîne étaient tendus à l'aide de pierres qui pendaient aux extrémités ; la trame était passée entre les fils et tassée à l'aide d'un grand os de baleine. Heide confectionnait un magnifique tartan rouge, jaune et bleu, plus fin que toutes les étoffes jamais tissées par Mère.

« Mère », pensa Jack avec tristesse. Il ne savait pas si sa mère et les autres étaient toujours en vie. Le chemin pour rentrer chez lui passait désormais par Jotunheim, où l'on croisait des lutins et des ogres aussi fréquemment que des moutons à la ferme de Père. Jamais il n'en reviendrait vivant. Jamais.

25

Jotunheim

Olaf ordonna qu'on traîne sur le rivage son long et mince *karfi*. Il calfata les coutures avec des tampons faits de poils d'animaux et de laine, ôta les bernacles sur la coque et inspecta les cordes pour repérer les traces d'usure. Dotti et Lotti réparèrent les trous dans la voile. Skakki et Heide s'occupèrent des vivres. Quant à Jack, il courait ici et là pour donner un coup de main à chacun.

Ils n'avaient pas besoin d'un équipage important car il ne s'agissait pas d'une mission guerrière. Six hommes, parmi lesquels, Sven le Vengeur, Éric Belle Face et Éric le Boutonneux, se portèrent volontaires.

Une semaine plus tard, tout était prêt. Le quai était envahi de personnes venues leur souhaiter bonne chance et des pêcheurs qui se trouvaient à bord de frêles embarcations les saluèrent en les voyant passer. Avant que le village disparaisse au loin, Hardi se posa sur le pont en croassant bruyamment.

– Je n'essayais pas de t'abandonner, expliqua Jack. C'est juste que ce voyage me semble trop dangereux pour toi. On va rencontrer des trolls, des ogres et tout ça. Ce n'est pas un endroit pour un oiseau.

En guise de réponse, le corbeau lui tourna le dos et déposa une fiente sur le pont.

– Arrête de lui parler. Ça me rend nerveux, grogna Sven le Vengeur.

Thorgil les pilota à travers le fjord jusqu'à la pleine mer, car on ne pouvait atteindre Jotunheim par voie terrestre qu'à partir de la dernière portion du trajet. Passer directement par la montagne était beaucoup trop risqué pour les humains, d'après Olaf.

– La mer des Trolls, murmura Jack alors qu'ils débouchaient dans l'immensité gris-vert.

– C'est la nôtre, maintenant, déclara Olaf. C'était leur mer quand elle était couverte de glace. Les Jotuns n'aiment pas l'eau profonde, pas plus que le soleil. Ils ont été faits pour la glace et pour l'hiver. D'ailleurs, certains les appellent les géants de givre.

– Ah, c'est donc ça, les géants de givre, dit Jack. Le barde m'a raconté qu'ils se cachaient pour guetter les êtres humains et qu'ils les assommaient avec leur haleine de brume. Il disait qu'il ne fallait jamais se coucher dehors en plein cœur de l'hiver, même si c'était très tentant. Les géants de givre vous poussaient à somnoler alors que, en réalité, vous étiez en train de mourir gelé.

– C'est bien une ruse de troll, ça, commenta Olaf.

Malgré la précarité de sa situation, Jack trouvait ce voyage grisant. La mer et le ciel infinis l'emplissaient de joie; il adorait entendre les cris des mouettes. Hardi, lui, aimait beaucoup moins les mouettes. Il quittait le bateau pour les chasser, mais elles revenaient toujours.

Jack apprit à jouer à loup et moutons avec les guerriers. Et il chantait avec eux. « La gloire ne meurt jamais ! » résonnait encore et encore au-dessus des flots. Thorgil elle-même se joignit aux chants, jusqu'à ce que Rune lui dise qu'elle avait une belle voix. Elle partit alors bouder dans son coin.

A mesure qu'ils progressaient vers le nord, ils voyaient de moins en moins de villages et croisaient de moins en moins de bateaux. Et, au bout d'un moment, ils ne virent plus rien du tout. Les arbres montaient de plus en plus haut, leurs troncs étaient si épais que six hommes auraient pu se cacher derrière. C'était une forêt faite pour les Jotuns, pas pour les humains. Des élans gigantesques, dotés de bois plus larges que les bras écartés d'Olaf, les observaient dans l'obscurité. Une fois, Jack crut apercevoir un ours.

Un après-midi, ils tombèrent sur un banc de harengs et Jack comprit alors ce que voulait dire Olaf quand il avait raconté qu'on pouvait y laisser tomber une hache sans qu'elle coule. Des milliers et des milliers de poissons frétillants envahissaient la mer et empêchaient le bateau d'avancer. Éric le Boutonneux les sortait de l'eau avec un filet et Hardi l'imitait avec sa patte, mais on aurait pu les pêcher à mains nues.

– Quel dommage de perdre tout ça, dit Olaf. Par le ventre sans fond de Thor, j'aimerais bien envoyer tous ces poissons à la maison !

– Thor ferait un bon compagnon pour ce voyage, dit Sven le Vengeur. Il savait s'occuper des trolls, lui.

– Les Jotuns lui ont volé son marteau une fois, tu le savais ? demanda Rune à Jack.

Le garçon secoua la tête.

– Thyrm, le roi des trolls, le lui a pris pendant que le dieu dormait, raconta Olaf. Comme tu le sais, Thor puise sa force dans son marteau. Thyrm a promis de le lui rendre si Freya acceptait de l'épouser.

– Comme si quelqu'un allait donner la main de la déesse de l'Amour à un sale Jotun ! cracha Sven.

Olaf reprit son récit :

– Thor a enfilé une robe, a mis un voile sur sa tête et s'est rendu à Jotunheim. « Laissez-moi entrer, vous les Jotuns si grands et si forts, a-t-il minaudé. Je suis Freya et j'ai hâte de mieux vous connaître ! » Tu peux être sûr qu'ils ont ouvert la porte aussitôt. « J'aimerais bien manger quelque chose », a dit Thor. Ils lui ont apporté huit saumons, un bœuf rôti, dix poulets, un cochon et un mouton. Thor a tout englouti et a fait passer ce repas avec un tonneau de bière. « Sapristi, la déesse a un sacré appétit », se disaient les Jotuns. Thyrm a soulevé le voile. Il a vu les yeux ardents de Thor et a fait un bond en arrière comme s'il avait posé la main sur un poêle. « Elle est brûlante ! s'est-il écrié. Je suis sûr qu'elle est amoureuse de moi ! » Les trolls sont allés chercher le marteau pour l'échanger contre Freya. Alors, Thor a ôté son voile et s'est saisi de son arme.

Olaf s'interrompit pour observer la réaction de Jack. Les autres guerriers trépignaient d'impatience.

– Que s'est-il passé ensuite ? demanda le garçon.

– Il leur a tous fracassé le crâne et il est rentré chez lui ! rugit Olaf.

Les guerriers s'esclaffèrent en s'administrant de fortes bourrades.

– Ainsi disparut Thyrm ! clama Sven.

– Bang ! Vlan ! Paf ! Bong ! brailla Thorgil en maniant un marteau imaginaire.

« Je ne comprendrai jamais les Nordiques », se dit Jack.

– Les poissons s'en vont, hurla Éric Belle Face.

Jack vit la masse grouillante et scintillante se déplacer vers le sud. Le bateau vibra puis retrouva la liberté.

– Arrêtons-nous sur le rivage pour manger avant d'atteindre le fjord des Jotuns, dit Rune. Une fois arrivés là-bas, nous n'aurons plus l'occasion de nous détendre.

Le fjord des Jotuns. Ils pénétrèrent dans une eau profonde et sombre, presque noire. Au loin, une montagne couverte de glace dominait la vallée. De chaque côté, les falaises pullulaient de mouettes, d'algues, de macareux et de cormorans. Des milliers de nids étaient accrochés aux parois rocheuses et l'air résonnait de cris d'oiseaux. Des aigles de mer survolaient leurs proies en décrivant de grands et lents cercles dans le ciel. L'eau, elle aussi, grouillait de vie : cabillauds, églefins, flétans et saumons.

– C'est comme ça à la frontière entre les mondes, commenta Rune.

– Je ne comprends pas, dit Jack.

– On quitte la terre du Milieu pour pénétrer dans Jotunheim. La force de vie est plus puissante ici. Yggdrassil encercle la frontière avec l'une de ses branches.

– Je ne vois rien.

– Fais un effort, lui ordonna le vieux guerrier.

Jack se rendit à la proue pour projeter son esprit vers l'extérieur. Tout d'abord, il ne vit rien. Le bruit des oiseaux le déconcentrait et Éric Belle Face n'arrangeait rien en fredonnant. Jack craignait de faire surgir le brouillard par accident, ou pire : une averse diluvienne. En fait, il ne savait pas trop ce qu'il faisait.

« Apparaissez, présences vivantes de la terre et du ciel. Montrez-moi votre chemin dans la mer. Déployez-vous dans une feuille, étincelez dans le soleil, emplissez l'air de votre musique. » Jack ignorait d'où venaient ces paroles. Elles étaient là, tout simplement ; elles scintillaient autour de lui. L'air s'épaissit comme du miel, l'eau commença à s'agiter.

Elle était envahie de racines qui serpentaient dans tous les sens et attiraient le soleil vers leurs profondeurs vertes. Des poissons allaient et venaient entre leurs boucles. Les racines se dressaient vers la surface pour devenir des branches lorsqu'elles surgissaient à l'air libre. Elles déployaient alors des feuilles comme nul n'en avait jamais vu dans la terre du Milieu. Vertes et dorées, elles brillaient de mille feux et les oiseaux y cachaient leurs nids.

C'était trop. La vision était si intense qu'elle devenait insoutenable. Jack sentit sa tête tourner et s'écroula. Quand il se réveilla, Rune appuyait une outre d'eau sur ses lèvres. Olaf était agenouillé à ses côtés.

– Qu'est-ce que tu as fait ?

– Je. Euh...

Jack s'étrangla avec une gorgée d'eau.

– Il a appelé Yggdrassil, dit Rune.

Jack se redressa pour voir Éric Belle Face, Sven le Vengeur et les autres rassemblés à l'extrémité du bateau. Ils paraissaient effrayés. Perché tout en haut du mât, Hardi gazouillait gaiement. Apparemment, il n'était pas troublé par l'apparition d'Yggdrassil.

– Rune m'a dit que la force de vie était plus puissante par ici et que je devrais essayer de la voir, expliqua Jack.

– Ne recommence pas ça, dit Olaf. On t'a entendu réciter un poème. Des battements d'ailes ont résonné dans l'air. J'ai cru qu'un dragon nous avait découverts. Et quand la mer s'est mise à bouillonner, Sven a cru que nous étions attaqués par un serpent de mer. Je sais que tu es habitué à ce genre de choses, mais pas nous.

– Désolé, dit Jack.

– C'est ma faute, avoua Rune. Il manque d'entraînement ; c'est normal qu'il en fasse un peu trop.

– Comme lorsqu'il a fait tomber les cheveux de la reine. Mais j'avoue que c'était un sacré sort. (Olaf sourit.) Tu es un très bon skald et, si nous survivons à cette aventure, je compte sur toi pour écrire un tas de poèmes.

– Moi aussi, je pourrais faire de la poésie, dit Thorgil. Si j'essayais.

– Toi ? Ne me fais pas rire ! répondit Olaf. Tout le monde sait que les femmes ne peuvent pas écrire de poésie. C'est réservé aux hommes.

– Je peux faire tout ce que fait un homme ! s'exclama Thorgil, le visage cramoisi.

– Tu es une brave guerrière, et un jour tu seras une grande berserker. Mais ne demande pas la lune.

– Je peux y arriver ! Ne te moque pas de moi !

– Tu préfères que je me moque de toi ou que je te jette par-dessus bord ? demanda le géant d'une voix calme, signe avant-coureur de danger.

Thorgil n'insista pas, mais lança des regards meurtriers à Jack tout en continuant à manier le gouvernail.

Alors qu'ils s'enfonçaient dans les profondeurs du fjord des Jotuns, la multitude d'oiseaux et toute la vie marine disparurent. Jack ne vit qu'un seul saumon jaillir hors de l'eau pour gober une mouche.

Mais il était énorme. Le jeune skald fut parcouru d'un frisson qui lui donna la chair de poule ; au même instant, il entendit un bruit – le vent dans les arbres, peut-être –, trop lointain pour qu'il pût l'identifier.

– On sent des choses bizarres dans cet endroit, commenta-t-il.

– Nous sommes à Jotunheim.

La voix de Rune était encore plus faible qu'à l'habitude.

– Déjà ?

– Nous avons franchi la frontière entre notre monde et le leur. Tout ça... (Le vieux guerrier désigna la forêt, les montagnes, le fjord) en fait partie. Ce que tu ressens, c'est l'impression d'être observé.

Jack aurait préféré ne pas entendre ces paroles. Il sentait à présent cette attention invisible dirigée vers le bateau. Les arbres paraissaient plus alertes. Les montagnes plus proches et plus imposantes et, pourtant, elles ne pouvaient pas avoir bougé ? Des yeux les observaient derrière les sapins et les genévriers. Jack ne les voyait pas, mais il savait qu'ils étaient là.

– Ils ne nous aiment pas... supposa-t-il.

– Nous non plus, quand ils envahissent notre monde, dit Rune. Par bonheur, un troll est beaucoup plus faible dans notre monde que dans le sien. Sinon, les dents d'Éric Belle Face décoreraient la poitrine d'un Jotun et non l'inverse. Nous n'aurions jamais réussi à capturer Crin d'Or sur son territoire.

– Ça signifie que nous sommes plus faibles ici ?

– Oui.

Le bateau continuait de glisser vers l'intérieur du fjord. La montagne enneigée que Jack avait remarquée à leur arrivée paraissait plus haute. Juste au-dessus, l'air semblait vibrer d'une sorte de lumière scintillante et mouvante.

– C'est là que vit la reine de la montagne, lui expliqua Olaf, qui les avait rejoints. La mère de Frith.

– Qui est son père ?

– Un pauvre diable, dit Olaf. Peut-être était-ce un grand héros. Il est mort il y a longtemps.

– Les Jotuns vivent vieux, précisa Rune.

– Pourquoi un humain épouserait-il une troll ? demanda Jack.

Olaf et Rune se regardèrent.

– Ce n'est pas un choix, répondit Olaf. Les femmes trolls capturent leurs maris. Elles sont plus costauds. Généralement, elles se trouvent un gentil rustre.

– Un « rustre », c'est ainsi qu'on appelle un troll mâle, précisa Rune.

– Mais, de temps en temps, elles choisissent un ogre ou bien un humain assez grand.

– Comme... vous ? s'enquit Jack en regardant Olaf.

Le géant grimaça.

– J'ai échappé à ce sinistre destin, grâce à ma bonne étoile. Ivar n'a pas eu autant de chance. On furetait pour essayer de découvrir une forge de nains et peut-être de l'or. Les Jotuns nous ont tendu une embuscade. En voulant fuir, je suis tombé du haut d'une falaise et je me suis retrouvé dans un lac. Les trolls ont cru que je m'étais noyé, mais ils ont capturé Ivar. La reine de la montagne l'a enfermé dans sa caverne.

– Ce n'est donc pas Frith qui l'a capturé. C'est sa mère, souligna Jack.

– Exact. La reine de la montagne commençait à désespérer. Aucun troll ne voulait de Frith. Les ogres et les lutins non plus. Certes, elle aurait pu les torturer pour les inciter à accepter, mais ce n'était pas un bon début pour un mariage.

– Ivar a été... torturé ?

– Oh, non ! Il était ravi, au contraire. Il ne voyait pas la véritable nature de Frith, contrairement à tous les autres. Il était persuadé d'avoir mis la main sur la plus belle princesse du monde.

– Il a toujours été simple d'esprit, ajouta Rune. Moi, j'aurais tout de suite discerné sa vraie personnalité.

– Le temps que j'intervienne, reprit Olaf, ils étaient déjà mariés. J'ai assommé quelques Jotuns pour libérer Ivar, mais ils n'ont guère offert de résistance. La reine de la montagne avait trop envie de se débarrasser de sa fille.

Ils avaient atteint l'extrémité du fjord, là où il s'élargissait pour former un lac. Jack apercevait une prairie couverte de bandes de fleurs bleues, blanches, jaunes, mauves et blanches. Leur parfum flottait jusqu'à eux sur l'eau.

– C'est beau, commenta-t-il.

Il aurait aimé qu'ils restent dans cette prairie au lieu de se rapprocher de la montagne.

– Ellébore, aconit, morelle noire et souffle de troll, dit Rune. Dans notre monde, ces plantes sont toxiques si on les mange. Ici, il suffit de les respirer pour tomber raide.

– Vous vous moquez de moi !

– Nous sommes à Jotunheim. Tout est plus dangereux.

Jack regardait approcher le rivage avec consternation. Les fleurs, plus grosses que celles qu'il connaissait, ondoyaient dans la brise. (Mais était-ce vraiment une brise ?) Le sol paraissait marécageux.

– De l'autre côté, il y a une forêt relativement sûre. Tu pourras camper là, dit le vieux guerrier.

– Je pourrai camper là ? Et vous ?

– Jadis, je me serais réjoui de participer à une telle quête, mais maintenant... soupira Rune. Vitesse et discrétion sont indispensables à ta réussite. C'est pourquoi deux hommes seulement t'accompagneront. Olaf sera l'un d'eux, évidemment. Nous attendrons dans le fjord. Ce lac, même s'il paraît paisible, n'est pas un bon endroit pour s'installer.

Jack était abasourdi. Il n'avait pas accueilli avec joie cette expédition à Jotunheim, mais la présence des six Nordiques, plus Olaf, Rune et Thorgil lui offrait un sentiment de sécurité. Mais bientôt, ils ne seraient plus que deux !

– Et comment ferons-nous pour vous retrouver ?

– Nous reviendrons ici chaque jour, dit Rune. Je te conseille d'attendre dans la forêt jusqu'à ce que tu nous aperçoives.

Ils s'arrêtèrent à bonne distance du rivage, là où le parfum des fleurs n'était pas trop fort. Malgré tout, quand la brise soufflait, les gestes des Nordiques étaient devenaient plus lents ; Hardi tomba de son perchoir à deux reprises.

Ils prirent des provisions et des outres d'eau, même si celle-ci ne risquait pas de manquer tant qu'ils n'auraient pas atteint la glace. Rune donna à Jack un petit flacon de jus de pavot pour atténuer la douleur « en cas de besoin ». « Cela signifie certainement que j'en aurai besoin », pensa le garçon. C'était une petite bouteille en verre soufflé, très différente des ternes flacons dans lesquels le barde conservait ses meilleurs élixirs ; elle était transparente comme de la glace, avec une fleur de pavot sculptée sur le côté.

– Parfois, la douleur peut tuer aussi sûrement que la lame d'un couteau, ajouta Rune.

Il remit à Olaf un flacon en forme de tête de loup. L'odeur qui s'en échappait suffit à faire frissonner Jack de la tête aux pieds. C'était du myrte des marais, déjà infusé et prêt à être bu. A un moment ou à un autre, Olaf avait l'intention de laisser libre cours à sa rage.

– J'ai choisi Thorgil pour nous accompagner, déclara le géant.

– Thorgil ? s'exclama Jack. Impossible ! Nous avons besoin d'un véritable guerrier, pas de... de... cet avorton !

La jeune guerrière se jeta sur lui comme une furie. Jack fit un bond sur le côté et lui faucha la jambe. Il avait appris deux ou trois petites techniques de combat au cours de ces dernières semaines. Thorgil se retourna prestement et lui sauta dessus. Ils roulèrent tous les deux sur le fond du bateau. Olaf dut intervenir pour les séparer. Il les attrapa et les secoua comme un chien qui tient un rat dans sa gueule.

– Gardez votre rage pour les trolls ! J'ai choisi Thorgil car j'estime qu'elle a mérité de participer à cette quête. De plus, elle veut mourir au combat et cette aventure est l'occasion idéale. Soit dit en passant, vous êtes tous les deux des avortons.

Olaf les laissa tomber sur le pont. Essoufflés, Jack et Thorgil échangèrent un regard chargé de haine.

Hardi s'envola pour venir se poser sur l'épaule du garçon.

– Non, pas toi ! s'écria Jack en essayant de le chasser. Ce n'est pas un voyage pour les oiseaux !

– Et moi, je ne veux pas d'un démon de sorcier ! renchérit Thorgil.

Hardi planta ses griffes dans la tunique de Jack et refusa de s'envoler. Le garçon renonça à le repousser et se laissa retomber dans l'eau de cale, abattu.

– Je ne peux pas t'emmener, dit-il. Fais-toi à cette idée.

– Je me demande..., dit Rune en s'agenouillant avec difficulté pour observer le corbeau. Je me demande pourquoi cet animal nous a rejoints en pleine mer. Et pourquoi il nous suit.

Il avança un doigt noueux et Hardi le mordilla doucement. Le vieux guerrier sourit.

– Il reste avec nous parce que c'est un mauvais sort ! lança Thorgil.

Rune lissa les plumes sur la tête du corbeau. Celui-ci se mit à gazouiller et à roucouler.

– Je pense, dit le vieux guerrier, que même si on le laisse ici, il s'enfuira pour te suivre, Jack. Il fait partie de ton destin.

– Tu es en train de dire qu'on devrait l'emmener ? demanda Olaf.

– Oh, non ! s'exclama Thorgil.

– Je crois que nous n'avons pas le choix, dit Rune. Il vous suivra, qu'on le veuille ou non. Jack, tu devras le porter pour traverser la prairie. Les oiseaux sont beaucoup plus sensibles que les humains aux parfums toxiques.

– Très bien, tu as gagné, murmura Jack tandis que Rune passait autour de son cou un sac dans lequel il avait déposé Hardi. Mais tu vas le regretter.

26
Le dragon

Pour la dernière partie du voyage, les guerriers ramèrent sans ménager leurs forces, après quoi ils hissèrent leur embarcation sur le rivage. Éric Belle Face et Éric le Boutonneux sautèrent par-dessus bord pour stabiliser le *karfi*. Olaf, Thorgil et Jack se mirent à courir dès qu'ils touchèrent terre.

Jack avait vu juste : le sol était marécageux. La boue collante et traîtresse l'empêchait d'avancer rapidement. Des abeilles grosses comme des noix voltigeaient au-dessus de la prairie ; Jack vit que l'une d'elles se débattait dans l'étau d'une feuille étonnamment large, à l'aspect collant. Cette feuille semblait se refermer sur le malheureux insecte. Un peu plus tard, Jack frôla une de ces feuilles et constata, avec effroi, qu'elle se collait à lui ! Il se libéra d'un mouvement brusque, pour se retrouver au contact d'autres feuilles semblables. Il y en avait partout !

Il se fatiguait vite ; peut-être était-ce dû au parfum des fleurs. Il posa le pied sur une limace longue comme son bras. Elle se cabra. Jaune pâle et constellée de taches brunes, elle agita ses cornes comme pour le défier. Hardi sortit la tête hors du sac et poussa un croassement.

– Retourne là-dedans, ordonna Jack d'une voix haletante en obligeant l'oiseau à rentrer dans son sac.

Le parfum des fleurs était si puissant qu'il lui donnait envie de vomir. Sa vue se troubla et sa tête se mit à tourner. « Non! Non! Je ne m'arrêterai pas! » Il avait la nette impression que cette limace n'était pas là par hasard. Elle cherchait de la nourriture, et quel meilleur repas qu'un jeune garçon à moitié évanoui? Jack continua d'avancer malgré tout: il titubait et trébuchait à chaque pas. Il gardait les yeux fixés sur la forêt, mais savait qu'il ne pourrait pas l'atteindre. Épuisé, il se laissa tomber à genoux.

– On n'a pas le temps de faire la sieste, grogna Olaf en l'arrachant aux feuilles qui bruissaient.

Le géant traversa la prairie, puis courut sous les arbres de la forêt, jusqu'à ce qu'il atteigne une colline. Il la gravit à grandes enjambées et déposa le garçon dans un champ ensoleillé. Ici, l'herbe était normale: rien n'y subsistait de l'étrange et inquiétante flore de la prairie. Thorgil était allongée non loin de là. Olaf sortit Hardi du sac et le déposa à côté de Jack.

Celui-ci s'étira dans la lumière du soleil; l'air pur ravivait ses sens. Tendant la main vers Hardi, il fut rassuré de sentir le corbeau battre des ailes.

– Lève-toi si tu veux voir le bateau, lui lança Olaf.

Encore assailli de vertiges et de nausées, Jack se remit debout avec peine et se traîna jusqu'au sommet de la colline. Il vit le bateau traverser le lac. Olaf fit un signe de la main et quelqu'un – ils étaient trop loin pour l'identifier – lui répondit. Les guerriers ramaient avec vigueur. Jack vit – ou crut voir –, dans leur sillage, des rides provoquées par une longue chose sombre qui les suivait.

– Ouah! Je n'ai pas envie de recommencer cette petite grimpette, commenta Olaf en s'adossant contre un rocher. J'ignorais que le poison serait aussi puissant. La prochaine fois, je prendrai un autre chemin.

– Pourquoi ne l'avons-nous pas fait? demanda Jack.

Il avait encore la tête qui tournait, et Thorgil était trop faible pour se relever. Elle avait beau essayer de se redresser, elle retombait et enrageait de voir que Jack s'était rétabli plus vite qu'elle. Elle serait déjà debout, pensait le garçon, si elle ne gaspillait pas son souffle à jurer comme une poissonnière.

Hardi avait réussi à se remettre sur ses pattes, lui aussi, mais il vacillait. Jack l'entendit grommeler. Des jurons de corbeau, peut-être. En tout cas, ça n'avait pas l'air très amical.

– En prenant l'autre chemin, je suis tombé sur un nid de bébés dragons. Je suppose qu'ils sont devenus adultes maintenant. (Olaf but un peu d'eau et tendit l'outre à Jack.) Il a fallu que j'aide Thorgil à traverser la prairie et que je revienne te chercher. J'ai failli flancher, moi aussi. Pfft ! Je ne suis plus aussi jeune qu'avant.

Jack avait envie de s'allonger dans l'herbe, mais il était beaucoup plus gratifiant de rester debout, au grand dépit de Thorgil. Il tourna la tête de droite à gauche pour voir si la sensation de vertige était toujours là. Oui.

– C'était quoi, ces plantes, dans la prairie ?

– Des droseras. Elles capturent les insectes et les mangent, expliqua Olaf.

– Des plantes carnivores ?

– Pour les droseras, c'est le cas. Hé, on dirait de la poésie. Peut-être que je vais devenir un skald. Dans notre monde, les droseras sont minuscules, mais ici, à Jotunheim...

– Oui, je sais, dit Jack. Ici, tout est plus dangereux.

– Je pense qu'on devrait passer la journée ici pour récupérer. J'ai repéré un endroit au milieu des rochers qui devrait être facile à protéger.

Olaf entreprit de ramasser du bois pour faire du feu.

– L'esclave devrait s'occuper des tâches ingrates, dit Thorgil.

Le guerrier l'ignora. Jack étudia les arbres qui entouraient le champ. C'étaient d'immenses sapins qui se dressaient vers le ciel, dotés d'aiguilles vert foncé et de troncs très sombres, presque noirs. Il va sans dire que l'ombre, sous leurs branches, était tout aussi ténébreuse. « Je me demande ce qui vit là », se dit Jack. Il entendit de nouveau cet étrange murmure, une sorte de chuchotement, qu'il avait déjà perçu sur le bateau, et tendit l'oreille pour tenter de l'identifier. Des voix ?

Jack se rapprocha d'Olaf.

– Ne laisse pas Thorgil seule, dit le géant. Elle est plus vulnérable que toi.

– C'est faux ! cria Thorgil.

Au bout d'un moment, Olaf la transporta jusqu'au campement improvisé, au milieu des rochers. Il s'agissait d'une caverne peu profonde que le géant avait soigneusement examinée. Une fois à l'intérieur, tous trois étaient invisibles aux yeux du monde extérieur. L'entrée était masquée par un arbre déraciné. Le Nordique réussit à allumer un petit feu. Ils mangèrent du poisson séché et du pain si dur qu'il fallait le grignoter à la manière des rats. Quand il eut fini son morceau, Jack avait mal à la mâchoire.

Ce repas revigora Thorgil. Elle reprit ses vieilles habitudes, jetant des ordres à Jack, jusqu'à ce qu'Olaf lui demande d'arrêter.

– On participe à une quête, dit-il. On est tous égaux.

– Même ce démon de sorcier ? interrogea-t-elle d'un ton cinglant en montrant Hardi.

– J'ignore quel rôle doit jouer ce corbeau, mais Rune a dit qu'il était important. Cela me suffit.

Le géant étendit ses jambes et essaya de trouver une position confortable. La voûte de la grotte était si basse qu'il ne pouvait pas se mettre debout mais, pour Jack et Thorgil, elle était largement assez haute. Comme on était au milieu de l'été, l'obscurité tarda à venir ; elle ne durerait pas longtemps.

« C'est peut-être préférable, se disait Jack. Qui sait quelles créatures sortent au milieu de la nuit par ici ? » Il pensa à des ours et à des loups, puis à des bêtes plus étranges, dont on parlait dans les histoires que racontait Père : des cocatris, des manticores et des dragons. Quelle taille faisait un bébé dragon ? Et sa mère ?

– Ça commence mal, hein ? dit-il à Olaf.

– Dans les quêtes, il y a toujours des hauts et des bas, grommela le géant. Le plus important, c'est de ne jamais abandonner, même si tu tombes du haut d'une falaise. On ne sait jamais ce qui peut se passer pendant la chute.

– Et tu peux mourir de manière héroïque et aller au Walhalla, ajouta Thorgil.

– Tu parles toujours de mourir, dit Jack. Quel mal y a-t-il à vivre ? D'ailleurs, d'après ce que raconte Rune, les guerrières ne sont pas à la fête au Walhalla. Elles ne font que servir les hommes à table.

– Retire ce que tu viens de dire ! cria Thorgil. C'est faux ! Les Walkyries sont les bien-aimées d'Odin !

– J'ai plutôt l'impression que ce sont des domestiques améliorées.

Thorgil poussa un hurlement et se jeta sur le garçon. Mais elle était encore faible, et Jack aussi. Au bout de quelques instants, ils s'effondrèrent l'un sur l'autre, le souffle coupé.

– C'est le combat le plus pathétique que j'aie jamais vu, commenta Olaf.

Ils se couchèrent avant que l'obscurité fût complète. Chacun avait son couteau à portée de main. Olaf tendit une corde en travers de l'entrée de la grotte pour faire trébucher d'éventuels visiteurs indésirables. Jack se réveilla en pleine nuit. Au-dehors, les arbres murmuraient, bien qu'il n'y ait pas de vent.

– Ah, c'est une belle journée pour l'aventure ! s'exclama Olaf en sortant de la grotte. Je sens l'odeur de la glace.

Jack sortit à son tour, à quatre pattes, et renifla. L'air était pur, frais et revigorant.

Hardi chassa un écureuil noir perché dans un arbre. Le petit mammifère tourna plusieurs fois autour du tronc, pourchassé par le corbeau qui tentait de lui saisir la queue, puis il disparut dans un trou. Hardi fit gonfler ses plumes et se mit à gazouiller.

– C'est exact, dit Jack. C'est une matinée faite pour l'aventure. Où est Thorgil ?

La jeune guerrière était encore couchée en chien de fusil près du feu. Elle leur jeta un regard noir et prit tout son temps pour se lever.

– Jack et moi, on va aller chercher de quoi se nourrir, annonça Olaf. Tu n'as qu'à t'occuper du feu pendant ce temps.

Le géant mit son arc et ses flèches sur son épaule et s'éloigna à grands pas, suivi de Jack.

Celui-ci était ravi de pouvoir prendre ses distances avec cette fille renfrognée. Si elle le traitait encore une fois d'esclave, elle le regretterait.

Éclairée par les premiers rayons du soleil, la forêt avait quelque chose de joyeux. Des faisceaux de lumière filtraient entre les arbres, éclairant un tapis de mousse constellé de fleurs dorées, de violettes et d'orchidées rose tacheté. Il y avait bien d'autres plantes que Jack ne savait pas identifier et de gros papillons, de très gros papillons, qui voletaient de fleur en fleur.

– Est-ce qu'ils sont... euh, dangereux ? demanda Jack.

– Il faut toujours se méfier ici. Mais j'ai trouvé que cette forêt était relativement sûre, répondit Olaf. La vallée est protégée et moins froide que la plupart des autres endroits de Jotunheim. Au-delà, nous ne trouverons que des rochers et de la glace, alors profitons-en pendant que c'est possible.

Ils atteignirent un enchevêtrement de troncs couchés, dont les interstices étaient comblés par un épais feuillage. Soudain, ils entendirent un cri plaintif et aigu, suivi d'un puk-puk-puk et d'un bruit de course. Surpris, Jack faillit percuter un arbre.

– Tu as entendu ? murmura Olaf. C'est une perdrix. Ces bois en sont pleins.

« Une perdrix », se répéta Jack en essayant de maîtriser les battements de son cœur. Ce n'était qu'un volatile. A peine plus gros qu'un poulet. Mais évidemment, c'était un poulet de Jotunheim, constata-t-il quelques instants plus tard quand la perdrix en question s'envola dans un puissant et bruyant battement d'ailes. Elle mesurait au moins un mètre de long et son envergure était cauchemardesque. Olaf la tua d'une flèche.

Il déposa ensuite le gibier sur l'épaule de Jack et repartit d'un air décidé pour poursuivre la chasse. La perdrix pesait aussi lourd qu'un agneau. Ses pattes s'étaient glissées sous le collier d'esclave de Jack et ses griffes s'enfonçaient dans son cou, mais il n'osait pas s'arrêter. Olaf marchait à toute allure, sans se retourner, et le garçon préférait endurer quelques égratignures plutôt que de se retrouver seul.

En chemin, il aperçut des champignons géants qui poussaient sur le pied d'un arbre. Si blancs qu'ils semblaient briller. Une énorme limace tachetée était en train de les grignoter. Soudain, une autre perdrix jaillit des fourrés et Olaf l'abattit comme la première.

– Ça devrait suffire, grogna-t-il en hissant le volatile sur son épaule. J'en mangerai une, Thorgil et toi, vous vous partagerez l'autre. Suis-moi, je vais te montrer quelque chose d'intéressant.

Ils gravirent une pente raide jusqu'au sommet d'une falaise où les arbres cédaient la place à la roche nue. Jack découvrit en contrebas une gigantesque vallée en forme de U, parcourue par une rivière qui serpentait tout au fond. Presque au pied de la falaise, un amoncellement d'arbres morts et déracinés avait formé une sorte de barrage et l'eau de la rivière se divisait en petits ruisselets qui se rejoignaient une fois l'obstacle franchi. Un élan, une magnifique bête aux bois gigantesques, surgit de derrière l'amas de troncs et remonta au trot vers l'amont.

– Il y a une cavité à l'intérieur, expliqua Olaf. Les élans s'y cachent quand ils descendent pour brouter la mousse. On s'en servira nous aussi, demain, avant de suivre la rivière vers le nord.

Dans la vallée, les rochers étaient d'un bleu presque noir, constellés de plaques de neige blanches. Tout au fond se dressait la grande montagne de glace.

« Pour se cacher de quoi ? » se demanda Jack. Le paysage était si désertique qu'on pouvait voir arriver un ennemi de très loin, longtemps avant qu'il représente un danger.

– Reposons-nous un instant, proposa Olaf.

Jack fut bien content de pouvoir poser la grouse.

– Je suis anormalement fatigué, avoua le géant. Jotunheim est toujours hostile avec les humains, et c'est peut-être ce que je ressens. Mais quand même, c'est inquiétant.

« Olaf fatigué ? » se dit Jack. Cela signifiait sans doute qu'il pourrait déraciner un arbre au lieu de deux. Jack l'espérait. L'idée d'affronter des trolls sans pouvoir compter sur la force du Nordique, voilà qui était inquiétant, en effet.

Au bout d'un moment, il vit quelque chose se détacher d'une falaise au loin et plonger en douceur vers la rivière au creux de la vallée. La créature possédait des ailes dorées étincelantes et une longue queue, semblable à un fouet, qui cinglait l'air pendant que l'animal se laissait porter par les courants.

– C'est bien ce que je crois ? murmura Jack.

– Un dragon, répondit Olaf. C'est celui qui m'a servi de modèle pour sculpter la proue du navire d'Ivar.

– Vous avez fait ça ?

– C'était un honneur. Ivar était un grand roi jadis, avant d'être pris au piège par Frith.

L'élan leva la tête, prit conscience du danger et s'enfuit au galop pour se mettre à l'abri. Le dragon replia ses ailes et plongea, en se balançant de droite à gauche, tandis qu'il prenait de la vitesse. Il s'empara de l'élan, déploya ses ailes dans un éclat doré et reprit de l'altitude en décrivant un grand arc de cercle qui le rapprocha du perchoir d'Olaf et de Jack. Ce dernier voulut fuir, mais le géant le retint d'une main ferme.

– Regarde-le dans les yeux !

Jack vit le dragon tourner son énorme tête écailleuse et les fixer au moment où il passait devant eux. Ses yeux étaient écarquillés et le garçon vit briller une flamme dans leurs profondeurs. Puis l'animal s'éloigna à tire-d'aile vers la lointaine falaise, serrant dans ses griffes l'élan qui beuglait.

Olaf poussa un soupir.

– Peu d'hommes ont eu la chance d'en voir un ; encore moins ont survécu.

Jack tremblait comme une feuille. Il avait entendu parler des dragons, par Père et par le barde, mais rien ne l'avait préparé à cette terrifiante splendeur.

– Heureusement qu'il avait déjà à manger, souligna Olaf. Ces bêtes chassent une fois par semaine environ et, le reste du temps, elles somnolent. Comme des chats.

– Il... il... va... y avoir... d'au... d'autres dragons ? balbutia Jack.

– Pas sur notre chemin, répondit gaiement Olaf. Une fois que les jeunes ont grandi, leur mère les chasse. Ici, on est dans sa vallée. Sans doute a-t-elle installé un nid là-haut. La plupart des jeunes dragons ne survivent pas, ils s'entretuent généralement.

Le géant observait le paysage en souriant. C'était le bon Olaf qui commandait, aujourd'hui. Il paraissait si détendu que Jack se risqua à poser une question :

– Pourquoi Thorgil me hait-elle à ce point ?

– Elle te hait parce que c'est sa nature, répondit le guerrier. Autrefois, c'était une esclave.

– Thorgil était une esclave ?

– Attention, je ne te donne pas un bâton pour la battre, mon garçon. Si jamais tu fais allusion à cette histoire, je te brise l'échine.

Olaf ne lançait jamais des menaces à la légère. Jack hocha la tête avec solennité.

– L'enfant d'une esclave est lui aussi un esclave. Thorgrim ne l'a jamais libérée.

– Mais alors, comment est-ce que... ?

– Le roi Ivar a fait la guerre au roi Sigurd, ou Œil de Serpent. Thorgrim et moi, en tant que berserkers, étions en première ligne. Ah, quel homme c'était ! Pour ce qui était du courage, il me faisait de l'ombre. Mais tu ne le révèleras pas dans mes odes, hein ?

– Non, bien sûr que non, promit Jack.

– Thorgrim dépassait tout le monde par son ardeur au combat. Il frappait de tous côtés avec sa hache d'armes, il transperçait les boucliers de ses ennemis – bang ! bang ! bang ! –, l'un après l'autre. Je le revois encore, pendant que je fendais quelques crânes moi aussi. Mais Thorgrim s'est laissé encercler. Le temps que le roi Ivar et moi arrivions, il avait reçu un coup mortel. Avant de mourir, il réclama des funérailles de héros et Ivar accepta sans hésiter. Thorgrim exigea les sacrifices appropriés. Cela voulait dire qu'Allyson devait l'accompagner dans son voyage vers l'au-delà. Il demanda également un cheval et un chien de race.

– Je vois, dit Jack, écœuré par cette coutume.

Fallait-il posséder une très haute image de soi, une suffisance sans limites, pour exiger qu'une femme innocente et de pauvres animaux fidèles soient mis à mort ! C'était monstrueux. Jack sentait renaître cette haine intense que lui avaient inspirée les Nordiques.

– « Et Thorgil ? » lui ai-je dit, reprit Olaf. « Qui ça ? » Thorgrim avait oublié qu'il avait une fille. « L'enfant d'Allyson, ai-je dit. J'aimerais la garder, en souvenir de toi. » J'avais peur qu'il exige qu'elle soit sacrifiée elle aussi. « Oh, l'esclave! a-t-il dit. Tu peux la garder, ainsi que ma deuxième plus belle épée. » On a ramené le corps de Thorgrim chez lui et on a organisé de grandes funérailles. (Olaf avait les yeux embués de larmes à l'évocation de ce souvenir.) On a tiré son bateau jusqu'au cimetière et on l'a rempli de toutes les choses qu'il aimait – vin, armes, fourrures – et on a allongé le corps d'Allyson à côté du sien, avec le cheval et le chien à ses pieds. Le roi Ivar lui a offert la levrette d'Irlande qui avait sauvé Thorgil, c'était un beau geste. Puis on a mis le feu à tout ça et on a envoyé son esprit au Walhalla.

« Cette histoire est ignoble », se disait Jack. Thorgrim ne s'était pas contenté de prendre la mère de Thorgil, il avait exigé en plus la seule créature qui ait jamais témoigné de l'affection à la fillette. Et il s'était débarrassé de sa fille comme si c'était une chaussure usagée. Jack resta muet : il craignait de laisser échapper une réflexion désagréable qui provoquerait la fureur d'Olaf.

D'autres élans broutaient au bord de la rivière, tout en bas. Ils n'avaient plus rien à craindre, mais ne le savaient pas et ne cessaient de jeter des regards anxieux vers le ciel. Peut-être sentaient-ils l'odeur du sang.

Ce fut Olaf qui brisa le silence :

– J'ai rendu aussitôt sa liberté à Thorgil. C'était il y a trois ans seulement; voilà pourquoi elle n'a pas oublié ce qu'est la vie d'un esclave.

Jack tripotait l'épais collier autour de son cou et les égratignures provoquées par les pattes de la perdrix.

– J'aurais dû te faire enlever ça avant notre départ, dit Olaf en remarquant le geste du garçon. J'avais demandé à Cul Sale de te le mettre pour te protéger.

Jack regarda le géant, surpris.

– Un skald libre peut être réquisitionné par Ivar. En revanche, pour prendre un esclave, il est obligé de passer par moi. Au fait, je n'ai jamais eu l'intention de te faire nettoyer la porcherie. C'était une idée de Gueule de Rat.

– J'ignorais que vous étiez au courant.

– Oh, Heide a des façons bien à elle d'apprendre ce qu'elle veut savoir. Si tu étais venu te plaindre à moi, j'aurais fait tuer les esclaves responsables. Comme tu n'as rien dit, je les ai laissés en paix. C'est tout à ton honneur de ne pas avoir voulu châtier des êtres inférieurs.

Olaf se leva, aida Jack à soulever son gibier et chargea le sien sur son épaule. Sur ce, il repartit, sans se retourner pour voir si le garçon le suivait.

Les compliments d'Olaf emplissaient Jack d'une joie ridicule. « Des êtres inférieurs ».

Cela voulait dire que lui, Jack, était supérieur. Le géant ne le considérait donc pas comme un esclave. Pour la première fois, il abordait cette quête avec enthousiasme. Ils étaient trois guerriers embarqués dans une aventure périlleuse, pleine d'éclat et d'honneur. Ils étaient égaux. Et leur gloire ne mourrait jamais.

27
La pyramide de bois

Sur le chemin du retour, Olaf débusqua et tua une autre perdrix, si bien qu'ils avaient de la viande à ne plus savoir qu'en faire. Il alluma un deuxième feu, dans la prairie, pour faire rôtir les volatiles.

– Il faut éviter que l'odeur de viande flotte trop près de l'endroit où nous dormons, déclara-t-il, sans expliquer pourquoi.

Jack pluma les trois oiseaux géants pendant qu'Olaf taillait un bâton pour fabriquer une sorte de broche reposant sur deux branches en forme de Y. Thorgil, elle, restait inactive. Quand Jack eut fini de plumer l'une des perdrix, Olaf la tendit à la jeune guerrière.

– Vide-la.

– Je refuse de faire un travail d'esclave, répondit la jeune fille d'un ton cinglant.

Olaf la souleva de terre en l'attrapant par les chevilles.

– C'est la première fois que tu participes à une quête : tu ne connais pas les règles, expliqua-t-il alors que Thorgil gesticulait pour essayer de se libérer. Tout le monde participe aux tâches, même les plus basses. Thor lui-même fait la cuisine quand ses compagnons sont occupés. Tu as compris ?

Thorgil, la tête en bas, était écarlate.

– Oui, hoqueta-t-elle.

Le géant la reposa à terre.

Elle vida rageusement le volatile, aspergeant ses vêtements de sang et de viscères.

– Une chose que ne ferait pas Thor, en revanche, commenta Olaf, c'est attirer les loups en portant sur lui l'odeur de l'animal qu'il vient de vider.

Thorgil poursuivit sa tâche comme si de rien n'était.

Quand les trois oiseaux furent en train de rôtir au-dessus du feu, Jack alla se laver dans un petit cours d'eau et Olaf l'imita. Mais pas Thorgil. Elle avait décidé de faire la tête et, à mesure que la journée avançait, elle commença à sentir mauvais. Malgré tout, le dîner fut un régal. Olaf avait fourré l'intérieur des volailles avec de l'ail sauvage. Il y avait largement à manger pour tout le monde, largement, y compris pour Hardi qui picora les restes sur les os.

Quand ils eurent fini leur repas, Olaf mit ce qui n'avait pas été mangé dans un sac. Jack grimpa ensuite dans un arbre pour le cacher entre les branches, loin du sol. Puis ils se retirèrent dans la grotte et Olaf traça un jeu de loup et moutons dans la terre. Ils utilisèrent des baies de genévrier en guise de pions. Thorgil gagna plusieurs parties. Elle poussa des cris de joie en faisant remarquer combien il était facile de battre des adversaires simples d'esprit. Elle était aussi mauvaise gagnante que mauvaise perdante.

Dans la nuit, ils furent réveillés par des craquements. Quelqu'un ou quelque chose brisait des branches d'arbre au loin. Olaf dégaina discrètement son épée.

– C'est quoi ? murmura Thorgil.

Le géant lui fit signe de se taire. Dehors, la forêt était noire comme de l'encre.

Jack songea que leur feu, qui n'était plus qu'un tas de braises rougeoyantes, pouvait servir de point de repère dans l'obscurité. Heureusement, l'arbre couché qui masquait l'entrée de la grotte les protégerait peut-être. Jack tenait son couteau à portée de main et ramassa une poignée de terre pour la jeter dans les yeux d'un éventuel agresseur.

Les craquements se poursuivirent pendant un moment, puis cessèrent. Tout redevint calme. Aux premières lueurs de l'aube, les trois aventuriers éteignirent le feu et repartirent.

Ils suivirent d'un bon pas, entre les arbres, un chemin baigné d'ombres bleutées. Il serpentait en suivant les trouées naturelles dans les fourrés et descendait en pente douce, pour finalement déboucher au creux de la vallée que Jack avait découverte la veille.

Le ciel s'ouvrit. Devant eux s'étendaient des rochers nus et sinistres et un vent glacé soufflait de la montagne de glace. Malgré tout, la présence du soleil leur mettait du baume au cœur. Jack se réjouissait de ne plus être entouré d'arbres derrière lesquels n'importe quoi pouvait se cacher. Perché sur son épaule, Hardi gazouillait doucement, comme s'il était soulagé, lui aussi, d'avancer à découvert.

– C'était quoi ce bruit, cette nuit ? demanda Thorgil encore une fois.

– Quelque chose qui aime la perdrix rôtie, répondit Olaf.

Jack s'aperçut alors qu'ils n'étaient pas retournés chercher leurs provisions. L'angoisse l'étreignit. Le sac contenant les restes du repas était caché dans un arbre, le plus haut possible. La « chose » qui l'avait volé était trop large pour passer entre les branches ; elle les avait arrachées sur son passage. De grosses branches qui plus est.

Olaf les entraîna vers l'extrémité de la vallée. Le vent s'engouffrait sous leurs vêtements et un sable très fin s'introduisait dans leurs yeux, arrachant des larmes à Jack. Le changement de température était stupéfiant. Dans la forêt, il régnait une douceur estivale. Ici, en revanche, l'hiver semblait installé définitivement. La glace miroitait dans les endroits que le soleil ne pouvait atteindre et les champs de neige dessinaient des motifs contrastés sur la pierre bleue, presque noire. En levant les yeux vers la montagne, Jack apercevait de moins en moins de roche et toujours plus de neige, jusqu'à ce qu'une étendue blanche ininterrompue s'élève vers le cœur de Jotunheim.

Ils atteignirent la pyramide de bois. Jack regarda derrière lui pour voir l'immense falaise du haut de laquelle Olaf et lui avaient observé le dragon. La forêt semblait massée au bord du gouffre. Nul doute qu'au fil des ans, des centaines d'arbres étaient tombés dans le vide pour atterrir ici. Ils formaient une petite montagne de troncs, de branches, de mousse séchée et de brindilles. Il entendait le bouillonnement de l'eau face à eux.

– C'est le dernier abri avant d'atteindre la montagne, déclara Olaf. On va se reposer un peu, et toi, Thorgil, tu ferais mieux d'aller prendre un bain et de laver tes affaires.

– Il gèle !

– Si tu t'étais lavée dans la forêt, cela t'aurait semblé plus facile, souligna le géant. Les bruits de la nuit dernière sont un avertissement. Il y a une créature affamée dans les parages et, grâce à toi, elle n'aura aucun mal à nous suivre à la trace.

En effet, on aurait pu sentir Thorgil jusqu'à la porte de la reine de la montagne, pensait Jack. En l'espace d'une nuit, le sang et les viscères de grouse avaient tourné. Il ne comprenait pas comment Thorgil supportait cette odeur mais son esprit perverti considérait sans doute que ce fumet lui conférait une aura de force et de cruauté. Jack avait hâte de l'entendre hurler quand elle entrerait dans l'eau glacée de la rivière.

Olaf les précéda à l'intérieur de l'enchevêtrement d'arbres, mais Hardi refusa d'y entrer. Ils suivirent un passage sinueux conduisant à une sorte de caverne. La rivière noire la traversait, sous un treillis de troncs et de branches. Jack leva la tête. Il apercevait des morceaux de ciel, et avait l'impression qu'il aurait suffi d'un rien pour que les troncs s'écroulent. Mais Olaf lui certifia que cette caverne existait depuis de nombreuses années. Le sol était recouvert d'un épais tapis d'aiguilles de pin et Jack repéra les endroits où des animaux avaient dormi. Une légère odeur d'étable flottait autour d'eux.

Il faisait un peu moins froid dans cet abri. Mais à peine, se réjouit Jack, alors qu'Olaf et lui se tournaient pour que Thorgil puisse procéder à ses ablutions. Jack l'entendit suffoquer et pousser une suite de jurons lorsqu'elle entra dans l'eau. Elle frotta ensuite ses vêtements avec quelques poignées de mousse humide.

– Vous pouvez vous retourner ! leur lança-t-elle.

Elle ne sentait pas encore très bon, mais c'était acceptable.

– C'est quoi, cette chose qui nous suit ? demanda Jack.

– Rien, si ça se trouve, répondit Olaf. Avec un peu de chance, cette créature a trop peur du dragon pour se montrer.

– Le dragon ! s'exclama Thorgil.

– Parle moins fort. Jack et moi, on en a vu un hier.

– Pourquoi tu ne m'as rien dit ?

– Tu n'étais pas d'humeur causante, fit remarquer Olaf. Quoi qu'il en soit, il est en train de digérer un élan, il ne se remettra donc pas en chasse avant au moins une semaine. Mais la chose qui était dans la forêt ne le sait pas.

– C'était quoi, cette chose ? insista Jack.

– Si je le savais, je te le dirais, répondit le géant d'un ton sec. On va se reposer ici un petit moment, puis on repartira. Il nous faudra encore trois jours pour atteindre le palais de la reine de la montagne. Ça semble proche vu d'ici, mais la dernière partie du trajet est raide et glissante.

Olaf repoussa les aiguilles de pin pour tracer la suite de leur itinéraire dans la terre. C'était assez simple : il suffisait de suivre la rivière jusqu'à sa source, au pied de la montagne. Si d'ici là, ils n'avaient toujours pas croisé de trolls, ils grimperaient jusqu'à ce qu'ils en rencontrent.

– Des patrouilles de Jotuns sillonnent le territoire, expliqua Olaf. On sent quand ils sont proches… Je ne sais pas comment décrire cette sensation… c'est comme un picotement dans votre esprit. Une sorte de murmure.

– Un murmure ? dit Jack. J'en entends un depuis notre arrivée.

– C'est intéressant. Moi, je n'entends rien, dit le géant. Peut-être que tu perçois mieux ces choses-là parce que tu es un skald.

– Ou parce que c'est un sorcier, dit Thorgil.

– Je voulais vous poser une question, dit Jack. Qu'est-ce qui empêchera les trolls de nous attaquer à l'instant même où on tombera sur eux ?

– Tout d'abord, nous n'essaierons pas de nous cacher, et cela éveillera leur curiosité. Ils voudront savoir ce qui nous amène avant d'essayer de nous fracasser le crâne. Ce qui nous laissera le temps de montrer la pièce du jeu d'échecs.

Olaf fier d'exposer sa stratégie, arborait un large sourire.

– Vous êtes sûr qu'ils réagiront de cette façon ? demanda Jack.

– Quasiment sûr.

– J'ai écrit un poème ! annonça soudain Thorgil.

Ils se tournèrent vers elle. La jeune fille se leva et salua comme si elle se trouvait dans une belle demeure et non dans un terrier rempli de courants d'air.

Écoutez, vous tous, pendant que je vous parle
D'Olaf, qui sait se battre, chanter et voguer,
Sculpter le bois et jouer à loup et moutons
(Même s'il ne gagne pas souvent.)
(Je suis meilleure que lui.)
Mais Olaf est doué pour plein de choses.
Et on le trouve tous formidable.

– On ferait peut-être mieux de repartir, dit Olaf sans autre commentaire. Nous avons encore du chemin à parcourir avant la tombée de la nuit.

– Tu n'aimes pas mon poème ? demanda Thorgil.

Le géant soupira.

– N'insiste pas, Thorgil. Tu ne mesureras jamais deux mètres, même à force de t'étirer ; et tu ne voleras jamais, même à force de battre des bras. Certaines choses sont impossibles. Les filles ne peuvent pas écrire de poésie.

– Moi, si ! Je peux tout faire mieux que Jack !

– Ne parle pas si fort. Tu es une meilleure guerrière, mais tu ne le surpasseras jamais dans certains domaines.

– Je te déteste !

Soudain, un cri poussé par Hardi les pétrifia. Le corbeau tournoyait au-dessus de la pyramide de troncs ; Jack l'apercevait à travers les interstices. La nature de ses cris les incita à dégainer leurs armes. La voûte au-dessus de leurs têtes trembla : une créature colossale l'escaladait.

28

La gloire

– C'est quoi ? chuchota Thorgil.

– Je ne sais pas, répondit Olaf dans un murmure.

Sa tête frôlait le toit de l'abri et il brandissait son épée, prêt à frapper l'intrus entre les troncs. Ceux-ci grincèrent et remuèrent légèrement.

– On ne ferait pas mieux de sortir ? demanda Jack.

– On a peut-être plus de chances ici. Dans le passage, on ne pourra pas le repousser.

Soudain, ils virent une énorme patte poilue plonger par un des trous. Olaf y planta son épée. La créature poussa un hurlement et de longues griffes noires arrachèrent des lambeaux d'écorce, alors qu'elle reprenait son équilibre. Jack avait le visage éclaboussé de sang.

Hardi passa à toute vitesse devant une autre ouverture. Au sommet de la pyramide, le monstre rugissait en se balançant d'avant en arrière. Des branches et des aiguilles de pin dégringolèrent à l'intérieur de l'abri. Thorgil levait les yeux vers les troncs entremêlés avec une étrange expression, sauvage et joyeuse.

– Si le toit s'écroule, on est fichus ! dit Jack.

La créature rugit de nouveau quand Hardi effectua un autre passage.

– On dirait que l'oiseau l'attaque ! commenta Olaf, stupéfait.

– Il nous offre la possibilité de nous enfuir, insista Jack.

Olaf et Thorgil se tournèrent vers lui.

– La fuite, c'est bon pour les esclaves peureux, railla Thorgil.

– Et se faire tuer inutilement, c'est bon pour les idiots, rétorqua le garçon. Cette créature est bien trop grosse pour nous, même ensemble.

– Je n'ai jamais jamais abandonné un combat, grommela le géant. Je suis un berserker, issu d'une grande lignée de berserkers. Je ferais honte à mes fils.

– Vos fils ne sauront rien de ce qui s'est passé si nous mourons tous ! s'exclama Jack.

– Tu leur raconteras, toi. Je te donne la permission de fuir. Tu vas rentrer au pays et tu écriras un poème pour raconter que j'ai affronté mon destin avec joie.

– Tu en écriras un pour moi aussi, ajouta Thorgil.

Sa voix avait tendance à devenir stridente quand elle était surexcitée.

– Et notre quête, alors ? Et le puits de Mimir ? Et Lucy ? Qui la sauvera ?

Jack désespérait de pouvoir percer l'armure de bêtise d'Olaf. Pendant ce temps, la créature bondissait d'un bord à l'autre de l'amas de troncs, sans doute pour pourchasser Hardi qui continuait à l'attaquer en poussant des cris aigus. Les troncs grinçaient et les débris pleuvaient à l'intérieur de l'abri.

Olaf sortit le flacon orné d'une tête de loup.

– Oh, non ! s'écria Jack. Vous ne pouvez pas devenir enragé maintenant ! Vous devez fuir pour sauver Lucy !

Mais le géant l'ignora. Il vida presque tout le flacon et tendit le reste à Thorgil. La forte odeur du breuvage des loups alerta tous les sens de Jack. Il avait envie de prendre ses jambes à son cou – pour s'éloigner du danger ou courir vers lui ? il n'aurait su le dire. Olaf se mit à respirer bruyamment. Thorgil commença à haleter. Elle avait les pupilles dilatées. Tous deux poussaient des gémissements.

– Je crois que cette patte était celle d'un ours-troll, dit Olaf d'une voix proche du grognement. A part les dragons, il n'existe pas de créature plus dangereuse. Ça m'étonnerait qu'on survive à cet affrontement.

– Notre mort sera magnifique et les gens la chanteront jusqu'à la fin des temps, dit Thorgil.

– La gloire ne meurt jamais ! clama le géant.

– La gloire ne meurt jamais ! répéta Thorgil sous l'influence de la drogue.

– Pourquoi est-ce que tout le monde veut mourir ? demanda Jack. Quel mal y a-t-il à être vivant ?

Olaf et Thorgil haletaient comme des chiens, la langue pendante. Soudain, ils se mirent à hurler et se précipitèrent dans le passage en se heurtant contre les parois du tortueux tunnel végétal. Des branches griffaient les bras et le visage de la jeune fille et lacérèrent sa tunique. Mais pas une fois elle ne s'arrêta. Olaf rugissait. Des filets de bave coulaient de sa bouche et s'envolaient dans son sillage en longs filaments.

Jack courait derrière eux, avec plus de prudence. Le temps qu'il débouche à l'extérieur, le géant et la jeune guerrière escaladaient déjà l'amas de troncs en sautant de l'un à l'autre. Le pied d'Olaf s'abattit lourdement et une partie de l'échafaudage s'affaissa.

– Revenez ! leur cria Jack.

Autant essayer d'arrêter un glissement de terrain. Les deux combattants hurlaient pour défier leur adversaire ; la voix d'Olaf résonnait comme le tonnerre, celle de Thorgil était stridente, tels les cris d'un chat qu'on ébouillante. Soudain, Jack vit apparaître le monstre à l'autre extrémité de la montagne de bois.

C'était bien un ours, en effet, mais plus gigantesque que tout ce que pouvait imaginer le jeune garçon. Il était deux fois plus gros que l'ours savant qui venait au village pour la foire. Son pelage était d'une fantastique couleur jaune pâle, comme de l'or. Il se dressa sur ses pattes arrière et se balança d'avant en arrière en reniflant l'air, ses longues griffes noires sorties. Si jamais il avait existé un ours berserker, c'était celui-ci.

A ses côtés, Hardi ressemblait à une mouche et le harcelait sans trêve. Une des pattes de l'animal était pleine de sang et il avait un œil crevé, par le corbeau sans doute. Jack sentit renaître l'espoir en lui.

C'est alors que trois choses se produisirent presque simultanément. L'ours-troll saisit Hardi par une aile au moment où l'oiseau plongeait vers lui. Il lança le corbeau très haut au-dessus de l'amas de troncs et l'oiseau alla finir sa course dans la boue. Alors que Thorgil gravissait la pyramide de bois, elle perdit l'équilibre et, lorsqu'elle tomba, sa jambe se retrouva coincée dans un trou. Elle hurla de douleur. Son épée lui échappa. Elle tenta de se libérer, mais en vain. Jack se lança alors à son secours.

L'ours-troll se laissa retomber à quatre pattes pour foncer vers Olaf. Ils se percutèrent avec un bruit sourd à vous glacer le sang. Olaf décocha des coups d'épée et de poing. L'ours répliqua en griffant et en mordant. Il était évident, dès le début, que l'homme n'avait aucune chance. Même borgne et avec une patte blessée, la bête était deux fois plus grande. Ses pattes avant se refermèrent autour du torse d'Olaf et ses griffes lui lacérèrent le dos et les épaules.

Ainsi enlacés, ils roulèrent sur la montagne de troncs morts. Soudain, dans un formidable craquement, celle-ci s'effondra. Le centre de la pyramide s'écroula dans la caverne. Les troncs se détachèrent et dégringolèrent. L'un d'eux frôla la tête de Jack. Le garçon se jeta sur le côté et s'éloigna à quatre pattes. L'agencement de la pyramide subissait de violentes transformations : des trous s'ouvraient, d'autres se refermaient : tandis que toute la structure branlait. Le trou dans lequel était coincée la jambe de Thorgil s'élargit avant de se refermer brutalement lorsqu'un énorme tronc vint s'y encastrer.

Mais Jack avait eu le temps de la dégager. Il ignorait qu'il possédait une telle force. Soulevant la jeune fille dans ses bras, il dévala la pyramide qui continuait à trembler et s'élança dans la vallée, sans réfléchir. Enfin, il la laissa choir et tomba à genoux, à bout de souffle.

En état de choc, Thorgil était livide de douleur, mais aucun son ne sortait de sa gorge. Elle regardait Jack. Le garçon était ébranlé, lui aussi. Tout cela était arrivé si vite. Il venait de perdre Hardi, Olaf et peut-être Thorgil. Il ignorait si elle était grièvement blessée.

Au bout d'un long moment, il se ressaisit et examina la

jambe de la jeune fille. Son pied était tordu. Il ne voyait pas d'autre blessure.

– Tu m'entends ? demanda-t-il.

Elle hocha la tête.

– Je vais te laisser seule quelques instants. Il faut que j'aille voir où est Olaf. Ça va aller ?

Elle hocha la tête de nouveau ; ses yeux étaient mouillés de larmes.

Jack revint en courant vers la pyramide de troncs. Le passage conduisant à la caverne s'était effondré. Il escalada le monticule et se figea en le sentant trembler sous lui. Arrivé au sommet, il regarda à l'intérieur.

Sous lui s'étalait une marée de morceaux de bois éclatés. D'un côté gisait l'ours-troll, la tête broyée par un énorme tronc. De l'autre, Olaf. Couvert de plaies sanguinolentes. Il avait les jambes cassées et de terribles entailles aux bras et à la poitrine. Mais il était vivant. Apercevant Jack, il leva la main.

Le garçon descendit. Au moins, cette partie de la pyramide paraissait stable. La caverne étant maintenant remplie, les troncs ne pouvaient plus s'affaisser.

– Vous m'entendez ? demanda Jack.

– Je t'entends, dit Olaf. (Le sifflement perceptible dans sa voix fit comprendre à Jack que le guerrier souffrait peut-être d'autres blessures, invisibles.) Et Thorgil ?

– Elle s'est brisé la cheville. C'est tout, je crois.

– Et l'ours ?

– Il est mort.

– Tant mieux.

– J'ai le remède contre la douleur que m'a donné Rune. Je vais vous le laisser et retourner au bateau.

– C'est du temps perdu, dit le géant.

– Non. Rune est un guérisseur. Les deux Éric vous porteront.

– Je suis mourant, murmura Olaf, et Jack sut qu'il disait vrai.

Ses blessures étaient trop nombreuses. Le temps qu'ils regagnent le bateau, en supposant qu'ils parviennent à traverser la prairie empoisonnée, il serait trop tard.

– Laissez-moi au moins vous donner le jus de pavot.

– Je vais en boire un peu, dit Olaf. Ça m'aidera à attendre… que Thorgil puisse me rejoindre.

Jack lui tendit le flacon en sanglotant. Le guerrier but quelques gouttes et chassa le garçon.

Celui-ci s'empressa de retourner auprès de Thorgil mais, en chemin, il découvrit Hardi couché dans la boue. Le corbeau agitait son aile valide pour essayer de se remettre sur ses pattes.

– Hardi !

Jack souleva délicatement l'oiseau et constata que, même si son aile droite était endommagée, il n'avait pas de graves blessures. La boue avait amorti sa chute.

– Je ne t'abandonnerai pas, lui promit Jack.

Thorgil tentait elle aussi de se lever. Mais sa blessure était plus grave.

– Je sais comment les moines ont soigné la jambe de Père, lui dit-il. Je peux te maintenir la cheville avec des morceaux de bois. Ça va te faire mal mais, au moins, l'os sera maintenu. Le problème avec la jambe de Père, c'est qu'ils s'y sont pris trop tard.

Il continua de parler, pour se calmer plus qu'autre chose, pendant qu'il ramassait des branches et déchirait des bandes de tissu dans sa cape.

– Je ferai mieux plus tard. Olaf veut te voir. Il faut se dépêcher.

En entendant prononcer ce nom, Thorgil manifesta enfin des signes d'intérêt.

– Il va mourir, ajouta le garçon, la gorge nouée. Mais il a réussi à tuer l'ours.

Ses mains tremblaient ; mais il banda solidement la cheville de Thorgil et l'aida ensuite à se mettre debout. Elle laissa échapper un petit cri et s'accrocha à lui pour clopiner sur son pied valide. A chaque petit saut, elle retenait son souffle. Pour Jack, le trajet fut tout aussi éreintant, d'autant qu'il devait transporter Hardi dans un sac autour de son cou. Ils progressaient lentement. Au bout d'un moment, Thorgil put s'aider de ses mains pour escalader la pyramide de troncs. Jack était surpris par son silence. S'il avait été à sa place, nul doute qu'il aurait gémi de douleur. Sa cheville brisée devait lui faire un mal de chien.

Ils atteignirent le cratère et y descendirent. En les voyant, Olaf esquissa un sourire.

– Thorgil, fille d'Olaf, dit-il.

– Hein ? Qu'est-ce... ? Qu'est-ce que tu viens de dire ?

– J'ai fait de toi ma fille. (Le remède contre la douleur semblait l'aider à parler.) Je l'ai annoncé à Skakki et à Heide avant de partir.

– Mais... je... je ne veux pas vivre sans... sans toi, sanglota-t-elle.

– Est-ce une façon d'exprimer ta gratitude ? Odin m'appelle ! Je vois déjà les Walkyries dans les collines.

– Je mourrai avec toi, dans ce cas ! Je serai sacrifiée, comme Mère !

– Non ! rugit Olaf, avant d'être secoué par une quinte de toux. (Il cracha du sang dans sa barbe.) Non, répéta-t-il d'un ton plus doux. Je ne t'ai pas arrachée à Thorgrim pour que tu finisses comme ça. Tu as survécu à ce combat de manière honorable. Tu dois continuer. Ta quête n'est pas terminée.

– Mais... je... je veux mourir.

– Impossible. Personne ne meurt à cause d'une cheville brisée.

Thorgil fondit en larmes. Elle se lacéra le visage avec ses ongles, jusqu'à ce que Jack l'oblige à arrêter.

– Jack, prends la pièce du jeu d'échecs de la reine de la montagne, dit Olaf. Elle est dans ma sacoche. La pierre de soleil est pour Skakki. Le marteau de Thor est pour toi, Thorgil, fille de mon cœur.

Jack trouva les trois objets en question. Le présent destiné à Thorgil était un talisman en argent que portaient de nombreux Nordiques.

Olaf demeura muet un instant, il respirait avec peine. Jack lui proposa le remède contre la douleur, mais il refusa.

– Elle en a plus besoin que moi, dit-il en désignant Thorgil d'un mouvement du menton.

A mesure que la journée avançait, le soleil balaya l'horizon. Dans quatre petites heures seulement, il sombrerait dans l'obscurité. Olaf, de plus en plus faible, parlait avec Thorgil. Jack les observait d'un air triste. Maintenant que le danger immédiat était passé, il évaluait mieux leur situation. La majeure partie de leurs vivres gisait au fond de la caverne sous les décombres. Impossible d'espérer les récupérer. Il leur restait encore trois jours de marche jusqu'au palais de la reine de la montagne mais, compte tenu de la blessure de Thorgil, le trajet pouvait leur prendre une semaine, ou plus.

Dans une semaine, le dragon aurait digéré son élan.

Et pendant ce temps-là, que mangeraient-ils eux ? Devant eux, la vallée était déserte. Ils seraient obligés de jeûner. Une fois arrivés à la montagne de glace, s'ils ne se faisaient pas massacrer avant par les trolls, ils devraient demander l'aide de la reine de la montagne pour trouver le puits de Mimir. Savait-elle seulement où il se trouvait ?

Après cela, ils devraient rebrousser chemin et traverser de nouveau la prairie aux fleurs toxiques, en espérant être revenus avant la fête des moissons pour empêcher Frith de sacrifier Lucy.

C'était trop demander. Abattu, Jack baissa la tête.

Il se changea les idées en refaisant le bandage de Thorgil. Elle blêmit quand il lui remit le pied en place, mais elle garda le silence. Puis il déballa les quelques vivres qu'Olaf avait gardés. Il avait des remords de dépouiller un homme qui vivait encore, mais le géant le rassura en lui affirmant que c'était la meilleure chose à faire.

– Je regrette seulement de ne pas avoir des funérailles de héros, soupira-t-il.

Jack se redressa.

– Ce n'est pas impossible ! s'exclama-t-il. Vous avez votre épée, votre arc et vos flèches. Thorgil et moi, nous ne pourrons pas nous en servir de toute façon. Nous n'arrivons même pas à les soulever. Et vous avez l'ours-troll à vos pieds. Thorgrim lui-même n'a pas eu un tel sacrifice. Mieux encore, le barde m'a appris à faire naître le feu. Quand vous serez... quand l'heure sera venue, je ferai brûler cette pyramide d'arbres. Personne n'aura jamais vu pareil bûcher funéraire ! On l'apercevra du Walhalla. Et, à mon retour, j'écrirai pour vous un poème que personne n'oubliera.

Les yeux du géant pétillaient de joie.

– Ma gloire ne mourra jamais, murmura-t-il.

– Non, jamais, confirma Jack. Voulez-vous que je vous chante le poème que j'ai chanté devant le roi Ivar ?

– Oh, oui, murmura Olaf dont les dernières forces déclinaient en même temps que le soleil à l'horizon.

Alors, Jack se leva et répéta le poème de Rune. Ce fut encore plus splendide que la première fois.

Écoutez, têtes couronnées, car je vais vous parler
Des splendeurs du combat et d'Olaf le Valeureux.
Ce guerrier généreux qui sème la terreur.
Chanceux sont ceux qui vivent dans sa maison,
Baignée de splendeurs, de trésors et de gloire.
Les hommes à tête de loup l'appellent « chef »
Les briseurs de crânes d'Odin l'appellent « ami ».

Quand Jack évoqua les briseurs de crânes d'Odin, Hardi sortit la tête du sac et se mit à gazouiller. Pendant qu'il déclamait son poème, Jack vit le ciel bleu s'assombrir. Un vent se leva et chanta d'une voix flûtée au-dessus des troncs brisés de la pyramide.

Quand la chanson fut terminée, Jack baissa les yeux et constata que l'âme d'Olaf s'était enfuie. Il prit alors Thorgil par la main pour lui faire redescendre les flancs de l'amas de tronc. La lumière déclinait et ils devaient repartir pendant qu'ils voyaient encore où ils mettaient les pieds.

Jack aida la jeune guerrière à clopiner jusqu'à une sorte de crevasse entre deux éboulis et il installa Hardi, toujours réfugié au fond de son sac, dans la fissure d'un rocher. Ce n'était pas un abri très efficace contre le vent glacé, mais ils devraient s'en contenter.

– Je vais retourner allumer le feu, leur dit-il.

« Enfin, j'espère », ajouta-t-il mentalement en s'asseyant par terre. Il pouvait enflammer du petit bois. Il s'exerçait quand personne ne le regardait, juste pour sentir qu'il n'avait pas perdu son savoir-faire. Mais là, ce serait beaucoup plus difficile. Les troncs étaient épais et humides. Par chance, la mousse était sèche.

Il frissonna sous les assauts du vent et s'enveloppa dans sa cape. Le ciel était à présent d'un bleu intense, constellé d'un millier d'étoiles qui clignotaient au-dessus de sa tête. En regardant vers les falaises lointaines, il vit brûler un feu au sommet. D'où venait-il ? Étaient-ce des Jotuns qui campaient ? Surveillaient-ils la vallée ? C'est alors que Jack pensa au dragon.

« Je pourrais peut-être faire en sorte qu'il allume le feu à ma place, pensa-t-il. Non, impossible. Il s'emparerait de Thorgil... et de moi... pour nous livrer en pâture à sa progéniture. Il n'y a rien de bienveillant dans cet endroit. Bon, allons-y... »

Jack se concentra sur le soleil brûlant qui se déversait dans la terre comme la pluie d'été. Il était stocké dans les profondeurs, attendant son appel.

Le garçon avait du mal à garder les idées claires. Son corps était gelé. Le vent tirait sur les pans de sa cape et tentait de lui arracher sa capuche. Ses oreilles étaient engourdies. « Concentre-toi. Concentre-toi... »

Quelle situation affreuse ! Sans doute allaient-ils mourir avant même que les Jotuns puissent leur croquer les jambes. Ce monde appartenait aux géants de givre ; ils étoufferaient le feu avant même qu'il puisse naître. De plus, Jack était écrasé de sommeil. Comme ce serait bon de s'y abandonner. « Allonge-toi, mon garçon, murmuraient les géants de givre. La glace est un lit bien douillet. »

– Je suis gelé ! dit Jack à voix haute.

« C'est juste une impression », dit le barde.

– Vous en parlez à votre aise ! répondit Jack avec agressivité. Vous êtes assis sous un pommier sur les îles des Bénis. Il n'y a jamais d'hiver là-bas. Ici, c'est la seule saison.

« Tu es sûr ? »

– C'est censé être l'été, reconnut Jack. Mais on gèle, à cause de ces sales trolls et de leur sale montagne de glace. Ils sont heureux seulement quand tout est à moitié mort. Mais ils se trompent. C'est bien l'été. Le soleil attend pour se lever, juste derrière ces montagnes.

Jack partit à sa recherche mentalement et il sentit la chaleur de la mi-journée. La lumière était toujours là à condition de savoir où et comment la chercher.

Jack retrouva confiance. La magie semblait un peu plus proche de la surface à cet endroit. Voir Yggdrassil avait été facile. Et il sentait le murmure des vies autour de lui. Olaf lui avait dit que c'étaient les pensées des Jotuns, mais Jack connaissait la vérité. C'étaient bien elles, en effet, mais il y avait aussi les faucons, les arbres, les poissons... tout ce qui vivait à Jotunheim. Ce que Jack entendait, c'était le souffle de la vie elle-même qui se déplaçait à travers cette terre étrange.

Jack plongea plus profondément à la recherche du soleil enfoui des étés passés. Il voyagea dans le froid et l'obscurité jusqu'à ce qu'il le sente brûler avec fureur au cœur du monde des géants de givre. Le soleil livrait bataille contre la glace. En entendant l'appel de Jack, il bondit en rugissant et se fraya un chemin vers la surface en consumant tout sur son passage.

Thorgil poussa un cri d'alarme. Jack ouvrit les yeux. Ici, là, partout, des bouffées de lumière surgissaient à l'intérieur de la pyramide de bois : c'était la mousse qui s'embrasait. Les flammes se propagèrent rapidement, sifflant et crépitant parmi les aiguilles de pin sèches. Les brindilles s'enflammèrent, puis les branches, et les troncs explosèrent enfin en un rideau de flammes qui s'éleva et s'entortilla pour former un pilier compact et massif.

Pris de panique, Jack courut se mettre à l'abri parmi les rochers. Thorgil et lui s'étreignirent, oubliant leur animosité, alors que le pilier de feu continuait de s'élever dans le ciel. Il déployait des branches incandescentes, tel un arbre, étoilant la nuit d'étincelles tourbillonnantes. La chaleur était si intense qu'ils durent se cacher derrière les éboulis. Hardi voulut sortir du sac, mais Jack s'empressa de le repousser à l'intérieur.

– Je devrais être avec Olaf ! s'écria Thorgil.

Elle se mit à ramper en direction des flammes. Jack la retint en l'attrapant par sa cheville valide.

– Idiote ! Il voulait que tu vives !

– Je m'en fiche ! Je veux aller au Walhalla !

– Dans ce cas, je vais te fracasser le crâne avec une pierre ! hurla Jack, fou de rage.

– Non ! Non ! brailla Thorgil, affolée. Si un guerrier est tué par un esclave, il ne va pas au Walhalla, mais directement en enfer ! C'est une mort honteuse.

– Alors, reste ici, grogna Jack. Continue à vivre, bon sang ! Sinon, je te jure que je t'assomme !

– Tu ne peux pas être aussi cruel !

– On parie ?

Un cri strident les interrompit au milieu de leur querelle. Il retentit de nouveau, encore plus puissant. En levant la tête, Jack vit le dragon fondre sur eux. Il survola le pilier de feu en poussant un hurlement rauque, décrivit un arc de cercle et fit demi-tour. L'éclat des flammes se reflétait sur son ventre et le dessous de ses ailes. Il allait et venait tel un rideau d'or vivant, provoquant le feu avec ses cris.

Car il s'agissait bien d'un défi, comprit Jack.

– Il pense qu'un autre dragon a pris possession de sa vallée, murmura-t-il.

– Non. Il rend hommage à Olaf, dit Thorgil.

Elle avait le visage luisant de larmes et Jack ne la contredit pas. Peut-être le dragon honorait-il Olaf, en effet. L'un comme l'autre étaient deux créatures hors du commun. Peut-être même Olaf assistait-il à cet hommage aux portes du Walhalla, en se disant que personne n'avait jamais vu, dans la terre du Milieu, de telles funérailles.

29

La plaine gelée

L'aube rougit la montagne de glace et un vent froid se leva, faisant tournoyer les cendres du bûcher funéraire d'Olaf sous forme de nuages gris.

Elles devinrent blanches en atteignant les hauteurs inondées de soleil et dérivèrent vers le sud. Quelques bûches carbonisées marquaient encore les contours de la pyramide de bois, mais tout le reste s'était évanoui. La rivière avait repris son cours normal, comme si aucun obstacle ne s'était jamais dressé à cet endroit.

Jack fit l'inventaire de leurs maigres provisions. Ils avaient un sac de poisson séché, une outre d'eau et le flacon de jus de pavot. En guise d'armes, chacun avait son couteau; Thorgil avait perdu son épée dans la pyramide, mais elle portait aussi une hache d'armes.

– Tu ferais mieux de me laisser ici, dit-elle.

– Pourquoi ? Ta cheville finira par guérir.

– Pas tout de suite. Je préfère rester ici et attendre le dragon pour l'affronter.

– Non, personne n'attendra le dragon. Tu viens avec moi ou je te défonce le crâne.

Maintenant qu'il avait découvert que Thorgil était terrorisée à l'idée d'être tuée par un esclave, il avait conscience de posséder une arme contre elle. Évidemment, jamais il ne la tuerait, mais elle ne pouvait pas le savoir. Elle le jugeait à l'aune de sa propre mentalité.

– Ça veut dire qu'on se fera dévorer tous les deux, ailleurs, commenta-t-elle avec un sourire mélancolique.

Jack prit la hache de Thorgil et se rendit dans la forêt à la recherche d'une branche qui pourrait lui servir de béquille. Il trouva un frêne (essence inhabituelle sous un tel climat) et coupa deux branches : une fourche sur laquelle Thorgil pourrait s'appuyer et un simple bâton pour lui. Ce bout de bois noueux lui avait rappelé le bâton noirci dont se servait le barde. En le serrant dans sa main, il fut envahi d'une sensation étrange, comme s'il suivait une piste tracée par le vieil homme, longtemps auparavant.

Sur le chemin du retour, il cueillit quelques baies pour Thorgil.

– Manges-les, toi, dit-elle en les repoussant avec un soupir. Ne les gâche pas pour moi, je vais bientôt mourir.

Jack en avait assez de se disputer avec elle. Il partagea les baies avec Hardi et tous trois burent une grande gorgée d'eau. Après quoi Jack obligea Thorgil à se mettre debout. Elle retomba.

Il la releva.

– Allez ! Fais un effort ! cria-t-il en la sentant s'affaisser dans ses bras.

– Ça ne sert à rien. Je combattrai le dragon ici.

Jack la souleva de nouveau, sans ménagement, et essaya de coincer la béquille improvisée sous son aisselle. Thorgil laissa tomber la branche.

– Tu vas... te servir... de cette béquille, dit le garçon entre ses dents serrées. Et tu vas... venir... avec moi. Ou sinon... je te fracasse le crâne avec une pierre et je t'expédie directement en enfer !

Il alla récupérer la béquille. Thorgil, la bouche déformée par un rictus de rage et de douleur, obéit. Elle refusa l'aide de Jack, mais il s'en moquait ; il devait déjà porter Hardi et les provisions.

Avec lenteur, ils traversèrent le cœur de la vallée. Jack marchait en tête, le corbeau sur son épaule. Hardi ne pouvait pas voler, et peut-être ne le pourrait-il plus jamais. Malgré cela, il paraissait plutôt enjoué et babillait tout seul, les griffes plantées dans la tunique de Jack.

En levant la tête, le garçon aperçut un nuage de fumée qui s'échappait d'une falaise. Il savait que le dragon se trouvait là-haut, en train de couver, sans doute, au-dessus d'un nid rempli de bébés dragons. Il aurait de nouveau faim bien avant qu'ils atteignent la montagne de glace.

A la nuit tombée, ils campèrent à découvert. Jack alluma un petit feu de lichen et de mousse, mais celui-ci se consuma rapidement et, très vite, ils se remirent à grelotter. Ils se blottirent l'un contre l'autre, sous leurs capes, Hardi entre eux deux. Leur sommeil fut agité. Thorgil se réveilla en pleurant. Jack, lui, rêva de dragons. Comme il ne réussissait pas à se rendormir, il pensa aux trolls et à la manière d'attirer leur attention avec la pièce en or du jeu d'échecs avant qu'ils lui dévorent une jambe.

Quand le jour se leva, ils repartirent péniblement. Il n'y avait plus d'arbres ni de buissons. Les étendues neigeuses étaient plus vastes et le sol, parsemé de plaques de glace, était glissant, ce qui les ralentissait encore. Jack remarqua que Thorgil devenait plus facile à vivre à mesure qu'elle s'affaiblissait. Elle ne le traitait plus d'esclave et le remercia même lorsqu'il lui tendit l'outre pleine d'eau. Peut-être n'avait-elle plus la force d'être méchante.

« Elle est presque sympathique dans cet état », se disait Jack. La jeune fille écouta ses histoires et l'interrogea sur sa vie. Elle s'intéressait particulièrement aux parents de Jack. Un père qui se consacrait au bonheur de sa fille ! elle n'en revenait pas.

– C'est pour ça qu'elle est faible, déclara-t-elle. Il aurait mieux fait de lui donner des coups et de l'envoyer coucher dehors sans couverture pour l'endurcir.

– C'est ce qu'a fait ton père ? demanda Jack, atterré que l'on puisse se montrer aussi cruel envers un enfant.

Il est vrai que Thorgrim avait ordonné que sa fille nouveau-née soit jetée aux loups.

– Bien sûr, répondit-elle. C'est ce qui m'a faite telle que je suis.

« Je ne te le fais pas dire », pensa Jack.

– Maeve me tenait chaud, précisa la jeune fille. Quand j'étais obligée de dormir dehors, elle savait toujours où me trouver.

– Maeve ?

– C'était une levrette d'Irlande. Elle appartenait au roi Ivar.

– Ah, fit Jack.

Il comprenait. C'était la chienne qui avait sauvé la vie de Thorgil quand elle était enfant.

– Savais-tu, dit-il, que Maeve était le nom d'une célèbre reine guerrière ?

– Non. C'est vrai ?

– Langue de Dragon m'a parlé d'elle. Elle a régné sur l'Irlande, il y a très longtemps. Le barde disait qu'elle vivait encore sur les îles des Bénis, avec tous les grands héros.

– Je n'ai jamais entendu parler des îles des Bénis.

– Elles sont situées dans le grand ouest, là où le soleil se couche. Tout autour, la mer est aussi claire que le ciel et il n'y a jamais d'hiver.

– Est-ce que les chiens sont autorisés sur ces îles ? demanda Thorgil.

– Bien sûr.

Jack sentait une énorme boule dans sa gorge. Ils continuèrent à progresser avec peine à travers la vallée désertique, en direction de la montagne de glace, qui semblait aussi éloignée qu'au moment où ils étaient partis. Jack imaginait le barde assis sous un pommier, la grande levrette Maeve à ses côtés.

Au petit matin, Thorgil refusa de se lever. Sa cheville était enflée et ses yeux avaient des cernes sombres. Elle n'avait rien mangé depuis plusieurs jours.

– Je vais mourir ici, déclara-t-elle.

– Tu es épuisée par la douleur, dit Jack. Olaf m'a demandé de garder le jus de pavot pour toi. Il a dit que tu en aurais besoin avant la fin de ce voyage.

– Je veux souffrir. Odin aime les guerriers qui savent endurer la douleur.

– Vous autres Nordiques, vous êtes fous.

– Non, courageux, rectifia Thorgil. Mon oncle, alors qu'il

était en train de mourir d'une flèche, l'a arrachée de sa poitrine avec des pinces. Il a ri en voyant jaillir le sang et il a dit : « Regardez comme ce cœur est bien nourri ! » Et il est mort debout en véritable berserker !

– Il aurait été plus malin de se laisser soigner par une guérisseuse, dit Jack.

– Je me doutais bien qu'un vulgaire esclave saxon ne pourrait pas comprendre.

– Toi-même tu es à moitié saxonne. Tu l'as oublié ?

– Ma mère ne compte pas. Je suis une pure berserker.

Jack faillit lui rappeler qu'elle était née esclave, mais il se souvint de la promesse faite à Olaf.

– Je crois, commença-t-il, que je vais t'appeler Jill.

– Quoi ?

– C'est le nom que t'a donné ta mère. Thorgil, c'est un nom de garçon, ça ne te va pas.

La jeune guerrière se redressa. Elle paraissait plus alerte tout à coup, ce qui était le but recherché par Jack. Il était impossible de raisonner avec Thorgil, mais on pouvait toujours compter sur sa fureur.

– Jill est un vieux nom saxon, dit Jack.

– Je le déteste !

– Pourtant, il te va à merveille. Un joli nom pour une jolie jeune fille. Jill ! Jill ! Jill !

Jack s'était mis à danser autour de Thorgil, qui s'était levée sous l'effet d'une fureur incontrôlable. Elle avait le souffle coupé par l'effort, mais cela ne la décourageait pas. Elle suivit Jack en clopinant, une lueur meurtrière dans le regard. Hardi s'écarta précipitamment de son chemin en croassant.

– Oh, Jill ! Ma douce Jill ! Donne-moi un baiser, Jill ! Comme tu seras belle avec des rubans et des fleurs dans les cheveux !

– Je ne m'appelle pas Jill !

Thorgil brandit sa béquille pour tenter de frapper Jack, mais elle tomba lourdement, avec un bruit désagréable. Ses yeux se révulsèrent et elle s'évanouit sur les pierres gelées.

« Ciel, qu'ai-je donc fait ? » se dit Jack.

Il s'agenouilla près de la jeune guerrière pour voir si elle respirait toujours.

– Je ne voulais pas te faire de mal, Thorgil. Je t'en supplie ! Je t'en supplie ! Réveille-toi ! Je ne recommencerai plus.

Thorgil planta ses dents dans sa main. Jack hurla et fit un bond en arrière. Il saignait !

– Espèce de tas de crottes de bique ! *Kindaskitur* ! cria-t-il.

– Ça fait mal, hein ? demanda-t-elle avec un grand sourire.

Jack tremblait de rage ; il avait envie de la frapper et, en même temps, ne le désirait pas.

– Oui, ça fait mal, dit-il.

– Alors, on est quittes.

– On ne sera jamais quittes, répondit Jack, mais on peut conclure une trêve. Oui, je sais, dit-il en levant la main pour faire taire Thorgil qui s'apprêtait à l'interrompre, les berserkers ignorent ce mot. Mais est nous sommes ici pour mener une quête, et Olaf a dit que nous devions coopérer.

En entendant le nom d'Olaf, Thorgil prit un air solennel. Elle observa Jack un long moment, puis ses yeux se mouillèrent bizarrement.

– Tu as raison, dit-elle. Je me suis comportée de façon déshonorante. Tu as ma parole que je n'essaierai plus de te faire de mal.

Les excuses de Thorgil étaient si inattendues que Jack la regarda d'un air hébété. Est-ce qu'elle se moquait de lui ? Était-ce encore une ruse ?

– J'espère que tu n'es pas du genre à renier ta parole, dit-il, s'attendant à ce qu'elle lui saute de nouveau dessus.

– Thorgil, fille d'Olaf, n'a qu'une parole, répondit-elle avec gravité.

Elle n'essaya même pas de le frapper.

Jack rinça sa main dans l'eau glacée de la rivière. Sans cesser d'observer Thorgil, il se demandait ce qui avait provoqué ce changement d'état d'esprit.

– Tu sais, ajouta-t-il, ceux qui participent à cette quête ont le devoir d'entretenir leurs forces.

– C'est juste, admit-elle.

– Tu devrais manger. Et si tu bois un peu de jus de pavot, comme l'a recommandé Olaf, tu pourras continuer à marcher.

– Je vais manger un poisson séché et boire une goutte de jus de pavot. Comme ça, quand le dragon viendra, j'aurai assez de forces pour le combattre.

Jack leva les yeux vers les falaises. Il n'apercevait aucune fumée, mais il savait que le temps leur était compté. Si le dragon ne trouvait pas un autre élan, un en-cas savoureux l'attendait juste en bas de son nid.

Jack persuada Thorgil de manger deux poissons séchés et de boire deux gouttes de jus de pavot. Il refit son attelle, inquiet de voir sa cheville si enflée.

Pourquoi es-tu si indifférente à la douleur ? lui demanda-t-il.

– Je te l'ai dit. Odin aime ceux qui savent endurer la souffrance. (Thorgil serra les dents lorsque Jack resserra les bandes autour de l'attelle.) La douleur apporte la connaissance.

– La joie aussi apporte la connaissance.

– Uniquement pour les choses idiotes et triviales. Quand Odin a voulu acquérir le savoir qui ferait de lui le chef des dieux, il a dû payer le prix de la douleur. Il a été transpercé par une lance et suspendu pendant neuf jours et neuf nuits à l'arbre Yggdrassil.

– C'est complètement idiot.

– Ton dieu à toi a bien été cloué sur une croix. C'est la même chose.

– Non.

– Bref, reprit Thorgil, Odin avait besoin de plus de connaissance pour dominer les neuf mondes, et il a été obligé de s'abreuver au puits de Mimir.

– Le puits de Mimir ? C'est là que nous allons ?

– Si on survit et si on le trouve.

– Tu n'es pas très optimiste, dit Jack.

– Je suis réaliste, c'est tout. Odin n'a eu le droit de boire qu'après avoir sacrifié une chose très importante. Alors, il s'est arraché un œil et l'a lancé dans le puits. On dit qu'il y est toujours.

– Il s'est arraché l'œil ?

Jack avait la nausée. Il n'imaginait pas faire une chose pareille, mais les Nordiques trouvaient sans doute ça normal, comme de se couper les ongles de pied.

« Qu'est-ce que tu fais aujourd'hui, mon vieil Odin ?

Oh, je pensais m'arracher un œil après le repas. Formidable! »

– Attends un peu, dit Jack. Tu veux dire que tu ne peux pas juste plonger une tasse dans le puits de Mimir pour boire ?

– Non. Tu dois sacrifier quelque chose de très important avant d'être autorisé à boire, expliqua patiemment Thorgil. Ta main droite ou ta langue, par exemple. Ou bien tu peux accepter de mourir plus tard dans d'atroces souffrances ou de voir ton nouveau-né dévoré par un loup.

Jack baissa la tête, effaré. Rune ne lui avait pas parlé de cette condition. Ce n'était pas ainsi que Jack concevait cette quête. Pour lui, il fallait marcher longtemps, endurer le froid et la faim. Éventuellement combattre quelques trolls (à vrai dire, il avait compté sur Olaf pour s'occuper des trolls.) Personne ne lui avait expliqué qu'il devrait s'arracher un œil!

– Ne t'inquiète pas, lui dit Thorgil. On ne trouvera certainement pas le puits, de toute façon. Rune et Langue de Dragon n'y sont pas parvenus.

– J'ignorais que Langue de Dragon était venu jusqu'ici. S'il n'a pas trouvé le puits, on n'a aucune chance.

« Et Lucy non plus », songea-t-il avec un violent pincement au cœur.

– Ce n'est pas une question d'intelligence, dit Thorgil. D'après Rune, le chemin est gardé par des Norns. C'est elles qui décident.

– Des Norns? Formidable. Encore des créatures infâmes qui cherchent à vous piétiner ou à vous arracher une jambe avec les dents, je parie.

– Oh, non! (Thorgil semblait outrée.) Ce sont les Norns qui entretiennent l'arbre Yggdrassil. Sans elles, rien n'existerait.

– A quoi ressemblent-elles? A d'énormes et horribles trolls?

– Ce sont des femmes. Du moins, elles ressemblent à des femmes. C'est ce que dit Rune, mais il n'en a jamais vu. Elles apparaissent à ta naissance et décident de ce que sera ta vie.

– Elles devaient être de sale humeur quand je suis venu au monde, dit Jack.

Il chargea sur ses épaules l'outre et les vivres.

– Pour moi aussi, conclut Thorgil d'un ton grave.

A mesure qu'ils approchaient de la montagne de glace, l'air devenait de plus en plus froid. Le simple fait de l'inhaler était douloureux. Jack rabattit sa cape sur son nez. Seule la chaleur de son corps empêchait l'eau de geler dans l'outre.

Hardi frissonna et essaya de planter ses griffes dans l'épaule de Jack. Les cristaux de glace faisaient scintiller ses pattes.

– Pauvre vieux, dit Jack. Je suis sûr que tu regrettes de nous avoir rencontrés. Je vais te porter encore un peu.

Le corbeau reconnaissant replongea dans le sac

« J'ai l'impression d'être un âne dans une mine de plomb, pensait le garçon en avançant péniblement. Je transporte un chargement. J'ai faim et j'ai froid. Et ma seule perspective, c'est davantage de souffrances, puis une mort affreuse. Assurément, les Norns ne m'aiment pas. Oh, il ne manquait plus que ça : voilà Thorgil qui veut s'appuyer sur moi. »

Peut-être deux gouttes de jus de pavot représentaient-elles une trop forte dose : ou bien Thorgil, affamée et épuisée comme elle l'était, ne l'avait pas supportée. Elle tituba et s'accrocha à Jack. Elle ne parvenait pas à garder les yeux ouverts et il craignait de la voir s'écrouler. Il ne pouvait quand même pas la porter ! Il avait déjà du mal à tenir debout. « Je suis le garçon le plus misérable sur terre, maudit par les Norns. »

Une fois de plus, Thorgil se cogna contre lui.

La situation ne pourrait pas être pire.

Il se trompait.

30

La mort venue du ciel

Pour une créature de cette taille, le dragon était capable de voler presque sans bruit; du moins, le mugissement du vent et son propre souffle laborieux empêchèrent Jack de l'entendre. Le monstre arriva derrière eux comme une feuille portée par la brise. Et ses griffes les soulevèrent de terre avant même qu'ils aient le temps de crier.

Il ne les tua pas sur le champ. Cela aurait été trop charitable. Il repartit à tire-d'aile, refermant ses serres sur ses proies dans ses serres. Jack ne comprit pas d'emblée ce qui lui arrivait. Il était entouré de barreaux noirs… et brûlants. Il vit le sol disparaître sous lui et sentit le vent siffler dans ses oreilles.

Soudain, il entendit un cri effroyable, assourdissant et terrifiant, qu'il reconnut aussitôt. C'était ce même hurlement de défi qui avait été lancé en direction du bûcher funéraire d'Olaf.

– Le… le…

Il n'arrivait pas à prononcer le mot. Ce vol étourdissant et la peur lui donnaient la nausée.

– C'est le dragon, articula Thorgil à sa place.

Jack constata qu'elle essayait d'entailler les serres avec son couteau. Elle était très faible, mais malgré tout essayait encore de se battre.

– C'est brûlant, commenta le garçon.

En effet. Et incommodant. Les serres dégageaient une telle

chaleur qu'il était obligé de bouger sans cesse pour ne pas crier de douleur. Ils étaient très haut dans les airs à présent. Le dragon volait à la hauteur des falaises. Chaque battement d'ailes projetait un souffle chaud sur le visage de Jack et les os de l'animal craquaient de manière sinistre, tel un navire qui vogue toutes voiles dehors. « C'est un knorr, pensa-t-il bizarrement, en écho aux paroles prononcées par Olaf des semaines plus tôt. On lui a donné ce nom car la coque en bois ne cesse de grincer quand il est en mer – knorr, knorr, knorr. Il faut du temps pour s'y habituer. »

Le dragon prit encore de l'altitude et se mit à planer dans le ciel. Soudain, il ouvrit ses serres; Jack et Thorgil dégringolèrent au milieu d'un cercle de pierres. Autour d'eux, des yeux globuleux les observaient avec intérêt. Jack comprit alors, terrorisé, qu'on les avait conduits là pour apprendre aux bébés dragons à chasser, tout comme une chatte aurait offert une souris à ses chatons.

– Frappe entre les côtes, sous le cou, lui glissa Thorgil. C'est ce que m'a expliqué Olaf.

Jack n'en croyait pas ses oreilles. Elle était prête à en découdre. Pas lui. Il était hypnotisé par les jeunes dragons, qui émettaient des sortes de sifflements et se balançaient d'avant en arrière en tendant le cou. Une lueur malveillante brillait dans leurs yeux. Comment Thorgil pouvait-elle envisager d'affronter ces créatures ? C'était la fin. Ils étaient condamnés.

Quatre monstres – deux fois plus gros que Jack – rassemblaient leur courage pour obéir aux ordres de leur mère. Accroupi sur un côté du nid, le dragon émettait des sortes de gargouillis semblables au bruit de l'eau chauffant dans une bouilloire. Ses énormes yeux dorés étaient mi-clos.

Hardi glissa la tête hors du sac et poussa un croassement aigu. Le dragon se cabra comme s'il venait d'être piqué. D'un bond, le corbeau sauta hors du sac. Il croassa de nouveau et marmonna quelque chose dans son langage. Le dragon fit de même.

– Ils se parlent ? demanda Jack à voix basse.

– Je ne sais pas. Ne quitte pas des yeux le jeune dragon vert, il est plus téméraire que les autres.

Toute l'attention de Thorgil était concentrée sur les jeunes dragons. Elle avait raison : le petit qu'elle venait de lui désigner promenait une langue fourchue comme celle d'un serpent sur ses lèvres écailleuses en guignant les friandises que leur mère avait rapportées à la maison. De la salive – ou quelque chose de semblable – gouttait sur le sol. Les trois autres créatures observaient leur frère d'un air inquiet. Elles étaient plus petites, avec la peau dorée comme leur mère. Jack devina qu'il s'agissait de femelles.

Hardi s'était mis à croasser furieusement; on aurait dit qu'il cherchait à convaincre le dragon. Celui-ci émettait des sifflements en fouettant l'air avec sa longue queue. Soudain, il se redressa et plongea vers le cœur de la vallée. Hardi reporta son attention sur les bébés dragons.

Eux aussi semblaient le comprendre, mais ils étaient trop jeunes pour lui accorder une attention soutenue. Une des femelles gratta son ventre jaune avec ses longues griffes et paraissait sur le point de s'endormir.

– Thorgil, allonge-toi, ordonna Jack.

– Je ne suis pas une poltronne !

– C'est stratégique. Je pense qu'ils ne savent pas chasser. Si tu te couches et que tu ne bouges plus, ils nous ignoreront.

– Thorgil, fille d'Olaf, ne bat pas en retraite !

Le dragon vert tendit le cou pour l'observer. Sa grande langue fourchue réapparut. Jack désespérait de faire entendre raison à la jeune guerrière. Si elle continuait à gesticuler, elle allait causer leur mort.

– Couche-toi pour l'inciter à baisser sa garde, dit-il. Ensuite, tu pourras l'embrocher.

Cet argument dut séduire la jeune emportée car elle obéit aussitôt. Le petit mâle continua à l'observer un long moment, avant de se laisser distraire par un faucon qui passait dans le ciel.

Hardi bondit devant la créature. Retenant son souffle, Jack attendait et redoutait un coup fatal, mais le corbeau semblait discuter avec le jeune dragon. Il sautillait sur place, croassant et en agitant la tête en direction des trois femelles. Jack ne comprenait pas ce qu'il disait, mais le sens était clair :

« Hé, regarde ! Votre mère s'est absentée. C'est le moment idéal pour te débarrasser de tes rivales. »

Plus Hardi croassait, plus le jeune dragon vert s'agitait, et plus ses sœurs paraissaient inquiètes. Soudain, avec une vitesse stupéfiante, le mâle traversa le nid d'un bond, frôlant Jack et Thorgil avec ses serres. Il attrapa ses sœurs par le cou, l'une après l'autre, et les lança dans le vide !

Jack les entendit brailler durant toute la chute. Ce n'étaient encore que des oisillons, malgré leur taille ; elles ne savaient pas voler. Le jeune dragon renversa la tête et poussa un cri de victoire strident...

Thorgil se dressa alors pour lui planter son couteau entre les côtes, juste sous le cou. Le cri s'arrêta net. L'animal fut agité de furieux soubresauts, mais le coup était mortel. Il s'écroula sur la jeune guerrière.

Jack le saisit immédiatement par ses ailes rabougries pour le tirer en arrière (heureusement par chance, il était beaucoup moins lourd qu'il ne le paraissait), mais il vit avec horreur Thorgil porter ses mains à son visage. Une partie du sang du dragon l'avait éclaboussée, provoquant des cloques. Jack la lava rapidement avec l'eau tirée de l'outre et l'essuya avec sa cape. Cela sembla lui faire du bien. Elle avait des brûlures sur l'une de ses joues et sur ses lèvres, mais ses yeux, grâce au ciel, avaient été épargnés.

Malgré tout, Thorgil avait l'air sonnée. Les yeux écarquillés, elle regardait autour d'elle comme si elle n'avait pas conscience de ce qui l'entourait. Mais elle finit par se ressaisir et, s'accrochant à Jack, sortit du nid en clopinant. Le garçon la conduisit à l'abri d'un éboulis et revint en courant pour récupérer leurs affaires.

La béquille s'était brisée en deux entre les serres du dragon, pendant le vol. Son bâton était intact, en revanche, et il avait toujours la pièce du jeu d'échecs en or, la pierre de soleil et le jus de pavot, dans une bourse passée autour de son cou. Les vivres étaient gâtés. L'outre était vide. Sa cape était constellée de gros trous, là où elle avait été en contact avec le sang du dragon. Même chose pour le sac qui lui servait à transporter Hardi. Jack décida de les abandonner. Il aurait voulu récupérer le couteau de Thorgil, planté dans le corps du monstre, mais il était couvert de sang épais et il eut peur d'y toucher.

Pendant ce temps, le corbeau avait sauté sur une des pierres qui délimitaient le nid.

– Tu as été formidable ! lui dit Jack. J'ignorais que tu parlais le langage des dragons.

Vexé, Hardi se mit à produire des gargouillis. Jack tressaillit et regarda derrière lui.

– D'accord, d'accord. Tu sais parler le langage des dragons.

L'animal se pavana comme pour clamer : « Je suis le meilleur ! Je suis le plus grand ! Je suis le corbeau le plus coriace de la terre du Milieu, et aussi de Jotunheim ! »

– Oui, c'est juste, confirma Jack. Mais tu ferais mieux de te dépêcher. Il faut qu'on trouve une cachette avant le retour du dragon.

Il jucha le corbeau sur son épaule et s'empressa de rejoindre Thorgil.

Ils se frayèrent un chemin au milieu des éboulis, en tournant le dos aux falaises. Jack cherchait désespérément une grotte, ou même un trou, n'importe quoi qui puisse les cacher aux yeux du monstre. Hélas, il n'apercevait que des amas de rochers. Thorgil se fatiguait vite. C'était déjà stupéfiant de penser qu'elle avait eu assez d'énergie pour tuer le jeune dragon. Mais maintenant, ses forces l'abandonnaient et elle s'appuyait lourdement sur Jack.

Lui aussi était épuisé. Thorgil était suspendue à une de ses épaules, Hardi était perché sur l'autre. Le vent qui soufflait du haut des falaises était violent, glacial et ininterrompu. Respirer était douloureux. Marcher était douloureux.

« Odin doit m'adorer, se disait Jack. Je souffre comme six Nordiques. » Enfin ils débouchèrent en titubant dans une étroite ravine et se cachèrent autant que possible dans l'ombre glaciale.

– Il faut qu'on se repose, murmura Jack. Il faut que je me repose. Tu as été formidable, Thorgil. Je n'aurais jamais imaginé que quelqu'un puisse avoir autant de courage.

Elle ne répondit pas.

– Tu as le droit d'apprécier les compliments, tu sais, dit Jack. Olaf les adorait. Je vais te dire une chose : si on s'en sort, je t'écrirai le plus beau poème dédié à un guerrier. Pour toi et pour Olaf, bien sûr.

Thorgil émit un son étouffé. Jack se pencha vers elle en plissant les yeux dans la pénombre. Les lèvres de la jeune fille étaient boursouflées : une pensée horrible traversa l'esprit du garçon.

– Ouvre la bouche, Thorgil.

Elle obéit et Jack constata avec effroi que sa langue était couverte de cloques. La jeune fille ne pouvait pas parler !

– Oh, non, non, non..., murmura le jeune garçon en la serrant contre lui. (Preuve de l'immense fatigue de Thorgil, elle n'essaya même pas de le repousser.) Je n'ai plus d'eau, mais je vais aller te chercher de la glace.

Il erra au milieu des rochers jusqu'à ce qu'il trouve une grande étendue de neige. Il en rapporta une grosse motte dans ses mains. Thorgil l'avala peu à peu et le froid sembla faire diminuer le gonflement de sa langue. Au moins, elle ne risquait plus d'étouffer.

Jack se pencha en arrière pour observer la bande de ciel au-dessus de leur cachette. Il ne savait que faire. Par automatisme, comme chaque fois qu'il était anxieux, il serra dans sa paume la rune de protection qui pendait à son cou. Elle était tout juste tiède. Même elle était impuissante à leur apporter un petit encouragement dans cette situation désespérée.

Hardi se replia sur lui-même en gémissant. Jamais il n'avait émis un son semblable. Levant la tête, Jack découvrit une boule de neige au sommet de la ravine. D'où venait-elle ? Peu de temps après, une deuxième boule la rejoignit, puis une autre et encore une autre. « Houu-houu ! Houu-houu ! Houu-houu !... » fit la première boule.

Les autres répondirent en poussant des aboiements, des caquètements, des cris aigus et des sifflements. « Houu-houu ! Houu-houu ! » répéta la première boule avec vigueur. Pas facile de distinguer quelque chose sur le fond éclatant du ciel, mais Jack aperçut une énorme tête ronde percée de deux yeux jaunes. Il s'agissait d'une énorme chouette, suffisamment grosse pour emporter un mouton... ou attaquer deux humains terrassés de fatigue. Hardi se cacha derrière Jack.

« Houu-houu ! Houu-houu ! » cria la première chouette. De nouveau, les autres répondirent par une succession de cris indignés qui semblaient attiser leur fureur. Elles gonflèrent leurs plumes, rentrèrent la tête dans leurs épaules et déployèrent leurs ailes. « Kruff-guh-guh-guh ! » braillèrent-elles. Plantées sur leurs pattes couvertes de plumes, elles dansaient d'avant en arrière.

En baissant les yeux, Jack découvrit que Thorgil fixait les chouettes avec une expression de terreur. Thorgil apeurée ? Elle qui affrontait les dragons !

Un horrible gémissement résonna d'une falaise à l'autre. Les chouettes quittèrent aussitôt leur perchoir dans un battement d'ailes assourdissant. Jack perçut un craquement sinistre. Le dragon venait de découvrir son nid vide et détruit.

– Je ne crois pas qu'il puisse nous voir, dit-il à voix basse. Ne bouge pas, surtout. Nous devons attendre qu'il se fatigue de chasser.

Mais le dragon était insensible à la fatigue. Il allait et venait dans le ciel, scrutant les falaises. Son ombre passa plusieurs fois au-dessus d'eux, pendant que le soleil traversait lentement le ciel. Dans la ravine, les ombres devenaient plus profondes.

Quand enfin le monstre sembla s'être éloigné, Jack sortit en rampant de leur cachette pour aller remplir l'outre avec de la neige. Il en fit couler un filet dans la bouche de Thorgil et quelques gouttes dans le bec de Hardi. Quant à lui, il suça des morceaux de glace qu'il avait décollés des rochers. C'était tout ce qu'ils avaient et tout ce qu'ils pourraient trouver.

La fureur du dragon semblait retombée. Ils entendaient encore, par intermittence, quelques cris de chagrin, mais la créature ne bougeait plus.

– Hmm ! fit Thorgil en serrant la main de Jack dans la sienne.

– Quoi ? Tu veux encore de l'eau ?

– Hmm ! insista la jeune fille qui ne parvenait toujours pas à parler.

Elle tira Jack par le bras et lui montra le bout de la ravine.

– La montagne de glace, ce n'est pas par là, dit-il, mais ça n'a aucune importance de toute façon. On ne peut pas descendre de la falaise; on va mourir de froid, ici.

Au cours de l'après-midi, le vent s'était levé et s'engouffrait dans la ravine en mugissant. Jack prit dans sa main Hardi, qui paraissait beaucoup plus léger. Ils n'avaient presque rien mangé depuis plusieurs jours. L'aile brisée du corbeau pendait mollement et ses pattes étaient engourdies. Contrairement à celles des chouettes, elles n'étaient pas protégées par des plumes.

Tout le corps de Jack était endolori de fatigue; malgré cela, il passa son bras autour de Thorgil et se servit du bâton comme appui. Hardi s'accrocha à son épaule. La ravine était jonchée de cailloux qui roulaient sous leurs pas et ils avançaient très lentement. Ils s'y enfoncèrent, encore et encore; autour d'eux les falaises se dressaient, de plus en plus hautes. Il faisait presque noir au fond. Ils atteignirent un endroit où le chemin, si c'en était un, bifurquait. Jack s'arrêta. Sa fatigue était telle qu'il n'était même plus capable de faire un choix.

Pour Thorgil, ce n'était pas un problème. Elle l'entraîna avec fermeté vers la gauche. Ils tombèrent sur d'autres bifurcations. Chaque fois, Thorgil choisissait la direction, comme si elle savait où ils allaient. Jack n'en avait cure. Au moins, quelqu'un prenait des décisions.

A son grand étonnement, ils débouchèrent dans une petite vallée remplie d'arbres. Au milieu gargouillait un ruisseau, bordé de chaque côté de buissons chargés de framboises et de myrtilles. Le sol, lui, était couvert de minuscules fraises sauvages. L'air était doux et parfumé.

– Oh, Thorgil, murmura Jack.

Il l'assit sur un tapis de trèfles et s'empressa d'aller cueillir des fruits. Tous trois se régalèrent, même si Jack était obligé de presser les baies pour faire couler le jus dans la bouche de la jeune fille. Hardi se débrouilla tout seul.

Jack ajouta discrètement deux gouttes de jus de pavot dans celui qu'il faisait boire à la jeune guerrière. Il ne savait pas si c'était très prudent, mais il savait en tout cas que si elle ne se reposait pas, elle n'avait aucune chance de survivre. Très vite, Thorgil s'allongea au milieu des trèfles. Elle ronflait. Son visage n'avait pas paru aussi détendu depuis... depuis toujours, se dit Jack.

Avec le soir qui tombait, la lumière vira au bleu et une brume monta du ruisseau. Jack suivit la berge. Difficile d'imaginer qu'il puisse vous arriver quoi que ce soit dans cet endroit. Tout était si paisible. Des fleurs – des fleurs ordinaires, pas ces plantes-trolls animées d'intentions meurtrières – poussaient dans la mousse. Des champignons de toutes formes et de toutes couleurs parsemaient les troncs d'arbre couchés.

Jack se pencha pour remplir l'outre. Le ruisseau était... chaud. Pas brûlant, tiède, juste ce qu'il fallait pour que ce soit agréable. Il y plongea les mains et le visage. Puis il s'étendit à côté de Thorgil et de Hardi. Ils n'avaient plus qu'une seule cape, mais c'était suffisant dans la douce atmosphère qui baignait la petite vallée. Jack s'endormit en contemplant les copeaux d'étoiles éclatants dans le ciel sombre au-dessus de sa tête.

31
La poule de bruyère

Cette nuit-là, aucune horrible créature ne surgit des bois. Aucun monstre ne brisa les branches, ne cracha du feu ou n'essaya de croquer la jambe de qui que ce soit. Jack ouvrit les yeux sur une forêt bruissante d'oiseaux. Ils chantaient et gazouillaient dans tous les arbres. L'air résonnait de trilles, de gazouillis et de pépiements; les oiseaux accueillaient joyeusement l'aube. Des becs-croisés s'envolèrent d'un sapin. Des pics-verts raffaient l'écorce des troncs. Des grives et des fringillidés voltigeaient entre les trembles, les chênes et les bouleaux car cette oasis de vie, paradisiaque et cachée, ressemblait à une forêt anglaise.

– C'est beau, n'est-ce pas ? soupira Jack en lissant les plumes de Hardi.

Thorgil, elle, semblait terrorisée.

– Ne t'en fais pas, lui dit Jack. C'est différent de ce à quoi on s'attendait, c'est tout. J'ignore comment tu as découvert cet endroit, mais je m'en réjouis. Au fait, l'eau du ruisseau est tiède. Si tu veux te laver, je t'aiderai à marcher jusqu'au bord.

Thorgil le regarda comme s'il était pris de folie.

– Oui, je sais, dit-il. Vous autres, les Nordiques, vous aimez puer, mais cette eau est très agréable, tu verras. Dommage qu'on doive repartir. Au moins, on pourra se reposer.

– Veux m'en ahher, dit Thorgil avec peine.

– Mais tu parles ! Ouvre la bouche que je voie si ça a dégonflé.

Thorgil obéit. Jack fut ravi de constater que sa langue allait beaucoup mieux. De même que le visage et les lèvres : les cloques avaient presque disparu : ne restaient que quelques rougeurs légèrement enflées.

– Veux ahher aintenant, dit Thorgil.

– Oh, d'accord. Je me mettrai derrière ces arbres, là-bas, comme ça je ne te verrai pas.

– Non, pas ça ! Je... eux quitter... la vallée. Stupide esclave !

Jack la foudroya du regard. Il aurait dû s'en douter. Quand une chose était agréable, vous pouviez être sûr que Thorgil allait la rejeter.

– Ce n'est pas malin, tu sais, de traiter quelqu'un de stupide esclave quand lui seul possède un couteau.

– Je... je... je déteste les oiseaux ! dit-elle en éclatant en sanglots.

Jack était consterné. C'était plus fort que lui, il avait de la peine pour elle. Après tout, elle l'avait sauvé des griffes du dragon et avait découvert ce coin magnifique. Qu'est-ce qu'elle avait ?

– Cet endroit est dangereux ? demanda-t-il. Il y a une chose que j'ignore ?

– Non. Je éteste les oiseaux, c'est tout.

– Ce n'est pas une raison suffisante. Moi, je les aime bien. Je leur parle, quand ils sont intelligents comme Hardi. De plus, il faut absolument qu'on se repose. Si tu n'aimes pas les entendre chanter, mets-toi de la mousse dans les oreilles. Moi, je vais partir en quête de nourriture. Ça fait partie de nos petits problèmes, au cas où tu l'aurais oublié.

Thorgil suivit le conseil de Jack : elle s'enfonça de la mousse dans les oreilles. Et elle resta assise par terre à observer le ruisseau. Des larmes roulaient sur ses joues.

Jack chargea Hardi de lui tenir compagnie. Impossible de raisonner la jeune guerrière ; elle avait décidé de souffrir, quoi qu'il arrive, même si les choses s'arrangeaient. Il retrouva sa bonne humeur en marchant au bord de la rivière. La force de vie semblait omniprésente ici : dans les arbres feuillus, les oiseaux qui saluaient le jour nouveau avec jubilation, les lemmings et les campagnols qui couraient au milieu des fraises sauvages, dans les papillons, les moucherons et les coléoptères. Cet endroit grouillait d'activité.

Jack cueillit des baies, mais il voulait quelque chose de plus nourrissant. Il songea aux champignons... Peut-être étaient-ils vénéneux. Finalement, il trouva et déterra des poireaux sauvages.

Il se figea en entendant alors une sorte de craquement dans les fourrés. Lentement, prudemment, un magnifique oiseau brun sortit de la pénombre. Sa queue majestueuse était déployée et autour de lui gambadaient dix oisillons tachetés. Jack en avait l'eau à la bouche. C'était une poule de bruyère, grosse comme quatre poules réunies. Heide en avait servi une chez Olaf. Jack se souvenait encore de sa chair grasse et goûteuse, accompagnée de groseilles provenant du jardin de Dotti.

La poule de bruyère le regarda d'un air hautain. Ses yeux, surmontés de petites taches rouges qui lui dessinaient des sourcils, trahissaient un certain étonnement. Mais elle n'avait pas peur. Jack porta sa main à son couteau.

L'animal se dirigea vers lui. Les oisillons tachetés qui picoraient levèrent la tête pour quêter l'approbation de leur mère. La poule de bruyère se pencha vers eux en caquetant doucement. Jack savait que le volatile pourrait les nourrir pendant plusieurs jours; il le ferait rôtir avec les poireaux qu'il avait ramassés un peu plus tôt et le servirait avec ces fraises sauvages que les oisillons mangeaient consciencieusement.

L'oiseau passa devant lui d'un pas plein de dignité. Sans aucune crainte. Jack se disait qu'il lui suffirait d'une seconde pour l'égorger, mais il ne pouvait s'y résoudre. Le barde lui avait expliqué que c'était mal d'utiliser la force de vie pour attirer du gibier. Cet endroit en était rempli et la poule de bruyère se sentait protégée. Tuer cet animal aurait été... un crime, d'une certaine façon.

« Je dois être complètement stupide », pensa-t-il en regardant l'oiseau disparaître au milieu des arbres. Mais, très vite, il déboucha dans un espace boisé bien différent. Là, au milieu des sapins et des trembles familiers, il découvrit des pommiers, des noyers, des noisetiers et des poiriers. Ils étaient couverts de fleurs et de fruits mûrs, comme si l'automne et le printemps avaient fait alliance. Jack ôta sa tunique pour s'en servir comme d'un sac à provisions.

C'est alors qu'il perçut un bourdonnement qui lui donna la chair de poule. Un bruit sourd produit par d'innombrables abeilles, si nombreuses qu'il devait y avoir des centaines de ruches un peu plus loin. Habitué à fréquenter les insectes, grâce à Mère, Jack savait analyser leur bourdonnement. Rien qu'en tendant l'oreille, on pouvait deviner leur humeur.

Il avait entendu des abeilles en colère et des abeilles joyeuses, des abeilles inquiètes et parfois même si désespérées que toute la ruche dépérissait. Mais celles-ci étaient habitées par une folie joyeuse. Jack les imaginait voltigeant par milliers autour des fruits et des fleurs. Et, curieusement, cela l'inquiétait, bien qu'il n'ait jamais eu peur de ces créatures. Mais leur émotion était trop intense, presque insupportable. Il rebroussa chemin.

Thorgil était encore en train d'observer le ruisseau quand il revint. Il coupa pour elle plusieurs poires bien mûres. Ayant déniché une pierre plate, il réduisit en poudre quelques noix. Après avoir mangé, elle se replongea dans la contemplation du ruisseau, sans un mot.

« Pas la peine de dire merci », pensa Jack, furieux. Malgré tout, au bout d'un moment, il se leva pour lui changer son attelle. C'était plus fort qu'elle, il fallait qu'elle se comporte en berserker furieuse. Il constata que sa cheville avait dégonflé, comme les cloques sur sa joue et à l'intérieur de sa bouche. Ne lui en déplaise, Thorgil se rétablissait vite.

Ils passèrent le restant de la journée à somnoler et à jouer avec Hardi en faisant rouler une noix. Jack savait qu'il aurait dû établir un plan pour repartir, mais il se sentait tellement bien ! Cela faisait longtemps qu'il n'avait pas éprouvé une telle sensation.

Un peu avant la tombée de la nuit, il partit se promener et aperçut les chouettes blanches comme neige posées dans une petite clairière. Elles se nourrissaient de baies en échangeant des petits hou-hou. Jack remarqua, parmi elles, un campagnol qui rongeait une tige de haricot sauvage. Les chouettes que connaissait Jack se seraient jetées sur le pauvre petit animal.

Il décida de demeurer dans cet endroit un peu plus longtemps, malgré les protestations de Thorgil. Celle-ci avait retrouvé la parole et s'en servait.

– Nous menons une quête, dit-elle. Je sais qu'un simple esclave ne peut pas comprendre, mais ça veut dire qu'on doit endurer les pires privations. Notre devoir est d'arriver jusqu'à la reine de la montagne le plus vite possible. C'est ce qu'aurait voulu Olaf. J'en ai assez de rester couchée toute la journée.

– Évidemment, tu ne peux rien faire, répliqua Jack. Moi, je suis parti chercher de la nourriture.

– J'ai découvert cette vallée.

– Comment as-tu fait, d'ailleurs ? demanda Jack.

Thorgil rougit jusqu'aux oreilles.

– Question de chance.

– Quoi qu'il en soit, ta cheville n'est pas encore guérie. Je ne peux pas te porter comme un petit chat.

– Je suis pas un petit chat ! Je suis Thorgil, fille d'Olaf ! S'il le faut, je marcherai à quatre pattes, les mains et les genoux en sang !

Jack se réjouissait de voir qu'elle avait retrouvé sa fougue ; ça voulait dire qu'elle était sur la voie de la guérison. De fait, sa cheville brisée se consolidait à une vitesse stupéfiante. Dans un jour ou deux, elle pourrait marcher et il avait l'intention d'attendre qu'elle puisse se déplacer sans peine. Il n'y avait aucune urgence, se disait-il.

Cette petite vallée luxuriante, baignée d'un air doux, lui paraissait plus envoûtante de jour en jour. Il avait pris l'habitude d'aller se promener chaque matin pour chercher de quoi manger. A midi, il se baignait dans le ruisseau et il passait ses après-midi à explorer les environs. Entre-temps, il discutait avec Thorgil (qui devenait de plus en plus morose à mesure qu'elle se rétablissait) et avec Hardi qui, lui non plus, ne paraissait pas très content de cette situation.

Pourtant, un parfum de joie flottait dans l'atmosphère. Parfois, Jack ressentait le besoin fiévreux de se rouler dans la mousse ou de fourrer des poignées de framboises dans sa bouche et d'en laisser le jus dégouliner sur son menton. Et parfois, il le faisait. A d'autres moments, il riait, riait et riait encore, sans raison, à en avoir le souffle coupé. « Cet endroit doit être de la force de vie pure », se disait-il.

Soudain, il se souvint que le barde lui avait parlé de sa formation en Irlande, avec son meilleur ami. « Des jours durant nous sommes restés assis là, à tenter d'ouvrir nos esprits à la force de vie. Et nous battions en retraite quand elle s'approchait de trop près. Mais mon ami aimait ce pouvoir Il a refusé de s'arrêter avant que ça devienne dangereux. Un jour, quelque chose s'est brisé. Clac. Il a poussé un puissant hurlement et s'est enfui à toutes jambes, jusqu'à ce qu'il atteigne la vallée des Fous. »

« Je les entendais glousser avant même de les avoir vus, avait ajouté le barde. C'était un bruit affreux; cela ressemblait à un rire, mais totalement dépourvu de joie. Tous les bardes recalés d'Irlande avaient fini par dénicher cet endroit où la force vitale était plus puissante que partout ailleurs. Et ils y étaient restés. »

– Peut-être que ce n'est pas une bonne idée de rire à en avoir le souffle coupé, murmura Jack.

Il avait fermé les yeux pour laisser le pouvoir de cet endroit pénétrer en lui. Lorsqu'il les rouvrit, un spectacle déplaisant l'attendait.

Devant lui se tenait la première créature dangereuse qu'il voyait dans cette vallée enchantée : un énorme sanglier-troll, colossal, la gueule grande ouverte. On apercevait ses immenses canines aiguisées comme des rasoirs.

Le garçon était comme pétrifié et la seule chose qui lui vint à l'esprit fut de fredonner le chant magique qu'utilisait Mère pour calmer les abeilles. Il le chanta plusieurs fois, sans s'arrêter; il l'entendait résonner dans la force de vie. Cette force était trop proche, trop puissante. C'était comme une vague de feu qui déferlait sur lui.

Jack fut projeté sur le dos au milieu d'un parterre de fraises. Ses pensées s'éclaircirent et les flammes disparurent. Le sanglier le reniflait de la tête aux pieds... et léchait ses bras, sa poitrine et son visage !

– Crin d'Or ? s'exclama le garçon.

Il serra la tête du monstre contre lui et le gratta dans le cou, derrière ses oreilles rugueuses et poilues.

– Tu as trouvé le chemin de la maison. Tu es un gentil cochon ! (Jack se leva et caressa le dos hirsute de l'animal.) Si tu savais comme je suis content ! C'est un endroit merveilleux, non ?

Crin d'Or confirma d'un grognement.

Jack le ramena au campement installé par Thorgil. En les voyant, la jeune guerrière se leva, une pierre à la main, prête à la lancer sur la tête du sanglier.

– Non, non ! C'est un ami ! s'exclama Jack. Regarde !

Il grimpa sur le dos de l'animal, s'attendant plus ou moins à se faire éjecter, mais Crin d'Or semblait heureux d'être chevauché comme un âne.

Il poussa un grognement et Hardi répondit par un croassement.

– Il dit que tu l'as libéré, dit Thorgil, la mine sombre comme un nuage d'orage.

– C'est vrai, je... Hé, attends un peu ! Comment tu sais ce qu'il a dit ?

– Ça ne te regarde pas. Olaf a failli se faire tuer pour capturer ce sanglier !

– Et alors ? Il voulait le noyer. Contrairement à ces idiots de berserkers qui ont un petit pois dans la tête, je n'aime pas la souffrance, moi !

– Pauvre esclave stupide ! C'est Lucy qui va être sacrifiée à sa place maintenant !

– Je n'y suis pour rien ! rétorqua Jack en descendant du dos de Crin d'Or.

– Bien sûr que si, pauvre abruti de Saxon !

– *Brjostabarn !* C'est toi qui as offert Lucy à Frith !

Ils se faisaient face, haletants de rage. Voilà plusieurs jours que les pensées de Jack n'avaient pas été aussi claires ; sa colère venait de balayer l'enchantement de la vallée. Il se souvenait de l'existence de Lucy tout à coup. Bon sang, c'était pour elle qu'il était ici et il l'avait oubliée ! Il n'aurait même pas su dire combien de temps s'était écoulé.

– Et oui, dit Thorgil qui avait déchiffré son expression. Pendant que tu te prélassais au milieu des framboises, le temps ne s'est pas arrêté.

– Oh, Lucy..., murmura-t-il. (Soudain, une autre pensée le frappa.) Tu as compris ce qu'a dit Crin d'Or! Tu pratiques le *seider* depuis le début. Tu m'as menti!

Thorgil baissa la tête.

– Je ne mens jamais. Ce maudit pouvoir m'est tombé dessus brusquement. J'ai honte, murmura-t-elle.

– Toi? Honte? Ça m'étonnerait.

La jeune guerrière redressa les épaules; elle n'était pas du genre à fuir la douleur.

– Je ne comprends pas ce que dit le sanglier-troll, mais je comprends Hardi. Et tous ces satanés oiseaux! (Elle brandit le poing en direction des arbres.) J'ai l'impression d'être entourée de guerriers ivres. Yak! yak! yak!... Ça n'arrête pas. Ils parlent pour ne rien dire: « Descends de mon arbre » ou « As-tu déjà vu d'aussi beaux oisillons? » Ou alors, c'est: « Excusez-moi, je vais au petit coin. » Ils ne la ferment pas une minute, du lever jusqu'au coucher! Et les chouettes, elles, continuent toute la nuit.

– Voilà comment tu as découvert cet endroit, dit Jack. Grâce aux chouettes.

– Oui! C'est à ce moment-là que j'ai découvert que je comprenais le langage des oiseaux. Les chouettes s'inquiétaient de la réaction du dragon quand il trouverait ses enfants morts. L'une d'elles a expliqué aux autres comment se rendre dans cette vallée; apparemment, le dragon n'a pas le droit d'y venir.

– Tu es comme Sigurd. Tu as avalé du sang de dragon.

– Je m'en serais bien passée! Je suis devenue une horrible sorcière!

– C'est un don merveilleux, Thorgil.

– Je le déteste!

Elle avait décidé de dédaigner cette chance qui lui était offerte. Jack aurait aimé comprendre les oiseaux, mais le sang de dragon l'aurait sans doute tué, comme il avait failli tuer Thorgil.

– Je crois qu'on ferait mieux de partir, dit-il. Plus vite on trouvera la reine de la montagne, mieux ça vaudra.

– Ah, c'est pas trop tôt, grommela Thorgil.

Leurs bagages furent vite faits; ils n'avaient presque rien. Jack cueillit quelques noix et des fruits pour le voyage. Il se servit de la cape de Thorgil pour les transporter. Une fois qu'ils auraient quitté cet endroit, elle aurait froid, et lui aussi, mais ils avaient besoin de vivres. En chemin, il vit les chouettes gisant dans la clairière: elles étaient si faibles qu'elles ne pouvaient plus voler.

Elles avaient fui la colère du dragon pour se retrouver face à un péril plus dangereux encore: la tranquillité de la vallée les avait envoûtées, comme Jack. Elles n'avaient pas compris qu'elles ne pourraient plus chasser. Or les chouettes ne pouvaient pas survivre uniquement en se nourrissant de fruits.

Alors, Jack posa les vivres et alla chercher les chouettes, une par une, pour les transporter à l'écart de cette clairière, sur les rochers nus les plus proches. Il les laissa sur un chemin rocailleux conduisant vers les collines. Quand il les abandonna, elles ne voyaient plus la vallée enchantée et semblaient déjà plus alertes.

– Tu en as mis du temps, se plaignit Thorgil quand il revint.

– A cause des chouettes, répondit-il simplement, sans donner plus d'explications.

Jack portait les vivres sur son épaule et tenait son bâton à la main en guise d'arme. Thorgil avait pris le couteau, sous prétexte qu'elle savait mieux s'en servir que lui. Hardi s'était perché sur le dos de Crin d'Or qui les accompagnait, car il faisait déjà route vers la demeure de la reine de la montagne quand ils s'étaient rencontrés. Il était dans les meilleurs termes avec la reine, expliqua-t-il, et quand il se trouvait dans les parages, il ne manquait jamais de lui rendre une petite visite.

Jack apprit tout cela de manière indirecte. Crin d'Or parlait avec Hardi, qui traduisait le langage sanglier en langage oiseau à l'attention de Thorgil. Et celle-ci transmettait l'information à Jack. Ou une partie. Elle gardait pour elle certaines choses, à la demande de Crin d'Or ou pour se donner le plaisir d'agacer Jack.

32

L'arc de glace

A l'extrémité de la vallée, là où la rivière plongeait sous terre, Crin d'Or découvrit un passage masqué par des plantes grimpantes. Il était invisible, jusqu'à ce que l'on pénètre à l'intérieur; quand on ressortait de l'autre côté, on ne voyait plus qu'une crevasse dans le flanc de la colline. En un instant, l'air devint glacial.

Cette piste se trouvait au fond d'un autre ravin, plus profond que le précédent. Elle descendait en serpentant et en se ramifiant. C'était Crin d'Or qui choisissait le chemin. Quand l'obscurité tomba, ils se trouvaient encore dans le ravin; pour matelas, ils ne trouveraient là que des pierres.

Ce fut une nuit glaciale et sinistre. Jack et Thorgil dormirent en position assise, adossés au corps massif du sanglier-troll. Mais l'animal était infesté de puces qui sautaient dans les cheveux des deux adolescents. Ils semblaient ne pas apprécier le sang humain, mais Jack se réveillait en sursaut chaque fois qu'il sentait leur présence furtive sur sa tête.

Entre deux attaques de puces, son sommeil fut agité. Le vent parvenait à s'engouffrer dans le ravin et, vers l'aube, le gel s'installa. Jack protégea Hardi en le glissant à l'intérieur de sa tunique, ce qui leur permit de se réchauffer un peu mutuellement.

Seul Crin d'Or passa une nuit agréable sous ses épaisseurs

de graisse. Il ronfla immodérément, tout en bavant et en gémissant Et, quand il rêvait, ses pieds s'agitaient furieusement.

– On est encore loin ? soupira Jack, alors qu'ils se traînaient sur le chemin de pierres, à l'aube.

Il avait du mal à conserver son équilibre, même en s'appuyant sur la branche de frêne qui lui servait de bâton.

– Je vais me renseigner, dit Thorgil.

Elle était d'humeur enjouée maintenant qu'ils souffraient tous. Elle posa la question à Hardi, qui la traduisit pour Crin d'Or. Le sanglier répondit longuement. Le corbeau traduisit dans l'autre sens, ce qui prit aussi un long moment. Enfin, Thorgil répondit :

– Plus très loin.

– Ils ont parlé si longtemps juste pour dire ça ?

– Oui, affirma Thorgil avec un sourire.

– Tu me caches quelque chose !

– Tu ne le sauras jamais.

« *Brjostabarn* », pesta mentalement Jack. Ils s'arrêtèrent pour grignoter. Il ne restait plus grand-chose : les fruits et les noix contenus dans la cape s'épuisent vite quand il faut les partager avec un sanglier-troll. Thorgil et Jack voyageaient à tour de rôle sur le dos de l'animal, mais il était si large qu'ils avaient du mal à l'enserrer de leurs jambes, et il grognait quand ils essayaient de s'accrocher à ses oreilles.

Ils continuèrent ainsi, jusqu'à ce que Jack désespère d'arriver quelque part. Puis, juste au moment où il pensait qu'il allait s'évanouir de fatigue, ils découvrirent une étendue de glace étincelante. Après l'obscurité du ravin, l'éclat du soleil les aveugla. La glace était aussi claire et bleue que l'eau de la rivière, et Jack apercevait, comme flottant dans ses profondeurs, des corps d'êtres humains et d'animaux, et des choses bien plus étranges encore. Cette plongée vertigineuse lui donnait la nausée.

Mais la surface brillante était encore plus redoutable. Thorgil voulut accélérer le pas, mais ses pieds se dérobèrent sous elle. Elle glissa à toute allure et ne s'arrêta qu'à quelques centimètres d'une crevasse. Après cela, elle fit beaucoup plus attention. Jack, lui, s'accrochait aux poils de Crin d'Or, malgré les protestations de l'animal. Celui-ci semblait n'avoir aucun mal à avancer mais, évidemment, il était fait pour ça. Ses pieds massifs s'enfonçaient dans la glace comme des couteaux et laissaient derrière eux de profondes entailles.

– Regarde ! s'écria Thorgil à la sortie d'un virage.

Devant eux se dressait la montagne de glace, plus haute que Jack n'aurait pu l'imaginer, plus impressionnante vue de près. Elle ressemblait à un immense château avec des tourelles, des passages et des cours aérés. Elle semblait tout droit sortie des histoires de Père, et Jack regrettait que Lucy ne puisse pas la contempler

– Comment allons-nous faire pour traverser ça ? murmura-t-il.

Entre le promontoire sur lequel ils se trouvaient et la demeure de la reine de la montagne s'étendait un pont qui montait vers le ciel au-dessus de profondeurs insondables, avant de redescendre indéfiniment sous la forme d'un arc de glace immense et étincelant, d'une beauté à vous couper le souffle et... terriblement glissant.

Hardi poussa des croassements affolés.

– Il dit que Crin d'Or va devoir nous porter, traduisit Thorgil.

– Peut-il lui demander s'il accepte qu'on s'accroche à ses oreilles ? dit Jack en scrutant le gouffre sous le pont de glace.

Il n'apercevait même pas le fond. Une brume froide flottait autour du pied de la montagne.

Hardi posa la question à Crin d'Or, qui répondit par un grognement.

– Je suppose que ça veut dire non, commenta Jack.

– Il dit que ses oreilles sont très sensibles. Mais il veut bien qu'on s'accroche à ses poils, à condition de ne pas tirer trop fort, traduisit Thorgil. (Elle aussi observait l'abîme d'un air dubitatif.) Je me demande si ceux qui tombent des ponts ont le droit d'aller au Walhalla.

– Je suis sûr que oui, dit Jack. C'est suffisamment idiot.

Au dernier moment, une idée brillante lui vint. Il déchira en lambeaux la cape de Thorgil pour fabriquer une longue corde. Il en noua une extrémité autour du cou de Crin d'Or, comme un collier, et l'autre autour de la taille de Thorgil et de la sienne.

Puis ils s'installèrent à califourchon sur le dos large et puissant de l'animal, les jambes écartées, cramponnés aux poils longs et drus. Le bâton de Jack – ça ne rimait à rien de l'emporter, mais il répugnait à l'abandonner – était glissé sous le collier du sanglier. Hardi s'était niché à l'intérieur de la tunique de Jack.

– Allons-y, dit le garçon dans un soupir, en pensant : « J'espère que j'aurai le droit de visiter les îles des Bénis quand tombera nous tomberons dans le vide. »

Il était assis devant, Thorgil dans son dos. Le sanglier commença à gravir le pont. Ses pieds mordaient la glace ; Jack voyait des éclats transparents jaillir et disparaître dans le gouffre. Son estomac se souleva et il s'obligea à regarder droit devant lui.

Scritch, scratch, scritch, scratch, faisaient les sabots de Crin d'Or sur le pont. La glace tremblait sous son poids. Un aigle – un aigle de Jotunheim, assurément, vu sa taille – planait dans les parages. Apercevant les humains, il se rapprocha, si près que Jack put plonger le regard dans ses yeux jaunes.

– Va-t'en ! lui lança Thorgil de sa voix aiguë en brandissant son couteau.

Le pont trembla de plus belle.

– Ne bouge pas ! cria Jack.

Le vent, qui s'était calmé pendant qu'ils traversaient l'étendue de glace, se leva de nouveau. Il sifflait aux oreilles de Jack et se faufilait par le col de sa tunique. Hardi poussait des gémissements. Les mains du jeune skald viraient au bleu.

L'aigle effectua un deuxième passage et, cette fois, planta ses serres dans l'épaule de Jack. Celui-ci sentit le choc, mais aucune douleur. Le froid l'avait totalement engourdi.

– Je vais te tuer ! rugit Thorgil dans son dos.

Elle plongea en direction de l'aigle et faillit tomber. Le pont de glace trembla à nouveau. Jack était trop tétanisé pour hurler. Il ne souffrait pas, mais son corps savait qu'une chose grave venait de se produire. De fait, il fut bientôt secoué de tremblements incontrôlables.

– Accroche-toi ! lui cria Thorgil. S'il revient, je ne le manquerai pas, cette fois.

Jack voulait lui crier de se tenir tranquille. Si par malheur elle arrivait à déséquilibrer le sanglier, ils tomberaient tous dans l'abîme.

Scritch, scratch, scritch, scratch faisaient les sabots de Crin d'Or. Ils avaient atteint le sommet de l'arc. Le sanglier émit un grognement, puis il commença à descendre. L'aigle passa de nouveau tout près et, cette fois, Thorgil le frappa avec son couteau. Le rapace poussa des cris stridents et dégringola vers les profondeurs mais, emportée par son élan, Thorgil avait basculé dans le vide. Jack tenta de la retenir. Mais ses mains étaient engourdies et il la suivit dans sa chute.

Ce fut la corde nouée autour de leur taille qui les sauva. Jack et Thorgil se balançaient au-dessus du gouffre sans fond, suspendus au cou de Crin d'Or. Le vent violent les faisait tournoyer et Jack sentait la corde se resserrer autour de sa taille, lui coupant la respiration. « Vite, vite, vite », suppliait-il en silence.

Mais Crin d'Or avançait avec lenteur et prudence, il n'était pas fait pour descendre des obstacles glissants, surtout avec une corde et un poids autour du cou. Il peinait.

« Il faut que j'attrape le bâton », pensa Jack. Il était pris de vertige et il ne savait pas pourquoi il voulait son bâton mais, au moins, il pourrait soulager la tension sur le cou de l'animal. Le collier semblait l'étrangler. Jack saisit l'extrémité du bâton et tira. Il réussit à le libérer, mais faillit le lâcher. « De la chaleur. J'ai besoin de chaleur. » Des points lumineux dansaient devant ses yeux. Le bâton glissait entre ses doigts gourds.

« Tu as froid uniquement parce que tu y penses », lui dit le barde, de quelque part.

« Oui, il fait chaud. Il fait chaud », se dit Jack, tendant tout son esprit vers la force de vie qui brûlait au cœur du monde des géants de givre. La chaleur irradia de ses mains et jaillit par l'extrémité du bâton. Un jet de flammes frappa le pont de glace. De l'eau se mit à goutter et Crin d'Or commença à glisser.

Crooooouik ! couina le sanglier géant, alors qu'il glissait sur le pont, de plus en plus vite ; puis il fut éjecté et exécuta un roulé-boulé dans la neige. Entraînés par son poids et son élan, Jack et Thorgil furent propulsés dans une congère. La jeune guerrière se releva aussitôt pour dégager le visage de Jack, enfoui dans la neige. Elle défit la corde et sortit Hardi de la tunique du garçon pour qu'il puisse respirer, lui aussi. Ses yeux pétillaient de joie.

– Ah, quelle aventure merveilleuse ! s'exclama-t-elle. (La corde avait failli l'étouffer elle aussi, mais elle était trop exaltée pour s'en préoccuper.) J'ai combattu un aigle géant ! Je suis restée suspendue dans le vide comme Odin à une branche d'Yggdrassil ! Oh, comme je suis... heureuse !

Croooouik ! fit Crin d'Or avec amertume.

Jack, pris de vertiges, se retourna et découvrit un trou au milieu du pont, là où la glace avait fondu ; il ne restait plus que deux fines barres de glace de chaque côté. Son bâton s'était enfoncé dans la congère, dans la neige fondue ; il voyait dépasser le bout noirci.

– Je ne savais pas que tu étais capable de faire des choses pareilles ! dit Thorgil.

Elle dansait sur place, saisie d'une sorte de folie joyeuse.

– Moi non plus, avoua Jack.

A présent qu'ils étaient en sécurité, il sentait la profonde entaille que l'aigle avait ouverte dans son épaule. Soudain, une ombre s'abattit sur lui. Accompagnée d'une odeur fétide surgie d'on ne sait où.

– Peut-être que tu devrais nous refaire un tour de magie, haleta Thorgil en cherchant son couteau à tâtons.

Mais l'arme avait disparu dans l'abîme avec l'aigle.

Levant la tête, Jack découvrit une créature issue de ses pires cauchemars. Elle mesurait dans les deux mètres cinquante, et des touffes de cheveux et de poils orange se hérissaient sur sa tête et ses épaules. Ses yeux couleur de noix pourries jetaient un regard menaçant sous des arcades sourcilières qui ressemblaient fort à des champignons de souche. Elle avait de longs ongles verdâtres incrustés de crasse et ses dents – car la créature avait la bouche grande ouverte – avaient l'aspect de bûches mal rangées. Deux crocs de la taille d'une paire de cornes de bouc retroussaient sa lèvre supérieure dans un rictus permanent. Le monstre rota et l'odeur putride enveloppa de nouveau Jack.

C'en était trop pour lui : il s'évanouit. Il venait de rencontrer son premier troll.

33

Fonn et Forath

Il était couché dans un lit incroyablement moelleux. Et la chambre où il se trouvait était si belle que Jack se crut mort et au paradis. Les murs étaient peints, comme dans la maison romaine du barde, à cette différence près que ces fresques étaient récentes. Jack identifia des arbres en fleur, une maison devant laquelle étaient assis un homme et une femme, et des enfants qui jouaient avec un chien.

Le plancher était constitué de diverses essences de bois, agencées de manière à représenter des feuilles d'automne. Un brasero rempli de charbons ardents reposait sur un pied en métal ouvragé. Jack sentait leur chaleur sur son visage, seule partie de son corps qui dépassait des couvertures.

La courtepointe était, elle aussi, une merveille de couleurs et de motifs, et elle était rembourrée de plumes. Jack replongea dessous, heureux comme un coq en pâte.

La mémoire lui revenait par bribes. Il palpa timidement son épaule. Elle était enveloppée d'un bandage et la douleur ne semblait pas aussi intense qu'il le redoutait. « Il se réveille », dit quelqu'un. Non, personne n'avait parlé. Aucune parole n'avait été prononcée, ces mots avaient surgi dans l'esprit du garçon.

« Il est assez mignon pour un cerf à deux pattes. »

« Donne-lui son petit déjeuner, je vais prévenir Mère. »

Jack entendit un bruit de pas lourds, puis une porte s'ouvrit et se referma.

« Finalement, je ne suis pas au paradis, pensa-t-il avec tristesse. J'ai été fait prisonnier par les Jotuns. Peut-être que si je garde les yeux fermés, ils penseront que je me suis rendormi. »

– Ça ne marchera pas, dit une voix rauque. Quand les humains mentent, nous le savons.

Jack rouvrit les yeux et les referma aussitôt.

– Je sais. Il faut s'habituer aux trolls. Personnellement, je trouve que les humains ressemblent à des grenouilles bouillies, mais j'ai appris à passer outre.

Jack rouvrit les yeux. Le troll – une femelle sans doute à en juger par les formes qu'on devinait sous ses vêtements – était encore plus imposante que le mâle aperçu près du pont de glace. Elle aussi avait une touffe de cheveux orange sur la tête. Ses épaules étant vêtues, Jack n'aurait su dire si elles aussi étaient couvertes de poils de la même couleur. Elle avait de grandes oreilles décollées, ornées de lourdes boucles en or qui étiraient ses lobes à la hauteur de son menton. Sa lèvre supérieure se retroussait sur deux jolis petits crocs fins, comparés à ceux du troll mâle.

Mais surtout, elle était beaucoup plus soignée. Ses ongles étaient propres et vernis. Ses dents, bien que d'une largeur inquiétante, étaient bien alignées. Et elle arborait une expression chaleureuse. Bref, si elle avait été un peu moins près, Jack aurait trouvé qu'elle n'était pas totalement repoussante.

La Jotun poussa une sorte d'aboiement, un son terrifiant qui fit replonger Jack sous les couvertures.

– Pas totalement repoussante ! Merci pour le compliment ! Tu n'es pas totalement repoussant, toi non plus, même si tes manières laissent à désirer.

– Désolé.

– Ce n'est rien. Je m'appelle Fonn. Ma sœur Forath et moi, nous t'avons surveillé.

– Merci, dit Jack sans trop savoir quel sens accorder au verbe « surveiller » ; les trolls voulaient peut-être être sûrs qu'il ne s'enfuierait pas avant de l'avoir mangé.

Fonn aboya de nouveau.

En fait, ça semblait être une sorte de rire.

– Nous ne mangeons plus les cerfs à deux pattes... sauf si nous en tuons un au cours d'un combat loyal. Mais surtout, nous ne mangeons pas les humains qui rapportent la pièce manquante dans le jeu d'échecs de la reine.

– Je suis content de l'avoir conservée. J'avais peur de l'avoir laissée tomber en tombant du pont.

– C'est Frith qui te l'a donnée, je suppose?

Jack hocha la tête.

– Ça signifie qu'elle attend quelque chose en retour. Frith agit toujours par intérêt. Mère était furieuse de ne pas pouvoir proposer une partie d'échecs aux Norns. Elle a fait fabriquer une autre pièce mais, évidemment, celle-ci était dépourvue de magie et les Norns n'en ont pas voulu.

Des dizaines de questions se bousculaient dans l'esprit de Jack. Quel genre de magie? Où étaient les Norns? Comment Fonn connaissait-elle Frith? Et qui était « Mère »?

– Hé, pas si vite! s'exclama Fonn en émettant ce curieux rire qui ressemblait à un aboiement. Tu es encore trop faible pour t'agiter comme ça. Je peux te dire que tu l'as échappé belle avec ta blessure à l'épaule. J'ai bien cru que tu ne pourrais plus jamais te servir de ton bras, mais Mère a fait sortir le poison en chantant.

– Qui est Mère? demanda Jack.

– La reine de la montagne. Forath et moi sommes ses filles. Comme Frith, malheureusement.

– Vous ne lui ressemblez pas.

– Merci. Nous n'avons pas le même père. Le pauvre homme. Il s'est langui dans cette pièce pendant des années, en rêvant de retrouver la terre du Milieu et sa famille. Tu peux les voir, là, sur le mur.

Les peintures représentant le couple et les enfants qui jouaient avec le chien prenaient une nouvelle signification.

– Pourquoi la reine l'a-t-elle empêché de retourner chez lui?

– Sa famille avait disparu. Tous avaient péri dans une avalanche et Mère l'avait sauvé, mais il n'a jamais voulu la croire. J'ai toujours pensé que sa tristesse avait déteint sur Frith. Mais évidemment... (Fonn soupira; on aurait dit un petit coup de vent)... son véritable problème, c'est qu'elle n'est nulle part à sa place. Les humains peuvent épouser d'autres humains, d'où qu'ils viennent. Mais les mariages entre trolls et humains ou entre elfes et humains ne marchent presque jamais, et leurs enfants sont toujours déchirés entre deux mondes.

Forath fit alors irruption dans la pièce et Jack, malgré lui, replongea sous les couvertures. Deux Jotuns de presque trois mètres de hauteur avec des cheveux orange hirsutes et des crocs, ça faisait beaucoup.

– Sors de là, poltron ! lança Thorgil.

Jack réapparut. Jamais il n'avait été aussi heureux de voir un autre humain. Elle portait des vêtements neufs et arborait un nouveau couteau à sa ceinture ; un autre était fixé autour de sa cuisse.

– Tu as l'air en pleine forme, commenta le garçon.

– Pourquoi ça n'irait pas ? C'est l'endroit le plus excitant que je connaisse. J'adore les trolls !

Jack se redressa dans le lit. Mais pris d'un vertige il se recoucha.

– Hardi ! s'exclama-t-il. Je l'avais complètement oublié. Il va bien ?

– Il est dans la grande salle avec Crin d'Or. Tu savais que la reine avait guéri son aile ? Elle l'a remise en place en chantant. Depuis, il vole partout. Moi, je suis l'invitée d'honneur parce que je suis la fille d'Olaf. Figure-toi que la reine Glamdis était amoureuse de lui et qu'elle voulait l'enfermer dans son sérail, mais elle avait donné sa parole qu'elle le laisserait repartir.

– Une chance pour Heide, Dotti et Lotti, dit Jack.

Il imaginait Olaf prisonnier dans cette pièce.

– Oh, elles auraient survécu sans lui, dit Thorgil, indifférente. Les rustres, c'est comme ça qu'on appelle les trolls mâles, sont de formidables combattants. Ils m'ont appris plein de nouvelles ruses.

– Merveilleux, dit Jack en se renfonçant dans le matelas moelleux.

Sa douleur à l'épaule augmentait et son corps comme vidé de toute son énergie. A tâtons, il chercha la rune autour de son cou. Quelque chose manquait.

– Le collier d'esclave..., dit murmura-t-il.

– Oh, ce vieux truc! En tant que fille d'Olaf, j'ai hérité de toi, dit Thorgil. Il disait qu'il te libérerait dès son retour, alors je l'ai fait maintenant, ici. Mais ne va pas croire que tu es dispensé de la quête. Tu me dois une reconnaissance éternelle et je compte sur toi pour mourir de bon cœur si nécessaire.

– Ou pour vivre de bon cœur, murmura Jack.

Forath fit sortir Thorgil de la pièce, ce dont le garçon lui fut reconnaissant. Il s'était passé tant de choses qu'il avait besoin de calme pour tout assimiler. Il y avait les Jotuns, qu'il avait appris à redouter et à haïr, et qui n'étaient finalement pas si méchants. Olaf disait toujours que ça ne le gênerait pas de vivre avec eux, du moment que les règles de base étaient fixées dès le départ. Apparemment, il les connaissait mieux qu'on ne pouvait le penser. Et il y avait Thorgil avec son fichu caractère; elle le traitait de sale esclave à la moindre occasion, elle ne lui avait toujours témoigné que du mépris... et pourtant, elle lui avait rendu sa liberté.

Tout cela était bien déroutant.

Jack avait beaucoup de mal à s'habituer à ce murmure incessant de pensées qui tourbillonnaient autour de lui. Elles étaient embrouillées car tout le monde pensait en permanence mais, quand quelqu'un se tenait assez près, il captait des mots ici et là.

Il laissa Fonn lui donner sa soupe à la becquée. Elle rompit de gros morceaux de pain blanc sur lesquels elle étala du beurre et du miel. Puis elle posa une coupe de fruits à sa portée.

– C'est quoi, ça? demanda Jack en montrant une grappe de grosses baies violettes.

– Du raisin, répondit Fonn avec fierté. Je le fais pousser dans ma serre. Olaf nous a apporté les graines d'Italie, lors d'un de ses voyages.

« Un de ses voyages? »

– Depuis combien de temps suis-je malade? s'enquit Jack.

– Une semaine. Tu étais dans un sale état quand tu es arrivé. Mère a jugé qu'il était préférable de te faire dormir.

Une semaine! Il avait totalement perdu la notion du temps. Il n'aurait su dire combien de jours il était resté dans la vallée secrète, et voilà qu'il avait encore perdu une semaine… Combien de temps lui restait-il pour sauver Lucy ?

– Ne t'en fais pas, dit Fonn de sa voix rauque, mais pleine de douceur. L'inquiétude empêche la guérison. Ce sont les Norns qui décident de tout et, quoi que tu fasses, ça ne changera rien.

Elle abaissa un épais rideau devant une fenêtre que Jack avait remarquée sans y prêter vraiment attention. Il se demanda ce qui se trouvait de l'autre côté. Il s'endormit en pensant à Olaf, pris au piège dans cette pièce, sculptant des jouets pour des enfants qu'il ne reverrait jamais.

Une autre semaine s'écoula avant que Jack ait retrouvé assez de forces pour se lever. Les serres de l'aigle, sans doute souillées, avaient empoisonné son sang. Seule la magie de la reine avait pu le sauver. Il avait fini par s'habituer à Fonn et à Forath, même si cette dernière avait du mal à parler à voix haute. Les Jotuns communiquaient par la pensée ; ils n'avaient pas besoin du langage, mais certains avaient fait l'effort de l'apprendre pour des raisons stratégiques. Les humains envahissaient parfois Jotunheim, et les trolls, surtout les adolescents, aimaient effectuer des raids dans la terre du Milieu.

La fenêtre donnait sur une falaise de glace qui semblait sans fin ; c'était un spectacle à la fois beau et cruel. Jamais un humain ne pourrait s'échapper par là. D'autant qu'il était impossible, à travers les tourbillons de glace, de voir le fond de l'abîme. Les Jotuns adoraient le froid. Dès qu'il ne gelait plus, ils se plaignaient de la chaleur. Ils avaient réussi à conserver une poche d'hiver éternel dans leur monde, mais Fonn disait que l'été effectuait des incursions chaque année. Jadis, lui avait-elle expliqué, la terre n'était qu'une plaque de glace. La mer elle-même était gelée. On pouvait aller à pied d'Utgard à Jotunheim.

– Utgard ? fit Jack.

– La Terre-Au-delà-de-la-Mer. Notre ancien pays.

– Ah oui, Olaf m'en a parlé. Il disait qu'il avait été détruit par un volcan.

– Exact, confirma Fonn avec tristesse. Mon arrière-arrière-arrière-grand-mère est venue de là-bas, en marchant sur la glace qui se brisait. C'est ça qui nous a séparés du cœur de notre monde. Nous ne pourrons jamais y retourner et, à chaque ère, les forces de l'été s'enfoncent un peu plus profondément dans notre royaume. Un jour, il disparaîtra.

– Je... je suis navré, dit Jack. Il ne reste plus rien d'Utgard ?

– Forath parle aux baleines. C'est un don particulier. Elles lui ont appris qu'une petite île existait encore. Au centre se dresse le volcan et, autour, il n'y a que des champs de glace nus, balayés par les vents. Ça fait rêver, soupira Fonn.

– Vous ne pouvez pas construire un bateau pour y retourner ?

– Nous ne sommes pas faits pour les bateaux. Nous sommes trop lourds et surtout, nous avons une peur bleue de l'eau. Quelques-uns d'entre nous, comme Forath, se déplacent à dos de baleine, mais seulement près des côtes.

Hardi rendait visite à Jack chaque jour et Thorgil faisait irruption de temps en temps, prête à lui conter des histoires épouvantables où il était toujours question de tuer, d'une manière ou d'une autre. Les Jotuns ne faisaient preuve d'aucune cruauté quand ils tuaient leurs ennemis, mais ils étaient très efficaces. Visiblement, ils s'étaient pris d'affection pour la petite berserker débordante d'enthousiasme. Un jour, Crin d'Or se montra et Fonn servit de traductrice. Il remercia le garçon de l'avoir libéré du chariot de Freya ; Jack fut alors submergé par une vague de culpabilité en songeant que Lucy y serait bientôt enfermée, à la place du sanglier.

Combien de temps s'était écoulé depuis son arrivée à Jotunheim ? Il ne le savait pas exactement. A en juger par la position de la lune dans le ciel, il aurait dit trois semaines – mais cela aurait signifié alors qu'il n'avait pas passé un seul instant dans la petite vallée située près du repaire du dragon. Comment était-ce possible ? Une chose était sûre, en revanche : le temps s'écoulait, lentement, mais il s'écoulait. Et le jour du sacrifice de Lucy se rapprochait.

34

Le palais de la reine de la montagne

Le palais de la reine de la montagne était très différent de la petite pièce dans laquelle Jack avait repris connaissance, mais tout aussi beau, dans un style plus imposant et... « jotunien ». Les murs de glace étaient percés de hautes fenêtres qui laissaient entrer la lumière bleue qui frôlait le sommet de la montagne. Le vent chargé de givre faisait voltiger les grands rideaux blancs.

La plupart des Jotuns portaient des fourrures, mais certains rustres n'avaient sur eux qu'un pagne pour exposer leur corps aux regards. Jack estimait que les longs manteaux en fourrure étaient une mode très seyante car ces épaules bosselées et hérissées de longs poils orange, ces panses flétries et toute cette peau de troll pelée ne perdaient rien à rester cachées. Mais rien n'aurait pu dissimuler les arcades sourcilières des mâles. Ils les exhibaient avec fierté; plus elles étaient proéminentes, mieux c'était. Chez ceux qui comptaient des humains à leur tableau de chasse, elles étaient tatouées.

La reine Glamdis était assise sur un trône en or où étincelaient des diamants. Il avait été réalisé par des nains, expliqua à voix basse Fonn pendant qu'ils attendaient, un peu à l'écart, qu'on les appelle. La reine portait une couronne scintillante, posée sur ses cheveux orange, et une longue robe bleue brodée d'or sous une cape en peau d'ours. Son visage paraissait beaucoup plus âgé que celui de Fonn et elle avait les traits saillants d'un rapace. Jack lui trouvait un air plein de noblesse; il commençait à s'habituer aux trolls.

D'un côté du trône se tenait Crin d'Or, Hardi perché sur son dos. Thorgil était assise, toute fière, aux pieds de la reine de la montagne.

De l'autre côté, le sérail royal était aligné. Seize rustres de tous les âges parés de leurs plus beaux atours. Le plus vieux était assis sur un trône à peine moins imposant que celui de la reine Glamdis. En vérité, il était si vieux que ses arcades sourcilières s'étaient affaissées sur ses yeux; il était obligé de les soutenir avec une baguette en forme de Y.

– Voici mon père, Bolthorn, glissa Fonn.

Pour l'occasion, Jack avait revêtu trois couches de vêtements en laine, les uns sur les autres, sous une cape en poils de martre. Malgré cela, il avait froid. Aux pieds, il portait des bottes en peau de vache dont on avait laissé les poils pour que ses pieds accrochent mieux le sol. Celui-ci était en argent poli, éclatant et magnifique, mais glissant comme de la glace.

– Approchez, ordonna la reine Glamdis d'une voix rauque, semblable à celle de Fonn.

Jack savait que les Jotuns devaient faire un gros effort pour parler; ils ne parvenaient pas à prendre un ton doux.

Il s'approcha, comme on le lui demandait, et salua bien bas.

– Alors c'est toi qui as fait fondre mon pont de glace, dit la reine.

« Aïe ! », se dit Jack.

– Tu es un magicien du feu, déclara-t-elle.

– Je suis un barde, grande reine. Je suis au service de la force de vie.

– J'ai connu quelqu'un de ton espèce. Il s'appelait Langue de Dragon. Et il a creusé un trou dans ce mur en faisant fondre la glace. (Elle désigna une tache plus sombre près d'une des fenêtres.) Je l'ai fait reboucher, évidemment, mais la marque est toujours là.

– Jack a été formé par Langue de Dragon ! gazouilla Thorgil.

« Tais-toi, idiote », pensa Jack.

– C'est moi qui décide qui doit se taire, dit la reine.

Jack se morigéna. Quel imbécile! Il avait oublié que les Jotuns lisaient dans les pensées.

– Mais je ne détecte en toi aucune intention malveillante, reprit Glamdis. Thorgil, fille d'Olaf, m'a parlé de votre quête et j'ai accepté de vous aider. Mais je tiens à vous avertir: les Norns n'obéissent à personne, pas même aux dieux. Je peux demander que vous soyez présents quand elles viendront, c'est tout.

– Merci, grande reine.

– Arrête de m'appeler grande reine, dit Glamdis d'un ton cassant. Garde ces flagorneries pour Frith, elle adore ça. Je suis une grande reine, tout le monde le sait. Puisque tu es encore un louveteau, tu peux m'appeler Mère.

– Euh... bien... Mère. (Ca lui faisait tout drôle d'appeler ainsi une personne qui n'était pas sa véritable mère.) Je vous suis infiniment reconnaissant d'avoir soigné mon épaule et l'aile de Hardi.

– Ah, Hardi, fit la reine et une étincelle s'alluma dans ses yeux sombres. En voilà un petit effronté! (Elle n'expliqua pas ce qu'elle entendait par là.). Je vous invite tous à fêter la mémoire d'Olaf-N'a-Qu'un-Sourcil. Conformément à ses désirs, nous allons organiser une grande fête avec de la musique, des danses et de la bonne chère. Je suis triste qu'il soit parti au Walhalla, mais je sais qu'Odin sera heureux de le voir. De tous les cerfs à deux pattes que j'ai connus, c'était lui le meilleur.

Les yeux de Jack se mouillèrent de larmes et la reine elle-même – Mère, rectifia-t-il –, essuya les siens avec le coin de sa cape. Quant à Thorgil, elle sanglotait sans retenue.

A la fin de l'audience, ils quittèrent la salle du trône et empruntèrent une succession de longs couloirs jusqu'à ce qu'ils débouchent dans une cour intérieure. Immense et ronde, elle ressemblait davantage à un lac gelé qu'à un lieu d'agrément. Des alcôves étaient disposées tout autour. Jack renifla l'odeur de la perdrix rôtie. On l'installa à une petite table avec Thorgil; les tables des Jotuns étaient bien trop hautes pour eux. Fonn et Forath leur tinrent compagnie.

Pour la première fois, Jack voyait des enfants trolls, des louveteaux comme on les appelait ici. Ils couraient entre les tables et volaient des friandises quand personne ne les regardait. Ils glissaient sur la glace, se bousculaient et se lançaient des défis qui se transformaient souvent en bagarres joyeuses. Ils n'étaient pas très nombreux. Fonn expliqua que les enfants grandissaient lentement : des trolls qui semblaient avoir l'âge de Jack avaient en réalité cinquante ans. Fonn elle-même n'était pas assez âgée pour pouvoir se constituer un sérail de rustres.

Apparemment, nul ne se souciait du chaos provoqué par les petits trolls. Les adultes les regardaient avec un sourire indulgent grimper aux rideaux, renverser des chaises et lancer des boules de neige. Chez lui, Jack aurait reçu une correction pour beaucoup moins que ça.

On leur servit de la perdrix à la confiture de groseilles, du lapin fourré aux oignons, des pattes d'ours (Jack donna sa part) et des tranches d'élan. La reine de la montagne rongea à elle seule un cuissot d'élan, tandis que Fonn et Forath déchiquetaient un saumon géant. Les bonnes manières n'avaient pas plus leur place dans un festin troll qu'au banquet du roi Ivar.

– Un pied au sol ! rugit un jeune rustre qui ne cessait de regarder Fonn du coin de l'œil. C'est l'unique règle ici. Vous devez garder au moins un pied au sol quand vous mangez.

– Il essaie de m'impressionner en apprenant le langage des humains, dit Fonn.

On apporta ensuite à Jack et à Thorgil du pain avec du beurre et du miel, des tranches de pudding aux pommes, du raisin cultivé dans la serre de Fonn et des fromages qui, expliqua Thorgil, venaient d'une créature baptisée yak. La reine en gardait un troupeau dans son étable. Des tonneaux de cidre, d'hydromel et de bière circulaient de table en table. Les rustres tentèrent d'entraîner Thorgil dans un concours de boisson, mais elle refusa avec fermeté.

– Ils sont sûrs de gagner. Je ne vais pas m'humilier, dit-elle.

Quand tout fut englouti et débarrassé, les chansons et les danses débutèrent. Les rustres se dirigèrent vers un bout du lac gelé, pendant que les trolls femelles se rassemblaient à l'autre bout. Les rustres se pavanaient, exhibant leurs arcades sourcilières, car c'étaient les jeunes filles qui choisissaient leurs cavaliers. Forath et quelques autres se chargèrent de la musique. C'étaient des chants étranges, avec des paroles inintelligibles, qui résonnaient contre les murs et semblaient vibrer à l'intérieur de la cage thoracique de Jack. Si mélancoliques qu'il sentit les larmes lui venir aux yeux.

– C'est un hymne funèbre ? demanda-t-il à Fonn.

– Oh, non ! C'est un chant de baleine. Très joyeux. Il parle d'Utgard, notre pays bien-aimé, perdu à tout jamais au-delà de la mer.

Si ça, c'était une chanson joyeuse, Jack n'avait pas envie d'entendre une chanson triste ; il avait déjà du mal à ne pas éclater en sanglots.

– Est-ce que cela vous ennuie si je vais rejoindre les danseurs ? demanda Fonn avec timidité.

– Non, bien sûr ! s'exclamèrent en chœur Jack et Thorgil.

Fonn partit en trottinant vers la ligne formée par les jeunes trolls. Celles-ci commencèrent par se déployer sur le lac. Puis elles s'approchèrent des rustres de plus en plus excités et exubérants. L'une après l'autre, les danseuses choisirent un cavalier en le saisissant par l'épaule. Après quoi, les couples se dispersèrent sur la glace.

Les jeunes filles conduisaient leurs cavaliers en faisant le tour du lac, tandis que Forath et les autres continuaient de gémir leur musique d'accompagnement.

– Je suis sûre qu'Olaf se sent honoré, commenta Thorgil en soupirant au-dessus de son bol de cidre.

– J'ignorais qu'il était aimé à ce point, dit Jack.

– Heide, Dotti et Lotti aussi l'aimaient, répondit la jeune guerrière avec un petit sourire en coin.

A la fin de la soirée, Jack trouva le courage de s'approcher de la table de la reine. Il s'inclina respectueusement et demanda :

– Les Norns doivent venir demain ?

– Peut-être. Elles arriveront quand bon leur semblera, dit la reine.

– Vous ne pourriez pas… comment dire… hâter leur venue ?

La date prévue pour le sacrifice de Lucy ne quittait plus les pensées de Jack.

– Personne ne peut presser les Norns.

– Oui, bien sûr, mais si on leur dit que c'est important...

– Écoute-moi, petit louveteau, dit Glamdis affectueusement. Si elles veulent que ta quête réussisse, peu importe qu'elles viennent vite ou pas, ça ne changera rien. Il arrivera ce qui est écrit.

– Je ne peux pas attendre les bras croisés!

Jack ne voulait pas se montrer impoli, surtout devant une reine troll de trois mètres de haut, mais l'inquiétude prenait le dessus.

– Tu n'as pas le choix, j'en ai peur. En attendant, Fonn peut te faire visiter le palais.

– Je n'ai pas besoin d'une nourrice!

– Il y a une chose que je sais, reprit la reine. Ignorer la joie quand elle est là pour se lamenter sur son sort, est un crime grave.

– C'est ce que m'a dit Rune un jour.

Glamdis sourit, laissant apparaître ses jolis crocs.

– C'est moi qui le lui ai appris. Allez, file, petit cerf à deux pattes. Profite de ces quelques heures avant la partie d'échecs.

Elle se détourna pour s'attaquer aux restes d'un cuissot d'élan, le troisième, estima Jack, à en juger par les os entassés à ses pieds.

Jack passa la journée du lendemain à se promener dans l'immense palais de la reine Glamdis. Il visita les cuisines, l'armurerie, le sérail et la serre de Fonn. Celle-ci était faite de plaques de glace transparente à travers lesquelles filtrait la lumière intense du soleil de la montagne, dont la chaleur se retrouvait prise au piège. A l'intérieur, les parois étaient recouvertes d'une pellicule d'eau qui coulait jusqu'au sol, alors que l'extérieur restait gelé. Un rustre était chargé de jeter constamment de l'eau sur les murs de la serre pour qu'ils conservent leur épaisseur.

Jusqu'à son arrivée au palais, Jack n'avait jamais vu de grappes de raisin; seulement leur représentation sur les murs de la maison romaine. Il découvrit d'autres fruits qui, jusqu'alors, n'existaient que dans son imagination : pêches, abricots et amandes. Tout cela rapporté par Olaf de ses expéditions en Italie.

– Il disait que ces arbres ne poussaient pas dans sa ferme, expliqua Fonn. Il n'avait pas de serre. Langue de Dragon m'a expliqué comment en construire une, pour se racheter après avoir fait un trou dans le mur du palais.

– Pourquoi a-t-il fait ça, au juste ? interrogea Jack.

– Oh, une dispute a éclaté au sujet de Frothi. Frith vivait encore avec nous à cette époque, et Frothi était sa sœur. Une vraie peste, celle-là ! Elle ne cessait de semer la discorde dans le palais de Hrothgar ; Langue de Dragon était responsable de sa mort. Lui ou un autre... ça devait arriver.

Fonn ne semblait pas affligée par la perte de sa demi-sœur.

– J'ai l'impression qu'Olaf venait souvent ici, risqua Jack prudemment.

Il ne voulait pas froisser Fonn, mais il était dévoré de curiosité ; quelles étaient au juste les relations entre le géant et la reine de la montagne ?

– Mère était follement amoureuse de lui, répondit Fonn, nullement gênée. Elle ne succombait pas souvent au charme des humains et le comportement de Frith et de Frothi lui avait prouvé qu'il n'était pas judicieux d'en épouser un. Mais Olaf... (Les yeux de la jeune troll s'embuèrent.) Olaf était si grand, si beau...

Jack se souvenait que Heide avait dit exactement la même chose.

– Évidemment, il n'avait pas envie de vivre ici. Il avait une famille en terre du Milieu. Il venait ici tous les ans avec des cadeaux. Il m'a apporté des semences et a offert à Forath une flûte et une petite baleine sculptée. Il savait toujours ce qui nous ferait plaisir.

– Il n'a jamais rien offert à Frith ?

Fonn partit d'un énorme éclat de rire.

– Aucun humain sain d'esprit n'oserait s'approcher de Frith !

– Vous saviez qu'elle avait perdu ses cheveux ?

Fonn l'ignorait. Quand Jack lui raconta la succession

de tristes événements qui avaient précipité ce voyage à Jotunheim, elle fut prise d'un fou rire; les larmes coulaient sur ses joues.

– Oh, j'aurais aimé être là pour voir ça! Frith est obsédée par ses cheveux. Elle a harcelé Mère tant qu'elle n'a pas eu une vraie coiffure.

– C'est la reine qui lui a donné ces cheveux?

– Oui, par magie. Frith peut changer d'apparence mais, quand elle a pris une apparence humaine, ses cheveux étaient exactement comme les miens. Alors, Mère lui a donné des cheveux humains, ce qui lui a permis de conserver plus facilement sa forme humaine. En les perdant, elle est retournée à un état antérieur, à mi-chemin entre les mondes. S'est-elle mise une colère?

– Pour ça, oui, dit Jack. Les Nordiques grimpaient aux murs.

– Quel bonheur! Les colères de Frith étaient fameuses ici.

Dans l'ensemble, ce fut une journée agréable. Jack avait appris à apprécier cette jeune troll si douce et sa sœur silencieuse et mélancolique. Il visita le sérail, où il fut accueilli chaleureusement par Bolthorn, le père de Fonn et de Forath. Il avait été le premier amour de Glamdis et celle-ci continuait à le traiter avec respect.

Jack ne s'imaginait pas faisant partie d'un sérail mais, de toute évidence, Bolthorn se sentait honoré.

– J'étais sur la glace, elle m'a enlevé et jeté dans sa grotte, raconta le vieux Jotun en évoquant avec tendresse le jour où elle lui avait fait la cour. J'avais les arcades sourcilières tout égratignées!

Jack détourna le regard, gêné, sans savoir exactement pourquoi.

Les rustres étaient des gens d'assez bonne compagnie. Malheureusement, leur hygiène laissait à désirer. A leurs yeux, rester sale et ne jamais se laver les ongles ni les dents était un signe de virilité. C'était peut-être ce qui attirait Thorgil, en tout cas, les trolls l'admiraient.

La sale petite morveuse renfrognée était devenue tout à fait adorable. Peut-être, se disait Jack en la regardant jouer avec deux jeunes rustres, était-ce la première fois qu'elle était le centre d'attraction. Les épouses et les enfants d'Olaf la toléraient mais ne l'aimaient pas. Nul ne se réjouissait de la revoir, sauf Balafre, Crocs de Loup, Damné et Déchiqueteur, les chiens avec lesquels elle avait été élevée. C'était la première fois qu'elle se faisait des amis.

35

Yggdrassil

– Vous n'avez pas le droit de parler, signala Fonn en installant Jack et Thorgil dans un coin.

Une longue table avait été disposée au milieu de la grande salle. Sur tous les murs, des torches montées sur des supports en métal projetaient une lumière dansante qui se reflétait sur les pièces en or d'un jeu d'échecs. Jack reconnut la reine : c'était le sauf-conduit que leur avait remis Frith.

– Est-ce que la reine... je veux dire Mère... va faire une partie d'échecs avec les Norns ?

– Elle accueille une partie, répondit Fonn avec emphase. Personne ne joue aux échecs avec les Norns. Elles jouent entre elles.

– Ce n'est pas drôle de regarder jouer les autres, dit Thorgil.

– Il s'agit d'une chose très sérieuse, dit la jeune fille troll. Vous êtes ici pour que les Norns puissent vous voir, mais vous ne devez pas parler, sauf si elles vous posent une question. Je vous ai apporté de quoi grignoter. Si vous pensez que vous allez avoir peur, il est encore temps de partir.

– Nous n'avons pas peur ! déclara Thorgil. Je suis Thorgil fille d'Olaf et lui, c'est mon esclave.

– Ancien esclave, précisa Jack.

– Tout le monde a peur des Norns, dit Fonn. On n'y peut rien. Surtout, ne renversez rien et ne courez pas vers la sortie.

Comment des créatures ressemblant à des femmes pouvaient-elles être aussi terrifiantes ? se demandait Jack. Thorgil et lui avaient déjà affronté un ours-troll et un dragon. Malgré tout, il suivit Fonn d'un œil inquiet. Ils se retrouvèrent seuls dans la grande salle. Des coupes de fruits et du pain étaient posés sur la grande table. Jack en déduisit que les Norns avaient besoin de se nourrir elles aussi.

Thorgil choisit un cake au miel parmi les vivres qui se trouvaient sur leur table. Elle paraissait calme, mais sa main tremblait.

– Je crois qu'on a le droit de parler jusqu'à ce qu'elles arrivent, dit-elle.

– Qu'as-tu appris sur les Norns ? demanda Jack.

– Rune dit qu'elles décideront quand doit avoir lieu Ragnarok.

– Quoi donc ?

– L'ultime combat entre les dieux et les géants de givre. Quand tout le monde meurt et que tout est détruit.

– Ce n'est pas une vision très gaie de l'avenir.

– Odin choisit les guerriers les plus valeureux pour cette dernière guerre. Ils s'entraînent chaque jour, jusqu'à ce que sonne l'heure de leur mort.

– Mais ils ressuscitent, dit Jack en se souvenant de ce que lui avait raconté Olaf sur ces guerriers qui se faisaient tuer et se relevaient ensuite pour festoyer toute la nuit au Walhalla.

– Non, pas après Ragnarok. Les ténèbres recouvriront tout.

– Les dieux mourront aussi ?

– Quand les Norns le décideront, oui.

Thorgil observait la porte à l'autre extrémité de la pièce, sa main ne cessait de se poser, par simple réflexe, sur le couteau fixé autour de sa cuisse.

– Que peut-il y avoir de plus puissant qu'un dieu ? demanda Jack.

Lui aussi fixait la porte. Les torches flamboyaient et le vent se déchaînait inutilement sur les lourds rideaux blancs qui masquaient les fenêtres.

– Le Temps, répondit Thorgil. Rune dit que les Norns sont le Temps lui-même. Il ne comprend pas très bien et moi non plus. Chut !

Jack vit la porte s'ouvrir et se figea. Mais ce n'était que la reine de la montagne qui venait prendre place sur son trône. Elle ne les regarda même pas et ils savaient qu'il valait mieux ne pas lui parler. Tous trois attendirent en silence.

Peu à peu – Jack n'aurait su dire à quel moment précisément –, une présence se matérialisa au fond de la salle. C'était une foule de gens... à moins qu'ils ne soient que quelques-uns. Difficile à dire. Les rideaux s'agitèrent et la lumière des torches déclina. Des voix lui parvenaient, de très loin, des voix qui déclenchaient des frissons d'effroi dans tout son corps. Elles ressemblaient à un horrible cauchemar, elles décrivaient dans un murmure toutes les peurs qui l'habitaient : tomber d'une falaise, perdre ses parents, se retrouver dans un endroit sombre où il pourrait hurler et pleurer indéfiniment sans que jamais personne ne le retrouve.

Thorgil posa sa main sur son bras. Jack s'aperçut alors qu'il avait failli quitter la pièce en courant, en dépit des conseils reçus. Thorgil était livide; ses propres frayeurs remontaient à la surface, sans aucun doute.

Tous deux découvraient un monde de désespoir bien plus terrible encore que les chansons sur la disparition d'Utgard. Plus accablant que la destruction du village de Gizur le Broyeur de Pouces. C'était la fin de tout. Les voix des Norns décrivaient dans un souffle la disparition de tout ce qui était éclatant, courageux et beau. Vous ne pouviez qu'assister à leur mort. Vous ne pouviez que sombrer dans la défaite et l'obscurité.

Jack entendit un léger bruit. En se retournant, il vit Thorgil brandir son couteau devant elle. Le message était clair : elle succomberait avec bravoure et, même si la gloire mourait elle aussi, elle continuerait à courir vers son destin.

Jack serra la rune dans sa main. Une Norn leva la tête. Elle était jeune et belle et marchait en tête de l'immense procession qui traversait la salle à pas lents. Elles se répartirent autour de la table. L'une d'elles approcha la main d'une coupe de fruits et ils se flétrirent aussitôt. Jack constata alors qu'elles n'étaient que trois, même si l'air ne cessait de trembler et de chuchoter derrière elles. Après avoir pris place sur les sièges, elles disposèrent les pièces du jeu d'échecs.

Une des trois regardait jouer les deux autres. La partie dura longtemps. Jack battait des paupières. On aurait dit que les pièces bougeaient toutes seules. Elles n'étaient plus posées sur une table dans une pièce obscure mais se tenaient devant des maisons, elles labouraient des champs ou bien tondaient des moutons. Elles vaquaient à leurs occupations, sans savoir qu'elles étaient observées par les Norns silencieuses et, parfois, une main se tendait pour les prendre.

Le jeu se poursuivit jusqu'à ce qu'il ne reste plus que quelques pièces de chaque côté. Une Norn à la bouche immense et aux yeux creusés joua le dernier coup. « Échec et mat », murmura-,t-elle doucement.

Son adversaire, jeune et belle, inclina la tête pour reconnaître sa défaite. La troisième Norn était plus difficile à voir : elle ne cessait de vaciller et de se déplacer, telle une ombre sous un arbre balayé par le vent.

Soudain, toutes les trois levèrent les yeux et firent signe à Jack d'approcher.

Il était comme paralysé. Ses jambes n'avaient plus de force et sa bouche était desséchée. Thorgil lui donna un coup de coude. Mais il semblait incapable de réagir. Alors elle se leva, lui prit la main et l'entraîna. Elle tenait son couteau dans l'autre main. Dans la faible lumière, son visage était presque blanc. Bonté divine, allait-elle essayer de poignarder une Norn ?

Jack serra plus fort la rune. A son grand étonnement, celle-ci réagit en dégageant une bouffée de chaleur. Il pressa alors la main de Thorgil et obligea mentalement la chaleur à irradier en elle.

Soudain, il se dit qu'ils n'étaient pas de simples pions dans un jeu qui conduisait inévitablement à la destruction. La vision des Norns n'était pas la seule. Il y avait le barde assis sous un arbre, sur les îles des Bénis. Il y avait la femme au regard triste, assassinée par Olaf durant la tempête. Sans doute était-elle en route pour le paradis avec sa fille perdue. Et Mère croyait, même si elle s'en cachait devant Père, que les âmes revenaient avec le soleil pour renaître sur terre.

« Je sers la force de vie, se dit Jack. Je ne crois pas à Ragnarok. »

Les deux adolescents s'avancèrent; à mesure qu'ils progressaient, les murs de glace s'écroulaient, les rideaux blancs cessaient de voltiger et disparaissaient. L'air était doux sur le visage de Jack, un ruisseau courait dans une petite vallée en gargouillant. De chaque côté se dressaient des buissons chargés de framboises et de myrtilles. Le sol était jonché de fraises sauvages.

– Nous sommes revenus au même endroit! s'exclama Thorgil. C'est là que se cachait le puits de Mimir?

La poule de bruyère sortit d'un fourré, suivie de ses dix poussins tachetés. Elle baissa la tête et émit des gloussements doux.

– Oui, on dirait, répondit Jack, perplexe. J'ai senti quelque chose quand on était là, mais j'ai eu peur de chercher.

Ils regardèrent la poule de bruyère se diriger avec majesté vers une clairière tapissée de feuilles.

– Une chose n'a pas changé, commenta Thorgil. Ces stupides oiseaux continuent à mener leur triste vie ennuyeuse.

Jack ouvrait le chemin. Ils passèrent devant le champ où les chouettes blanches s'étaient écroulées. Il dénicha le verger avec les pommiers, les noyers, les noisetiers et les poiriers.

– Ah, c'est là que tu as trouvé de quoi manger, dit la jeune guerrière.

Jack leva la main.

– Chut, écoute!

Le bourdonnement de milliers et de milliers d'abeilles enflait et retombait; c'était comme s'il aurait fallu les repousser pour se frayer un chemin.

– Je n'aime pas les abeilles, avoua Thorgil. Un jour, j'ai essayé de voler une ruche et il y en a plein qui m'ont piquée.

– Elles sont inoffensives si on ne les embête pas. Ma mère m'a appris un sortilège pour calmer les abeilles furieuses.

– J'ai des doutes... Je ne comprends pas leur langage comme je comprends celui des oiseaux, mais je n'ai pas l'impression qu'elles soient en colère. Et elles sont trop excitées pour être simplement heureuses. Je dirais plutôt qu'elles sont déchaînées.

– Comme des berserkers? demanda Jack.

– Oui, quelque chose comme ça.

« Tu sais de quoi tu parles », se dit Jack. Il n'avait pas oublié la folie joyeuse qui s'était emparée d'Olaf et de ses hommes avant qu'ils massacrent les habitants du village de Gizur.

Ils restèrent là un long moment, à écouter ce bourdonnement infernal et incessant.

– Tu crois que ton sortilège fonctionne avec les abeilles déchaînées ? demanda Thorgil.

– Aucune idée.

– Bah, c'est mieux que rien.

En disant cela, Thorgil dégaina ses deux couteaux.

– Qu'est-ce que tu vas faire ? Poignarder toutes ces abeilles ? Les Norns nous ont autorisés à revenir ici. C'est elles qui décideront si on peut accéder au puits ou pas. Quoi qu'on fasse, on n'y changera rien.

La jeune fille rengaina ses armes à contrecœur. Elle prit la main de Jack et, ensemble, ils traversèrent le bosquet. Le sol montait en pente douce, jusqu'à une petite colline.

– Regarde ! s'écria Thorgil.

Au sommet se dressait un énorme frêne. Le frêne, Yggdrassil lui-même, qui se dressait dans le ciel, toujours plus haut, si haut qu'il était stupéfiant de voir si loin.

Des branches se tordaient en tous sens, grouillantes de vie. Tous les oiseaux du monde étaient perchés sur ses bras, tous les insectes aussi. Certains foraient l'écorce. D'autres grignotaient les feuilles. Partout, des créatures se nourrissaient de cet arbre, mais elles en faisaient aussi des berceaux de verdure pour leur progéniture. Jack apercevait des cerfs avec leurs petits, des loups avec leurs louveteaux, et aussi des hommes et des femmes – car les branches s'enfonçaient jusque dans la terre du Milieu – assis avec leurs enfants parmi les feuilles.

Les racines plongeaient de chaque côté de la colline, certaines vers le monde du feu, d'autres vers les palais de glace de l'enfer. Un serpent gigantesque lové dans ses profondeurs plantait ses crochets dans le sang de l'arbre. Mais dans les hautes branches, un aigle géant agitait ses ailes et introduisait le souffle de vie dans les feuilles.

Un écureuil au poil miteux gravissait et descendait le

tronc puissant à toute allure en hurlant des insultes d'une voix stridente.

– C'est Ratatosk, murmura Thorgil. Il transporte les rumeurs dans les neuf mondes.

Au sommet, si loin qu'elle semblait plus haute que la lune, et en même temps si nette qu'on pouvait être tenté de tendre la main pour la toucher, s'élevait une barrière dorée avec des piquets argentés. De l'autre côté s'étendaient un champ d'un vert délicieux et un bosquet. Dans ce champ se dressaient de nombreux palais et des tours, mais le plus beau de tous possédait une porte si large qu'un millier d'hommes pouvaient la franchir en même temps.

– C'est Asgard, où vivent les dieux. Et cette porte, c'est celle du Walhalla, balbutia Thorgil, la gorge nouée. Dis-moi si tu aperçois Olaf. Je veux y aller !

– Impossible, murmura Jack en la retenant. (Elle tremblait tel un oiseau blessé.) Il a l'air proche, mais tu pourrais grimper pendant cent ans sans l'atteindre. Je connais cet arbre. C'est de la force de vie pure. On le ronge, on le grignote, on le coupe avec des haches, mais il ne meurt jamais car il est la terre elle-même.

– Il ne meurt jamais ? Et Ragnarok, alors ?

– C'est ce à quoi les Norns veulent te faire croire : un avenir où il n'existe que la guerre, suivie d'une destruction totale. Mais leur vision n'est qu'une feuille de l'arbre. Il y a aussi les îles des Bénis, là où vont les grandes reines et les héros.

– Et Maeve aussi, ajouta Thorgil à voix basse.

– Oui. Et il y a un paradis pour les chrétiens comme moi, et encore d'autres endroits que je ne connais pas. Yggdrassil les contient tous.

Une pluie incessante tombait de l'arbre, telle une avalanche de flèches argentées, mais elle ne touchait pas le sol. Des abeilles – on les voyait enfin – récupéraient la miellée en l'air. De grands alvéoles dorés pendaient au bout des branches, semblables à des fruits célestes. L'hiver n'existait pas ici, les abeilles n'avaient donc pas besoin de ruches. Elles voltigeaient par milliers et leur bourdonnement était une mélodie de joie pure.

36

Le puits de Mimir

Au pied de l'arbre, là où Yggdrassil côtoyait la vallée, il y avait un puits. Un petit puits d'apparence familière, au sommet d'une colline, avec un seau attaché par une corde, comme celui qui se trouvait près de la ferme de Mère et de Père.

– Il semble si ordinaire ! commenta Jack.

– « Il faut toujours regarder derrière la porte avant d'entrer dans une maison », répondit Thorgil en citant un des proverbes préférés des Nordiques. On dit aussi : « Ne mets jamais un pied dehors sans être armé. » Tu veux un de mes couteaux ?

– C'est une quête spirituelle, souligna Jack avec un certain agacement. Pourquoi crois-tu toujours qu'il y a un ennemi caché quelque part ?

– Il y en a toujours un, répondit la jeune guerrière avec simplicité. De toute façon, tu dois sacrifier une chose très importante avant de pouvoir boire l'eau du puits, je te le rappelle.

– Je n'en suis pas sûr... Tout a l'air si calme par ici. Peut-être qu'il suffit de monter jusqu'au puits.

– On n'a jamais rien sans souffrance, déclara Thorgil.

– A mon avis, c'est une ruse de Nordique pour trouver une raison de souffrir dans une situation parfaitement normale.

– Ah, c'est bien une mentalité d'esclave : fuir l'héroïsme, railla Thorgil.

– Pour toi, l'héroïsme ça se résume à se faire taper dessus, rétorqua Jack.

Ils s'affrontaient de nouveau, et Jack était démangé par l'envie de la frapper. D'ailleurs, il sentait que c'était réciproque. Le bourdonnement des abeilles devint presque assourdissant, et l'une d'elles heurta le visage du garçon. Il recula vivement. Ils étaient entourés par une tornade d'abeilles surexcitées. Thorgil avait les yeux écarquillés d'effroi.

– Assieds-toi, lui ordonna Jack. (Elle obéit.) Respire à fond. Pense à des choses paisibles.

– Je n'en connais pas.

– Imagine que tu t'amuses à te battre avec les rustres. Quelque chose de joyeux.

La jeune guerrière ferma les yeux et, en voyant un sourire apparaître sur son visage, Jack comprit qu'elle avait plongé dans un souvenir délicieux. Lui-même se revit assis sous un sorbier en compagnie du barde, si longtemps auparavant. Les abeilles retournèrent dans les branches d'Yggdrassil et se remirent à butiner.

– Pourquoi nous ont-elles attaqués ? demanda Thorgil en ouvrant les yeux.

– Elles ne nous ont pas attaqués... pas encore. Les abeilles sont sensibles à la colère ou à la peur des gens, expliqua Jack. Ma mère ne récoltait jamais le miel quand elle était de mauvaise humeur. Nous nous sommes disputés et, manifestement, c'est interdit par ici.

Thorgil s'apprêtait à répondre, mais elle leva les yeux vers les abeilles et se ravisa.

« Il me suffit de gravir cette colline, se dit Jack, qui répugnait à bouger tout à coup. C'est un jeu d'enfant. J'ai puisé de l'eau dans le puits des centaines de fois à la maison. »

– Tu veux que je le fasse ? proposa Thorgil d'un ton sarcastique.

– Je réfléchissais.

Jack se leva et s'obligea à avancer. La colline était plus raide qu'il y paraissait. Arrivé à mi-chemin, il dut s'arrêter pour reprendre son souffle. Puis il se remit en marche, se rapprochant peu à peu du puissant arbre et du puits à l'aspect innocent. Il entendit Ratatosk l'écureuil brailler des insultes de sa voix stridente; il entendit les myriades de vers et de coléoptères grignoter l'écorce. Enfin, il atteignit le puits.

« Et si en me penchant par-dessus bord, je découvre l'œil d'Odin au fond? pensa-t-il. Et si son œil me regarde? » Ses mains tremblaient, mais il se força à prendre le seau. A l'instant même où il toucha le bois, il eut l'impression qu'une grosse main jaillissait de nulle part pour le gifler, comme on chasse un moustique importun. Jack dévala la colline cul par-dessus tête, de plus en plus vite, jusqu'à ce que sa chute soit stoppée par un rocher contre lequel il se cogna la tête.

– Je t'avais bien dit que tu devais sacrifier quelque chose de très important, dit Thorgil.

– Arrêter de te vanter et viens m'aider!

Jack vit du sang goutter dans l'herbe; il avait le cuir chevelu entaillé. Il appuya sur la plaie pour interrompre le saignement. Thorgil découpa une bande de tissu dans sa tunique toute neuve pour lui faire un pansement.

– Tu sais soigner les blessures, il faut l'admettre, dit Jack à contrecœur.

– J'ai fait ça des centaines de fois. Alors, qu'est-ce que tu vas sacrifier?

– Je n'ai rien.

– Bien sûr que si! Tu pourrais te couper une oreille; je t'aiderai évidemment; ou bien te broyer les doigts d'une main, pour ne plus pouvoir jouer de harpe. Ce serait une bonne idée pour un skald.

– Se découper en morceaux, c'est bon pour les Nordiques, pas pour les Saxons sains d'esprit! Je refuse de croire que la force de vie exige une telle chose.

– Tu dois prouver ta détermination! répliqua Thorgil, toujours prête à en découdre. Ce n'est pas une vulgaire fête de village où tu gagnes des prix en lançant des noix sur une cible. Il s'agit d'Yggdrassil. Odin lui-même a dû faire un sacrifice pour s'en approcher.

– Eh bien, Odin était un idiot.

– Absolument pas! Retire ce que tu viens de dire!

– Non! Odin est une vraie brute cruelle, comme tous ceux

qui croient en lui. Il oblige les guerrières à servir à table au Walhalla.

– C'est faux! brailla Thorgil.

Les abeilles étaient redescendues de l'arbre pour tourbillonner autour d'eux en un essaim assourdissant.

– Odin représente le courage et l'honneur, des choses qu'un esclave ne pourra jamais comprendre!

– Comment peux-tu les comprendre, alors? Il y a trois ans, tu étais encore une esclave!

Jack regretta aussitôt ses paroles. Thorgil recula en titubant, comme s'il lui avait asséné un coup de hache sur le crâne. Il voyait briller l'étincelle de la folie dans ses yeux. C'était une berserker, issue d'une lignée de berserkers et la fureur s'empara d'elle.

– Je suis désolé! dit Jack. Tu n'es pas une esclave! Tu es une guerrière! Odin t'aime et jamais il ne t'obligera à servir à table!

C'était trop tard.

– Je fais le serment, dit Thorgil d'une voix tremblante de rage, de me suicider après avoir puisé l'eau du puits de Mimir. J'offre ma vie pour apporter l'eau à Jack, afin qu'il puisse guérir la reine Frith et sauver sa sœur. Je le jure sur Yggdrassil, Odin et les Norns!

– Non, ne fais pas ça! cria Jack, mais Thorgil escaladait déjà la colline en courant.

Elle montait avec détermination, sans se soucier du mur d'abeilles qui se dressait entre elle et le sommet; les insectes rugissaient autour d'elle, mais sans la piquer. En fait, ils paraissaient fous de joie.

Jack regarda la jeune fille gravir la colline abrupte. Pas une fois elle ne s'arrêta pour se reposer. Arrivée devant le puits, elle voulut prendre le seau.

La même main invisible la repoussa avec brutalité. Thorgil dévala la pente tout comme Jack avant elle; les abeilles s'écartèrent de son chemin. Elle vint heurter le même rocher. Ce fut lui, cette fois, qui soigna sa plaie à la tête. Elle paraissait sonnée, plus que lui, et le regardait fixement, sans le voir.

– Ils n'ont pas accepté mon sacrifice, parvint-elle à articuler.

Les Norns... Odin... Yggdrassil. Ils ont refusé de prendre ma vie. Est-ce... parce que je suis née... esclave?

– Non, bien sûr que non, répondit Jack en la serrant contre lui, comme il avait étreint Lucy un jour, après leur presque noyade. Olaf t'a rendu la liberté et il a fait de toi sa fille. Les Jotuns t'honorent. Personne ne pense que tu es une esclave car tu es plus, bien plus que ça. Ne pleure pas. Je t'en prie, ne pleure pas. (Il lui caressait les cheveux et sentait les sanglots de la jeune guerrière résonner dans son propre corps.) Je pense qu'ils ont rejeté ton sacrifice car tu dois offrir quelque chose d'important. Or ta vie n'a aucune valeur pour toi.

– Elle en a encore moins qu'avant désormais, dit Thorgil. Je me tuerai de toute façon. Je n'ai plus aucune raison de vivre maintenant qu'Olaf n'est plus là.

– Ne fais pas ça! Il voulait que tu vives. Moi aussi je veux que tu vives.

– Trop tard.

Elle dégaina un couteau et Jack fit la seule chose qui lui passa par la tête. Il n'était pas de taille à rivaliser avec ses talents de combattante ni avec sa détermination, même s'il était devenu aussi fort qu'elle depuis qu'il vivait avec les Nordiques. Il ôta la rune de protection qui pendait à son cou. Elle devint instantanément visible.

C'était une plaque carrée en or massif sur laquelle était gravé un dessin qui aurait pu représenter un soleil, à cette différence près que chaque rayon était doté de branches évoquant un arbre bourgeonnant. Cet arbre, Jack le comprenait maintenant, n'était autre qu'Yggdrassil.

Thorgil se figea, le couteau à la main.

– Voilà donc ce que tu cachais autour de ton cou! C'est ce truc qui m'a brûlé la main.

– Parce que tu as essayé de le prendre de force. Cette rune ne peut qu'être donnée.

Jack se sentait triste et seul. Cette rune était son unique lien avec le barde; elle l'avait fidèlement protégé du danger et du désespoir et bientôt... Il la passa autour du cou de Thorgil.

– Elle va encore me brûler, je parie, dit-elle. Je vais souffrir affreusement, mais je ne mérite que ça.

Le pendentif disparut sous le regard de Jack. Il se sentait anéanti.

– Mère, murmura Thorgil. Je la vois...

Elle posa son couteau.

– La reine Glamdis ? demanda Jack.

– Non... ma vraie mère. Allyson. J'ai été si cruelle avec elle. Je l'ai traitée de tous les noms, je n'ai jamais été gentille avec elle, même quand elle pleurait. Père la battait. Il la traitait de bouche inutile car elle ne lui avait pas donné de fils.

– Elle lui en a donné un. Tu as eu un frère aîné... et ton père l'a tué.

– Je devais le remplacer, mais j'ai échoué.

Les larmes ruisselaient sur le visage de la jeune guerrière.

– Comment peux-tu dire que tu as échoué parce que tu es née fille ?

– Mère me cuisinait de bons plats quand Père n'était pas là. Elle me brossait les cheveux, elle me confectionnait de jolies vestes et des bottes. Je ne l'ai jamais remerciée.

– Olaf disait qu'elle ne parlait pas.

– A moi, elle me parlait, en saxon. Mais je me moquais d'elle parce qu'elle utilisait un langage d'esclave. Alors, elle a cessé de parler. Et puis... elle s'est sacrifiée pour pouvoir accompagner Père au Walhalla.

– Tu sais quoi ? Je ne pense pas qu'elle soit allée au Walhalla. Langue de Dragon disait qu'on pouvait choisir son au-delà. Je pense que ta mère est allée sur les îles des Bénis avec Maeve.

– Je l'espère... Oh, ça me revient tout à coup. Une des dernières choses que j'ai dites à Olaf, c'est : « Je te hais ! » Comment ai-je pu faire ça ?

Elle éclata de nouveau en sanglots.

– Je suppose qu'Olaf s'entendait dire ça au moins une fois par jour, répondit Jack.

– C'est vrai, reconnut Thorgil qui avait retrouvé le sourire.

Mais d'autres crimes du passé ressurgirent dans sa mémoire ; elle semblait en posséder une inépuisable provision. Elle avait brisé le métier à tisser de Heide après que celle-ci lui avait confectionné une robe. Elle s'était moquée de la voix du vieux Rune quand il avait essayé de chanter ses louanges. Elle avait attaché ensemble les queues de Balafre, Crocs de Loup, Damné et Déchiqueteur pour les pousser à se battre. Alors que ces chiens étaient les seules créatures qui l'aimaient.

Jack ne pouvait concevoir un tel vivier de méchanceté. Les histoires se déversaient tel du pus qui sort d'une plaie. On aurait dit que c'était la première fois que Thorgil s'apercevait qu'elle avait fait quelque chose de mal.

– Je me sens bizarre, dit-elle. Comme s'il me manquait quelque chose. (Elle reprit le couteau et Jack craignit qu'elle essaye de se poignarder.) Tu sais... je n'ai pas envie de me suicider.

– Tant mieux.

– Ça ne me ressemble pas. Je n'ai même plus envie de mourir au combat.

Elle se redressa, les yeux écarquillés.

– Quoi, encore ? demanda Jack.

– J'ai perdu le désir de tout détruire et de tout brûler ! Je n'ai plus envie de tuer des gens ! Je ne me souviens plus comment on devient enragé ! Je ne suis plus une guerrière !

A cet instant, elle perdit tout contrôle d'elle-même. Elle roula sur le sol en arrachant des poignées d'herbe, elle gémissait, grognait et sanglotait avec fureur. Jack ne pouvait que la regarder faire, il ne savait pas comment réagir face à une telle souffrance.

Au bout d'un moment, Thorgil finit par se fatiguer. Elle resta couchée, pâle et essoufflée, dans l'herbe saccagée. Elle avait même réussi à creuser des trous dans le sol avec son couteau.

– Je crois savoir ce qui s'est passé, dit Jack quand elle fut suffisamment calme pour l'écouter. La chose à laquelle je tenais le plus sur terre, c'était cette rune de protection. Et je te l'ai donnée. La chose la plus importante à tes yeux, c'était d'être une berserker. Maintenant, à cause de la rune, tu attaches plus d'importance à la vie qu'à la mort et tu ne peux plus devenir enragée. Mais tu es toujours une guerrière... Non, laisse-moi parler, dit-il en voyant que Thorgil s'apprêtait à protester. Tu es comme Skakki, désormais. Ce n'est pas un berserker, et il ne le sera jamais. Le bon sens de Heide coule dans ses veines. C'est un guerrier courageux et intelligent, il vivra longtemps pour protéger sa famille et le village.

– On est perdants tous les deux. Et après ?

– On peut boire l'eau du puits de Mimir.

Jack l'aida à se mettre debout.

– Si je bois, je risque de devenir une meilleure skald que toi, insinua Thorgil, qui avait retrouvé un peu de son ancienne fourberie.

– N'y compte pas. D'après ce que j'ai compris, le puits te donne la connaissance dont tu as besoin. Odin a réclamé la domination et il l'a obtenue. Moi, j'ai besoin de poésie pour annuler le sort que j'ai jeté à Frith. Quant à toi, Dieu seul sait ce dont tu as besoin.

Main dans la main, ils gravirent de nouveau la colline. La pente leur parut moins raide cette fois et, quand ils arrivèrent au sommet, ils saisirent le seau ensemble... très vite, avant que la présence invisible les chasse. Rien ne se produisit. Jack poussa un soupir de soulagement.

– Tu vois ? J'avais raison.

– Les abeilles sont parties, fit remarquer Thorgil.

Ils les voyaient danser dans les hauteurs, au loin, et récupérer la miellée qui tombait d'Yggdrassil.

– Allons-y ! dit Jack.

Il lâcha le seau dans le puits et l'entendit tomber dans l'eau tout au fond, puis il le remonta des profondeurs, plein et dégoulinant. Une merveilleuse odeur s'en échappait : un mélange de fleurs, de prairies vertes, de forêts de sapin et de miel.

– Le parfum de la vie, commenta-t-il avec un sourire.

Il but le premier. L'eau était sucrée, mais ce n'était pas cette douceur capiteuse de l'hydromel qui entraînait la somnolence. Au contraire, cette eau vous réveillait. C'était comme si elle avait emprisonné le goût de la lumière, se disait Jack. Des dizaines de souvenirs affluèrent dans son esprit. Il était enfant et regardait son père construire leur maison. Il était assis devant les ruches et écoutait sa mère chanter. Il était sous le sorbier avec le barde. Tous les parfums de verdure et les arômes chauds lui revenaient en mémoire. Les nuages éclatants qui flottaient au-dessus d'une montagne, les poissons qui jaillissaient hors de l'eau pour gober une mouche, les hirondelles qui tournoyaient dans le ciel, tout cela apparaissait devant ses yeux. C'était magnifique. La vie débordait de partout.

– Alors, ça marche ? s'enquit Thorgil. Tu vas pouvoir guérir la reine Frith ?

– Je ne sais pas encore. Mais je le saurai le moment venu.

La jeune fille but à son tour. La pâleur cadavérique qui avait envahi son visage au pied de la colline disparut. Ses joues rosirent. Ses yeux, si tristes et désespérés, s'illuminèrent.

– Les oiseaux ! s'exclama-t-elle en reposant le seau. Ils sont intéressants, finalement, dans le genre écervelé. Et les fleurs ! Regarde les fleurs ! Elles sont rouges, bleues, jaunes et roses. Je n'ai jamais vu de telles couleurs. Et la lumière sous l'arbre ! Elle ne cesse de bouger, comme les vagues de la mer.

Thorgil s'aventura dans la pente de la colline en s'extasiant devant chaque découverte ; elle était submergée par la beauté de la petite vallée.

Jack sortit le flacon orné de la graine de pavot. Tout ce qu'il contenait avait été bu et Fonn l'avait nettoyé. Il le plongea dans le seau.

– Non, dit une voix venue de l'ombre.

Jack découvrit alors la jeune Norn debout près de l'arbre. Elle tendait la main pour récupérer le flacon. « C'est pour Rune, expliqua Jack mentalement. Il est trop vieux pour venir ici, mais il a mérité de boire l'eau du puits. Il a sacrifié sa voix au service de son peuple. Et il m'a offert son plus beau poème. »

La Norn resta muette. Elle se rapprocha de l'arbre et, soudain, Jack la perdit de vue parmi les ombres profondes et les crevasses qui parcouraient l'écorce.

– Qu'est-ce que tu regardes ? lui lança Thorgil.

– La poule de bruyère, répondit-il, car l'oiseau grotesque venait d'émerger de ces mêmes ombres, accompagné de ses oisillons tachetés qui sautillaient dans son sillage.

Thorgil le regarda en haussant les sourcils et repartit d'un bon pas. Jack versa le reste du seau sur les racines d'Yggdrassil.

– Tous les arbres ont besoin d'eau, même celui-ci.

Thorgil et lui traversèrent la forêt. Une lumière dorée flottait au-dessus des cimes des arbres car le crépuscule approchait et une ombre bleutée se déversait des collines environnantes. Ils marchèrent jusqu'à la tombée de la nuit : la jeune fille traduisait les chants nocturnes des oiseaux. Elle avait raison, se disait Jack. Les oiseaux étaient vraiment écervelés.

Alors qu'ils passaient entre deux hêtres, ils entrèrent dans une pièce sombre entourée de murs de glace. Les charbons ardents des braseros s'étaient presque éteints et les immenses rideaux blancs qui masquaient les fenêtres tremblotaient sous les assauts des bourrasques venues des hauteurs. La reine de la montagne ronflait sur son trône, la bouche grande ouverte, si bien qu'on voyait ses crocs. Les fruits et le pain disposés dans les coupes sur la table n'étaient plus que pourriture et poussière.

37

Les cadeaux de la reine

– Rrrrrr... Rrrrrr.... Quoi ? Qu'est-ce que c'est ? demanda la reine Glamdis brutalement tirée de son sommeil.

– Grande reine, nous sommes de retour, annonça Jack.

– Je t'ai déjà dit de garder tes « grande reine » pour d'autres, grogna Glamdis. Appelle-moi Mère.

– Bien, Mère, dirent en chœur Jack et Thorgil.

– Alors ? Vous avez réussi ? Vous avez trouvé le puits de Mimir ?

– Oui, grande... euh, Mère, dit Jack.

– Tant mieux. Je ne sais jamais à quoi m'attendre avec les Norns. Parfois, elles envoient les gens errer dans des forêts obscures.

– Pourquoi les recevez-vous ? demanda Thorgil. Ce n'est pas amusant de les regarder jouer aux échecs.

– Détrompe-toi, répondit la reine de la montagne. J'apprends beaucoup de choses. Des choses tristes, principalement. Des gens qui meurent ou des îles entières qui disparaissent sous la mer. Cela me donne l'impression d'exercer un certain contrôle sur l'avenir. Ainsi, j'ai vu la mort d'Olaf bien avant qu'elle survienne.

– Vraiment ? s'étonna Thorgil.

– Un homme tel que lui ne pouvait pas vivre vieux, dit la reine de la montagne dans un soupir. Il avait trop d'envergure, et, surtout, il montrait trop d'entêtement. Bon ! Je vois que je ne peux rien vous offrir à manger ici. Allons au sérail, je demanderai aux rustres de nous préparer un en-cas.

Ils traversèrent la longue salle ; la reine Glamdis marchait en tête, suivie de Jack et de Thorgil. Les pièces en or du jeu d'échecs étaient éparpillées sur le plateau.

– Pourquoi servez-vous à manger aux Norns alors qu'elles ne se nourrissent pas ? interrogea Jack en regardant les coupes pleines de poussière.

– Elles aiment dessécher les choses. Pour elles, faire moisir le pain et pourrir les fruits, c'est un festin. Il y a longtemps que j'ai renoncé à essayer de comprendre les Norns.

Le repas servi dans le sérail fut un des meilleurs souvenirs que Jack emporta de Jotunheim. Bolthorn présida les festivités, auxquelles se joignirent Crin d'Or et Hardi. Deux rustres exécutèrent une sorte de chanson décousue et sans mélodie, pendant que d'autres dansaient un quadrille. Tout cela dans le vacarme et la joie, avec beaucoup de trépignements. Fonn fit jouer une pièce de théâtre qui évoquait la fuite d'Utgard sur la mer de glace qui se brisait.

Ils mangèrent des pâtisseries, étonnamment bonnes, et aussi des tourtes, et du porridge, le meilleur, avec de la muscade et de la crème. Thorgil s'extasiait devant chaque plat.

– Ah, je savais pas qu'on pouvait manger des mets aussi délicieux ! s'exclama-t-elle. C'est un régal !

– Elle ne va pas bien ? chuchota la reine Glamdis à l'oreille de Jack.

– Si, si, c'est une nouvelle forme de folie, répondit le garçon à voix basse.

Ils partirent de bon matin, alors que l'aube rougissait le palais. Glamdis et sa famille les accompagnèrent dans les longues galeries qui conduisaient au pied de la montagne. Jack s'étonnait d'être aussi triste de quitter un peuple qui avait hanté ses cauchemars pendant si longtemps.

– Je n'arrive pas à croire que l'un de vous a croqué la jambe de Pied de Bois, dit-il au moment où ils débouchaient dans la cour glacée, battue par les vents, à l'orée de la vallée en forme de U.

– Tu peux le croire, répondit Fonn. Les humains et les trolls sont en guerre depuis longtemps. Pour l'instant, nous avons conclu une trêve, en l'honneur d'Olaf-N'a-Qu'un-Sourcil, mais nous nous battons pour les mêmes territoires. Quand l'hiver régnait sur la terre, nous aussi détenions le pouvoir. Maintenant que vient l'été, nous sommes affaiblis. Mais nous n'abandonnerons jamais.

– Et nous non plus ! s'écria Thorgil. (Elle portait un manteau en poil de glouton, de ravissantes petites bottes et une nouvelle épée pendait à sa ceinture.) Refuser le combat serait un déshonneur pour nous tous.

– Nous nous retrouverons à Ragnarok, dit Fonn d'un ton grave.

– A Ragnarok ! répéta Thorgil de sa voix stridente.

Hardi, qui était perché sur l'épaule de Jack, poussa un croassement et secoua la tête.

– Je vous offre ces cadeaux d'adieu, dit la reine de la montagne en faisant signe à un jeune rustre.

Celui-ci leur apporta des capes faites dans une matière que Jack ne pouvait identifier. Elles étincelaient comme la lumière du soleil qui se reflète sur un glacier et dégageaient une odeur à la fois âpre et douce.

– Elles sont faites avec la soie des araignées qui vivent dans nos forêts, expliqua la reine.

« Comment fait-on pour obtenir de la soie avec une araignée ? » se demanda Jack qui ne connaissait que la tonte des moutons.

– Tu as peut-être remarqué les rideaux qui ornent nos fenêtres, dit la reine. Ils sont faits de la même matière : assez solide pour résister aux plus terribles tempêtes et assez légère pour être agréable à porter. En outre, cette soie a l'étonnante particularité de prendre les couleurs de son environnement. Ces capes vous protégeront du dragon.

Glamdis brandit à bout de bras les vêtements longs et amples. Une profonde capuche dissimulait aisément le visage de celui qui portait cette cape. Effectivement, Jack vit l'étoffe passer du blanc éclatant au bleu foncé, qui était la couleur de la robe de la reine.

– Merci, grande reine... euh, Mère, dit-il en s'inclinant. C'est très généreux de votre part.

– Je suis profondément honorée, enchaîna Thorgil en saluant elle aussi.

– Surtout, n'approchez pas des rochers qui bordent la vallée. Marchez le long de la rivière. Voyagez de nuit, restez cachés le jour. Quand vous atteindrez la forêt, passez par le nord pour contourner le champ de fleurs. Les élans ont tracé une piste. Vous devriez déboucher sur le fjord et retrouver vos amis.

Jack portait son manteau en poil de martre et les bottes en peau de vache qui s'accrochaient à la glace. Dans un sac passé autour de son cou, il transportait la pierre de soleil d'Olaf, pour Skakki, et la bouteille d'hydromel des chants provenant du puits de Mimir, pour Rune. Thorgil, elle, arborait le petit marteau en argent offert par Olaf. Tous les deux portaient plusieurs sacs de vivres et des armes.

Pour finir, la reine adressa un geste à Bolthorn, qui s'éclipsa et reparut en tenant le bâton de Jack, enveloppé dans une étoffe.

– Prends-le, dit-il. Il le tenait du bout des doigts, comme s'il s'agissait d'un serpent venimeux.

– J'ai songé à le lancer au fond du gouffre qui plonge sous ma fenêtre, dit la reine. Puis j'ai songé à te le confisquer. C'était un bâton de magicien du feu. La dernière fois que j'en ai vu un, c'est lors de la visite de Langue de Dragon. Tu ne peux même pas imaginer les ennuis qu'il a causés – je te parle du barde. Mais voler un objet à un hôte serait indigne. Tu peux le remporter chez toi, mais prends garde. Si jamais tu reviens ici avec ça, tu sauras immédiatement si, oui ou non, les trolls sont capables de dévorer les jambes de leurs adversaires.

Elle sourit, laissant apparaître ses jolis, mais redoutables, crocs.

– C'est promis, murmura Jack en s'inclinant à nouveau.

Il soupesa le bâton. Celui-ci avait noirci, mais sans brûler. Il avait fait jaillir des flammes du cœur de Jotunheim et, ce faisant, il avait franchi le stade du feu, pour devenir quelque chose de plus dur, de plus fort. Jack percevait un léger vrombissement quand il posait sa main sur le bois.

Ils firent leurs adieux puis remercièrent encore une fois les Jotuns pour leur générosité. Jack étreignit Crin d'Or, de son mieux, car ses bras étaient trop courts pour le cou épais de l'animal.

– Au revoir, mon gros. J'aimerais que tu puisses venir avec nous, mais tu ne serais pas très bien reçu en terre du Milieu.

Le sanglier-troll grogna et frotta son groin dans les cheveux du garçon.

Jack, Thorgil et Hardi s'éloignèrent dans la vallée en forme de u, vers la lointaine forêt. La voix de Forath entonnant un chant de baleine les accompagna quelque temps. « J'aimerais mieux qu'elle se taise, pensait Jack. Cette mélodie me rend affreusement triste ». Au bout d'un kilomètre environ, ils se retournèrent. La montagne de glace semblait intacte; ils n'apercevaient ni fenêtres, ni tours, ni passerelles, ni portes. Comme si les Jotuns s'étaient repliés à l'intérieur, désertant glaciers et crevasses.

– Cette cape a une drôle d'odeur, remarqua Thorgil.

Ils étaient recroquevillés dans un bras asséché de la rivière. Obligés de se coucher sur un banc de sable recouvert de glace. Le vent balayait le sol juste au-dessus de leurs têtes mais, au moins, le dragon ne pouvait pas les voir. Jack avait partagé les tourtes et le cidre.

– Elle est faite avec de la soie d'araignée, dit-il. Peut-être que les araignées ont une drôle d'odeur. Je n'en sais rien, je n'en ai jamais approché d'assez près.

Blotti contre lui, Hardi picorait de petits morceaux de viande dans sa main.

– Normalement, cette cape devrait être collante.

– Évite de traverser un essaim de mouches.

– Quel ennui ! pesta Thorgil. Pourquoi ne pouvons-nous pas sortir en plein jour si ces capes nous cachent ?

– La reine avait sûrement une bonne raison pour nous donner ce conseil.

– Le dragon ne peut pas nous voir. Et il n'y a rien d'autre par ici. On voit arriver le danger à des kilomètres.

Thorgil fit une boule avec sa cape et l'enfonça dans le sable.

Ils avaient repéré le dragon depuis quelque temps déjà, sous la forme d'un nuage de fumée dans la journée et d'un feu rougeoyant la nuit. Parfois, il déployait ses ailes et flanait au-dessus de la vallée, à la recherche d'une proie. Pour l'instant, il n'avait rien trouvé.

« Je me demande s'il a pondu d'autres œufs », pensa Jack. Il se sentait vaguement honteux d'avoir tué sa progéniture, mais ils n'avaient pas eu le choix.

– Je m'ennuie, dit Thorgil.

La nouvelle Thorgil était presque aussi insupportable que l'ancienne. Certes, elle n'était plus sujette à des crises de rage inexpliquées – bien qu'elle soit toujours capable de se mettre en colère –, mais elle était assoiffée d'expériences inconnues. Elle avait manqué tellement de choses dans sa vie précédente que chaque rocher, chaque bloc de mousse la fascinait. Elle voulait toujours plus de distractions, de nouveautés, pour rattraper le temps perdu. Rester assis près d'elle pendant des heures constituait une véritable torture.

– Et si on essayait de sortir, pour savoir si le dragon nous voit ? suggéra-t-elle. Au pire, on peut toujours revenir ici en courant.

– Non parce que, répondit le garçon pour la dixième fois de la journée, une fois que le dragon nous aura repérés, il n'abandonnera pas et il inspectera les moindres recoins de la plaine.

– Hardi pourrait lui parler. Il lui dirait qu'on n'a pas bon goût, ou quelque chose comme ça.

– Le dragon ne le croira pas, dit Jack.

Hardi avait avoué (Thorgil avait traduit ses croassements à l'attention de Jack) avoir prévenu le dragon qu'il possédait un rival à l'autre bout de la vallée. Il l'avait mis dans un tel état de rage que le monstre était parti à tire-d'aile pour en découdre. Ensuite, le corbeau avait incité le petit dragon vert à tuer ses sœurs.

– Oui, sans doute, grogna Thorgil.

Elle chercha à tâtons la rune autour de son cou.

Jack la regarda faire avec un terrible pincement au cœur.

– Tu ne peux pas l'ôter, tu sais, lui dit-il. Dès que tu l'enlèves, c'est fini, tu ne peux plus la remettre.

– Tu me l'as répété au moins cent fois. Je ne risque pas de l'enlever. Elle me donne l'impression d'être en sécurité.

« Oui, je sais », se dit Jack avec tristesse. Il lissa les plumes sur la tête de Hardi. Le corbeau s'amusa à lui pincer les doigts. Pendant ce temps, le vent continuait à siffler et à gémir, et au loin résonnaient, à intervalles réguliers, les hurlements du dragon. Jack n'aurait su dire s'ils étaient provoqués par la fureur ou s'il s'agissait d'un simple entraînement. C'était quand le dragon se taisait qu'ils devaient s'inquiéter.

– Je m'ennuie. Raconte-moi une histoire, demanda Thorgil.

Jack avait épuisé tout son registre durant ces quelques jours de marche à travers la vallée. Il lui avait narré toutes les sanglantes légendes de martyres que racontait Père, toutes les sagas du barde et même toutes les histoires qu'on récitait à Lucy avant qu'elle s'endorme. Il en était presque réduit à lui parler des moutons à tête noire. Alors, il se leva pour observer l'horizon.

La forêt n'était plus très loin. Et le dragon semblait s'être éloigné; peut-être avait-il regagné son nid. Il mit sa main en visière. En effet, il croyait voir un nuage de fumée s'échapper de la falaise lointaine.

– On a une chance d'y arriver, dit-il.

– C'est vrai ? s'exclama Thorgil en se levant d'un bond pour balayer la vallée du regard.

– C'est là-bas que se trouvait le bûcher funéraire d'Olaf et que la piste s'enfonce dans la forêt, dit Jack. Il y en a pour deux heures de marche environ. J'hésite. On ferait peut-être mieux d'attendre le crépuscule.

Mais Thorgil avait déjà chargé ses sacs sur ses épaules, s'était enveloppée dans la cape et était sortie du lit de la rivière avant que Jack puisse la retenir.

– Arrête ! Tu ne réfléchis donc jamais ? cria-t-il en se lançant à sa poursuite, empêtré par ses propres affaires.

Hardi s'envola au-dessus de sa tête.

Jack devait reconnaître que c'était plus agréable de voyager de jour. La nuit, ils ne cessaient de se cogner ou de déraper sur des plaques de verglas. L'éclat du soleil était vivifiant et le vent lui-même n'était pas si terrible car ils étaient bien couverts.

Les Jotuns s'étaient montrés généreux. Jack se demanda pour la première fois pourquoi ils avaient des vêtements taillés pour des enfants humains. « Non, se dit-il. C'est impossible. » Mais il n'en savait rien. La guerre faisait rage entre Jotunheim et la terre du Milieu. Peut-être les enfants n'étaient-ils pas plus en sécurité ici que dans le village de Gizur.

– Alors, ce n'est pas merveilleux ? gazouilla Thorgil.

Jack la voyait à peine sous sa cape en soie ; elle était aussi transparente qu'une bulle de savon. Sans doute était-il tout aussi invisible, à l'exception de ses mains qui tenaient le bâton. Il était partagé à ce sujet : il pouvait le garder à la main ou bien le glisser dans son dos, sous la cape, en misant sur sa vivacité en cas de danger. En fin de compte, il choisit la dernière solution. Il n'était pas certain de pouvoir faire naître un feu dans la précipitation, mais à quoi pouvait bien servir un feu face à un dragon ?

Jack se retournait souvent pour voir si celui-ci avait quitté son repaire. Une fine colonne de fumée calmait son inquiétude.

– Ces rochers ont des couleurs intéressantes, commenta Thorgil. Avant, je croyais qu'ils étaient tous gris, mais c'est faux. Certains ressemblent à des coquilles d'huîtres et d'autres à une nappe de brouillard, alors que certains sont tachetés comme des œufs de rouge-gorge. Et les ombres ! On pourrait penser qu'elles sont toutes pareilles, mais certaines sont foncées, d'autres plus éclatantes et... Oh, regarde celle-ci ! Elle est mauve !

« Seigneur, épargnez-moi l'enthousiasme de Thorgil », suppliait Jack en silence. Jamais il n'aurait pensé qu'il regretterait les colères et les bouderies de la jeune Nordique. Au moins, quand elle faisait la tête, elle se taisait.

La forêt se rapprochait. Le dragon semblait décidé à rester dans son nid. « Peut-être que tout va bien se passer », se disait Jack. Ils continuaient à suivre la rivière ; sur leur droite, à l'extrémité de la vallée, là où elle cédait la place aux collines qui l'encerclaient, se dressait un énorme rocher couleur crème. Entouré d'un rassemblement de grosses pierres identiques.

– N'est-ce pas adorable ? s'exclama Thorgil. On dirait une maman rocher avec ses petits.

« Formidable, se dit Jack. Voilà qu'on va s'arrêter pour caresser les bébés rochers. » Soudain, un long hurlement résonna dans la vallée.

– Cours, Thorgil ! Le dragon arrive !

Elle réagit instantanément. Sous ses nouvelles manières, la jeune guerrière d'autrefois était toujours là.

– Cachons-nous dans les rochers ! dit-elle. On n'a pas le temps d'atteindre les arbres.

– Non, attends ! cria Jack en essayant de la rattraper. La reine nous a dit de ne pas nous en approcher !

– Trop tard !

Elle atteignit les rochers la première et s'y accroupit. La cape prit immédiatement une couleur crème. Thorgil avait la taille idéale, même si elle était un peu plus bosselée que les autres pierres. Jack se jeta au sol à côté d'elle. Tous deux essayaient de reprendre leur souffle pendant que le dragon – à en juger par ses cris – décrivait des zigzags au-dessus de la vallée.

– Il ne nous voit pas. Je t'avais bien dit qu'il ne pourrait pas nous voir, chuchota Thorgil.

– J'espère qu'il va vite repartir. Cette cachette n'est pas très confortable, maugréa Jack.

– Appuie-toi contre les pierres... Hé !

– Quoi ?

– Celle-ci est toute molle, constata Thorgil.

Jack palpa la surface la plus proche. En effet, la pierre était molle. Les hurlements du dragon s'éloignaient dans les profondeurs de la vallée, vers la montagne de glace. Jack repoussa un peu sa cape pour jeter un coup d'œil. Les pierres avaient toutes la même taille, ce qui était curieux en soi, et dégageaient une odeur si intense qu'il en avait la nausée.

– Cet endroit sent comme...

Soudain, l'énorme rocher se dressa sur huit pattes géantes et se mit, avec frénésie, à ramasser les pierres dans une poche en soie.

38

La musique de l'araignée

Jack tenta désespérément d'attraper son bâton. Impossible de le libérer sans ôter sa cape. L'araignée se déplaçait à la vitesse de l'éclair pour ramasser ses œufs. Elle les saisissait l'un après l'autre en se servant de ces... choses qui pendaient de chaque côté de ses crocs, et les cachait dans une sorte de poche.

En arrivant devant Thorgil, elle parut intriguée. Elle dressa deux de ses pattes et cracha un long fil de soie qu'elle enroula autour de la jeune fille, jusqu'à ce que celle-ci finisse par ressembler à un des œufs. Puis Thorgil disparut à son tour dans la poche.

Satisfaite, l'araignée s'attaqua ensuite à Jack. Le garçon sentit les crocs de la créature le frôler; elle le fit tournoyer sur lui-même, tandis que la corde de soie le ceinturait. Il fut soulevé de terre par ses épouvantables mandibules, puis déposé sur un matelas d'œufs.

Sa besogne achevée, l'araignée partit en courant. Jack sentait les œufs tressauter et se balancer à chaque pas. Il avait du mal à respirer et le peu d'air qu'il parvenait à inspirer était souillé par cette odeur douce-amère et nauséabonde. Il se débattit pour prendre le couteau fixé à sa ceinture. Son bâton lui rentrait dans le dos.

L'araignée courut longtemps. Soudain, elle sembla s'élancer dans les airs et retomba avec un bruit désagréable. Après ce saut, elle avança plus lentement, en faisant attention à l'endroit où elle posait ses pattes. Enfin, elle s'arrêta et déposa son sac d'œufs. Jack entendait siffler le vent. Il essaya de percer un trou dans la poche avec sa lame mais, malgré son apparence fragile, la soie d'araignée était aussi solide que du cuir. Le garçon donna alors de furieux coups de couteau, au point de voir des taches danser devant ses yeux. Son cœur battait à tout rompre et son corps était trempé de sueur.

Soudain, la pointe d'un croc transperça la soie.

– Tu pourrais m'aider, au moins ! protesta Thorgil. Je me tape tout le travail pendant que monsieur se prélasse !

– Tu es merveilleuse, murmura le garçon.

Ce n'était pas un croc, c'était l'épée de Thorgil ! Jack entreprit aussitôt d'élargir le trou. Quand il put se faufiler à l'extérieur, il fut stupéfait par le spectacle qui s'offrait à ses yeux.

Ils étaient perchés sur les frondaisons d'arbres géants. Le vent qui agitait les branches était un antidote bienvenu à la puanteur de l'araignée. Mais le feuillage sur lequel ils étaient assis se soulevait par vagues et tanguait, obligeant Jack et Thorgil à s'accrocher à la poche d'œufs pour ne pas tomber.

– C'est quoi, ce truc ? demanda Thorgil.

Jack plissa les yeux. Les couleurs se modifiaient en fonction des balancements de la structure mais, au bout d'un moment, il parvint à distinguer une forme.

– C'est une gigantesque toile d'araignée, dit-il.

La soie prenant les couleurs de son environnement, elle était transparente comme l'air par endroits, ou bien tachetée de vert et de marron à cause des arbres qui se trouvaient dessous. Le sac d'œufs était accroché à un sapin particulièrement imposant qui se dressait au-dessus de la toile.

D'un côté, il n'y avait que des arbres. De l'autre, Jack apercevait des toiles de soie, rondes, qui recouvraient la forêt aussi loin que portait le regard. Ici et là, d'énormes araignées couleur crème s'y tenaient, les pattes écartées. Certaines tenaient contre elles des poches d'œufs comme celle à laquelle s'accrochaient les deux adolescents. D'autres étaient affublées de sinistres excroissances formées par quelque créature captive, dont certaines s'étaient nourries.

– Et maintenant, on fait quoi ? demanda Thorgil.

Jack devait lui rendre cette justice : alors que la plupart des gens auraient hurlé de terreur ou se seraient évanouis, la jeune guerrière, elle, était toujours prête à se battre.

Jack regarda en bas. Ils se trouvaient si hauts que le sol de la forêt disparaissait dans l'obscurité. Pour l'atteindre, ils devraient traverser la toile. Si celle-ci était collante – et elle l'était très certainement – ils n'iraient pas bien loin.

– Peut-être ferions-nous mieux de monter, suggéra-t-il.

Ils récupérèrent leurs vivres et les outres d'eau à l'intérieur de la poche. L'ascension aurait été un jeu d'enfant s'il n'y avait pas eu ces bourrasques. De plus, Jack n'aimait pas l'altitude. En se frayant un passage au milieu des branches, ils atteignirent un perchoir où ils pouvaient s'asseoir, près du sommet.

Pendant ce temps, l'araignée était au centre de la toile. Jack apercevait la bosse de son ventre énorme et ses filières, les orifices d'où sortait la soie. Au moins, elle leur tournait le dos.

– Pourquoi ne nous a-t-elle pas dévorés ? demanda Thorgil avec son habituel sens pratique.

– A cause de notre odeur, expliqua Jack. Avec nos capes, elle nous a pris pour des bébés araignées.

– J'essaie de voir le côté positif, dit la jeune guerrière en serrant la rune dans sa paume. Autant que je puisse en juger, notre situation est la suivante : nous sommes si haut que si nous tombons, nous n'avons aucune chance. Mais, tôt ou tard, nous serons trop fatigués pour continuer à nous cramponner. Ou bien l'araignée nous apercevra et viendra nous manger. Et si nous attendons trop longtemps, les œufs écloront et une centaine de petites araignées grimperont jusqu'ici pour nous dévorer.

– C'est ça, le côté positif ? demanda Jack.

– Je cherche une solution. Peut-être que tu devrais te servir de ton bâton pour faire apparaître le feu.

Jack détacha son bâton. Il avait mal dans le dos. Il le pointa en direction de la mère araignée et le sentit vibrer dans ses mains. Tout autour, les arbres poursuivaient leur murmure.

– Je ne le contrôle pas vraiment, avoua-t-il. Imagine que je mette le feu à la forêt ?

– Fais attention, c'est tout, répondit Thorgil d'un ton sec.

Jack pointa de nouveau le bâton.

– Ce n'est pas bien de faire ça.

– Tu préfères te faire aspirer jusqu'à la moelle ?

– Je pense qu'il existe une autre solution.

– Oh, Freya ! s'exclama Thorgil.

Jack vit alors un aigle immense, semblable à celui qui les avait attaqués sur le pont de glace, passer au-dessus de leurs têtes. Le rapace fit demi-tour et survola les arbres. Thorgil dégaina son épée. L'aigle vira en poussant un cri rauque, mais revint à la charge, les serres en avant ; c'est alors qu'il percuta un fil de soie. Il poussa des cris et tenta de se libérer, mais il ne réussit qu'à tomber au cœur de l'immense toile dans laquelle il s'empêtra.

L'araignée se précipita pour planter ses crocs dans le corps du rapace. Celui-ci riposta en donnant des coups de bec et de griffes, mais il n'était pas de taille à lutter. Très vite, il se retrouva enveloppé de soie ; que l'araignée avait repris sa position première en attendant que son poison fasse effet. Au bout d'un moment, l'aigle cessa de se débattre. Accrochés l'un à l'autre, Thorgil et Jack écoutèrent les horribles bruits de succion produits par l'araignée qui festoyait. Quand elle eut fini, elle laissa tomber l'enveloppe vide du rapace dans la forêt, tout en bas.

– Alors, tu es prêt à utiliser ton bâton maintenant ? demanda Thorgil.

– Attends.

L'araignée géante s'approchait du sac d'œufs. Jack se raidit, son bâton à portée de main au cas où elle se précipiterait vers le sommet de l'arbre, mais elle se contenta de réparer le trou fait par l'aigle dans la toile. Elle allait et venait en fabriquant de longs filaments de soie. Quand elle eut terminé un rang, elle y déposa une boule de substance visqueuse. Délicatement, elle pinça la corde avec une de ses pattes terminées par une griffe. Sous l'effet des vibrations, la substance visqueuse se transforma en en gouttelettes qui glissèrent le long de la toile.

Jack ne perdait pas une miette de ce spectacle. C'était très intéressant. La toile n'était pas collante partout : en avançant entre les gouttelettes, vous ne risquiez rien. Par moments, l'araignée regardait vers le sommet de l'arbre où s'étaient réfugiés Thorgil et Jack. Son corps était surmonté d'une sorte de tourelle munie de huit petits yeux noirs brillants et, pourtant, on aurait dit qu'elle ne voyait pas les deux humains recroquevillés dans le feuillage.

C'est alors que l'insecte fit une autre chose intéressante. Elle remonta jusqu'à la poche d'œufs et y posa ses crocs, délicatement, s'abandonnant à une extase maternelle. Jack percevait le murmure des pensées de l'araignée et les réactions infimes de la centaine d'œufs rassemblés à l'intérieur. Elle pinçait en rythme un fil de soie qui retenait le sac. Les murmures s'intensifièrent et devinrent plus joyeux.

– Je crois que c'est une berceuse, dit-il.

– Tu oublies que nous avons affaire à une monstrueuse araignée mangeuse d'hommes, répondit Thorgil. Tu ne vas quand même pas te laisser attendrir !

– C'est toi qui t'extasiais devant les bébés pierres.

– Je ne savais pas ce que c'était. Allez, fais-les brûler ! Ce sont des ennemis.

Thorgil semblait assez remontée pour attaquer une centaine d'araignées.

– J'ai observé la mère, dit Jack. Elle a l'air presque aveugle. Elle ne nous a pas vus. Je suppose que le dragon s'est approché de très près avant qu'elle prenne conscience du danger qui menaçait ses œufs. Et je parie qu'elle n'entend rien non plus, sinon elle t'aurait remarquée quand tu lançais des jurons à l'intérieur de la poche.

– Elle a donc des points faibles. Ce sera plus facile de la tuer.

Mais Jack ne pouvait s'y résoudre. Quand il avait bu l'eau du puits de Mimir, il s'était souvenu de ces moments où tout semblait absolument parfait. Quand Mère chantait pour les abeilles ou quand Père construisait leur maison, ils le faisaient avec un tel amour et si bien que les activités les plus simples étaient comme illuminées de l'intérieur. Elles étaient remplies de force de vie. Exactement comme ce qu'était en train de faire la mère araignée.

Il était parfois nécessaire de tuer pour nourrir ou pour protéger sa famille et soi-même. Comme l'avait fait l'araignée avec l'aigle. Si elle s'en prenait à Thorgil ou à lui, Jack serait contraint de la tuer. Mais il savait aussi que, s'il tuait cette araignée sans raison, il perdrait son pouvoir et sa musique lui échapperait. Alors, il posa son bâton.

– Tu es stupide! fulmina Thorgil. (Elle le couvrit d'injures, alors qu'ils s'accrochaient au tronc de l'arbre dans le vent violent.) Je devrais descendre pour la poignarder et en faire autant avec tous ces œufs!

Jack savait qu'elle ne le ferait pas. Cette fureur incontrôlable qui l'habitait autrefois avait disparu. Elle était toujours capable d'un immense courage et d'une incroyable audace, mais elle ne se sacrifierait pas inutilement.

En début d'après-midi, l'araignée retourna monter la garde au centre de la toile. Le vent tomba et Jack se sentit assez en sécurité pour partager les restes de tourte et de cidre.

– Notre dernier repas, commenta Thorgil d'un ton sarcastique.

– Regarde! s'exclama Jack en tendant le doigt.

Une petite tache venait d'apparaître au loin. Elle grossit jusqu'à ce qu'ils découvrent qu'il s'agissait d'un corbeau solitaire qui volait en tous sens. Jack se leva pour lui faire signe.

Hardi fonça vers le sommet de l'arbre. Il s'immobilisa, en équilibre sur une branche, et poussa une série de croassements.

– Moi aussi je suis content de te revoir, dit Jack. Comme tu peux le voir, on est dans de sales draps. N'approche pas de la toile, surtout.

– Dis à Jack de tuer cette araignée! ordonna Thorgil. (Hardi répondit par de nouveaux croassements.) Cet imbécile d'oiseau prétend que tu n'es pas obligé de la tuer. Tu peux l'endormir, tout simplement. Moi, je serais plutôt pour un sommeil permanent, mais personne ne m'écoute.

– Bien, dit Jack en se demandant comment faire. Et ensuite? On descend?

Hardi fit claquer son bec, gazouilla et croassa de plus belle.

– Il dit qu'il faut attendre ici. Nous allons recevoir de l'aide, traduisit Thorgil.

– C'est tout ? Je suis sûr qu'il a dit autre chose.

– Tu ne le sauras jamais, répondit Thorgil d'un ton suffisant.

Hardi repartit à tire-d'aile et Jack redescendit jusqu'au sac d'œufs. L'araignée trônait au centre de sa toile, imposante. Un aigle n'allait pas la rassasier longtemps, peut-être aurait-elle envie d'un petit dessert. Il prit le bâton coincé dans son dos, au cas où, et s'éclaircit la voix. Puis il se mit à chanter. Les paroles sortaient difficilement et il avait du mal à trouver la bonne mélodie. Comment donner la sérénade à une araignée sourde ?

Au bout d'un moment, il s'arrêta. Il perdait son temps. L'araignée l'ignorait et il était à court de poèmes. Au loin, un gros oiseau heurta malencontreusement une des toiles et fut aussitôt assailli de toutes parts. « Ces créatures doivent se nourrir d'oiseaux », pensa Jack. De vulgaires insectes ne suffiraient même pas à aiguiser leur appétit.

Comment donner la sérénade à une araignée sourde ?

« De la même manière qu'une araignée chante une berceuse à ses petits. » Evidemment. Jack avait étudié la harpe avec le barde, mais il n'avait pas fait beaucoup de progrès. Sa voix restait son talent le plus sûr. Mais ici, elle ne lui serait d'aucune utilité. Il remit son bâton à sa place. Pour ce qu'il s'apprêtait à faire, il avait besoin de ses deux mains.

« Les araignées sont presque aveugles et sourdes, mais leur sens du toucher compense ce handicap. Elles perçoivent la moindre vibration de leur toile. » Formidable. Il devait inventer quelque chose qui ressemble à de la musique et non à un dîner. Il se souvint du rythme que l'araignée avait utilisé pour apaiser ses œufs ; c'était une chose qu'il enregistrait instinctivement, grâce à son oreille musicale. « Je pense être capable de le répéter. Si je me trompe, je le découvrirai bien vite. Dire que je trouvais que les Nordiques étaient un public difficile. »

Jack se pencha sur le sac d'œufs. Il apercevait les longs filaments de la toile. En faisant un effort, on pouvait imaginer que c'étaient des cordes de harpe. Il s'allongea à plat ventre pour les examiner. Il devait pincer les filaments entre les goutelettes de matière visqueuse, à peine visibles elles aussi. En fait, toute la toile était à peine visible. C'était fait exprès, évidemment.

Jack repéra deux rangs vert foncé qui s'étendaient au-dessus d'un bosquet de sapins. Il lui semblait avoir repéré une zone inoffensive. Il tendit la main.

Doiiiiing! L'araignée se dressa sur ses huit pattes. On aurait dit qu'elle se tenait sur la pointe des pieds. Jack se figea. Il avait réussi à attirer son attention.

– Je vais descendre pour te défendre!

– Reste où tu es! Je sais ce que je fais! cria Thorgil. « J'espère, du moins. » L'araignée n'avait pas réagi au son de sa voix, elle était donc réellement sourde. « Je vais devoir agir vite. Sans m'arrêter, quoi qu'elle fasse. Ma seule chance, c'est de lui jouer la même berceuse. Il faut que ce soit parfait. Sans interruption. »

Jack commença alors le récital le plus important de sa vie. Il vida son esprit pour se concentrer sur le rythme. Il pinça la corde, il psalmodia et chanta, il susurra et fredonna. Il avait besoin des sons pour guider ses doigts.

L'araignée s'approcha, si près qu'elle était presque sur lui. Elle projetait une ombre lugubre qui faillit le faire s'évanouir de peur, mais il continua. Il voyait scintiller ses crocs et s'agiter ses mandibules. Il continua malgré tout. Il la sentait trembler; les vibrations lui parvenaient par le biais de la toile. Il percevait les mêmes tremblements dans les œufs, comme une réponse. Toutes ces petites araignées dansaient dans leurs coquilles.

Soudain, la mère s'écroula. Son corps s'écrasa sur le côté, dans un enchevêtrement de pattes. Elle n'était pas morte, il le savait, car il voyait remuer ses griffes. Elle rêvait!

Jack grimpa dans l'arbre, le plus vite possible.

– Où est Hardi? s'écria-t-il. Où est l'aide qu'il nous a promise? Je ne sais pas combien de temps elle va rester dans cet état. Bonté divine, je ne veux plus jamais recommencer ça.

Il éclata en sanglots.

– Là-bas! s'exclama Thorgil en tendant le doigt.

Jack vit quatre énormes oiseaux blancs et un petit oiseau noir survoler la forêt. Il tremblait tellement qu'il craignait de tomber de l'arbre. Et il claquait des dents.

– Tout va bien. Tu as réussi, chuchota Thorgil en l'enlaçant.

Les chouettes ont dit qu'elles viendraient seulement quand l'araignée dormirait. J'avoue que c'est la pire musique que j'aie jamais entendue.

– Co... co... comment le sais-tu ? Tu... tu... n'es pas une araignée, dit Jack.

– Freya soit louée !

Les chouettes arrivèrent en groupe.

– Hou...hou... hou... hou... criaient-elles.

– Elles disent qu'on doit partir tout de suite. Elles vont t'emmener en premier, traduisit Thorgil.

Jack ne comprenait pas ce qu'elle voulait dire, jusqu'à ce que les chouettes referment leurs serres sur ses bras et ses jambes pour le soulever. « Je ne peux pas en supporter davantage », pensa-t-il, alors que la forêt défilait sous lui. Peu de temps après, les chouettes le déposèrent dans un pré et décollèrent à nouveau. Elles revinrent très vite, avec Thorgil cette fois.

– Par Thor ! Voilà une formidable façon de voyager ! s'exclama-t-elle. Si seulement on pouvait apprendre aux oiseaux à nous transporter ! Nous pourrions attaquer nos ennemis par les airs.

– Hou... hou..., fit une des chouettes.

– Elle te remercie de leur avoir sauvé la vie. Je n'étais pas au courant, dit Thorgil.

– Ça s'est passé dans la petite vallée. Elles étaient sur le point de mourir de faim, alors je les ai transportées un peu plus loin pour qu'elles recommencent à chasser, expliqua Jack. (Il s'inclina devant les oiseaux.) C'était un plaisir.

Perché sur un buisson tout proche, Hardi poussa une série de croassements.

– Il dit que les chouettes lui ont indiqué un chemin sûr jusqu'au fjord, traduisit Thorgil.

Hou... hou... ! Kruff – guh-guh-guh !

– Et là ? demanda Jack.

– Elles expriment ce qu'elles pensent des araignées. Je crois que je préfère ne pas traduire.

Les deux adolescents adressèrent des gestes d'adieu aux chouettes blanches comme neige puis, Hardi ouvrant la voie, ils dénichèrent une piste tracée par des élans, qui partait de l'orée de la prairie. En chemin, ils cueillirent des myrtilles grosses comme des prunes et brisèrent des noisettes géantes en guise de déjeuner. En fin d'après-midi, ils atteignirent le fjord.

Jack alluma un feu, mais sans utiliser son bâton dont il se méfiait à présent. Bientôt, ils virent un bateau glisser sur l'eau. Une énorme chose pendait à sa proue. Il s'agissait d'une tête écailleuse surmontée de piquants, avec de longues moustaches. Éric Belle Face les salua en braillant des paroles de bienvenue et tous les autres Nordiques poussèrent des hourras.

« Ça alors, se dit Jack. Je suis très content de voir des Nordiques ! »

Le grand navire s'approcha du rivage et les guerriers sautèrent dans l'eau pour le stabiliser.

– Bienvenue ! beugla Éric. Alors ? Vous avez réussi ? Vous leur avez botté les fesses à ces trolls ? Regardez le serpent de mer que j'ai attrapé !

Et Rune demanda :

– Où est Olaf ?

39

Adieu à Jotunheim

– C'était écrit, soupira Rune ce soir-là, alors qu'ils étaient ancrés dans le fjord. (Ils étaient partis trop tard pour atteindre la pleine mer avant la nuit.) J'ai toujours su qu'Odin rappellerait Olaf dans la fleur de l'âge. Les guerriers comme lui sont trop grands pour la terre du Milieu.

– On a vu la lueur de son bûcher funéraire, dit Sven le Vengeur, mais savonneuses ne savions pas ce que c'était.

– Il est monté tout droit au Walhalla. J'ai cru que c'étaient deux dragons qui se battaient, ajouta Éric le Boutonneux.

– Il y avait bien un dragon. (Jack tombait de fatigue, mais il sentait que le devoir l'obligeait à raconter une partie de l'histoire au moins aux amis d'Olaf.) Il a survolé les flammes en poussant des cris stridents.

– Oui, je crois les avoir entendus, approuva Sven.

– Il rendait hommage à Olaf, déclara Thorgil d'un ton grave. Elle avait pleuré toute la soirée, par accès. Maintenant qu'il n'y avait plus aucun danger, elle pouvait s'abandonner au chagrin.

– Ça devait être merveilleux, commenta Sven avec un soupir d'envie. Et vous dites qu'il y avait un ours-troll à ses pieds ?

– Oui, dit Jack.

– Des funérailles royales ! déclara Éric Belle Face.

– Je t'ai déjà interdit de parler la nuit, Éric mon ami, dit

Rune. Nous ne serons en sécurité qu'après avoir quitté Jotunheim. En attendant, il faut garder le silence.

– Bon, d'accord !

Les Nordiques étaient rassemblés sous le ciel nocturne. Même les étoiles paraissaient plus grosses à Jotunheim. L'eau était aussi calme qu'une étendue de glace noire. L'un après l'autre, les guerriers s'allongèrent pour dormir, à l'exception de Rune qui montait la garde et qui, de toute façon, ne dormait jamais beaucoup. Hardi lui tint compagnie quelques instants mais, très vite, piqua lui aussi du nez. Jack, malgré sa fatigue, avait du mal à se détendre. Il s'était passé tant de choses. Tant de choses avaient changé. Quand il vivait dans son petit village sur les côtes anglaises, jamais il n'aurait pu imaginer qu'il rencontrerait un jour des dragons et des trolls. Ces créatures vivaient au loin, très loin. Eh bien, voilà : il était loin.

Il arrangea le sac de grain qui lui servait d'oreiller. Le pont était dur et l'eau de cale toujours aussi malodorante. Dans sa tête, les arbres, les oiseaux et tous les animaux de Jotunheim continuaient de murmurer. Il se boucha les oreilles pour ne plus les entendre, tout en sachant que c'était inutile.

Il ne savait toujours pas comment il allait s'y prendre pour guérir Frith. Mais le puits de Mimir lui avait appris à ne pas brusquer les choses. Les feuilles se déployaient et les fleurs s'ouvraient le moment venu. La connaissance lui serait donnée en temps voulu.

Un peu avant l'aube, il se réveilla et découvrit Rune assis près de la tête du serpent de mer, à l'avant du bateau. Une lumière argentée flottait à la surface de l'eau. Jack se leva et se fraya un chemin entre les corps endormis.

– Dans deux ou trois jours, ça va puer, dit le vieux guerrier en promenant sa main sur les écailles de l'animal. Mais jamais je n'oserais demander à Éric de jeter ce serpent à l'eau. Il était si fier de l'avoir tué ! Il nous a suivis depuis le jour où on vous a laissés ; il rassemblait son courage pour nous attaquer. Comme tu peux le voir, il n'est pas encore adulte.

– Oui, je vois, répondit Jack en remarquant que la tête à elle seule pesait deux fois le poids d'Éric Belle Face.

– Il nous a attaqués hier en essayant de s'enrouler autour du bateau pour nous faire couler. Grave erreur.

– Rune…

– Oui ?

– Nous avons trouvé le puits de Mimir.

– Ah, quelle chance ! J'espérais bien que vous aviez réussi, mais comme nous parlions d'Olaf, je ne voulais pas changer de sujet.

La tristesse était perceptible dans la voix du vieux guerrier.

– Je n'ai pas envie d'en parler devant les autres. Pas maintenant. Ce ne serait pas bien, il me semble.

– Je les ferai taire, déclara Rune avec force. Je leur expliquerai que c'est une histoire de magie. Alors, tu as bu ?

– Oui. Et Thorgil aussi.

– Vraiment ? Je me disais bien qu'elle avait changé. Elle n'a pas essayé de se battre une seule fois depuis son retour. Dis-moi, quel goût a cette eau ?

L'envie qui transparaissait dans sa voix était presque insupportable.

– A vous de me le dire, répondit Jack en lui tendant le flacon orné de la graine de pavot.

– Ohhhh, fit Rune dans un long soupir.

– Ne vous en faites pas, j'ai dit aux Norns que vous aviez sacrifié votre voix pour défendre vos amis et que vous m'aviez offert votre plus beau poème. Apparemment, elles étaient satisfaites.

– Tu as rencontré les Norns aussi ? C'est merveilleux !

– Je ne les aime pas, dit Jack.

– Chut ! Il n'est jamais bon d'offenser les forces qui gouvernent nos vies. Je peux vraiment boire ?

Jack hocha la tête. Rune déboucha le flacon et but. Une lumière s'alluma dans ses yeux et son dos voûté sembla se redresser.

– Alors, ça a quel goût ? demanda Jack.

– C'est comme le soleil qui apparaît après l'hiver. Comme la pluie après la sécheresse. Comme la joie après le chagrin.

– Votre voix ! s'exclama Jack.

Le vieil homme ne chuchotait plus ; les paroles qui sortaient de sa bouche étaient fortes et claires. Certes, il n'avait plus une voix de jeune homme et il ne serait plus jamais le magnifique chanteur qu'il avait été dans sa jeunesse, mais il avait retrouvé un timbre profond, plus émouvant.

– C'est quoi, ce raffut ? grogna Sven le Vengeur. J'ai pas fini de dormir, moi. C'est encore toi qui parles dans ton sommeil, Éric ?

– Non ! Cest pas moi ! brailla ce dernier.

Ce matin-là, ils atteignirent l'embouchure du fjord. Les falaises qui se dressaient de chaque côté pullulaient d'oiseaux; des milliers de nids s'accrochaient aux rochers. Les bancs d'aiglefins et de saumons argentaient la surface de l'eau. Hardi chassa quelques mouettes qui tentaient de se poser sur la tête du serpent de mer.

– Et voilà, on quitte Jotunheim, dit Jack, comme à regret.

– Et on entre dans la terre du Milieu, ajouta Rune.

Dans le ciel, les oiseaux tournoyaient en poussant des cris. Thorgil s'était accroupie dans l'eau de cale, les mains plaquées sur les oreilles.

– Elle comprend ce qu'ils disent, chuchota Jack.

A la sortie du fjord, le bateau mit le cap au sud, poussé par un vent vif sur une mer vert-de-gris. Les deux Éric hissèrent la voile.

Jack eut l'impression d'être libéré du poids invisible qui l'écrasait depuis leur arrivée à Jotunheim.

– Cet endroit nous accueille, dit-il en regardant, émerveillé, la côte qui défilait sur leur gauche.

– Nous sommes ici chez nous, dit Rune. Jotunheim a toujours rejeté notre présence.

Jack se retourna pour contempler le vaste océan qui s'étendait en direction de l'ancien royaume d'Utgard. L'arrière-arrière-arrière-grand-mère de Fonn était venue de tout là-bas à pied, quand c'était encore une mer de glace. Mais chaque année, l'été se rapprochait un peu plus du monde des géants de givre.

– Je ne comprends plus ce que disent les mouettes, dit Thorgil. Enfin, si, mais il y a des mots qui m'échappent.

– Et alors, ça ne te plaît pas ? Je croyais que tu ne supportais pas de les entendre, dit Jack.

– Oui, c'est vrai... mais c'était quand même pas mal.

– La magie est plus proche à Jotunheim, expliqua Rune. Je suis sûr que tu n'as pas perdu ce don. Mais tu devras faire davantage d'efforts pour t'en servir.

Jack sentait, lui aussi, que la force de vie était plus profondément enfouie. Elle était toujours là, mais ne répondrait plus aussi facilement à ses appels. Ce qui n'était pas un mal, se dit-il en serrant dans sa main le bâton de frêne noirci. Il avait fini par avoir peur d'utiliser son pouvoir à Jotunheim. Le feu était trop virulent, trop imprévisible.

Ils voguaient vers le sud en s'arrêtant à la nuit tombée pour camper sur de petites plages. Jack et Thorgil racontèrent aux guerriers tout ce qui s'était passé, ou presque, car ils gardèrent pour eux la rencontre avec les Norns et l'épisode du puits de Mimir. Les Nordiques furent fort impressionnés en apprenant comment Thorgil avait tué le jeune dragon et comment Jack avait triomphé de l'araignée. Eux-mêmes n'étaient pas restés les bras croisés. Outre le combat contre le serpent de mer (qui empestait de manière épouvantable à présent), ils avaient affronté un brochet géant doté d'un sale caractère.

– Il essayait de m'attraper chaque fois que je puisais de l'eau, raconta Sven le Vengeur. J'ai fini par lui donner une bonne leçon.

– Délicieux avec des canneberges, ajouta Éric Belle Face.

Mais ce n'était pas tout. Ils s'étaient battus avec deux énormes gloutons alors qu'ils fourrageaient sur le rivage, avaient dû affronter un lynx géant et, un après-midi où Éric le Boutonneux faisait la sieste sous un arbre, il avait découvert en se réveillant qu'une limace avait dévoré presque toute sa chemise et une partie de la peau qui se trouvait dessous.

A l'approche de l'embouchure du fjord du roi Ivar, ils rencontrèrent d'autres bateaux. Les pêcheurs les acclamèrent et les supplièrent de les laisser monter à bord pour voir de plus près le serpent de mer. Éric Belle Face bombait le torse. « Il n'égalera jamais Olaf-N'a-Qu'un-Sourcil, se dit Jack avec un pincement au cœur. Aucun d'eux ne l'égalera jamais. »

Le bruit de la mer mourut lorsqu'ils pénétrèrent à l'intérieur des terres. L'eau devint plus calme. Ici et là sur la rive, Jack aperçut des cerfs et des lapins... de taille normale. Au loin, vers le nord, se dressaient les hautes montagnes couvertes de neige. « Jotunheim. » Elles paraissaient irréelles. Et peut-être l'étaient-elles, se dit le jeune skald.

Soudain, ils virent apparaître les fermes perchées à flanc de colline et les prairies pentues constellées de moutons. Enfin, ils découvrirent le quai où une petite foule s'était déjà rassemblée et, au-delà, sur un promontoire de pierre bleue presque noire, aussi sinistre et froide que du métal, le palais du roi Ivar. Heide, Dotti et Lotti guettaient le bateau d'un œil anxieux.

« Oh, Seigneur. Comment leur annoncer la nouvelle ? » se demandait Jack. Mais finalement, nul n'eut besoin de leur dire quoi que ce soit. Si on ne voyait pas Olaf sur le bateau, ça signifiait qu'il n'était pas là. Impossible de cacher un tel géant. Dotti et Lotti poussèrent des cris et déchirèrent leurs vêtements. Heide pleura en silence, à la manière des gens de son peuple. Skakki les ramena toutes les trois dans la maison d'Olaf.

– Je lui avais bien dit, soupira Heide, avec son accent rugueux, debout devant le grand feu qui brûlait au centre de la pièce : « Si tu emmènes ce garçon et sa sœur devant le roi, ce sera ta perte. » Je l'ai vu couché dans une forêt sombre et son sang abreuvait la terre. Pauvre nigaud.

– Ça ne s'est pas passé comme ça, dit Jack.

– Les visions ne sont jamais exactes. Mais la signification en était claire.

Dotti, Lotti et les enfants étaient assis, la mine solennelle, autour du feu qui brûlait dans la tranchée, en compagnie des amis et compagnons d'Olaf. Skakki occupait le grand fauteuil de son père. Il était trop grand pour lui et le serait toujours. A seize ans, le jeune homme était désormais le chef de famille.

– Il est mort comme il le souhaitait, en combattant, dit Rune avec sa voix retrouvée.

– Et il a eu des funérailles dignes d'un roi ! s'exclama Thorgil.

Et elle se mit à chanter :

La moitié d'une forêt fut abattue pour le retenir.
A ses pieds gisait l'ours-troll, lugubre et mort,
Pas de taille à lutter contre l'enfant chéri d'Odin.
Les Walkyries l'ont appelé des collines,
Les portes du Walhalla se sont ouvertes en grand,
Et la reine de la montagne elle-même a pleuré son trépas.

Le silence s'abattit sur la grande pièce. Pendant un instant, nul ne bougea. Puis Rune déclara :

– C'est de la poésie.

– Les femmes ne font pas de poésie, déclara Sven le Vengeur.

Tout le monde se tourna vers Thorgil : allait-elle se mettre en colère ? Mais elle resta assise, comme hébétée. Hardi quitta les chevrons de la charpente pour venir se poser sur son épaule et croasser dans son oreille.

– Moi non plus, je ne sais pas comment j'ai fait, avoua Thorgil. Merci quand même pour le compliment.

– Elle parle aux oiseaux, murmura un des jeunes enfants. Ça veut dire que c'est une sorcière ?

Dotti le fit taire.

– Ça veut dire que c'est une jeune femme sage, dit Jack.

– Mais elle fait de la poésie. C'est contre nature ! insista Sven.

De nouveau, chacun se tourna vers la jeune fille. Elle allait se mettre en colloque, c'était certain. Mais rien ne se produisit.

– Thorgiiilll, dit Heide en faisant traîner la fin de son nom, tu te sens bien ?

– Mais oui, elle se sent bien ! s'exclama Jack. Thorgil fille d'Olaf peut faire tout ce qu'elle veut. Il l'a acceptée. Pourquoi n'en faites-vous pas autant ? Elle a combattu l'ours-troll à ses côtés. Elle a tué un jeune dragon. Elle a goûté son sang par accident, comme Sigurd. C'est pour cela qu'elle comprend le langage des oiseaux. Elle a bu l'eau du puits de Mimir et est devenue poète. Pourquoi ne pouvez-vous pas l'accepter ?

Le grand feu crépitait et dansait dans le vent qui s'engouffrait sous l'avant-toit. Les animaux sculptés par Olaf sur les poutres semblaient s'animer.

– Tu nous humilies, murmura Skakki.

– Je... je... Ce n'était pas mon but, bredouilla Jack. C'est juste que...

– Non, tu as raison, dit le jeune Nordique en se levant et, à cet instant, il ressemblait à son père. Je fais de toi ma sœur, Thorgil, fille d'Olaf. Sois la bienvenue dans notre famille.

– Et je fais de toi ma fille, déclara Heide. Tout comme Dotti et Lotti.

En disant cela, elle foudroya du regard les deux jeunes épouses.

C'en était trop pour Thorgil. Elle avait toujours été une paria, une telle démonstration d'amitié la submergeait. Elle éclata en sanglots et s'enfuit à toutes jambes.

– Où va-t-elle ? demanda Jack.

Nul ne semblait perturbé par la disparition soudaine de la jeune guerrière.

– Elle va monter rejoindre les chiens du roi sur la colline, dit Rune. Balafre, Crocs de Loup, Damné et Déchiqueteur seront ravis. Ils ne l'ont pas encore vue.

– Pour l'instant, dit Heide de sa voix rauque, raconte-moi comment la reine de la montagne a pleuré la mort d'Olaf.

Heide n'ignorait pas tout des activités de son mari. Elle avait remarqué ses fréquents voyages, à bord d'un bateau chargé de cadeaux, et en avait conclu qu'il avait une autre épouse.

– Mais un troll ! s'exclama-t-elle. Cet homme n'avait donc aucun goût ?

– Oh, la reine est plutôt gentille... Ouille ! fit Jack lorsque Rune lui donna un coup de coude dans les côtes. Mais elle est laide. Très laide, ajouta-t-il.

Heide insista pour qu'il lui décrive Glamdis et Jack dressa son portrait.

– Des cheveux orange qui se dressent sur sa tête ? Trois mètres de haut ? Des crocs ? Mon Nordique sans cervelle était-il fou ?

Elle bouillait de rage. Dotti et Lotti, elles, semblaient se réjouir de la colère de Heide.

Jack leur expliqua que les femmes trolls pratiquaient le mariage par enlèvement et que la reine de la montagne possédait un sérail de seize rustres. Il raconta devant son auditoire fasciné l'histoire de ce pauvre humain qui avait engendré Frothi et Frith.

– Il avait peint sa famille humaine sur les murs. Au moins, Olaf a échappé à ce destin. Il pouvait aller et venir à sa guise.

– Personne ne pouvait contrôler mon grand nigaud, dit Heide, un peu apaisée.

– Il a été capturé, il n'y pouvait rien, souligna Lotti.

– Non, non, bien sûr, dit Heide en secouant la tête. Il était si grand, si beau...

Les trois femmes soupirèrent en chœur.

Quant aux compagnons et aux amis d'Olaf, ils étaient ravis d'entendre cette histoire.

– Uune reine troll est tombée amoureuse de lui ! Quel exploit ! dit Pied de Bois, emballé.

– Quel homme ! ajouta Egil Long Pieu.

40

Le marais de Freya

– Si tu veux être un skald, tu dois revêtir une tenue de circonstance, déclara Rune en reculant pour examiner Jack dans sa longue robe blanche.

En fait, il s'agissait de celle de Rune, que l'on avait raccourcie pour le garçon. Un message avait été adressé au roi Ivar une semaine plus tôt, mais il n'avait pas daigné les recevoir jusque-là. Ce soir, c'était la pleine lune et le lendemain devait avoir lieu le sacrifice à la déesse Freya.

Cette longue attente avait plongé Jack dans l'angoisse, mais il était impuissant. Nul ne pouvait approcher Frith sans autorisation. « On aurait pu penser qu'elle serait impatiente de retrouver ses cheveux, se disait-il. Mais sans doute prend-elle plaisir à me faire souffrir. »

– J'ai un mauvais pressentiment, dit-il en resserrant sa ceinture pour maintenir la robe qui était encore trop grande.

Il savait que les bardes étaient généralement des individus âgés, redoutables et effrayants. Il n'avait pas l'impression de l'être ; au contraire, il se sentait plutôt effrayé.

– Chut. Il faut bien se lancer d'une manière ou d'une autre. Frith ne va pas te faciliter les choses, tu dois l'impressionner. Sais-tu comment tu vas t'y prendre ?

– Non, avoua Jack piteusement.

– Ça viendra en temps voulu, dit Rune.

Assise près de la porte, Thorgil tapait du pied pour marquer son impatience. Elle portait son manteau en peau de glouton, rapporté de Jotunheim. Ses bottes avaient été brossées et son épée lustrée. Elle-même était propre car on l'avait traînée au sauna dans l'après-midi.

– Je vous accompagne, déclara Heide.

– Crois-tu que ce soit une bonne idée ? demanda Rune.

– Peut-être pas, mais ce sera intéressant. J'ai le don de rendre Frith nerveuse, ça peut être utile.

Heide portait une robe bleu marine brodée de motifs représentant des oiseaux et des poissons. Ses cheveux étaient divisés en deux nattes enroulées de chaque côté de sa tête; on aurait dit les cornes de quelque animal fantastique. Autour de son cou pendait un collier d'amulettes en argent : yeux, jambes et autres parties du corps humain. Jack aussi se sentait nerveux en sa présence.

– Allons-y ! dit Thorgil.

Hardi avait choisi de faire le trajet sur son épaule. Jack était un peu jaloux, mais il avait des préoccupations plus importantes que le comportement d'un oiseau infidèle. Il saisit son bâton au passage et sortit derrière Rune.

La nuit approchait. Le chant nocturne des oiseaux avait commencé et de longs faisceaux de lumière ambrée traversaient leur chemin. La lune de la moisson s'était levée, presque aussi grosse qu'une lune de Jotunheim, se disait Jack en l'apercevant entre les arbres. Une chouette poussa des ululements – Houu... houu... houu – c'était un petit oiseau au plumage brun, incapable de transporter un être humain dans ses serres.

Skakki ouvrait la marche en sa qualité de nouveau chef de famille. Thorgil et Heide le suivaient en bavardant comme les deux meilleures amies du monde. La jeune guerrière s'était calmée depuis qu'ils avaient quitté Jotunheim, mais elle continuait à clamer son émerveillement devant des choses qu'elle avait sûrement vues d'innombrables fois. Heide l'écoutait avec patience. De temps en temps, elle expliquait à sa cadette ce qu'on pouvait faire avec telle ou telle fleur.

Jack avait du mal à marcher car il n'était pas habitué à porter une robe.

– Attends, lui conseilla Rune, alors qu'ils passaient devant un chêne.

Le vieux guerrier coupa une longue et fine branche puis il la torsada pour fabriquer une sorte de couronne, qu'il déposa sur la tête de Jack.

– Langue de Dragon se parait toujours de feuilles de chêne quand il s'apprêtait à exercer la magie. Je ne sais pas pourquoi.

« Moi non plus », pensa Jack. Exercer la magie ? La moitié des choses qu'il faisait, c'était par hasard. Et l'autre moitié échappait totalement à son contrôle. « Je ne suis pas un barde. Je suis un garçon de douze ans qui vit dans une ferme. Chez moi, la chose la plus importante que j'aie jamais faite, c'est de nettoyer la grange. »

– Tu es un garçon tout à fait remarquable, dit Rune comme s'il lisait dans les pensées de Jack.

Ils s'étaient laissé distancer par les autres. Jack entendait le babillage de Thorgil qui s'extasiait devant un crapaud tacheté et la voix douce de Heide qui lui expliquait que l'animal était très venimeux.

– Tout d'abord, tu as impressionné Langue de Dragon, ajouta Rune. Puis Olaf, qui n'était pourtant pas facile à impressionner. Tu es parti mener une quête à Jotunheim et tu en es revenu vivant. Tu as survécu à un ours-troll et à un dragon. Tu es devenu un ami de la reine de la montagne. Tu as bu l'eau du puits de Mimir et tu as été plus malin qu'une araignée géante. Beaucoup de guerriers donneraient un bras pour avoir accompli de tels exploits.

– Arrêtez, dit Jack en rougissant. Je n'ai rien de spécial. Je suis juste un gamin de la ferme avec de beaux vêtements.

– Écoute-moi. Écoute-moi bien. Une des premières choses qu'on apprend quand on devient skald, c'est à ne jamais mentir.

– Mais je ne mens pas !

Jack était surpris par la colère soudaine du vieux guerrier.

– Ton pouvoir repose sur la connaissance de ce que tu es, de tes qualités et de tes défauts. Tout ce que j'ai dit sur toi est vrai. Si tu le nies… c'est comme si tu crachais dans le puits de Mimir.

Sur ce, Rune pressa le pas pour rejoindre les autres.

Jack le suivit, ébranlé par cet échange. Certes, il était un gamin de la ferme, mais il était aussi tout le reste. Tout ce qu'avait dit Rune. Nier ses exploits ressemblait à une forme de mensonge, en effet. « Sans doute... Sans doute suis-je une sorte de héros. » Jack continua d'avancer, plongé dans ses pensées.

Le soleil s'était couché quand ils émergèrent de la forêt. La demeure du roi Ivar était éclairée de l'intérieur, et aussi de l'extérieur car ils étaient attendus. Une foule de curieux s'était rassemblée pour voir comment Jack allait s'y prendre pour rendre ses cheveux à Frith. Ils s'écartèrent respectueusement sur son chemin et Jack entendit une femme dire :

– Il est impressionnant, n'est-ce pas ? C'est un véritable skald, venu de l'autre côté de l'océan. Formé par Langue de Dragon. Ah, si seulement notre Egil pouvait être sensible à la musique.

– Egil est aussi doué pour la musique que les chats de Freya, répondit son mari d'un ton résigné.

Jack bomba le torse. Il était un skald venu de l'autre côté de l'océan. L'héritier de Langue de Dragon. Les araignées géantes se pâmaient quand il chantait.

A l'intérieur du palais, le sol était recouvert de paille sale, des os datant d'anciens festins traînaient ici et là et quelqu'un avait vomi dans un coin. Nul n'avait pris la peine de nettoyer. Jack sentait les puces sauter sur ses jambes nues tandis qu'il avançait. Une odeur âcre de pourriture flottait dans l'air. Hardi referma ses griffes sur l'épaule de Thorgil.

Le roi Ivar était assis sur son trône au fond de la salle, bouffi et l'air malade. Sa barbe était emmêlée et ses vêtements maculés de graisse. A ses côtés, la reine Frith foudroyait du regard les visiteurs. Elle paraissait encore plus repoussante que la fois précédente, plus bosselée et malsaine. Elle ne possédait même pas la franche laideur d'un troll.

« Bonté divine, sont-ils restés assis là pendant tout ce temps ? » se demanda Jack. On aurait dit qu'ils étaient perchés sur cette estrade depuis des semaines, à attendre son retour. Les prêtres de Freya et d'Odin se tenaient un peu à l'écart. Ils semblaient impatients de fuir cette pièce.

– La quête a été accomplie, déclara Rune.

Ivar leva la tête. Ses yeux disparaissaient presque au milieu des plis de chair gonflée.

– Vraiment ? Tant mieux. Tu entends ça, ma petite fleur-troll ? Le garçon est revenu. Tu vas pouvoir récupérer tes cheveux.

– Ce n'est pas trop tôt, répondit la reine d'une voix désagréable. Approche et viens arranger ça !

– N'oubliez pas les termes de notre accord, dit Rune.

– Oui, oui. Le chantage. Le garçon et sa sœur seront libres.

– Et ramenés chez eux, ajouta Rune.

– Je sais ce que nous avions convenu. Tu as pris tout ton temps à Jotunheim. Maintenant, remue-toi et exerce ta magie !

Jack s'avança, son bâton à la main. Le bois noirci dégageait une légère chaleur.

– Où est Lucy ? demanda-t-il.

– Qui ça ? Je ne connais pas de Lucy.

La reine était affalée dans son fauteuil comme un pudding trop mou.

– L'esclave que je vous ai offerte, dit Thorgil en venant se placer à côté de Jack.

Elle avait la main sur la poignée de son épée. Le garçon espérait qu'elle n'allait pas la dégainer ; pas tout de suite, du moins.

– Oh, l'esclave ! Quelle déception. Elle refusait de me parler, et même de me regarder. Elle passait son temps à gémir.

– Où est-elle ? s'écria Jack.

Il sentait vibrer le bâton. Il savait qu'il pourrait faire jaillir le feu de la terre sans aucun effort car sa fureur l'attirait.

Thorgil posa sa main sur son bras.

– Grande reine, dit-elle, cette enfant faisait partie de notre arrangement. Sans elle, il n'y aura pas de magie.

C'était extrêmement courageux de sa part. On ne s'opposait pas aux désirs d'un demi-troll si on tenait à la vie. Frith se leva d'un bond ; les ombres bouillonnaient dans son dos.

– Elle est dans le chariot de Freya, avoua précipitamment le prêtre de Freya. Elle y est depuis longtemps, en attendant le sacrifice.

– Je vais aller la voir, déclara Heide.

C'est alors que Frith remarqua sa présence.

– Toi ! Vieille sorcière ! cracha-t-elle. Que fais-tu ici, dans mon beau palais, avec tes envoûtements et ta sorcellerie ?

– J'essaie de ne pas tacher mes vêtements, répondit Heide.

Les oiseaux et les poissons brodés sur sa robe luisaient, contrastant avec ses yeux sombres et menaçants.

– Dehors ! Et emporte ce sale espion d'Odin !

– Avec plaisir, dit Heide en tendant le bras vers Hardi. Priez pour que la fillette soit en bonne santé, ajouta-t-elle de sa voix rocailleuse. Sinon, je n'aimerais pas être à votre place.

– Dehors ! Dehors ! brailla la reine.

Elle lança tout ce qui lui tombait sous la main : une coupe, des assiettes, un tabouret.

– Du calme, ma petite fleur-troll, dit le roi Ivar.

– Où sont vos anciens cheveux ? demanda Jack car il sentait qu'il devait prendre les choses en main. J'en ai besoin pour annuler le sort.

– Tiens ! éructa Frith.

D'un coup de pied, elle poussa un panier vers lui. Il se renversa et une sorte de vase à l'odeur écœurante se répandit sur le sol.

– Ça ne ressemble pas à des cheveux, commenta Thorgil.

– Forcément ! Ils sont devenus comme ça après votre départ ! C'est ma mère qui les a faits et ils se sont transformés en boue. C'est typique de ses stupides sortilèges !

La fureur qui habitait Frith l'empêchait presque de respirer.

– Dans ce cas, je... je vais devoir trouver un substitut, dit Jack.

Il avait prévu de lui rendre ses anciens cheveux en chantant mais, de toute évidence, c'était impossible. « Que faire ? Que faire ? » se répétait-il. La panique menaçait de le submerger. Ce soir, c'était la lune de la moisson et demain aurait lieu le sacrifice à la déesse Freya.

Les chats conduiraient Lucy dans le pré de Freya, là où se déroulerait la cérémonie. On la parerait de guirlandes et on lui montrerait une petite image de la déesse. Puis on lui attacherait les mains au chariot. Le prêtre la pousserait ensuite dans le marais enveloppé de brouillard et, après avoir flotté un instant, elle sombrerait dans les eaux noires.

Jack inspira à fond. Mentalement, il vit le pré sacré, éclairé par la pleine lune. Et soudain, il sut ce qu'il devait dire.

– Voici comment vous allez retrouver votre beauté.

Rune, Skakki et Thorgil tressaillirent. Hébétés, ils se tournèrent vers Jack. Celui-ci avait conscience d'être différent tout à coup. Sa voix résonnait dans la pièce et il lisait la peur dans les yeux de ses amis et sur le visage du roi Ivar. Ce n'était plus un simple garçon, il était l'instrument des Norns. Elles s'exprimaient par sa voix, depuis leur retraite située près du puits de Mimir.

– Vous allez couper les poils des chats de Freya... pas trop. Prenez-en un tiers et laissez-leur le reste pour qu'ils aient chaud. Ensuite, allez dans le pré de Freya et étendez un grand drap blanc par terre pour capter l'éclat de la lune. Vous y étalerez les poils des chats et vous vous coucherez dessus. Quand la lune sera à son zénith, vous retrouverez votre beauté.

Jack observait Frith dans la lumière enfumée dispensée par les lampes à huile de poisson. Il n'éprouvait aucune peur. Ni aucune haine. Uniquement une assurance paisible émanant de la vérité de ses paroles. Frith, elle, avait blêmi.

– Tu ressembles à... (Elle s'interrompit pour rassembler ses pensées.) Ma mère acceptait une partie d'échecs avec des personnes comme toi. (Elle secoua la tête.) Mais peu importe. Je vais essayer ta méthode. Si elle ne marche pas, je pourrai toujours sacrifier ta sœur.

D'un pas décidé, elle s'approcha du roi Ivar qui regardait Jack bouche bée.

– Réveille-toi, mauviette! hurla-t-elle. Appelle tes guerriers! Ordonne-leur de m'apporter mes chats!

Quelques instants plus tard, les hommes d'Ivar traînèrent les chats dans la salle. Ils leur avaient ligoté les pattes et la gueule, mais les félins parvinrent malgré tout à se libérer. Ils se mirent à mordre, griffer, miauler et cracher. Les guerriers hurlaient de douleur, poussaient des jurons. Sur ordre de Frith, ils rasèrent entièrement les magnifiques poils doré et roux des félins, jusqu'à obtenir d'un côté un gros tas de poils, et de l'autre, neuf chats enragés et nus.

– Maintenant, je sais très bien d'où viennent ces créatures, commenta Jack en s'adressant à Thorgil qui savourait l'humiliation de ces affreuses bêtes. De Jotunheim. Ce sont des chats-trolls.

– Dis plutôt des rats-trolls.

– Oh, misère, gémit le prêtre de Freya. Elle leur a pris tous leurs poils. Ils ne me le pardonneront jamais.

– Je veux que le garçon et la fille m'accompagnent, déclara Frith en les montrant du doigt. Et amenez-moi le chariot de Freya. Si jamais quelque chose se passe mal, ce garçon verra sa sœur mourir !

– Pas étonnant que la reine de la montagne l'ait jetée dehors, murmura Thorgil, alors que les guerriers d'Ivar les conduisaient à travers la forêt.

Skakki et Rune avaient été obligés de rester dans la demeure royale.

– Dommage qu'elle n'ait pas marié Frith à un ogre, dit Jack.

– Même les ogres sont difficiles.

Derrière eux, le chariot avançait en bringuebalant sur le chemin forestier. Jack brûlait d'envie de voir comment allait Lucy, mais les guerriers l'en empêchaient. Il eut juste le temps de l'entrevoir dans les bras de Heide. Les chats qui tiraient le chariot dessinaient des silhouettes pâles dans le clair de lune. Au paroxysme de la fureur, ils décochaient des coups de griffes à quiconque s'approchait.

Derrière eux marchait Frith, accompagnée d'un groupe d'esclaves et du roi Ivar. Celui-ci était tellement diminué qu'il devait s'appuyer sur deux de ses hommes pour marcher.

Houu... houu... houu..., faisaient les petites chouettes brunes dans les arbres. Un lynx poussa un hurlement au loin. Les odeurs fraîches et vives de la forêt emplissaient la nuit et le chemin brillait dans la lumière blanche de la lune.

Ils atteignirent une clairière parsemée de fleurs blanches : le pré de Freya. C'était comme si une nuée d'étoiles était tombée sur terre. Au-delà, là où s'achevait le pré, des arbres rabougris se dressaient au-dessus d'une tourbière et d'une eau noire. Le marais de Freya.

Le chariot fut tiré jusqu'à l'orée de la clairière. Quatre des esclaves de Frith étendirent une étoffe blanche sur les fleurs.

Deux autres répandirent dessus les poils roux et or, qui paraissaient noirs au clair de lune. En voyant leur pelage, les chats se remirent à cracher.

– Ils ne me pardonneront jamais, se lamenta le prêtre de Freya.

– Tais-toi ou je te fais couper la langue ! cria Frith.

Un murmure s'éleva parmi les guerriers.

– Elle oserait s'en prendre à un prêtre ? chuchota l'un d'eux.

– Taisez-vous tous ou je vous fais subir le même sort ! Retournez dans la forêt... mais pas trop loin. Le garçon et Thorgil resteront ici.

Les Nordiques se retirèrent, emmenant le roi Ivar dont les pieds étaient enflés par la marche.

Les esclaves déshabillèrent la reine. Jack ferma les yeux, mais Thorgil lui donna un petit coup de coude.

– Il faut que tu voies ça. C'est intéressant.

En effet. Horrible, mais intéressant. Le corps de Frith était d'une blancheur extrême dans l'éclat de la lune et sa peau paraissait toute molle, comme un champignon qui se développe sur de la viande avariée. Il ne cessait de se transformer, avec des protubérances, des plis et des rides, jamais tout à fait humain ni tout à fait troll. Des écailles se formèrent sur ses bras, qui se mirent ensuite à peler. Ses doigts de pied se multiplièrent et s'élargirent, avant de retrouver une taille normale. C'était un spectacle très déroutant.

Les esclaves plièrent les habits de la reine et les déposèrent à l'orée de la clairière. Sur le dessus brillait le collier de feuilles d'argent que Thorgil aimait tant et dont elle avait dû se séparer. Jack vit la main de la jeune guerrière se refermer sur la poignée de son épée.

– Ne t'avise pas de m'attaquer, petite ! lança Frith d'une voix glaciale. Tu es entourée de guerriers. Un seul geste et je te fais trancher la main. Cela te plairait ? Infirme à vie. Tu ne pourrais plus jamais participer à un combat.

Jack entendit grincer les dents de Thorgil. Autrefois, elle se serait jetée sur la reine, et tant pis pour les conséquences. Mais le puits de Mimir lui avait enseigné la patience.

Frith renvoya ses esclaves ; il ne restait plus qu'elle, Jack et

Thorgil au centre de la clairière. Elle s'allongea sur le tapis roux et or, qui bruissa légèrement sous son poids. Les neuf chats-trolls avaient fourni, malgré eux, une telle quantité de longs poils soyeux que les cheveux de Frith feraient assurément l'admiration de toute la population de la terre du Milieu.

Lentement, la lune se déplaça jusqu'à se trouver au-dessus de sa tête. Un oiseau poussa un cri dans le marais et quelque chose tomba dans l'eau. Des vaguelettes vinrent lécher l'extrémité du pré.

– Regarde, murmura Thorgil.

Ici, là, partout sur le drap blanc, la fourrure commença à remuer. Les poils s'assemblèrent pour former de longues tresses. Celles-ci se contorsionnèrent pour grimper vers la tête de Frith, à laquelle elles s'accrochèrent. Bientôt, la reine se retrouva allongée sur un lit de longs et magnifiques cheveux, et elle-même commença à se transformer. Son corps s'allongea et s'affina. Son visage prit une forme de cœur, ce genre de visage qui poussait les rois à jeter leur couronne aux orties. Jack comprit alors pourquoi Ivar était tombé amoureux d'elle. Même Freya ne pouvait rivaliser avec une telle beauté.

Mais la fourrure continuait à bruire. Jack avait demandé à Frith d'en prélever seulement un tiers, mais elle avait tout pris. Le reste rampa sur son corps, puis son visage. La reine semblait hypnotisée, ou bien elle n'avait pas conscience de ce qui lui arrivait. Elle regardait fixement la lune, pendant que la fourrure continuait à la recouvrir, jusqu'à ce qu'elle soit aussi velue qu'une bête sauvage. Son corps changea de nouveau; il devint énorme et hirsute.

Elle porta sa main à son visage et poussa un hurlement. Un cri sauvage qui n'avait plus rien d'humain, ni rien de troll. Frith se leva d'un bond et déchira le drap blanc aussi aisément que l'on détruit une toile d'araignée dans la rosée du petit matin. Elle le réduisit en lambeaux, sans cesser de pousser des hurlements stridents. Elle n'émettait que des sons, aucune parole. Peut-être en était-elle incapable sous sa nouvelle forme. Soudain, elle se redressa et hurla sa fureur à la lune.

Jack se précipita vers le chariot pour libérer Lucy et Heide.

Les guerriers étaient revenus entre-temps mais, en découvrant la nouvelle apparence de leur reine, ils se figèrent. Les chats étaient devenus enragés. Ils montraient les dents en poussant des cris féroces. S'ils avaient eu encore des poils, ceux-ci se seraient dressés sur leur dos. Thorgil dégaina son épée et trancha leurs laisses.

Ils s'élancèrent dans la clairière. Voyant venir le danger, Frith s'enfuit et se jeta dans l'eau du marais, en continuant à hurler, pourchassée par les neuf chats. Jack entendit les bruits des éclaboussures : les cris s'éteignirent au loin.

Il existait des passages pour traverser le marais sans danger, précisa Rune, mais il fallait les connaître. Frith et ses poursuivants les connaissaient peut-être. Peut-être pas.

– Oh, Jack, soupira Thorgil en se laissant aller contre le chariot. C'est la chose la plus satisfaisante que j'aie jamais faite.

Pendant ce temps, le prêtre de Freya marchait de long en large au bord du marais en appelant :

– Minous, minous ! Minous, minous !...

41

Le retour de Lucy

Jack descendit Lucy du chariot. Elle était plus petite et plus légère que dans son souvenir et s'abandonna dans ses bras.

– Lucy, c'est moi, chuchota-t-il. Tu n'as plus rien à craindre. On va pouvoir rentrer à la maison.

La fillette ne réagissait pas.

– Son esprit est parti loin, dit Heide en descendant du chariot. C'est peut-être mieux ainsi. Au moins, elle n'a pas été obligée d'endurer Frith et le reste.

Un des guerriers d'Ivar proposa de porter la petite fille et Jack marcha à ses côtés en tenant la main de sa sœur. On déposa le roi Ivar dans le chariot; il était beaucoup trop lourd pour qu'on le porte. Deux Nordiques tirèrent le véhicule. Le roi paraissait hébété, bien qu'on lui eût expliqué plusieurs fois ce qui s'était passé.

– Ma petite fleur-troll devrait être là, se lamentait-il pendant que le chariot avançait en grinçant. Elle n'aime pas être dehors si tard. Elle a besoin de se coucher tôt pour réparer ses forces.

– Je connais quelqu'un d'autre dont l'esprit s'est enfui, commenta Heide.

Skakki et Rune poussèrent des vivats en les voyant revenir et, quand la nouvelle de la disparition de Frith se répandit, Jack entendit fuser des cris de joie parmi la foule rassemblée devant la demeure du roi Ivar. Lui se sentait trop épuisé pour se réjouir. Mais il fut heureux de quitter le palais pour regagner la maison d'Olaf.

Dotti et Lotti entreprirent immédiatement de laver Lucy. Sa robe était si sale qu'il fallut la brûler, et ses cheveux si emmêlés qu'on fut obligé de les couper. Elle paraissait encore plus pitoyable ainsi ; on aurait dit une petite souris noyée.

– Va-t-elle revenir parmi nous un jour ? demanda Jack, alors que Heide enveloppait l'enfant dans une serviette et la déposait près du feu.

– C'est possible, si tu l'appelles, répondit la femme pétrie de sagesse. Je pourrais essayer, mais ma voix ne parviendrait pas jusqu'à elle. C'est toi qu'elle veut entendre.

Heide déposa près d'eux un plateau avec de quoi manger et boire. Puis elle quitta la pièce, suivie des autres femmes.

Jack observa le visage de sa sœur dans la lumière dansante. Il lui parla pendant des heures, lui sembla-t-il. De temps en temps, il lui caressait les joues pour s'assurer qu'elles n'étaient pas froides. Elle était d'une telle immobilité que par moments il craignait qu'elle fût morte.

– On va rentrer à la maison, répétait-il encore et encore. Mère et Père nous attendent. Ils seront si heureux de nous revoir ! Tu te souviens du tabouret que Père avait sculpté ? Tu t'y asseyais, à côté du feu et Mère te faisait chauffer du cidre pour le petit déjeuner.

Il évoquait tous ces souvenirs les uns après les autres pour tenter d'atteindre cet endroit où Lucy s'était réfugiée, mais rien ne fonctionnait.

Découragé, il se leva pour faire le tour de la pièce. Tous ses muscles étaient ankylosés et, malgré le feu, il avait froid. Hardi s'agita sur la charpente du toit, où il avait dormi ; cela voulait dire que l'aube approchait. Soudain, Jack trébucha sur des jouets abandonnés par les enfants d'Olaf. Baissant les yeux, il découvrit quatre figurines en bois formant un petit tas : une vache, un cheval, un homme et une femme. C'étaient les jouets qu'Olaf avait fabriqués pour Lucy, si longtemps auparavant. Jack les ramassa et s'agenouilla devant la fillette. Il referma les doigts de Lucy autour du cheval et posa les autres figurines dans le creux de ses bras.

– Tu te souviens d'avoir joué avec ça sur la plage ? Tu avais fabriqué une clôture avec des brindilles et tu avais dessiné une maison dans le sable. Tu avais pris des coquillages pour faire les poules car Olaf ne t'en avait pas sculpté.

Hardi abandonna son perchoir pour venir se poser sur le sol. Il regardait les jouets avec un vif intérêt.

– Oui, tu les avais volés, n'est-ce pas ? dit Jack en s'adressant au corbeau. Je n'ai jamais su si c'était un jeu, ça me semblait un acte trop intelligent pour un animal.

En entendant cela, l'oiseau bondit pour s'emparer du cheval qui se trouvait dans la main de Lucy.

– Arrête ! lui cria Jack.

Hardi lâcha la figurine et émit une sorte de gloussement.

– Comment oses-tu voler une enfant sans défense ?

Il remit le cheval dans la main de sa sœur. Alors Hardi s'enfuit en emportant la vache dans son bec.

– Reviens, voleur ! cria Lucy d'une voix aiguë.

Elle s'était redressée dans sa couverture en serrant contre elle les trois autres figurines. Jack resta stupéfait. Il ne pouvait parler, son cœur menaçait d'exploser. Hardi revint en sautillant et, avec insolence, déposa la vache par terre, hors de portée de la fillette. Lucy se jeta dessus. Le corbeau faisait des bonds sur place en gazouillant.

– Oh, Lucy, soupira Jack.

– Il croit qu'il peut faire ce qu'il veut, mais je l'ai à l'œil, dit la fillette.

– Sais-tu qui je suis ?

– Évidemment ! répondit-elle d'un ton méprisant. Tu es Jack et lui, c'est Hardi. Il vient des îles des Bénis. Quand c'est qu'on rentre à la maison ? J'en ai assez de cette aventure.

– Bientôt, promit Jack, la gorge serrée par l'émotion.

Il attira l'attention de Lucy sur le plateau de nourriture. Elle se jeta sur un bol de ragoût froid et se mit à manger avec voracité. Jack rompit le pain en petits morceaux et lui coupa une pomme. Lucy semblait ne jamais pouvoir se rassasier. Elle termina son repas par un bol de babeurre.

– Je mourais de faim ! dit-elle. Oh ! J'ai mal au ventre maintenant, mais ça fait du bien de manger !

Elle s'écroula et se rendormit aussitôt.

Inquiet, Jack se tourna vers Heide qui venait d'entrer.

– Elle digère, c'est tout, le rassura-t-elle.

Elle emmitoufla la fillette dans la couverture et la déposa dans un coin de la pièce, derrière le métier à tisser.

– Ici, personne ne lui marchera dessus, dit-elle, au moment où Lotti, Dotti et une douzaine d'enfants faisaient irruption dans la pièce pour se réchauffer près du feu.

L'année approchait de son terme ; Jack et Lucy devaient regagner leur village avant l'arrivée des tempêtes hivernales. Skakki inspecta le bateau de son père. Ce serait son premier voyage en tant que capitaine mais, comme il n'avait que seize ans, il recruta pour le seconder des marins aussi expérimentés que Rune, Sven le Vengeur et Éric Belle Face. Le reste de l'équipage était composé de simples guerriers, et non de berserkers. Il s'agissait d'un voyage commercial, pas d'un raid.

Jack ne fut pas obligé de retourner au palais du roi Ivar, ce dont il se réjouit. Skakki lui raconta qu'on était en train de le récurer du sol au plafond, mais qu'il faudrait plusieurs mois pour ôter toute trace de la présence de Frith. Celle-ci avait pris l'habitude de cacher des os dans de petites fissures pour les ronger plus tard. Ce qui expliquait la puanteur qui régnait dans cet endroit.

Skakki ramena fièrement Crinière de Nuage chez lui, le roi Ivar ayant décrété, à juste titre, qu'il appartenait à l'héritier d'Olaf. Le cheval aimait le garçon, cela ne faisait aucun doute. Il trotta joyeusement jusqu'à lui et frotta ses naseaux contre sa paume.

– Son père venait du pays des elfes, dit Heide après avoir étudié les formes élancées de l'animal. Les chevaux-elfes sont petits, rapides et fidèles ; ils ne désarçonnent pas leur cavalier.

– Vous avez déjà vu des elfes ? demanda Jack.

Heide se contenta de sourire, sans rien dire.

Le roi Ivar restitua également le trésor dont Olaf lui avait fait cadeau et Skakki en donna une partie à Jack.

– Ce n'est pas grand-chose par rapport à notre dette envers toi, dit le fils d'Olaf. En nous débarrassant de Frith, tu as redonné vie à ce royaume.

Jack accepta avec gravité les pièces d'argent. Impossible de savoir d'où elles venaient. L'argent coulait comme de l'eau sur les terres des Nordiques.

Ils larguèrent les amarres par une matinée ensoleillée, poussés par la brise et salués par la foule qui s'était rassemblée sur le quai. Jack regarda Heide, Dotti et Lotti rapetisser jusqu'à ce qu'elles finissent par disparaître dans le miroitement de l'eau. Les guerriers ramaient, Thorgil tenait le gouvernail et Hardi, perché sur la proue, lançait des croassements de défi aux mouettes. La tête puante du serpent de mer avait été transportée dans la maison d'Éric Belle Face.

« Nous rentrons chez nous pour de bon », se disait Jack qui craignait de croiser en chemin des tempêtes qui les emporteraient. Mais le temps était idéal. Ils ne suivirent pas la même route qu'à l'aller : les Nordiques n'étaient pas d'aussi bons marins qu'ils aimaient le faire croire. Ils visaient la bonne direction et avançaient tout droit jusqu'à ce qu'ils rencontrent la terre. La plupart du temps, cette méthode un peu rudimentaire fonctionnait.

Si bien que Jack ne revit pas les côtes de Magnus le Mutilateur ni les terres d'Einar le Collectionneur d'Oreilles, ni les cendres du village de Gizur le Broyeur de Pouces. Pour passer le temps, Thorgil et lui jouaient à loup et moutons, et ils essayèrent d'apprendre le jeu à Lucy, mais elle était trop jeune. Elle ne cessait de changer les règles pour sauver l'agneau. Quand on lui disait que c'était impossible, elle piquait une colère et jetait toutes les pièces dans l'eau de cale.

Le soir, Jack lui chantait des chansons et lui racontait des histoires que lui avait apprises Rune, et d'autres qu'il avait inventées, sur les Jotuns. Peu à peu, avec beaucoup de patience, Jack parvint à lui soutirer des détails sur ce qui lui était arrivé pendant son absence.

C'était une horrible histoire. Lucy avait dû se cacher derrière les rideaux ou sous les bancs et voler de la nourriture aux chats de Freya. Quand ceux-ci la surprenaient en flagrant délit, ils la traînaient devant Frith. La reine hurlait et lui tirait les cheveux. Mais comme Lucy ne réagissait pas, la reine avait fini par se lasser et par la laisser tranquille.

Pendant des semaines, la fillette était restée terrée dans son coin. Elle avait vu Frith et Ivar sombrer dans la folie et les immondices s'entasser dans le palais. La nuit, elle dormait sur un tas de paille infesté de puces et, durant la journée, se distrayait en tirant les fils des tapisseries accrochées aux murs. Puis, pendant que les chats dormaient, elle attachait les fils autour de leurs queues. Si c'était bien fait, ils devenaient fous à force d'essayer de les arracher.

Mais Frith finit par la surprendre et ordonna que la fillette soit enfermée dans le chariot de Freya. A partir de là, les choses s'améliorèrent un peu. Au moins, le prêtre de Freya lui apportait à manger régulièrement. Mais de longues journées s'écoulaient sans qu'il se passe quoi que ce soit, et l'esprit de Lucy avait fini par dériver.

– Où es-tu allée ? lui demanda Jack en la serrant contre lui dans l'obscurité.

– J'étais avec la vraie reine. Elle était gentille avec moi car elle m'aimait beaucoup. Elle m'a donné une jolie chambre. Il y avait un arbre plein de gâteaux au miel, et un petit chien aussi. Il avait un collier vert avec des clochettes en argent. Je l'entendais courir dans le château...

Lucy continua à dérouler l'histoire que Père lui avait racontée mille fois depuis sa naissance.

Jack n'essaya pas de la détromper. Au pays de Heide, les hivers étaient longs et sombres. L'esprit des gens errait pour qu'ils ne deviennent pas fous mais, quand le printemps était de retour, il revenait aussi. Comme celui de Lucy.

42

Jack et Jill

– Quand je pense que je n'avais jamais remarqué toutes ces couleurs ! s'extasiait Thorgil en regardant filer les vagues. Et ces nuages ! On dirait des taches de lait frais. Et la délicieuse odeur du vent !

– Elle n'a pas déjà dit ça hier ? murmura Skakki.

Il prenait son rôle de capitaine très au sérieux : il inspectait la voile, examinait les rames et faisait tourner dans sa main la pierre de soleil pour étudier son fonctionnement.

Sven le Vengeur, lui, scrutait l'horizon pour tenter d'apercevoir la terre ferme.

– Si, répondit-il, les yeux fixés sur la ligne séparant la mer et le ciel.

– Et elle le répétera demain, ajouta Rune. Il faut vous y habituer.

– Regarde cet éclat à la surface de l'eau, dit Jack en soulevant sa sœur dans ses bras. C'est là que se trouvent les îles des Bénis.

– D'où vient Hardi, ajouta Lucy.

– Hein ? Quoi ? Mais oui, vous avez raison ! s'exclama Sven. Cet éclat signale la terre.

Les guerriers virèrent de bord. Bientôt, Jack vit une côte désertique, balayée par les vents, émerger de l'eau vert-de-gris, mais la lumière douce dansait au-delà, comme si autre chose brillait un peu plus loin, passé la lisière de la mer.

– Les voilà, tes îles des Bénis, ironisa Sven en montrant les constructions primitives en tourbe qui se dressaient au milieu des rochers.

– Il a tort, murmura Lucy.

– Oui, confirma Jack.

Des bêtes aux yeux exorbités, debout dans l'écume, broutaient des algues. Les habitants du village sortirent de chez eux avec des haches et des faux, mais ils les reposèrent quand ils reconnurent Sven. Skakki avait emporté des marchandises pour faire du troc – fourrures, ivoire de mer et ambre –, mais il ne voulait pas perdre de temps sur cette île misérable. Ce n'était qu'une escale pour prendre de l'eau potable et se dégourdir les jambes.

Mais pour Jack, c'était le point le plus lointain de sa terre natale. Désormais, il était chez lui, il n'était plus « là-bas ». Il chérissait chacun de ces galets, de ces brins d'herbe. A mesure que la traversée se poursuivait, il sentait monter son excitation, au point d'en avoir le vertige, comme Thorgil. Tous deux s'enthousiasmaient dès qu'ils apercevaient une nouvelle île, jusqu'à ce que Skakki les supplie de se taire.

La côte était continue désormais, à part quelques bras de mer. L'air sentait la bruyère et des corbeaux vinrent inspecter le bateau.

Hardi discuta longtemps avec eux.

– Il ne dit rien d'important, commenta Thorgil. Juste : « Comment ça va ? Beau temps, hein ? »

– Il parle si longtemps pour dire si peu de choses, fit remarquer Jack comme toujours. Tu es sûre que tu ne me caches rien ?

– Tu ne le sauras jamais, répondit Thorgil avec un sourire moqueur.

Ils atteignirent la grande baie et la ville où Jack avait bien failli être vendu aux Pictes. Il regarda avec rancœur le joli quai et les maisons prospères. Ces gens-là faisaient le commerce des esclaves et ne cherchaient pas à savoir comment les Nordiques se procuraient leurs prisonniers. Ils se contentaient de les acheter comme des pommes.

Skakki ne s'attarda pas non plus à cet endroit. Sven et lui

se rendirent en ville pour voir les marchands, pendant que les autres guerriers installaient leur campement. Ils repartiraient à l'aube.

– Pourquoi on n'attend pas le jour de marché ? demanda Jack à Rune alors qu'ils étaient assis près d'un feu, en train de faire rôtir des petits morceaux de viande à la broche.

– La marchandise que nous transportons peut se vendre rapidement et en privé, expliqua le vieux guerrier. Nous n'avons pas de temps à perdre. Je sens approcher les tempêtes dans mes os.

– On se rattrapera la prochaine fois, ajouta l'un des hommes.

Jack le dévisagea.

– Qu'est-ce que ça veut dire, « la prochaine fois » ?

– Oh...

Le Nordique semblait avoir du mal à trouver une réponse.

– Cela veut dire qu'ils reviendront piller, dit Rune.

Jack était atterré. Cette pensée ne l'avait même pas effleuré.

– Non, ce n'est pas vrai ! s'exclama-t-il.

– Ce sont des guerriers, dit Rune.

– Ils ne sont pas obligés ! Ils pourraient cultiver la terre.

– Les bonnes années, nous récoltons à peine de quoi nous nourrir. Et les années sont rarement bonnes. Alors, nous vivons du troc et du pillage.

– Vous êtes pires que les trolls !

Un murmure de colère parcourut le groupe de Nordiques, mais Jack s'en moquait. Il avait fini par se convaincre que ces gens étaient devenus des amis. En vérité, ils restaient toujours et avant tout d'infâmes destructeurs !

– Écoute-moi bien, jeune skald, dit Rune, et, à cet instant, il paraissait très menaçant malgré son grand âge et ses innombrables cicatrices. Quand tu t'es rendu à Jotunheim, tu étais protégé par la reine de la montagne. Sans doute as-tu une vision idéalisée des Jotuns, mais je peux t'assurer qu'ils sont capables de massacrer des villages entiers, y compris les jeunes enfants. Ce sont des ennemis, mais ils sont honorables.

– Vous n'êtes pas obligés de les imiter, dit Jack.

– Nécessité fait loi. Quoi qu'on dise, toi ou moi, ça ne

changera rien. Skakki a juré de ne pas attaquer ton village, mais ce serment ne le lie pas à d'autres.

Jack n'en croyait pas ses oreilles. Le gentil, le sympathique Rune, l'homme qui l'avait sauvé de la colère d'Olaf et lui avait fait don de son plus beau poème, était devenu un monstre. Le garçon se sentait trahi.

– Pendant longtemps vous vous êtes crus à l'abri sur ta petite île, reprit Rune. L'océan vous protégeait. Vos existences étaient douces et agréables comme un après-midi d'été. Mais votre terre était trop belle et, comme toutes les choses qui brillent, elle a attiré la destruction.

– Comme le palais de Hrothgar, murmura Jack.

– Frothi a détruit le bonheur de Hrothgar et sa sœur Frith vous a apporté la désolation. Maintenant que cet intérêt a été éveillé, il ne retombera pas. Les récits concernant les richesses de l'île Sainte ont parcouru nos terres. En ce moment même, Magnus le Mutilateur et Einar le Collectionneur d'Oreilles construisent des navires et préparent la guerre.

– C'est injuste, dit Jack d'une voix faible.

Il regardait les ombres du soir se rassembler sur la plage. Dans l'obscurité bleutée entre les maisons, il crut apercevoir un Picte.

– La vie et la mort livrent un combat permanent. Dans ce monde, le bonheur ne peut pas exister seul, déclara le vieux guerrier.

– Que devons-nous faire, alors ?

– Réveillez-vous.

Quand la nuit fut tombée, Jack resta sur le bateau avec Lucy. Il avait peur de rencontrer des Pictes et ne voulait pas parler aux Nordiques. Skakki et Sven revinrent au campement, les bras chargés de nouvelles armes qui tintaient dans l'obscurité. La journée avait été fructueuse. Plus tard dans la nuit, Jack les entendit chanter et se livrer à leurs jeux puérils. Thorgil se lança dans un concours de rots avec Éric Belle Face et le remporta.

Le lendemain, ils passèrent devant les tours isolées des Pictes. Il n'y avait personne aux alentours et Jack ne vit pas s'élever un seul nuage de fumée, qui aurait indiqué que quelqu'un se réchauffait ou préparait à manger. Les quelques villages disséminés ici et là semblaient déserts eux aussi. Hardi s'enfuit en suivant un vol de corbeaux.

– Il nous abandonne ! s'exclama Lucy, inquiète.

« Cela ne m'étonnerait pas, se dit Jack. Ici, tout le monde est malfaisant et déloyal. » Mais Hardi revint avant la tombée de la nuit. A partir de cet instant, il effectua de nombreux allers et retours sur le continent, ce qui horripilait Thorgil.

– Il a tellement de choses intéressantes à raconter, dit-elle. Ce n'est pas comme les autres oiseaux.

– Dommage, répondit Jack en lui tournant le dos.

– Ils sont vraiment très beaux, ces arbres sur le rivage, dit-elle. Quel est leur nom ?

Jack l'ignora. Il envisageait de faire surgir le feu pour incendier le bateau pendant qu'ils campaient, la nuit. Cela règlerait le problème des Nordiques, mais il resterait la menace de Magnus le Mutilateur et d'Einar le Collectionneur d'Oreilles.

Le navire filait vers le sud, loin de la côte pour ne pas attirer l'attention. C'était là qu'Olaf s'était livré au pillage et Skakki préférait éviter toute complication. Enfin, ils atteignirent le pays de Jack et débarquèrent sur une plage déserte en fin d'après-midi. Les Nordiques emportèrent plusieurs oies pour les faire griller à la broche.

– C'est notre dernier soir ensemble, dit Rune. Profitons-en pour échanger de bonnes histoires tout en nous régalant.

– Oh ! J'adore les histoires ! s'exclama Lucy.

– Nous avons deux skalds avec nous, on ne devrait pas en manquer ! Je vais commencer, dit Rune.

Et il leur raconta l'histoire de Loki, qu'Odin avait rencontré à Jotunheim.

– Je croyais que c'était un dieu, intervint Jack, intrigué, bien qu'il ait décidé d'ignorer le vieux guerrier.

– Il pouvait changer d'apparence, comme Frith. Son père était un troll et sa mère une déesse. Si vous pensez qu'un croisement entre un Jotun et humain est une horreur, vous devriez voir ce qui arrive quand on mélange les dieux et les trolls. Bref, Loki paraissait beau et intelligent, et Odin était tombé sous le charme.

– Grave erreur, commenta Éric Belle Face de sa voix de stentor.

– Odin fit de Loki son frère. Ils s'entaillèrent les poignets et mélangèrent leur sang pour sceller cette union. Le sang du dieu coula dans les veines de Loki et celui du troll coula dans les veines d'Odin. Cela ne leur fit pas grand bien, à l'un comme à l'autre. Dès lors, Loki régna sur Asgard. Nul n'osait le mettre dehors. Odin lui donna pour épouse la déesse Sigunn.

– Quel gâchis, fit Skakki.

– Sigunn était gentille et douce, et Loki finit par se lasser d'elle. Il retourna à Jotunheim et sur-le-champ épousa une ogresse. Assez perverse et cruelle pour le distraire. Ils eurent plusieurs enfants monstrueux et infâmes : un serpent géant, un loup géant et Hel, dont le palais glacial accueille les lâches et ceux qui renient leur parole.

Jack essayait de rester indifférent à l'histoire que racontait Rune. Il voulait haïr les Nordiques, mais ceux-ci continuaient à se montrer gentils avec lui. S'ils remarquèrent le silence du garçon, ils ne firent aucune remarque. Sans doute étaient-ils habitués à être ignorés.

– Fenris, le loup géant, était si féroce que les dieux l'emprisonnèrent sur une île couverte d'arbres. Mais Fenris grandit. Très vite, les dieux n'eurent plus le pouvoir de le contrôler et Odin décida qu'il fallait l'enchaîner. Le problème, évidemment, c'était de réussir à lui passer la chaîne autour du cou. Ils en firent un jeu. « Coucou, petit loup ! Tu n'as pas envie de jouer avec cette ficelle ? Une grosse bête aussi forte que toi n'en ferait qu'une bouchée », lui dit Odin. Fenris se sentit flatté. Il laissa les dieux lui passer l'épaisse chaîne autour du cou… et la brisa en deux.

– C'était la plus grosse qu'ils possédaient, ajouta Skakki.

– Alors, ils durent réclamer l'aide des nains, continua Thorgil.

C'était la première fois qu'elle intervenait. Elle était vraiment très belle dans la lumière du feu, réalisa Jack. Ses yeux brillaient et ses cheveux – qu'elle avait lavés le soir même – encadraient son visage comme une aigrette de pissenlit. Il s'aperçut qu'elle avait toujours été belle mais, jusqu'à présent, sa beauté était voilée par son âme sombre. Maintenant, elle était heureuse. Jack ressentait un pincement au cœur car, au petit matin, elle s'en irait. Il ne la reverrait plus jamais, pas même au paradis.

– Les dieux savaient qu'il leur fallait une corde magique faite avec toutes les choses secrètes de la terre: les racines d'une montagne, les bruits de pas d'un chat, le souffle d'un poisson, reprit Rune. Seuls les nains possédaient le savoir permettant de réaliser un tel objet.

Quand ils eurent terminé, ils présentèrent à Odin une corde qui ressemblait à un ruban de soie, mais qui était plus solide que la mort.

« Regarde, petit loup! dit Thor pour essayer d'attirer Fenris. Ce sera encore plus drôle avec ça. » Mais le loup n'était pas idiot. Il savait ce que manigançaient les dieux, bien qu'il ait une confiance absolue dans sa force.

... « Je porterai cette corde si quelqu'un met sa main dans ma gueule », grogna-t-il. Le fils d'Odin, Tyr, brave parmi les braves, s'avança et enfonça sa main entre les mâchoires dégoulinantes de bave du loup. Et les autres attachèrent Fenris avec le ruban...

Rune s'interrompit et les Nordiques se tournèrent vers Jack.

« Ça recommence », se dit le garçon. Chaque fois que les Nordiques interrompaient une histoire, cela voulait dire qu'une chose horrible allait se produire. Ce qu'ils aimaient par-dessus tout, c'était inciter Jack à réclamer la fin car son écœurement les mettait en joie. Ce soir, Sven le Vengeur trépignait d'excitation.

– Bon, d'accord, soupira Jack. Que s'est-il passé?

– Fenris eut beau se débattre et hurler furieusement, il ne parvint pas à briser ses chaînes et se retrouva prisonnier sur l'île, dit Rune.

– Mais avant cela, il dévora la main de Tyr! s'exclama Sven.

– C'était moi qui devais finir l'histoire, dit Rune.

– Il l'a mâchée et avalée!

Sven se laissa emporter par son enthousiasme.

– Croquer ! Mutiler ! Mâcher ! brailla Thorgil.

« Décidément, je ne comprendrai jamais les Nordiques », se dit Jack.

– Elle avait quel goût ? demanda Lucy, nullement gênée par la conclusion sanglante de cette histoire, et une discussion animée s'ensuivit concernant le goût de la main de Tyr.

Jack leur raconta ensuite l'histoire des Jotuns qui avaient fui Utgard, et comment les baleines les avaient transportés durant les derniers kilomètres, quand la glace avait fondu.

Entre deux histoires, ils se régalèrent d'oie rôtie et burent le cidre que Skakki avait gardé pour l'occasion. A l'approche de l'aube, les étoiles s'enfuirent et Lucy s'endormit. Finalement, quand les premières lueurs du jour se déversèrent sur la mer, Thorgil dit :

– J'ai écrit un poème.

– Les filles n'écrivent pas de poésie, répondit Sven, mais personne ne lui prêta attention.

– Nous t'écoutons, dit Rune. Ton éloge funèbre pour Olaf était très beau. Je pense que l'hydromel des chants t'a été bénéfique.

– Mon poème parle du puits de Mimir, dit Thorgil, au grand étonnement de Jack car ils s'étaient mis d'accord pour ne pas aborder ce sujet.

Elle se leva et salua, comme à son habitude.

Jack et Jill sont montés sur la colline
Pour chercher un seau d'eau.
Jack est tombé et s'est brisé le crâne,
Et Jill a dégringolé derrière lui.

Elle attendit.

– C'est tout ? demanda Skakki, perplexe.

– Ma mère m'a appelée Jill, expliqua Thorgil. Jack et moi avons gravi une colline et est nous sommes tombés.

– Ça ne ressemble pas à une histoire, vociféra Éric Belle Face

– Ça s'est vraiment passé et, de toute façon, un poème ne doit pas forcément raconter une histoire !

– Si, affirma Sven.

– Je trouve ça très joli, dit Rune en voyant que la jeune fille était sur le point de sortir de ses gonds. Ce n'est pas le genre de poème qui reste, mais c'est joli.

– Non, ce n'est pas joli! s'écria Thorgil. Et il restera! Les gens réciteront encore mes poèmes longtemps après que tes vieux vers moisis auront disparu!

Elle s'enfuit sur la plage pour aller se cacher derrière un tas de rochers.

Comme toujours, les Nordiques ne firent pas attention à son départ précipité. Ils commencèrent à ranger leurs affaires. Jack suivit Thorgil. La lumière s'intensifiait rapidement et le bateau allait bientôt lever l'ancre. Il la trouva derrière un rocher, sanglotant à s'en briser le cœur.

– Jill, dit-il d'une voix douce en s'agenouillant près d'elle.

– Tu viens pour te moquer de moi?

– Oh, non! J'ai trouvé que c'était un merveilleux poème et je pense qu'il restera.

– Sa gloire ne mourra jamais?

Elle leva vers lui ses yeux mouillés de larmes.

– Exactement. Sven n'y connaît rien en poésie et Éric n'entend pas la moitié des mots. Quant à Rune, il est prisonnier de ses habitudes.

– Tu le trouves bien, toi?

– Je suis un skald formé par Langue de Dragon, déclara Jack d'un ton solennel. Évidemment que je le trouve bien.

– Oh, merci!

Thorgil se jeta à son cou. Ils s'étreignirent longuement dans la lumière nacrée. Les oiseaux de la forêt s'étaient réveillés et accueillaient ce jour nouveau en chantant. Thorgil se rassit et ôta le collier de fleurs d'argent qu'elle avait repris à Frith.

– Je veux que tu donnes ça à Lucy.

– Tu es sûre? demanda Jack. Je croyais que tu l'aimais beaucoup.

– Je peux être aussi généreuse que n'importe qui, répondit-elle d'un ton cassant. Tu me traites d'avare?

– Non, non.

– Ah bon. C'est vrai, il me plaît beaucoup. C'est pourquoi

je fais un énorme sacrifice en le donnant. Mais il me reste le marteau de Thor et... ça.

Elle serra dans sa paume la rune invisible.

Jack regarda avec envie la main de la jeune guerrière.

– Un jour, dit-il, tu devras la transmettre à quelqu'un.

– Tôt ou tard, tout disparaît. Mais je le donnerai avec joie et sans regrets, déclara-t-elle avec fierté.

Ils rejoignirent les autres. Lucy s'était redressée en position assise, encore à moitié endormie, Hardi sur ses genoux. Le bateau avait déjà été remis à l'eau et tous les Nordiques étaient remontés à bord, à l'exception de Rune.

Tiens, dit le vieux guerrier en tendant à Jack le flacon de verre décoré de la graine de pavot.

Jack le tint devant ses yeux. Il restait quelques gouttes au fond.

– De l'hydromel des chants !

– En rangeant le flacon, j'ai remarqué qu'il n'était pas entièrement vide, dit Rune. J'ignore quels sont les effets d'une si petite quantité, mais je suis sûr que ça te sera utile.

– Merci, dit le garçon.

Maintenant que le moment des adieux était arrivé, sa colère s'était envolée.

– Merci à toi, dit Rune. Tu nous as libérés de Frith et tu m'as rendu ma voix. Tu es un garçon courageux. Si tu étais un peu plus méchant, tu ferais un excellent guerrier.

– Je ne crois pas.

C'était vraiment le moment de partir. Thorgil et Rune montèrent à bord du navire et Skakki distribua les ordres à ses hommes.

– Au revoir, Jack. Au revoir, Lucy. Hardi, tu peux venir avec moi si tu veux ! lança Thorgil.

Mais le corbeau hérissa ses plumes et resta où il était.

Le long bateau, magnifiquement ouvragé, fendit les flots presque sans une éclaboussure en direction du large. Puis il disparut dans la brume comme s'il n'avait jamais existé.

– Viens, Lucy, dit Jack en aidant sa petite sœur à se lever. Nous avons encore un long chemin à parcourir. Père et Mère nous attendent.

43

Bienvenue à la maison

Le brouillard serpentait entre les arbres et coulait sur les feuilles. Jack suivait un chemin dont il savait qu'il conduisait à la voie romaine. Il tenait son bâton noirci dans une main, Hardi était perché sur son épaule.

– On ne peut pas se reposer ? gémit Lucy. Je n'en peux plus.

– On se reposera quand on aura atteint la route. Et toi, ajouta-t-il à l'attention de Hardi, tu devrais avoir honte de te faire porter !

En guise de réponse, le corbeau accentua la pression de ses griffes sur l'épaule de Jack.

Le garçon continua d'avancer avec peine et lenteur. Dans son esprit, la tristesse le disputait à la joie. Il rentrait chez lui, mais il avait perdu Thorgil et Rune pour toujours. Au cours de ces derniers mois, il n'avait eu qu'une idée en tête : revenir. A présent, il se sentait abandonné. Finies les longues traversées, finies les aventures. D'un autre côté, sa famille lui manquait terriblement. Si seulement ils ne vivaient pas dans un minuscule village où le seul événement était la naissance de brebis jumelles ! Comment pourrait-il reprendre sa vie d'avant : aller chercher de l'eau au puits, empiler les bûches et rattraper les moutons à tête noire ?

– Je veux me reposer, maintenant, dit Lucy.

Jack apercevait la voie romaine entre les fougères. Il entraîna sa sœur vers les pierres couvertes de mousse qui bordaient la route et ils s'y assirent un moment. Jack chassa Hardi d'un geste de la main. Le corbeau alla se poser un peu plus loin en poussant des croassements de protestation.

– Si tu n'es pas content, retourne avec Thorgil ! lui lança le garçon.

Il massa son épaule, dans laquelle l'oiseau avait planté ses griffes.

Puis il sortit les vivres que lui avaient donnés les Nordiques : de l'oie rôtie et du pain sec qu'ils avaient troqué en chemin, un peu plus au nord. Lucy grignota un bout de pain et Hardi picora un petit morceau de viande. Le brouillard les enveloppait et ils commençaient à être trempés.

– C'est encore loin ? demanda la fillette.

– Une heure de marche. Peut-être plus.

– Je suis fatiguée.

Pour lui changer les idées, Jack sortit le collier de feuilles d'argent.

– Thorgil a tenu à te donner ça.

– Oooh !

Lucy prit le collier et s'empressa de le passer à son cou.

– C'est un cadeau de la reine, dit-elle en caressant le métal éclatant.

– Non, de Thorgil.

– Menteur ! J'ai vu la reine le porter. Elle m'a enlevée pour m'emmener chez elle. Elle m'a donné des gâteaux au miel et du porridge.

Jack perdait patience.

– C'est faux. Tu dormais sur un tas de paille et tu n'avais rien à manger.

– Même pas vrai ! La reine m'a offert son collier !

Jack le lui arracha.

– Je te le rendrai quand tu te montreras reconnaissante envers la personne qui te l'a offert.

– Espèce de *kindaskitur* !

– Tu peux me traiter de crotte de bique si tu veux, ça ne...

Soudain, Hardi poussa des croassements et partit se réfugier dans un arbre.

Aussitôt, Jack fut en alerte.

– Cache-toi dans les fougères, Lucy, murmura-t-il.

Sans un mot, la fillette quitta précipitamment le bord de la voie romaine pour se faufiler dans les fourrés. Une chose était sûre : elle avait appris à éviter le danger.

Jack, lui, demeura au milieu de la route. Il entendait des pas et des sifflotements. Finalement, il vit émerger une silhouette dans le brouillard. Et le passant le vit au même instant.

– Ne me faites pas de mal ! cria le garçon en faisant demi-tour pour prendre ses jambes à son cou.

– Colin ! lui lança Jack.

Rien à faire, le fils du forgeron détalait comme un lapin.

Jack avait conservé les vêtements que la reine de la montagne lui avait donnés. Sous son manteau en poil de martre, il portait une belle tunique verte et un pantalon marron dont le bas était rentré dans ses bottes en peau de vache. Une gaine pendait à sa ceinture, vide, et il serrait dans son poing le poignard qui s'y trouvait habituellement.

– Mince, dit Jack. Je ressemble à un Nordique. Viens vite, Lucy ! Dépêchons-nous d'arriver à la maison avant que quelqu'un ne me décoche une flèche.

La fillette escalada le talus et prit son frère par la main.

– Si je suis avec toi, ils ne tireront pas, dit-elle.

C'était une marque de courage et de lucidité. Jack se pencha pour l'embrasser sur le front et ils se remirent en route. Hardi revint aussitôt se percher sur l'épaule de du garçon.

Au bout d'un moment, ils entendirent un grand nombre de voix au loin. Le brouillard se dissipait et les rayons du soleil commençaient à percer, parant la forêt automnale de teintes rouge et or.

– Le voici ! Attendez ! Ne tirez pas tout de suite ! Il y a une petite fille avec lui ! s'exclamèrent différentes voix.

« Pas tout de suite ? » se dit Jack. Ils débouchèrent dans une clairière. Là, plusieurs hommes étaient accroupis, munis des armes que l'on trouvait habituellement dans les fermes. John l'Armurier avait bandé son arc.

– Père ! s'écria Lucy de sa petite voix aiguë en se précipitant vers lui.

– Lucy ? (Père en laissa tomber sa faux.) Jack ?

Il souleva la fillette dans ses bras. John l'armurier abaissa son arc.

– C'est un berserker ! brailla Colin. Il m'a attaqué avec une hache !

– Ne dis pas de bêtises, répondit le chef du village. C'est le fils de Giles Patte Folle. Comme il a grandi !

Jack s'avança avec son bâton de frêne noirci à la main et Hardi sur son épaule. Il savait qu'il n'avait pas pu grandir tant que ça durant son absence, mais sans doute avait-il l'air très différent.

En tout cas, il sentait qu'il n'était plus le jeune garçon qui avait été enlevé par les Nordiques.

– Il m'a sauvée des griffes d'un horrible monstre. Il a combattu des trolls et des dragons ! dit Lucy.

Père semblait abasourdi.

– Tu es vivant, dit-il. Mon fils, tu es vivant.

Giles Patte Folle se mit à pleurer et Jack l'imita, ce qui gâcha un peu l'effet qu'il voulait produire.

– Je sais ce qui est différent, déclara le chef. Vous voyez ce corbeau ? Ouille ! cria-t-en recevant un coup de bec. C'est le symbole que les bardes portent sur leur épaule. Jack est parti simple apprenti et, aujourd'hui, il revient en tant que barde confirmé. Je dois dire que ce n'est pas trop tôt, le vieux n'a plus toute sa tête.

Tout le monde félicita Jack, et Père le serra dans ses bras. Ils prirent la direction du village, devancés par John l'armurier qui courut annoncer la bonne nouvelle. A voix basse, Jack dit à Colin :

– Si j'avais été un berserker, ta tête aurait roulé par terre avant que tu puisses faire trois pas.

Il eut le plaisir de voir blêmir le fils du forgeron.

Une foule impatiente les attendait devant la ferme de Giles Patte Folle. Des applaudissements et des cris de joie fusèrent quand Jack et Lucy apparurent. La fillette se mit à danser, heureuse d'être le principal centre d'attraction. Il est vrai que sa robe était une merveille comme on n'en avait jamais vu au village. Heide l'avait confectionnée d'après le style de son peuple. Elle était d'un bleu éclatant avec des broderies vertes au col et aux poignets, et des fleurs blanches un peu partout. Ainsi vêtue, Lucy ressemblait à une véritable princesse.

Tout le monde riait et tapait dans ses mains. La fillette ne remarqua même pas Mère qui se tenait en retrait, à la porte de la maison. Mais Jack se dirigea vers elle, échappant ainsi aux félicitations des villageois. Père avait commencé à répéter autour de lui le bref récit que Jack lui avait fait de sa captivité.

– Il a vu des trolls, des dragons et des araignées géantes ! s'exclama-t-il.

– Allons, Giles, c'est encore une de tes histoires à dormir debout ! cria quelqu'un.

Jack et Mère se faufilèrent derrière la maison.

– Je devrais aller chercher Lucy, dit le garçon.

– Laisse-la en profiter, dit Mère. Qu'est-il arrivé à ses cheveux ?

– Oh, c'est une longue histoire. Tu n'y croiras même pas.

– Qu'en sais-tu ? Nous avons deviné que vous aviez été enlevés par des berserkers. Père pensait que tu étais mort, mais moi, je n'y ai jamais cru. J'ai regardé dans l'eau et je t'ai vu au milieu d'un essaim d'abeilles.

Jack frissonna. Mère possédait la sagesse, même si elle prenait soin de le cacher. Il ne savait pas trop ce que signifiait l'expression « regarder dans l'eau », mais il avait vu Heide contempler l'intérieur d'un bol et, quand elle faisait cela, tout le monde autour d'elle marchait sur la pointe des pieds.

– Comment va le barde ? demanda-t-il.

Mère soupira.

– Il mange et il dort, mais son comportement est celui d'un jeune enfant. Parfois, il pousse des cris et ne cesse d'agiter les bras.

– Il est dans la maison romaine ?

– Non. Il ne peut plus vivre seul, répondit-elle avec tristesse. Mais il est si difficile que Père a dû lui construire une cabane près de la clôture. Les gens s'occupent de lui à tour de rôle. Mais quand viendra l'hiver, je ne sais pas ce qu'on va en faire.

La mère et le fils empruntèrent un chemin qui menait aux champs. La ferme de Giles Patte Folle était magnifique :

les épis de blé ployaient sous le poids des grains. Des haricots, des fèves, des navets, des radis, des panais et des carottes formaient des rangées bien ordonnées. L'année avait été bénéfique, si l'on faisait abstraction de l'attaque des berserkers assoiffés de sang, venus de l'autre côté de la mer.

– Tu as tout d'un barde avec ce bâton et ce corbeau sur ton épaule, fit remarquer Mère. Il est domestiqué ?

– Parfois, il donne des coups de becs, dit Jack. Ce qui n'empêcha pas Mère de caresser le plumage de l'animal ; Hardi émit un croassement de plaisir.

– On dirait presque qu'il parle.

– En fait, c'est le cas. J'ai rencontré une fille qui comprenait ce qu'il disait.

–Tu as vécu des aventures extraordinaires ! J'ai hâte que tu nous racontes tout ça.

Soudain, des cris retentirent à l'intérieur de la cabane. Instinctivement, Jack porta sa main à son poignard.

– Ce n'est que le barde, dit Mère. Parfois, il braille comme ça pendant des heures. On ne sait pas ce qu'il veut et il n'est pas capable de nous le dire.

Jack s'approcha de la cabane avec une certaine appréhension. Ces cris ! Ils étaient à peine humains.

– Il est violent ?

– Non. Il a très peur, c'est tout. Quoi qu'on fasse, il est effrayé.

La porte était fermée par un loquet en fer. Jack le tira. L'intérieur de la cabane empestait. Le barde courut se réfugier dans le coin le plus reculé. Ses cheveux étaient en broussaille et ses ongles aussi longs que des griffes. Ses vêtements – une simple tunique en toile grossière, maintenue par une corde – étaient maculés d'excréments.

– Nous essayons de le garder propre, mais quand on veut le laver, il s'agite tellement que nous le laissons tranquille, de crainte qu'il meure de peur, expliqua Mère.

– Maître, c'est moi, Jack. Je suis revenu. Votre ennemie, Frith, est partie. Vous n'avez plus de raison d'avoir peur.

Le vieil homme restait recroquevillé dans la paille qui couvrait le sol de la cabane.

– Je vous ai apporté quelque chose qui pourra peut-être vous guérir, ajouta Jack. C'est de l'hydromel du puits de Mimir. Il n'en reste que quelques gouttes, attention de ne pas les gâcher.

– Wud-duh. Gaaw, marmonna le barde.

Il leva devant lui ses doigts semblables à des griffes pour se protéger.

« Comment lui faire avaler quoi que ce soit ? » se demanda Jack. Il avança d'un pas et au même moment, Hardi abandonna son épaule pour voler vers le vieil homme.

– Wud-duh ! cria le barde.

– Caw, caw, caw ! croassa Hardi.

Tous les deux entrèrent en collision et s'écroulèrent sur le sol, comme foudroyés.

– Non ! hurla Jack.

Il se précipita vers le barde et le souleva. Le vieillard avait le regard fixe et ne respirait plus !

– Oh, Mère ! Que dois-je faire ?

Elle s'agenouilla près du barde et prit son pouls.

– Son cœur s'est arrêté !

– Non, non, non, gémit Jack.

Il était si près du but.

– Verse cet hydromel ou je ne sais quoi dans sa gorge ! ordonna Mère.

Elle écarta les mâchoires du barde et Jack renversa le flacon. L'équivalent d'une cuillerée de liquide étincelant coula dans la bouche du vieillard. Jack agita le flacon pour faire tomber une goutte supplémentaire.

– Il n'y en a plus, murmura-t-il.

Soudain, comme s'il se réveillait d'un sommeil profond, le barde frissonna et ouvrit les yeux.

– Jack, mon garçon, dit-il d'une voix enrouée.

– Vous êtes revenu parmi nous ! Vous êtes revenu ! (Jack entendit un battement d'ailes dans son dos : Hardi se débattait pour se relever.) Le pouvoir de Frith est brisé ! Vous êtes sauvé !

– Je sais, dit le barde. Bon sang, je suis dans un sale état ! Personne ne m'a donc lavé ?

– On a essayé, dit Mère, en riant et pleurant tout à la fois.

Hardi avança en titubant dans la paille. Ses ailes pendaient le long de son corps comme s'il ne savait plus s'en servir.

– Qu'est-ce qui t'arrive ? interrogea Jack, affolé.

Il voulut prendre l'oiseau, mais celui-ci lui décocha un vilain coup de patte.

– Il est devenu fou ? demanda le garçon.

– Non. C'est juste un pauvre oiseau effrayé, répondit le barde en se levant avec l'aide de Mère. Les événements de ces derniers mois ont été durs pour lui.

– Mais… c'était mon ami.

– Non. J'étais ton ami, Jack. Tu ne te souviens pas de l'histoire de Beowulf ? Quand je me suis projeté dans le corps d'un brochet. Lorsque Frith a commencé à me traquer, la seule façon de m'échapper, c'était de m'introduire dans le corps d'un corbeau. J'ai échangé ma place avec cet oiseau. Mais il s'en est fallu de peu que je ne puisse pas réintégrer mon corps. Si tu ne m'avais pas réveillé avec cet hydromel des chants, je serais mort – et lui aussi.

– C'est vous qui avez combattu l'ours-troll ? C'est vous qui avez dissuadé le dragon de me manger ? C'est vous qui avez fait revenir l'esprit de Lucy ?

– Je possède certains dons, même dans la peau d'un corbeau, dit le barde avec une fierté bien compréhensible. L'intelligence, vois-tu. Mais ne minimise pas ta contribution. Tu as fait preuve de qualités remarquables. Remarquables.

Jack se sentit rougir.

– Dire que pendant tout ce temps, j'ai essayé de raisonner un corbeau, dit Mère.

– On ne peut pas raisonner un corbeau. Ce n'est pas un animal assez intelligent, constata le barde.

Il étira ses doigts et ses orteils comme s'il réapprenait à s'en servir.

– Hardi, murmura Jack.

Malgré les explications du barde, ce petit corbeau effronté lui manquait. Assurément, quelque chose de son caractère était resté quand le vieil homme avait pris possession de son corps.

– Il réapprendra à voler, dit le barde. Je le garderai avec moi jusqu'à ce qu'il puisse se débrouiller tout seul.

– Je vais faire chauffer de l'eau pour vous laver, dit Mère.

– Il y a une autre chose qu'on ne peut pas faire avec les oiseaux, ajouta le barde en plissant le nez, c'est leur apprendre la propreté.

Ils étaient assis sous le sorbier dans la petite vallée. Hardi se trouvait dans une cage, à proximité. Le barde avait laissé la porte ouverte, mais le corbeau avait bien trop peur pour en sortir.

– Il peut voler et il est en bonne santé, expliqua le vieil homme. C'est juste qu'il manque de confiance en lui.

Non loin de là, une source bouillonnante alimentait un petit étang. Certaines des abeilles de Mère continuaient d'explorer les branches grises et lisses de l'arbre, bien que l'époque des fleurs de sorbier soit passée. Peut-être aimaient-elles évoluer là où la force de vie était la plus forte.

– Comment m'avez-vous retrouvé ? demanda Jack. Quand on m'a enlevé ?

– J'ai interrogé les corbeaux en chemin. Ce sont de vraies commères ; ils savent tout ce qui se passe. Ils ne te connaissaient pas, évidemment, mais un bateau de Nordiques qui longe la côte, ça a attiré leur attention. La tempête m'a obligé à trouver un abri et je n'ai rejoint le navire qui t'emmenait qu'au moment où il mettait le cap vers l'est pour sa dernière et plus longue étape.

– Malgré cela, vous m'avez suivi au-dessus de la mer.

Jack était profondément touché.

– C'était de la folie. Si tu ne m'avais pas appelé, je me serais noyé.

Le vent qui soufflait sur les hauteurs était frais, mais la vallée semblait conserver la chaleur de l'été. Des pissenlits et des trèfles tapissaient encore l'herbe et des grenouilles chantaient dans les joncs qui entouraient l'étang.

– Pourquoi n'êtes-vous pas revenu ici ? interrogea Jack.

– Trop dangereux. Tant que j'étais dans ce corps, Frith pouvait me trouver. Elle aurait veillé à ce que tous les habitants du village soient massacrés. De plus, j'avoue qu'il me plaisait d'être un corbeau. Un peu trop même, parfois.

– Que voulez-vous dire ?

– Prendre une autre apparence n'est pas sans danger. Parfois, on oublie qui on est.

– Comme quand on est arrivés chez Olaf ?

– J'étais tellement heureux que ce voyage épouvantable ait pris fin, avec ces tempêtes, ce brouillard et la destruction du village de Gizur... J'ai pris des vacances. J'ai suivi un vol d'oiseaux en oubliant totalement que j'étais un humain. (Ce souvenir arracha un frisson au barde.) Quand j'ai compris ce que j'avais fait, j'ai pris soin de ne plus te quitter.

Un corbeau passa au-dessus de leurs têtes, décrivit un cercle et se posa sur la cage.

– Regardez, murmura Jack.

L'oiseau émit des croassements sourds, sans s'arrêter, comme s'il essayait de raisonner quelqu'un. Hardi glissa le bec au-dehors. Son congénère continua à produire ses drôles de bruits. Puis il s'envola. Alors, Hardi jaillit de sa cage et s'élança dans le ciel derrière lui, en poussant des cris sauvages. Quand il disparut de l'autre côté de la vallée, il criait encore.

– Quand tu sers la force de vie, dit le barde, tu vois toutes les choses qui échappent aux gens.

– Et quand vous leur racontez, ils ne vous croient pas.

Jack avait fait le récit de son aventure aux villageois, et ceux-ci l'avaient écouté poliment. Mais quand il eut terminé, ils dirent : « Raconte-nous ce qui s'est réellement passé. Les mensonges de Giles Patte Folle, on les connaît déjà. » Il avait beau protester, rien n'y faisait.

– Ne sois pas en colère, dit le barde. La plupart des gens vivent dans la cage de leurs propres préjugés. Cela les rassure. Le monde est un endroit effrayant, rempli de splendeurs et d'émerveillement, mais aussi de dangers comme nous l'avons découvert toi et moi. Tout le monde ne peut pas voler.

Jack avait trouvé le courage de poser la seule question susceptible de contrarier le vieil homme :

– Dites... Ai-je bien fait de donner la rune de protection à Thorgil ? C'est toujours une guerrière et elle reste notre ennemie.

Le barde sourit avec tendresse, en observant la cage vide.

– Un geste de bonté n'est jamais perdu. Et on ne sait pas

quel bienfait peut en résulter, un jour ou l'autre. La rune devait revenir à Thorgil. La force de vie l'a exigé et, que ça lui plaise ou non, cette jeune fille a été enrôlée à son service. Nul doute qu'elle se mettra en colère quand elle s'en apercevra.

– Pourquoi ne lui avez-vous pas dit qui vous étiez ?

– Oh, je le lui ai dit. Mais cette sale petite peste a refusé de me croire. La reine de la montagne, elle, a su voir à travers mon déguisement. Difficile de lui cacher quoi que ce soit.

– J'aimerais beaucoup que vous me racontiez comment vous avez fait un trou dans son mur de glace.

– Pas aujourd'hui, répondit le barde d'un ton ferme. Je n'ai pas encore retrouvé ma voix ; mon corps a trop braillé pendant mon absence ! Restons assis en silence et profitons des derniers instants de l'été.

Ce qu'ils firent. Les abeilles bourdonnaient au-dessus des dernières fleurs, la source bouillonnait et les branches du sorbier bruissaient dans la brise tiède. La magie était plus profonde et plus difficile à atteindre ici qu'à Jotunheim, mais elle était plus humaine. Jack se dit alors qu'il n'y avait pas sur terre d'endroit où il aimerait mieux être.

Liste des personnages

HUMAINS (SAXONS)

Jack : âgé de 11 ans au début du livre
Lucy : sœur de Jack, âgée de cinq ans au début du livre
Mère : mère de Jack et de Lucy, femme « sage »
Père : Giles Patte Folle, père de Jack et de Lucy
Le barde : druide d'Irlande, surnommé Langue de Dragon
Allyson : mère de Thorgil
Colin : fils du forgeron
Frère Aiden : un moine de l'Ile Sainte

HUMAINS (NORDIQUES)

Olaf-N'a-Qu'un-Sourcil : chef des berserkers de la Reine
Sven le Vengeur : membre de la bande d'Olaf
Eric Belle Face : membre de la bande d'Olaf
Eric le Boutonneux : membre de la bande d'Olaf, il a peur du noir
Eric le Baraqué : membre de la bande d'Olaf, il a peur du noir lui aussi
Rune : un skald qui ne peut plus chanter
Thorgil : future berserker, âgée de douze ans
Thorgrim : père de Thorgil, célèbre berserker
Egil Long Pieu : capitaine d'un navire (ce n'est pas un berserker)
Gizur le Broyeur de Pouces : chef d'un village, il renie sa parole.
Magnus le Mutilateur : chef d'un autre village
Einar le Collectionneur d'Oreilles : chef de village, lui aussi
Heide : principale épouse d'Olaf, femme sage venue de Finnmark
Dotti et Lotti : jeunes épouses d'Olaf
Skakki : fils d'Olaf et de Heide, âgé de seize ans
Thorir : frère de Thorgil
Hrothgar : roi du Château en Or
Beowulf : célèbre guerrier
Ivar le Désossé : roi d'Olaf, mari de Frith la demi-troll
Pied de Bois : ami d'Eric le Beau Gosse, a eu la jambe mangée par un troll
Gueule de Rat, Cul Sale, Boiteux, Lourdaud et Lourdaude : esclaves
Hilda : fille d'Olaf et de Lotti

Animaux

Hardi : noble corbeau
Crinière de Nuage : cheval né d'un étalon venu du pays des elfes
Maeve : levrette d'Irlande
Balafre, Crocs de Loup, Damné et Déchiqueteur : chiots de Maeve
Crin d'Or : sanglier-troll doté d'un sale caractère
Chats de Freya : neuf énormes chat-trolls avec un magnifique pelage roux et or
Les chouettes blanches : une famille de quatre chouettes de Jotunheim
Le dragon : mère avec une nichée de bébés dragons
La poule de bruyère : une grouse de la taille d'une dinde avec ses dix petits poussins tachetés.
Ratatosk : un écureuil qui court de haut en bas d'Yggdrassil en colportant des ragots.

Les Jotuns (Trolls)

La reine de la montagne : Glamdis, souveraine de Jotunheim
Fonn : fille de la reine de la montagne, elle parle aux humains
Forath : autre fille de la reine de la montagne, elle parle aux baleines
Bolthorn : père de Fon et de Forath, époux favori de la reine de la montagne

Inclassables

Frith la demi-troll : autre fille de la reine de la montagne et d'un humain inconnu, épouse d'Ivar le Désossé. Elle peut prendre différentes formes
Frothi : sœur de Frith et mère de Grendel ; elle aussi peut changer de forme
Grendel : un monstre ; son père était un ogre
Les Norns : personne ne sait vraiment ce que sont les Norns, mais elles sont extrêmement puissantes.

Appendice

L'ÎLE SAINTE

On peut dire que la destruction de l'île Sainte de Lindisfarne, le 8 juin 793, ébranla les Anglo-Saxons comme les attentats du 11 septembre ébranlèrent les Américains. C'était une attaque totalement inattendue, venant d'une direction tout aussi inattendue. Les Saxons se croyaient protégés par la mer. Ils croyaient également que nul ne s'en prendrait à une paisible confrérie de moines confiants. Ils avaient tort. L'abbaye de Lindisfarne avait été fondée en l'an 635 et en 793, année de sa destruction, c'était un important centre culturel et artistique. Quand les barbares arrivèrent, les moines se précipitèrent pour les accueillir. La description des événements qui suivirent figure dans cet ouvrage; elle est tirée des chroniques anglo-saxonnes. Aussi incroyable que cela puisse paraître, un seul magnifique manuscrit enluminé survécut à l'incendie : la bible de Lindisfarne. Cette attaque marqua le début de deux cents ans de raids vikings sur les îles britanniques.

LES NORDIQUES

Viking est un terme qui signifie «pirate» ou «voleur». Les Vikings provenaient du Danemark, de Norvège ou de Suède et j'ai choisi d'utiliser le terme Nordiques pour les désigner dans le livre. Ils auraient parlé le danois ancien ou le norvégien ancien. Jack, lui, aurait parlé anglo-saxon.
Les langues changent avec le temps. L'anglo-saxon est devenu l'anglais ancien, puis l'anglais que nous connaissons aujourd'hui. Le vieux norvégien est devenu l'islandais, la langue qu'utilisent les Nordiques dans le livre. Kristin Johannsdottir, une Islandaise qui enseigne au Canada, m'a très gentiment fourni les traductions correctes.

TROLLS, JOTUNS ET GÉANTS DE GIVRE

Dans les légendes d'Europe du Nord, ces trois noms semblent désigner les mêmes êtres. De grande taille, ils aimaient la glace et la neige, et ils étaient les ennemis de l'humanité aussi bien que des dieux. Très souvent, ils sont décrits comme laids, mais dans certains récits, on en trouve de très beaux.
D'après les sagas, les Jotuns occupèrent d'abord le nord de l'Europe. Les adorateurs d'Odin les combattirent pendant des siècles pour prendre le contrôle de la Norvège et de la Suède. Un manuscrit du XIe siècle dépeint les Jotuns comme un peuple de sauvages qui attaquait du haut des montagnes en traîneaux. Ils portaient des peaux de bête et leur langage ressemblait à des grognements d'animaux. Plus intéressant encore, les sagas racontent que les humains n'avaient pas le droit de s'installer en Norvège avant d'avoir épousé des Jotuns. On trouve dans ces récits de fréquentes références à des figures

historiques à moitié troll. Il est donc possible que les trolls aient réellement existé. De nombreuses tribus insolites vivent (ou vivaient) dans le grand Nord, de la Norvège à la Sibérie. Il est possible également que les Jotuns soient un lointain souvenir des hommes de Neandertal. On dit que leur patrie originelle aurait été l'île d'Utgard, dans le Haut Nord. Je l'ai située à l'emplacement de Jan Mayen, un volcan solitaire non loin du pôle Nord.

IVAN LE DÉSOSSÉ

Ivar était un roi à demi légendaire. Sans doute vécut-il autour des années 880, mais je l'ai fait vivre plus tôt. J'ai inventé le personnage de son épouse, Frith. Le père d'Ivar s'appelait Ragnar Pantalon Velu et c'était un être absolument infâme. Il fut finalement jeté dans une fosse remplie de serpents venimeux par un roi saxon ; un tour de force car il n'y en a pas en Angleterre.

LES BERSERKERS

La plupart des guerriers vikings étaient des hommes ordinaires. Mais certains d'entre eux étaient des berserkers que l'on envoyait en premier pour démoraliser l'ennemi. Les berserkers n'avaient pas peur de mourir. Leur but était de massacrer le plus de personnes possible avant d'être tués au combat et d'aller au Walhalla. Il est possible que certains berserkers aient pris de la drogue afin de devenir enragés, mais pour les autres, c'était héréditaire. On pourrait dire qu'ils se comportaient déjà comme des kamikazes. Le personnage de Thorgil est inspiré d'une guerrière qui figure dans la saga du roi Heidrek le Sage.

LES BARDES ET LES SKALDS

A l'époque où se déroule cette histoire, le culte d'Odin, l'ancien culte de la nature des Celtes et le christianisme cohabitaient. Les prêtres celtes traditionnels (les druides) avaient été remplacés par des femmes appelées « sages » et des bardes. On disait qu'ils possédaient les mêmes pouvoirs magiques.Les skalds étaient l'équivalent des bardes chez les Vikings. Ils n'étaient pas aussi connus pour leur magie, mais ils possédaient de grands pouvoirs. En ces temps reculés où les témoignages écrits n'existaient pas, seuls les skalds pouvaient assurer la gloire d'un homme par le biais de leurs poèmes et de leurs chansons. Les Vikings eux aussi avaient des femmes « sages ».

JACK ET JILL

Cette comptine vient d'une légende norvégienne qui parle de deux enfants envoyés par leur père chercher de l'hydromel des chants dans le puits de Mimir. Sur le chemin du retour, alors qu'ils transportaient un seau rempli d'hydromel, ils furent enlevés par le dieu de la lune.

Table

1. A la recherche des agneaux 5
2. L'apprenti 13
3. L'ombre de l'autre côté de la mer 21
4. La vallée des Fous 28
5. Le château en or de Hrothgar 3 6
6. Les hommes à la tête de loup 45
7. La fin des temps 53
8. La rune de protection 62
9. Le cavalier du cauchemar 69
10. Olaf-N'a-Qu'un-Sourcil 80
11. La guerrière 90
12. Le marché aux esclaves 100
13 Olaf explique l'au-delà 109
14. L'oiseau perdu 117
15. Hardi le corbeau 127
16. Gizur le Broyeur de Pouces 137
17. Rune 144
18. La mer des Trolls 153
19. Retour au foyer 160
20. La femme sage 168
21. Crin d'Or 181
22. La prophétie d'Heide 190
23. Le triomphe d'Olaf 196

24. La quête 209
25. Jotunheim 217
26. Le dragon 228
27.La pyramide de bois 239
28. La gloire 245
29. La plaine gelée 257
30. La mort venue du ciel 266
31. La poule de bruyère 275
32. L'arc de glace 284
33. Fonn et Forath 291
34. Le palais de la reine de la montagne 298
35. Yggdrassil 307
36. Le puits de Mimir 314
37. Les cadeaux de la reine 324
38. La musique de l'araignée 333
39. Adieu à Jotunheim 343
40. Le marais de Freya 352
41. Le retour de Lucy 363
42. Jack et Jill 369
43. Bienvenue à la maison 379

L'auteur

Nancy Farmer, américaine, a grandi près de la frontière du Mexique et vit aujourd'hui en Californie. Elle a voyagé de nombreuses fois en Inde ou en Afrique découvrant ainsi des cultures différentes. C'est une romancière pour la jeunesse réputée et son œuvre a été souvent primée. Ont été publiés en France *La maison du Scorpion* et *Elle s'appelait Catastrophe* (École des Loisirs). Le premier titre a reçu, en 2002, un « National Book Awar ».

Mise en pages : Aubin Leray

Loi n°49-956 du 16 juillet 1949
sur les publications destinées à la jeunesse

ISBN 2-07-051142-1
Numéro d'édition : 132537
Numéro d'impression : 78574
Imprimé en France sur les presses de la Société Nouvelle Firmin-Didot
Dépôt légal : mars 2006